跟着杜甫走陇南

陇南市地方志办公室　编

袁兴荣　著

中国文史出版社

图书在版编目（CIP）数据

跟着杜甫走陇南 / 陇南市地方志办公室编；袁兴荣
著 . -- 北京 ：中国文史出版社， 2022.8
ISBN 978-7-5205-3598-4

Ⅰ．①跟… Ⅱ．①陇… ②袁… Ⅲ．①杜甫（712-
770）－人物研究 ②杜诗－诗歌研究 Ⅳ．① K825.6
② I207.227.423

中国版本图书馆 CIP 数据核字（2022）第 132662 号

责任编辑：戴小璇
装帧设计：石生智

出版发行：中国文史出版社
社　　址：北京市海淀区西八里庄 69 号院　邮编：100142
电　　话：010-81136606　81136602　81136603（发行部）
传　　真：010-81136655
印　　装：廊坊市海涛印刷有限公司
经　　销：全国新华书店
开　　本：880 毫米 ×1230 毫米　　1/32
印　　张：13　　　字数：302 千字
版　　次：2022 年 12 月北京第 1 版
印　　次：2023 年 3 月第 2 次印刷
定　　价：52.00 元

《跟着杜甫走陇南》编纂委员会

学术顾问：张军利　　郝宗维　　赵逵夫　　漆子扬
　　　　　　高天佑　　孙占鳌　　刘雁翔　　罗卫东

主　　任：张军平

副 主 任：牛建文　　滕　辉

委　　员：（以姓氏笔画为序）

丁　莹　　马　琳　　马奋云　　牛建文
毛树林　　王建成　　王世文　　王林春
邓文德　　卢爱玲　　刘景原　　刘满园
刘利君　　吕慧芹　　刘国贤　　张军平
张红霞　　张　弛　　张　娟　　陈金生
郑永立　　赵琪伟　　袁兴荣　　袁智慧
袁长流　　曹建国　　韩志明　　滕　辉
魏朝晖

主　　编：袁兴荣

编　　辑：王南峰　　卯娜娜　　邬　雄　　张　玮
张丽芬　　张　昕　　桑　敏　　常　艳
董云飞

摄　　影：张　弛　　周建军　　李旭春　　张　忠
王正成　　王　宝　　王汉军　　刘利君
刘　伟　　燕海潮　　曹灯红　　王进军

谨以此书
纪念诗圣杜甫诞辰 1310 周年！

杜甫像（采自清·杨伦笺注《杜诗镜铨》）

杜甫陇右踪迹示意图

唐陇右道（618—907 年）

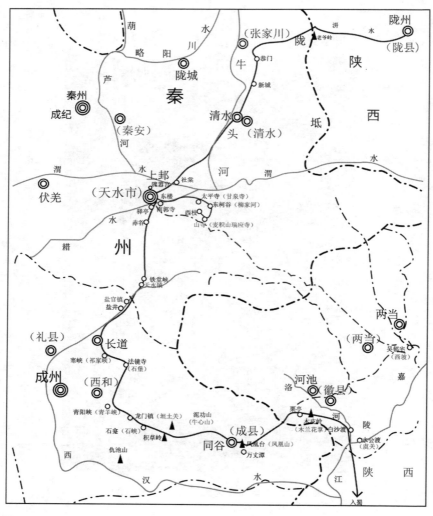

注：
一、陇右道及陇右诗地名为黑色　　二、杜甫流寓路线为灰色
三、不确定路线为灰色虚线

杜甫陇右踪迹示意图（原图来源：天水杜甫研究会编
《诗圣陇右行吟——杜甫陇右行踪探寻录》）

内容提要

唐肃宗乾元二年（759）初秋时节，诗人杜甫为了寻找安身之处，辞去华州司功参军，带着全家人，自陕西经甘肃天水，沿着陇蜀古道，途经陇南的礼县、西和县、成县、徽县、两当县，历经半年多艰难跋涉，最终在年底到达成都。杜甫在入蜀途中写了大约120首诗。诗人把边疆的危机、山川的形势，以及城郭村落、名胜古迹、风土人情等一一收入了雄浑壮美的诗篇中，他的身后，是处在"安史之乱"中，曾经是璀璨灯火、锦绣高楼、万国来朝、车马如云的长安。一路上，杜甫用诗歌记录了自己的行止见闻，也用诗歌投身到时代的洪流之中。这些诗篇中，饱含了杜甫忧国忧民的思想感情，展示了他忧郁愤懑、矛盾复杂的内心世界，被称为"诗史"。千百年来，一直激励着人们热爱祖国河山，关心群众疾苦的情思。

1200多年后的今天，后学者追寻诗圣在陇右的踪迹，结合诗圣读书、壮游、困守长安、经历变乱、漂泊西南的壮阔人生历程，查阅了大量地方史料，并沿着杜甫当年在陇右旅途行踪进行了实地考察，运用艺术的手法，追溯诗圣流寓陇右之地的前世今生，再现了诗圣是最耀眼的诗人，也是生活在大唐时代普通人跌宕起伏、五味杂陈的人生传奇。同时借助史料基本厘清了长期以来众说纷纭、莫衷一是的错讹之处。

序

一

漆子扬

故人今何在，山川仍历历

与袁兴荣先生相识要追溯到 2019 年秋天，当时我们古籍整理研究所在师大举办甘肃地方文献高层论坛，鉴于袁先生在地方文史研究领域取得的成就和名望，经武都文化研究会会长孙林利主任大力举荐，特邀请兴荣先生参加。此后我们交流交往渐趋常态。

杜甫是天才的伟大诗人，但也是一位蹩脚的官吏，诗人的个性不适合复杂的官场，更何况诗人本身缺乏行政管理能力，大官他做不了，小官他看不上，总觉得自己是将相之才，遭遇朝廷压制，怀才不遇，时时心怀冤屈。于是在肃宗乾元二年（759）初秋，毅然辞去赖以养家糊口的华州司功参军一职，在穷困潦倒中带着一家人，从陕西陇县翻越陇山，经今张家川到秦州，投奔被贬谪的老朋友赞公和在秦州做官的从侄杜佐。

在秦州，杜甫创作了著名的五言律诗《秦州杂诗》二十首。秦州的山川风物、名胜古迹感化了诗人的心灵，他借助秦州的山水抒写伤时的情怀，比起身陷长安时期只作感时思亲的悲哀叹息的五律，内容情思更为丰富。其中《山寺》一诗是目前看到的最早歌咏麦积山石窟的诗篇，描写了麦积山石窟的"野寺残僧少，山园细路高"的凄凉冷寂的环境，奇绝险峻的石窟风格，也倾诉了自己一无所有的贫穷境况。

经历了"安史之乱"的唐王朝内外交困，危机四伏，普通人失去了曾经拥有的安宁自足的生活。盛唐的进行曲早已落幕，像李白那样"仰天大笑出门去，我辈岂是蓬蒿人"（《南陵别儿童入京》）的文人自信已化作无可奈何花落去的悲伤，久久萦绕在文人士大夫的心头，经久不散。依靠写诗获取名利地位的时代飘入尘埃，一去不复回。对于普通人而言，若要养家糊口，不做官就得经商，或者从事农耕生产。出身官宦之家的杜甫，在秦州时虽然年龄也就48岁，但在唐代已经不算年轻了，又加本身体质羸弱，既不懂农耕，又不懂商贸，可谓四体不勤、五谷不分。更由于性格使然，又由于酗酒，一醉酒，见谁骂谁，以致亲朋好友都不愿亲近他。原本打算在秦州城东五十里的东柯谷长期居住，自食其力，耕作务农，谁想到他根本不通农事，又加自身懒散，自称颇为"疏懒"，只好暂住城里，靠朋友接济生活。在秦州大概三个月时间，可能和朋友赞公及侄儿一家关系并不融洽，生活陷于困顿。大概他写信告诉同谷（今成县）县令自己的艰难处境，县令邀请他去同谷。于是杜甫带领家人，再次迁徙，踏着霜雪，离开秦州向同谷县南行。十月的天水，已经冰天雪地，一家人夜走赤谷，途经今铁堂峡、天水镇、礼县盐官镇、祁山镇、西和县长道镇、石堡镇、西峡镇、西和县城、石峡镇、大桥镇、成县纸坊镇、沙坝镇，一路经过法镜寺，到青羊峡，翻越积草岭、泥功山，历尽艰辛，终于到达同谷。《发秦州》《铁堂峡》《法镜寺》等作品记述了沿途的奇境险象。

估计也是因为懒散和酒风不好，引起县令不满，全家人只好离开同谷县城，到城南七里外的店村镇结庐寓居。据《乾元中寓居同谷县作歌七首》，一家人在同谷仍然饥寒交迫，没有摆脱贫困的缠绕，依靠拾橡栗度日，天寒地冻，手脚皲裂。住了一月时间，于十二月一日，带领全家从同谷出发，前去成都投靠节度使严武，沿途创作了十余首纪行诗。《发同谷县》等记录了一路的艰辛和山川险阻，过栗亭，攀木皮岭、大地坝，渡过白沙渡、水会渡，沿嘉陵江南下入川。沿途目睹了陇南山势的险绝峻峭，他几乎一地一诗、一山一诗、一诗一景，刻画了陇南的雄、奇、险、峻地理特征。在严武幕府，多次醉酒。一次喝醉后坐在桌子上直呼严武父亲的名字，言辞多有不恭，若非严武老夫人劝阻及时，严长官差点手起剑落，给唐代诗坛留下遗憾。

杜甫旅居陇右期间的作品，犹如一幅幅优美的山水画卷，为甘肃留下一份珍贵的文化遗产。研究成果非常丰富，甘肃学者老一辈有天水师院李济阻教授、西北师大赵逵夫教授、兰州大学林家英教授等，年青一代有聂大受、刘雁翔、蒲向明等教授。

林家英教授当年和兰州大学电教馆联合，沿杜甫当年从秦州到同谷（今成县）走过的路线，拍摄了一部纪实性的纪录片。每到一个地方，根据山川地貌，林先生讲解诗句，讲述杜甫创作的心态。纪录片非常具有创意。记得1998年9月，在文县召开的古代文学研讨会上，陇南教育学院中文系的一位女老师提交的大会论文，详细考述杜甫在陇南的行迹，对杜甫诗中的每一个陇南地名通过大量的历史文献予以考证，结论可信，功底深厚。可惜忘记了那位老师的名字和文章的题目。近年来研究杜甫在天水、陇南作品行迹的主要成果有刘雁翔教授的系列论文和《杜甫秦州诗别解》专著，他结合当年的社会现实、杜甫的处境，从当时甘川道路的山水地势出发，对杜甫陇右诗的考订注解分析尤为详尽。

　　陇南市委党史研究室（市地方志办公室）副主任、甘肃省作家协会会员袁兴荣多年来从事地方文史研究与文学创作，取得了丰硕成果。创作的影视剧《山那边是山》《生死不离》等在央视六套与八套播出。编写出版《走进康县》《梦中的橄榄树》《养正成人铸丰碑》《陇南脱贫攻坚图志》等著作，创作电影剧本《到陕北去》《茶乡情歌》等，引起了当地巨大社会反响。在《甘肃史志》《甘肃文史》《寻根》等刊物发表学术论文 20 余篇，为他撰写《跟着杜甫走陇南》积累了丰富的创作经验和素材。

　　袁先生多年来追寻杜甫在陇右的踪迹，查阅了大量地方史料，又沿着杜甫在陇右行进的路线，实地走访考察，记录摄影，用文学艺术的笔法写成《跟着杜甫走陇南》一书，随文插图 60 余幅。这是一部文史研究与文学创作相结合的新作，为研究杜甫陇右诗歌开拓了新方法新思路，用多色彩的语言展示了杜甫流徙陇右的前世今生，理清了长期以来莫衷一是的地理疑问。同时附录部分的《杜甫陇右诗辑录》《杜甫甘肃行迹考》等为读者更好地理解原文提供了必要的参考。

　　由于疫情，学校封闭 40 多天。解封后，今天第一次到学校，匆忙写下以上文字，还望兴荣先生多多谅解我拖延带来的遗憾。期待兴荣大作早日刊行问世。

2022 年 5 月 12 日师大二澍堂

　　漆子扬，甘肃武山人，1986 年毕业于西北师范大学中文系，留校任教，先后获文学学士学位、硕士学位、博士学位、清华大学历史系高级访问学者。现为西北师范大学文学院三级教授、古典文献学学科负责人、教育部古籍整理委员会直属西北师大古籍研究所所长、硕士研究生导师、享受甘肃省政府正高级技术人才津贴专家、甘肃省政协智库专家、中国博士后基金评委、甘肃省政协文史文化委员会委员、甘肃省政府文史馆研究员、《古籍整理研究学刊》编委、《甘肃文史》编委、甘肃省诗歌创作研究会副会长、甘谷县王权学术研究会会长、甘肃省书法家协会会员。主要从事古代文学文献和陇右地方文献的教学研究工作，在先秦两汉文学文献、明清文学文献两个方向招收硕士研究生。著述《邢澍诗文笺疏及研究》《邢澍诗文校释》《韩定山诗文校释》《刘尔炘集校释》《张澍诗集校释》《甘肃府县旧志全编》等著作30余部，先后在《中国典籍与文化》《中国历史地理论丛》《湖南大学学报》《兰州大学学报》等核心期刊发表学术论文130余篇，发表散文、诗词等文学作品180余篇（首）。

序

二

罗卫东

  陇南位于祖国腹地,扼陕、甘、川三省要冲,是一块古老神奇而又异常美丽的土地。陇南秀美壮丽的河山,悠久厚重的历史,为陇南大地孕育了一大批辉煌灿烂的文化遗存。特殊的人文结构和地理位置,使陇南在传递民族文化传统、吸收外来文化营养的历史进程中,发挥了独特作用,成为东西民族相融、南北文化交汇的大舞台。

  陇南特有的自然景致和独特的人文环境,使人魂牵梦萦,感慨系之。在漫漫的历史长河中,文人骚客曾留下了许多流传千古、脍炙人口的名篇佳作。《诗经·秦风》中的《车邻》《驷驖》《小戎》《蒹葭》《无衣》产生于陇南,所写内容或同仇敌忾、激昂悲壮,或抒情浪漫、情意缠绵,真切地反映了秦人先祖在故地西垂的战斗和生活经历;李白的《蜀道难》以状写青泥岭之险而言蜀道之难,雄浑飘逸,气势磅礴,集中体现了李白诗歌的艺术特色和创作个性,是浪漫主义的伟大杰作;杜甫的《同谷七歌》沉郁顿挫,忧国忧民,标志着杜甫的诗歌创作达到了一个新的高峰,是现实主义的鸿篇巨制。李商隐先后有三首以两当"圣女祠"为题的诗作,二首《圣女祠》,一首《重过圣女祠》,构思新奇,情思婉转,为晚唐诗词的代表作品。自此以后,历朝历代,如元积、白居易、李商隐、文同、陆游、晁说之、杨慎、宋琬、王权、于右任、高一涵等著名的诗人、学者，都曾驻足陇南，流连忘返，留下众多不朽的诗词文章；陇南籍的文化名人，如赵壹、仇靖、王仁裕、邢澍、何宗韩、吴鹏翱等杰出的文学家、书法家，也都挥毫濡墨，撰著了赞美家乡、写景咏怀、纪实述志的优秀作品。所有这些，都成为珍贵的文化瑰宝。

在这些或途经、或寓居陇南的文化名人当中，尤以杜甫同陇南交际最深、故事最多，诗作也最丰富，最值得大书特书、大写特写。和其他读书人一样，我是在中学课本中初识杜甫，了解到他是一个伟大的现实主义诗人，被人尊称为"诗圣"，仅此而已。直到从事地方文史工作之后，才知道杜甫曾经寓居陇南同谷一月左右，生活虽然十分艰辛，但写诗甚多，佳作迭出，由此，才对其人其事其诗产生了兴趣。20多年来，也阅读了杜甫的不少诗作，阅读了许多文章著作，并多次实地考察了杜甫在陇南的经行路线，学习研究愈深入，兴趣愈发盎然，对杜甫的崇仰之情也愈发浓烈。所以，也总想着做点什么，例如写几篇有分量的学术研究文章，或者编纂一部厚重的论著、图册之类，否则，实在对不住"诗圣"艰辛而又壮丽的陇南之行，也有负于地方史志工作者的职责。但一是限于个人能力水平，深恐驾驭不了如此重大的题材；二是也因琐碎事务缠身，一直没能静下心来做此工作。因而，当陇南市地方志办公室副主任袁兴荣先生称他已完成了记述杜甫在陇南诗作及行踪的长篇散文集《跟着杜甫走陇南》时，我十分吃惊且十分佩服，用了三天时间，认真读完了这本集子，感受颇深。该散文集以杜甫陇南行踪为主要线索，结合其家族世系、求学漫游、仕任弃官、婚姻家庭、亲朋好友及后世影响，全面、详细介绍了杜甫在陇南的生活、诗作及创作过程，并描述了行踪之地的历史故事和秀美风光，洋洋25万字，内容丰富，记述全面，文笔优美，堪称佳作。所以，当袁兴荣先生邀我写个序言时，我十分爽快地允诺了，缘由有二：一是借此机会，可以说几句话，以表达我对"诗圣"杜甫的崇拜敬仰之情；二是感谢作者，代我完成了任务，实现了多年的夙愿。

759年秋天，一辆马车载着心怀忧患、饥寒交迫的杜甫和其家眷，走在了从秦州通往同谷县的驿道上，道路曲折难行，但杜甫心中充满希望。杜甫在秦州住了三个月左右，随着天气渐冷，生活愈加困难，正在此时，有人写信给诗人，邀请他到气候温和、物产丰富的同谷县做客。"无食问乐土，无衣思南州"，"栗亭名更嘉，下有良田畴。充肠多薯蓣，崖蜜亦易求。密竹复冬笋，清池可方舟"（《发秦州》）。杜甫来到同谷县，原以为境遇将会改变，但实际情况却完全不是他所想象的那么美好，人生地疏，天寒地冻，生活比秦州更为困难，有时甚至到了绝粮断炊的地步。杜甫在极度穷困中，度过了他一生中生活最艰难的一个月。同时，也是他诗歌创作最丰盛、最有成就的一个月。自古悲愤出诗人，诗人不幸，陇南有幸。凭借着伟大诗人杜甫的光辉诗篇，陇南这块祖国西部神奇的土地，便以其雄奇而又秀丽的风姿为世人所注目。

杜甫在陇南境内共写诗十九首，其中纪行诗十七首、抒怀诗二首。纪行诗基本上以经行先后为序，生动形象地记载和描述了唐朝时期陇南的山川风光，诗人用饱含感情色彩的笔墨，生动地描绘了陇南的山水草木、物候习俗和名胜古迹，在诗人笔下，陇南山川是那样的雄奇壮美、绚丽多彩，姿色迷人而又千变万化。如铁堂峡"山风吹游子，缥缈乘险绝"；青阳峡"冈峦相经亘，云水气参错"；木皮岭"远岫争辅佐，千岩自崩奔。始知五岳外，别有他山尊"。而"安史之乱"给陇南人民生产生活造成了空前灾难和极大痛苦也使诗人悲愤不已,盐井民众"自公斗三百,转致斛六千",龙门镇戍兵"胡马屯成皋,防虞此何及?嗟尔远戍人,山寒夜中泣",石龛百姓"奈何渔阳骑,飒飒惊蒸黎。"特别是《乾元中寓居同谷县作歌七首》这组抒怀诗,真实而深刻地写出了他当时的生活状态和心境,那种悲苦和凄凉,渗透着泪和血,字字震撼人心。杜甫诉说的不仅是个人的悲哀,也是同时代的民众每个人的悲哀,因此更深刻,更能引起人们的共鸣。这组诗融合了屈原等前人诗歌艺术表现手法并有所突破,标志着杜甫前、后期思想转型的最终完成。无论就其思想内容和艺术成就,都属于杜甫的巅峰之作,被誉为千古名篇。明末卢世㴶在《杜诗胥钞》中评论道:"杜公纪行诗,从《发秦州》至《万丈潭》,从《发同谷》至《成都府》,入天穿云,万壑千崖,雨雾烟虹,朝朝暮暮,一切可怪可吁可娱可忆之状,触目惊心,直取其髓,而犁然次诸掌上。古今诗人殆无可拟者。"

关于杜甫在陇南的生活、诗作及创作过程,袁兴荣先生已在这本散文集中作了详细介绍和精彩描述,故不再赘述。借此机会,就我对杜甫在陇南诗作及行踪中几个大家都关注的问题,谈谈个人的想法,供大家阅读时参考。

关于龙门镇、石龛、积草岭、泥功山地址问题。杜甫在秦州赴同谷县的旅途中,一共写了十二首纪行诗,后在同谷县以及赴蜀旅途中又写了五首纪行诗。这些诗基本上都以经行前后为序,以地名为题,将他所到之处的山川风貌一一记入诗中。弄清这些地名,对于辨识杜甫行踪,理解杜诗内容,都具有重要意义。在这些纪行诗中,研究者对赤谷、铁堂峡、盐井、寒峡、法镜寺、青阳峡以及凤凰台、万丈潭、木皮岭、白沙渡、水会渡的地址位置争议不大，意见比较统一。但对龙门镇、石龛、积草岭、泥功山的地址位置却多说并存，至今尚无定论。为了弄清这些地名，笔者曾查阅诸多史志，又数次实地踏勘，对这些地名做过认真考辨，概要介绍如下：

一是龙门镇，历代诗注大都认为即今成县纸坊镇府城村，但此说不符合杜甫赴同谷诗序排列，也不符合杜甫行走路线，显然有误。据《水经注》记载，北魏时今西和县南部有龙门水，龙门水即石峡河，经今石峡镇所在地后，南流汇入六巷河（即洛溪水），最后流入西汉水。龙门水之上有龙门戍，即今西和县石峡镇坦土关村（又称坛土村），唐代称龙门镇，其地自古为设关置城、屯兵戍卒之地。1985 年 11 月，在坦土关双石寺北崖发现唐代开元年间摩崖，题为《新路颂》，文中有"控仇池之险要"等语，并有栈道遗迹以及兵器出土。二是石龛，历代旧注大多认为无考，今人多认为石龛即今西和县石峡镇八峰山八峰石窟。此说不当，行走在石峡道中，无法看到八峰石窟，与杜甫诗中"天寒昏无日，山远道路迷。驱车石龛下，仲冬见虹霓"记载不符。《西和县志》（1997 年版）记载坦土关村河西山麓古有双石寺石龛，"双石如笋耸立，高约 10 米，中宽约 2 米，早年建筑无存，但遗迹犹在，上下五道桩眼很规则地依次排列，清晰可辨，杜甫路过此地时所留诗句'驱车石龛下'，即指此龛，唐《新路颂》摩崖就镌刻在南侧壁岩上"。据赵逵夫主编《陇南金石校录》（2018 年社会科学文献出版社）碑碣摩崖西和部分刊载，《新路颂（并序）》："□路之隘，吞汉郡南阳。冲□蜀北门之衢，控仇池之险。爰自开凿，十年于兹。阻国之要津，为人之艰途也……我太守赵公，委□□劳，上闻天聪，启乎新路……千秋万岁兮，奉扬德音！时开元□□□□近齐梁。"摩崖文字存石峡乡坦途关双石寺北崖，其文已泐损。碑高 63 厘米，宽 60 厘米。今据几种照片、拓片校录。各书录文错误颇多，断句也多分歧。唐玄宗开元年间（712—741）刻，是西和迄今发现的最早的一块摩崖石刻。杜甫所见石窟当为此石窟，而非八峰石窟。汉唐时期，坦土关以东的西和县六巷乡曾设置上禄县，坦土关附近有古道通往上禄县，六巷乡上六巷村挂腰峡石崖曾刊刻宋绍兴摩崖《修路记》、明万历摩崖《重修郡路》及清康熙《凿修石路碑记》，惜于 20 世纪 80 年代修路时毁坏。三是积草岭，沿杜甫诗序排列和行进路线，积草岭应在石窟与泥功山之间，杜甫诗"山分积草岭，路异明水县"，并自注"在同谷界"，明水县即鸣水县，即今陕西省略阳县徐家坪镇，故积草岭应在今成县王磨镇一带，从积草岭沿河南下，可达徐家坪。"卜居尚百里，休驾投诸彦。"成县北部的积草岭，距同谷县城百里左右，与杜诗所列路程基本相符。四是泥功山，又称泥功岭，为古代陇右名山，史书中多有记载，《周书·赵昶传》卷三十三："世宗初，凤州人仇周贡、魏兴等反，自号周公，有众八千人。破广化郡，攻没诸县，分兵西入，围广业、修城二郡。广业郡守薛爽、修城郡守杜杲等请昶为援。昶遣使报杲，为周贡党樊伏兴等所获。兴等知昶将至，解修城围，据泥功岭，设六伏以待昶。昶至，遂遇其伏，合战，破之。广业之围亦解。昶追之至泥阳川而还。"《唐书·地理志》："贞元五年（789），于同谷之西境泥公山，权置行成州。"其具体位置在今成县店村镇折家庄村附近。此山由于特殊的气候及土壤状况，常年阴雨连绵，道路泥泞难行，故山上建有"泥公庙"供奉泥公，"泥公山"也由此而得名，后在文书传写中，"公"又写作"功"。唐赵鸿《泥公庙》诗云："立石泥功状，天然诡怪形。未尝私祸福，终不费丹青。"

关于同谷、栗亭两个杜甫祠堂问题。杜甫祠堂，又称杜公祠、杜甫草堂。早在北宋时期，陇南就建有两处杜甫祠堂，一个在同谷县东南的飞龙峡口（在今成县城关镇庙湾村），人称同谷祠堂或同谷草堂；一个在栗亭县西边的杜公村（在今徽县栗川镇杜公村），人称栗亭祠堂或栗亭草堂，两地相距 30 公里左右。

在文献资料中，对杜甫寓居徽县栗亭，并建有祠堂一事记载更早一些。唐懿宗咸通十四年（873）太学博士赵鸿至同谷县，专访杜甫故迹，并作《栗亭》诗一首（《全唐诗》载录并题注：赵鸿刻石同谷曰，工部题栗亭十韵，不复见）："杜甫栗亭诗，诗人多在口。悠悠二甲子，题纪今何有？"北宋初年，栗亭县吏民于其地建有一座纪念杜甫的亭子，至哲宗赵煦元祐八年（1093）已年久失修，破败不堪，时任栗亭县令赵洋更新此亭，并取杜甫"栗亭名更嘉，下有良田畴"诗意，称"名嘉亭"，承议郎贺铸作《寄题栗亭县名嘉亭》诗特记此事；绍圣间（1094—1098）继任栗亭县令王知彰补修增筑，改亭为祠堂，并作《祠堂记》，此为陇南修建杜甫祠堂之最早发端，约毁于南宋末年。明清时期又多次重修。民国 29 年（1940），当地民众集资重修杜甫祠堂，并创修"乐舞楼台"。1953 年，杜甫祠堂塑像被毁，房屋分配给村民居住。1976 年拆除卷棚，1979 年拆毁亭堂。至此，栗亭杜甫祠堂彻底损毁，仅存残碑断瓦矣。

成县杜甫祠堂始建于北宋宣和五年（1123）。宣和四年（1122），成州知州、文学家、诗人晁说之先在州城衙署建"濯凤轩"（取凤凰潭为凤凰濯羽之所在也）。次年晁说之倡议，"同谷秀才赵惟恭捐地五亩，县令郭慥始立祠"，在州城东南凤凰山麓飞龙峡口创建了杜甫祠堂，晁说之专著《濯凤轩记》《发兴阁记》《成州同谷县杜工部祠堂记》三文记录其事。南宋宇文子震有《赋龙峡草堂》诗。《大元一统志》亦有载录，明、清两朝屡加重修。民国 31 年（1942），成县县长陶自强（湖南省祁阳县人，陶铸胞兄）再次修葺，并一度恢复了春秋二季祭祀。20 世纪 80 年代后，当地政府又数次修建，祠堂（又称杜公祠、杜甫草堂）规模扩大，建筑瑰丽，气势恢宏，现为甘肃省级重点文物保护单位，成为陇南一大名胜，参谒者络绎不绝。

两处杜甫祠堂的创建，其缘由始于对同谷县建置沿革的理解。实际上，唐、宋两朝的同谷县虽有继承关系，但治地并不在同一个地方。

西魏恭帝（554—556）时改白石县为同谷县，治栗亭镇（今徽县栗川乡），废泥阳县入同谷县。隋开皇三年（583）同谷县属康州。大业元年（605）废康州，同谷县改属凤州。唐武德元年（618）以同谷县置西康州，贞观元年（627）西康州废，同谷县改属成州（治上禄县建安城，今西和县西峪镇）。宝应元年（762），成州没入吐蕃。贞元五年（789）收复后，于同谷县之西境泥功山（在今成县店村镇折家庄村）暂置行成州。咸通七年（866），正式置成州于宝井堡（即今成县城关镇上城）。咸通十三年（872），复置同谷县于旧地栗亭镇。《旧五代史》卷 150 记载：后唐清泰三年（936）六月，秦州上奏，请求以原同谷县西界地域以及"成州西南近便镇"（原上禄县之府城、长丰、魏平三镇）合并设立一新同谷县（其地东至泥阳镇界二十五里，北至黄竹路金砂镇界五十里，南至兴州界三十里，西至白石镇界一百一十里，西南至旧阶州界砂地岭四十五里），县治与成州州署同治（今成县城关镇）；而将原同谷县胜仙、泥阳、金砂、栗亭四镇"别创一县者"，设立栗亭县（其地东至凤州美瞻镇界十五里，南至果州界二十里，北至高桥三十五里，西至同谷界三十五里，北至秦州界六十七里），县治栗亭镇。凤凰村在今徽县栗川乡杜公村，凤凰台、万丈潭在村南红川河（古称凤溪水，《水经注·漾水》有载）元观峡，峡南为木皮岭，东南有白沙渡、青泥岭、水会渡，为杜甫入蜀所经之地。由此可见，唐代同谷县在今徽县栗川乡，赵鸿所写《杜甫同谷茅茨》即指此地。而宋代同谷县在今成县城关镇，而后人多不知其详，误认为唐代杜甫所旅居同谷县即宋代同谷县。对此，杜甫的忠实崇拜者晁说之倡建成州杜甫祠堂时十分清楚，他在《濯凤轩记》中明确提出："且异时而二地，各以为名，庸何伤乎！天壤间以凤凰名台者尚多矣，何必一之也哉？"祠堂是人们祭祀祖先或先贤的场所，栗亭县有杜甫祠堂，成州再建一所杜甫祠堂，又有何妨？感谢晁说之，使陇南有了两处杜甫祠堂。

关于长诗《两当县吴十侍御江上宅》。后人多传为杜甫专程拜访好友吴郁故宅琵琶洲（传吴郁故宅在今两当县西坡镇三渡水村）时所作，但从杜甫当时携家人、生计困苦境况来看，似乎没有可能。且三渡水村距离杜公村 200 多里，徒步往返需时六七天，入蜀途中拜访也无可能。从其体裁及内容，应为书信一类。诗人越过青泥岭，在水会渡（在今徽县虞关乡）过嘉陵江时，想起患难之交吴郁为两当县人，故乡在距渡口约百里的嘉陵江上游，于是，诗人感慨万千：吴郁早已被唐肃宗贬往长沙，他想到此时的吴郁旧宅，必定是人去宅空，蛛网封门，一派凄惨景象。"寒城朝烟澹，山谷落叶赤。阴风千里来，吹汝江上宅。鹍鸡号枉渚，日色傍阡陌。"他回顾了当年在长安时与吴郁的密切交往，检讨了自己未能为吴郁辩解冤屈的过失，挥笔写就了《两当县吴十侍御江上宅》一诗，以表达对朋友的怀念之情。

怀古以励志，掩卷当奋发。信马由缰拉拉杂杂写了这么多文字，一些是对这本散文集的读后感想，一些是对杜甫在陇南诸问题的思考，希望能起抛砖引玉的作用。陇南的历史不仅仅是群雄逐鹿，金戈铁马，或农桑、或经济、或宗教、或艺术，都曾演绎出一幕又一幕动人的历史壮剧，留下众多轶闻典故，涌现出一批历史名人和文化珍品，丰富了陇南文化的内涵，了解陇南的历史文化资源，才能开发资源，促进社会繁荣。袁兴荣先生的这本散文集《跟着杜甫走陇南》，既通俗易懂，可读性强，又具有较高的学术资料价值，可帮助大家认识和了解陇南历史文化，激发大家热爱陇南、建设陇南的热情和信心，同时，也为国内外人士了解陇南、认识陇南、支持陇南提供一个"窗口"，有利于陇南社会经济发展，值得称赞。

是为序。

2022 年 5 月

罗卫东，甘肃康县人，毕业于兰州大学历史系。历任陇南市政协文史委员会主任、市委党史研究室主任兼市地方志办公室主任、二级巡视员。现任甘肃省史志学会副会长、省党史学会理事、省延安精神研究会理事。主要著作有《陇南市志》《陇南史话》《陇南古代诗词》《陇南古代人物》《中国共产党陇南历史》《走进陇南》等。发表论文 50 余篇。

目录

引 言

人们对幸福美好生活的向往和歌咏，绵延不绝，千年流淌。从《诗经》《史记》《汉书》，直到唐诗宋词元杂剧明清小说……老一辈的文艺青年，钟情一座城市的最好证据，就是用最优美的文字，把它写进语文教科书里。而新一代的文艺青年，要证明自己爱过一座城市最好的套路，则莫过于把城市唱进歌里。

因为一首歌，爱上一座城的实例，不胜枚举。诸如《我爱北京天安门》《康定情歌》《阿里山的姑娘》……以及近些年的网红歌曲《上海》《西安》《成都》《深圳》《去大理》等等。

那首低苦艾乐队歌吟甘肃省省会城市的网红歌曲《兰州兰州》，依然让人们津津乐道，口口相传——

　　……
　　兰州，兰州，总是在清晨出走，
　　兰州，兰州，夜晚温暖的醉酒；
　　兰州，兰州，淌不完的黄河水向东流，
　　兰州，兰州，路的尽头是海的入口。

无独有偶。

2015 年 8 月，由中国音协、甘肃省委宣传部、省文联、省广电总台联合主办的"西风烈·绚丽甘肃"原创歌曲征集评选演唱活动，是全省华夏文明传承区建设和打造"十个一"甘肃文化品牌的重点工作，旨在以群众喜闻乐见的歌曲形式，传递甘肃文化建设的正能量，扭转甘肃没有代表歌曲的被动局面，搭建西部原创音乐交流展示平台，打造具有西部特色的甘肃音乐文化品牌，建立甘肃歌曲创作的长效工作机制。这一活动，得到了身居西北内陆地处茫茫大山陇南广大音乐工作者的积极参与，创作、制作了《梦回陇南》《向往陇南》《故乡陇南》《问君陇南》等一批歌唱陇南的优秀音乐作品。其中雨寿作词、戚建波作曲的《问君陇南》获得了此次评选活动的金奖。

《问君陇南》

白龙江哟

请你告诉我

氐人羌人为何不见了

西汉水哟

请你也说说

伏羲秦人都哪里去了

大堡山哟

请你告诉我

得陇望蜀是对还是错

青泥岭哟

请你也说说

李白杜甫可曾回来过

连绵群山哟

我们知道了

他们依旧在美丽陇南哟

连绵群山哟
我们知道了
五千年一梦他们睡着了

大堡山哟
请你告诉我
得陇望蜀是对还是错
青泥岭哟
请你也说说
李白杜甫可曾回来过

滔滔江水哟
我们明白了
如今我们是
魅力陇南哟
滔滔江水哟
我们明白了
五千年一梦他们惊醒了
他们惊醒了

滔滔江水哟
我们明白了
如今我们是魅力陇南哟
滔滔江水哟
我们明白了
五千年一梦他们惊醒了

他们惊醒了

那人们不禁要问，陇南在哪里？为何作者击节而歌，一嗟三叹，发出振聋发聩的山川四问——

一问白龙江："氐人羌人为何不见了？"二问西汉水："伏羲秦人都哪里去了？"三问大堡山："得陇望蜀是对还是错？"四问青泥岭："李白杜甫可曾回来过？"

陇南，有广义和狭义之分。广义陇南，是一个比较宽泛的地域概念，指陇山以南，包括渭水上游和嘉陵江上游及其支流西汉水、白龙江、白水江流域，相当于天水市大部分和陇南市全境，及陕西略阳、凤县和四川北缘。狭义陇南即陇南市，其地东接陕西，南控巴蜀，北邻天水，西连定西、甘南。

陇南市地处西秦岭南侧和岷山之间，于青藏高原东侧边缘，是甘肃省唯一具有亚热带气候和亚热带生物资源的地区。横亘境内的白龙江，是我国地理上南方和北方的天然分界线。境内高山、丘陵、河谷、盆地交错分布，既有北国之雄奇，又有江南之秀丽，素有"陇上江南"之美誉。著名的地质学家李四光先生曾说："陇南是一个宝贝的复杂地带。"由于境内海拔高度相差悬殊，气候垂直变化较为明显，南北温差较大，故有"一山有四季，十里不同天"之说。

陇南的动植物资源十分丰富。境内的白龙江、白水江、西汉水、岷江流域的高山深谷地带，保存着不少成片的原始森林。全区林地总面积达 1758 万亩，占全区总面积的 38.8%，堪称我国西北内陆的绿色宝库。

陇南自古就有"千年药乡"之称。全市有各类中药材 1200多种，其中名贵药材 300 多种，尤以武都的"米仓红芪"、文县的"纹党"、宕昌的"岷归"、礼县的"铨水大黄"、西和的半夏等驰名中外，荣获国家经贸部颁发的荣誉证书。

全市水力资源极其丰富，河流密布，境内有嘉陵江、白水江等大小河流3700多条，这些河流水系均属长江流域嘉陵江水系。

……

陇南开发较早，历史悠久，文化积淀深厚。境内古代文化遗存遍布各地，西和县长道镇宁家庄新石器早期文化遗址与天水市秦安县大地湾文化遗址属同一时期，表明早在7000多年以前，先民们就在这里生息繁衍了。马家窑文化、齐家文化、寺洼文化在这里广泛而密集分布。这一带是我国远古神话人物伏羲、女娲、黄帝、刑天等有关传说的流行区域，又是五帝后期部落联盟的测日、祭日所在地，更是引领西北社会发展的嬴秦崛起之地。

据文献记载，这里还是中华人文始祖伏羲的故里，是中华民族的发祥地之一。宋代罗泌《路史·后记》载："伏羲生于仇夷，长于成纪。"仇夷，即仇夷山，今西和县南部的仇池山。

陇南，是秦人的发祥地。周、秦时期，有戎、氐、羌和秦人先祖在这里活动。今礼县东北部、西和县北部一带属古西垂地，秦始皇的祖先大骆、非子曾在这里养马，并且还有秦庄公、秦襄公、秦文公等几代君主的都邑所在地，嬴秦几代先王都葬于西垂（礼县大堡山一带），秦时于陇南境内设西县，直到秦文公四年（前762），秦人都邑才由西垂迁往渭汧之汇的新邑（今陕西宝鸡市）。此后的若干年，西垂仍是秦国的大后方。

自秦汉至隋唐的一千多年间，秦陇、渭河一带是中华民族的经济文化中心地区，关中地区一直是各朝都邑所在地。今陇南区域内最早的地方行政建置始于秦代。战国秦惠文王五年（前333），秦灭蜀时，拓地千里，其地入秦，大约就在此时首置武都邑。秦始皇统一六国，行郡县制，陇南大部分地区属陇西郡，并设县、道，见之于史料的有西县（今礼县东部、西和县北部）、武都道（今西和县南部）、下辨道（今成县）、故道（今两当县、陕西凤县一部）。

汉武帝元鼎六年（前111），首置武都郡，郡治武都道（今西和县洛峪镇），辖九县，辖区相当于今陇南市白龙江以北大部分地区。《续汉书·郡国志五》云"凡县主蛮夷曰道"，即"道"是氐、羌族集聚的地区，武都郡多以道名之。可见两汉前后陇南已是氐、羌活动中心。自此以后，开始了大规模的经济开发活动，陇南大部分地区的主要居民是氐族，今宕昌一带是羌族居住区。氐族长期生活在西汉水、嘉陵江、白龙江沿岸，与关陇地区联系密切，大量接受了汉民族的思想文化和生产技术，农耕生产已达到相当水平，种植粟、麦、麻，畜养猪、牛、马等。东汉武都郡徙治下辨（今成县），辖下辨、武都道、上禄、故道、河池、沮、羌道。武都太守虞诩，曾用"增灶"示强之法平定羌乱，并烧石剪木，开通漕运。阳嘉（132—135）初，马融在汉阳界（今成县广化）绛帐授徒。到汉灵帝建宁四年（171），李翕出任武都太守时，"年谷屡登，仓库唯亿，百姓有蓄，粟、麦（石）五钱。"同时，还开始了大规模的矿产开采，据成县《耿勋碑》记载：武都太守耿勋"开故道铜官，铸作钱器，兴利无极"。钱，即铸作钱币；器，则是铸造的器物，如兵器、礼器等。李翕还主持修阁架桥，广施仁政，下辨仇靖颂德，摩崖刊石，遂成千古贞珉。礼县盐官的井盐生产也已开始。在商业贸易方面，开通了今徽县南至嘉陵江的水运航道和今成县经徽县至陕西略阳的陆路道路，为南北地区经济贸易的发展创造了极为有利的条件。据西汉王褒《僮约》记载："武都卖茶。"可证明武都是中国最早的茶叶交易市场。

三国至南北朝时期，地处南北交界地带的陇南地区，战争迭起，烽烟不息。魏蜀相争的硝烟尚未散尽，氐杨割据的旗帜已高高竖起。这段时期，三国蜀魏相争，诸葛亮六出祁山，邓艾偷渡阴平，姜维屯田沓中，其遗迹，班班可考。由于南北对峙，陇南地区属于中原王朝"失控状态"，氐族乘机扩张势力，陇南先后出现了仇池、武都、武兴、阴平和宕昌五个氐、羌族建立的地方政权，时间持续近三百年。由于同南北朝各国的频繁交往和大规模的人口内移外迁，陇南同中原的经济文化交流进一步密切了，氐族的文明水平已接近于中原的汉族，首领封爵替代了部落酋长制，封建化进程加快了。宕昌一带的羌族同中原的关系也加强了，宕昌国王曾亲自到南梁进献甘草、当归等药材。

盛唐时期，陇南经济得到进一步发展。唐王朝在今成县、武都等地开置屯田，大量种植小麦，并生产花椒、柑橘、核桃、棉、绸等，并且还作为特产上贡朝廷。道路修建也有了新的发展，嘉陵江上游的水运航道也已开通，开凿了今成县经西和、礼县到天水的道路……

北宋史学家司马光编著《资治通鉴》曾赞誉："是时（唐天宝）中国强盛，自安远门西尽唐境万二千里，闾阎相望，桑麻翳野，天下称富庶者无如陇右。"

就在大唐王朝由盛转衰的关键时期，唐肃宗乾元二年（759），即"安史之乱"的第四年秋天，48岁的杜甫携眷西行，翻越陇山，万般不舍地辞去华州司功参军职务，自陕西陇县翻越陇山，凄惶地沿着渭水西行，经今甘肃张家川，到达秦州（今甘肃天水市），不久又向地处西陲、暂时和平的陇南避难而来。

第一章 罢官亦由人，何事拘形役？

唐肃宗乾元二年（759）7月下旬的一天，天气阴沉，诗人杜甫也心情郁闷、独坐愁城。那是一个动荡不安的年代，受"安史之乱"影响，百姓流离失所，苦不堪言。华州廨署，人来人往，仿佛一切如常，但身为司功参军曾经豪情万丈，怀揣"许身社稷，致君尧舜"大志的杜甫，却心潮起伏，志忐不定，经过了一番激烈的内心斗争后，写下了一首《立秋后题》诗歌，他下定决心，告别官场，结束自己黯然神伤的仕宦生涯，远赴陇右，"因人作远游"。

立秋后题

日月不相饶，节序昨夜隔。

玄蝉无停号，秋燕已如客。

平生独往愿，惆怅年半百。

罢官亦由人，何事拘形役？

杜甫何许人也？为何在华州廨署？又是怎样不为人知的因缘契合，让他在京华蹉跎十年光阴，苦苦追寻而来的官位，就这么轻言抛弃了呢？

杜甫（712—770），字子美，京兆万年人，出生于新登基的皇帝唐玄宗李隆基即位的先天元年（712，即开元前一年），逝世于唐代宗李豫大历五年（770）。排行第二。祖籍襄阳（今湖北），生于巩县（今河南巩义）。因郡望京兆杜陵（今陕西西安东南），故自称杜陵布衣、杜陵野老、杜陵野客。困居长安时期，曾一度在城南少陵附近，自称少陵野老，世因称"杜少陵"。曾为左拾遗，故世称"杜拾遗"。后在严武幕府任节度参谋、检校尚书工部员外郎，世又称"杜工部"。杜氏宗族不仅是书香门第，更是官宦世家。爷爷是唐朝武后时大名鼎鼎的诗人杜审言，官至膳部员外郎。父亲杜闲，曾任兖州司马。他从小就受到良好的教育。"往昔十四五，出游翰墨场。斯文崔魏徒，以我似班扬。七龄思即壮，开口咏凤凰。九龄书大字，有作成一囊。性豪业嗜酒，嫉恶怀刚肠。脱略小时辈，结交皆老苍。……"（《壮游》）英国曼彻斯特大学历史学家迈克尔·伍德认为，他（杜甫）觉得自己在年仅14岁时，就不同于其他同窗和同辈了。也许在那时，他就开始用理想主义的眼光，去看待现实世界了。（BBC最新纪录片《伟大诗人杜甫》）

　　未仕进之前他客游吴越，进士落第后又客游齐赵。天宝十载（751）奏赋。天宝十四载（755）寄家奉先县，孺弱饿死。至德二载（757）拜左拾遗。华州时弃官乃因行拂乱其所为，他既不肯随波逐流，更不肯尸位素餐。居成州同谷县时，采橡栗自

杜甫雕像（BBC纪录片《杜甫：中国最伟大的诗人》剧照）

给。代宗初立，严武被召入朝。因严武举荐，升杜甫二级，召补京兆功曹。严武由东川移衙成都府，杜甫为幕府参谋。崔旰之乱未起，杜甫离开成都，已在云安（今重庆市云阳县云安镇）数月。严武被召入朝，徐知道造反之时，杜甫客居夔州（今重庆市奉节县）。离开耒阳数月后，大约在靠近潭（州）、岳（州）之间，病死在船上。论事常有先见之明，设策以实用为要，参谋有收效之功。

杜甫给后世留下了 1457 首诗歌和 32 篇文章。唐末为司勋郎中的孟启编著过《本事诗》，记录了许多唐朝诗人的逸事，其中写道："……杜（甫）逢禄山之难，流离陇蜀，毕陈于诗，推见至隐，殆无遗事，故当时号为'诗史'。"（《本事诗·高逸第三》）

在中国，家庭和家族在一个人心中占据了核心位置。杜甫的家族相当的显赫。杜氏宗谱宣称其宗族源于远古的尧帝，古史传说系年在公元前 2357—前 2257 年之间，这个宗族以涌现了许多美德秉耀、功勋卓著的成员而自豪，若干世纪以来，它一直具有高门贵胄的血统。其中，最为著名的当属京兆（首都）杜陵的杜预（222—285），他娶了皇室司马昭的妹妹高陆公主，封位侯爵，升迁为军队的最高将领和国家的最高行政长官，杜预还留下了一部儒家经典的注释之作《春秋左氏经传集解》，得以馨享孔庙供奉，受到了宗族子孙后代的崇敬。

乾隆《甘肃通志》在名宦中记载——

杜预，字元凯，京兆杜陵人。时虏寇陇右，除预秦州刺史，领东羌校尉、轻车将军，假节，属虏兵强盛，安西将军石鉴使预出兵击之。预以虏乘胜马肥，而官军悬乏，宜并力大运，须春进讨，陈五不可、四不须。鉴怒劾奏，征诣廷尉，救赎。其后，陇右之事卒如预策……

中国文联第十一届全国委员会委员、甘肃省文学艺术界联合会主席王登渤在《寂寞庭院——关于凉州文庙的随想》一文中曾说——

……再如京兆杜氏，此家族在中国经学史上被评为"春秋有五，而独擅其一"，这一支起自西晋名宦杜预，其子杜耽携家来到河西，为张轨所用，至杜骥，历三代。使得杜氏《春秋》学再次得以延续和传承……

杜甫为这位先祖感到无比自豪，他自称是杜预的十三代后裔。杜甫的曾祖父杜依艺担任过巩县县令，属于正六品上级。杜甫的祖父杜审言，在唐高宗李治咸亨元年（670）通过科举考试，进入官场。这是一位武则天所赏识的诗人，创作过脍炙人口的诗句"银烛吐青烟，金樽对绮筵。离堂思琴瑟，别路绕山川"。（《春夜别友人二首·其一》）与陈子昂齐名，在唐代诗歌史上有建树的一位高傲的人物，与李峤、崔融、苏味道被称为"文章四友"，作品多朴素自然。《新唐书》本传说他曾经对人自夸，他的文章要使屈原、宋玉做听差，他的书法要使王羲之向他称臣，贡献过成语"衙官屈宋"，杜甫也很以拥有这样一位祖父为光荣，他说"天下之人谓之才子"。

杜审言的那首《和晋陵陆丞早春游望》，让时人耳目一新，广为吟诵——

独有宦游人，偏惊物候新。

云霞出海曙，梅柳渡江春。

淑气催黄鸟，晴光转绿蘋。

忽闻歌古调，归思欲沾巾。

杜审言曾经因事牵连，由洛阳县丞贬为吉州（今江西吉安）司户参军。在吉州受到同僚的陷害，被下狱，仇家更想处以死刑。他的次子杜并，即杜甫的二叔，年十六岁，手刃仇家于宴会之上。杜并自己也当场被人杀害。唐朝是重视子报父仇的，杜并的"孝烈"便受到了当代的同情，杜审言因之得以免罪，回到洛阳。武则天召见，要起用他，问他高兴吗？杜审言手舞足蹈称谢。武则天便叫他作一首《欢喜诗》。诗成，受到赞誉赐赏。经过一段宦海沉浮，于景龙二年（708），也就是杜甫出生的前四年在国子监主簿任上去世，死后追赠为从五品上阶的著作郎。当杜甫说"诗是吾家事"时，一定是想到了未曾见过的祖父杜审言。

惟昔武皇后，临轩御乾坤。

多士尽儒冠，墨客蔼云屯。

••••••

吾祖诗冠古，同年蒙主恩。

——《赠蜀僧闾丘师兄》

杜甫在这里所歌咏的，便是审言受武后赏识的那一节。

杜甫父亲，曾经担任过武功县尉、奉天县令的杜闲，于玄宗天宝元年（742）在兖州司马（正七品上阶）任上去世。洪业《再说杜甫》："杜闲官终兖州司马，死在天宝元年（742）兖州未改鲁郡之先。"

就母亲的谱系而论，杜甫源出于大唐王朝的李姓皇族。母亲姓崔，崔氏的母亲是舒王李元名（生年不详，卒于689年，陇西狄道人，唐高祖李渊第十八子，母为小杨嫔）的外孙女，所以杜甫是舒王的外孙女的外孙。可惜，杜甫的母亲在生下杜甫之后不久就去世了。杜甫对她没有任何印象。

封建时代的士大夫阶层，要想有所作为，功名便是他们的第二生命。在唐朝科举制度可以选拔优秀的人才，学问好的人，能有机会进入仕途。科举制度是古代中国及受中国影响的日本、朝鲜等国家通过考试选拔官吏的制度，是封建时代所采取的最公平的人才选拔形式。唐朝科举考试有秀才、明经、俊士、进士、明法（法律）、明字、明算（数学）等多种科目，考试内容有时务策、帖经、杂文等。他们属于统治阶级，读书的目的就是为了做官，以管理百姓，说得体面一点，就是为了"治国平天下"。唐代的情况是：一般要通过考试，成为"进士"或其他名目；其次是直接向皇帝陈情（陈述自己的想法）或通过有权者的推荐干谒；再次或者通过荫补制度，因为这一制度允许品级达到从六品上阶的官员的儿子通过荫补制入仕。

我们的诗人前面这三种路径他都不懈努力过，结果都不尽如人意；而最后一种荫补之路，很有可能为了不让再娶的父亲杜闲为难，也为了继母卢氏欢心，他将这一难得的机遇，让给了同父异母的弟弟杜颖。后面的叙述中我们还要涉及。

杜甫参加过的两次考试都失败了。第一次是开元二十三年（735），年二十四岁，时在洛阳赴乡贡。第二年即开元二十四年（736），年二十五岁，在洛阳参加进士考试，不第。第二次是在天宝六载（747）正月，年三十六岁，时在长安应试，也没有及第。天宝六载（747）唐玄宗下诏：天下士人通一艺者，赴京师就选。奸相李林甫怕应考者揭露自己的劣迹玩弄了各种手法，使应试的人全部落第，他因而向皇帝恭贺，说是"野无遗贤"。在这一次的落第者中，元结也是其中的一个。经过两次失败之后，杜甫没有再去应试了。

杜甫也曾经三次直接向皇帝陈情。怎样向皇帝陈情呢？把最优美的文字用汉赋体制写成，叙述铺张，用事典雅，以史为鉴，喻讽于颂，然后大胆地将它们投入延恩匦。所谓延恩匦，由一名主事纳谏的官员掌管，是一项由来已久的制度，意在帮助有上进抱负者寻求承认，谋取一官半职。投赋延恩匦时，他一定希望这会给他带来一个文职官员的任命。延恩匦每天一定充满了大量文章，毫无疑问只有少数文章才能通过主管官员的挑选进呈到皇帝面前。

可是我们的诗人运气总是差那么一点点，结果与愿景总是失之交臂，擦肩而过。第一次是天宝六载（747），年三十六岁，他曾经毛遂自荐进献《天狗赋》，但没有下文。第二次是在天宝十载（751），年四十岁，他献上《三大礼赋》，即《朝献太清宫赋》《朝享太庙赋》《有事于南郊赋》。这一次受到唐玄宗的"奇视"，命待诏集贤院。第二年（752）又召试文章送隶有司，参列选序，但也遭到奸相李林甫的遏制，没有结果。第三次是在天宝十三载（754），年四十三岁，献上《封西岳赋》《雕赋》，又没有下文。

华州工作的挫败，那些精心准备而不被欣赏的考试题目，迫在眉睫的州郡考试日期的临近，促使杜甫抛弃官职，决意离去。

那他在华州主要的工作是什么呢？又与州郡考试有着怎样的

关联？

华州，中国古代行政区划名，在今陕西省渭南市华州区境内及周边地区，因州境内有华山而得名，辖境屡有变化。

西岳华山

华山，古称"西岳"，雅称"太华山"，为五岳之一，位于陕西省渭南市华阴市，在陕西省会西安以东120公里处。南接秦岭山脉，北瞰黄渭，自古以来就有"奇险天下第一山"的说法。中华之"华"源于华山，由此，华山有了"华夏之根"之称。

华州前据华山，后临泾渭，左控潼关，右阻蓝田关，历代为关中军事重地。

华山之险峻，从北宋时期寇准的《咏华山》，可以窥一斑而知全豹——

咏华山

只有天在上，更无山与齐。

举头红日近，回首白云低。

唐朝时，武德元年（618）改华山郡为华州，割雍州渭南县来属，武德五年（622）渭南县复隶雍州。垂拱元年（685）割同州下邽县（今临渭区渭河以北）来属，华州辖郑县、华阴（包括潼关）、下邽3县，州治在郑县。垂拱二年（686）改华州为太州，神龙元年（705）复华州旧名，天宝元年（742）华州改为华阴郡，乾元元年（758）复称华州，上元二年（761）再次更名为太州，宝应元年（762）复华州旧称，乾宁四年（897）华州升为兴德府，天祐三年（906）又改为华州。唐时，郑县治所在今华县城西，华州治所于永泰元年（765）后在今华县城。

人生无常，世事难料。

乾元元年（758），6月27日，宰相张镐罢政事，遣为荆州防御使。大约一个月后，同乡、好友房琯被贬为邠州刺史。接下来，皇帝将国子祭酒刘秩和京兆尹严武视为房琯的两大亲信朋党，分别左迁为阆州刺史和巴州刺史。或是同时或是紧接其后，杜甫被左迁为华州司功参军，官阶为从七品下阶，其地在长安以东120公里。在东行之前，杜甫到西郊去向自己的亲友们告别。就在一年多前，他就是从金光门逃出长安，奔向凤翔行在，拜谒新皇帝肃宗去的。

至德二载甫自京金光门出间道归凤翔乾元初
从左拾遗移华州掾与亲故别因出此门有悲往事

此道昔归顺，西郊胡正繁。

至今残破胆，应有未招魂。

近侍归京邑，移官岂至尊。

无才日衰老，驻马望千门。

诗中充满了酸楚，一个人千辛万苦才获得的东西，不得不被迫放弃,自然会这样。

司功参军的职责范围很广。他要管理学校、庙宇、考试、典礼乃至办公设备,等等。他不得不服从刺史起草表奏书简。他要记录州中所有官员的优劣、服务年限、请假缺席……

在杜甫现存的文章中,有两篇是这个时期的作品。这两篇可能是他的得意之作,他希望传之后世。其中一篇是《为华州郭使君进灭残寇形势图状》,力劝皇帝早一点对安庆绪叛军采取军事行动,并建议朝廷军队集中攻击相州东、西两州,时间最好在秋收之前。这篇作品,显示了杜甫潜在的军事才能。

另一篇文字包括了五个策问进士的问题,这次考试会选出三个或三个以上举子,把他们推荐到长安参加科举考试。策问类似于当下公务员考试的《申论》,以时政社会热点为话题,阐述你的观点和看法。诸如有什么办法能够增加政府的收入以供给朝廷军队,而不是把经济负担加到百姓头上?有什么办法能够在目前公共市场中几乎买不到马匹的情况下提高驿站系统的效率?有什么办法能够恢复对河流的管理,使得渭水利于行舟?漕运能顺利抵达长安?……

华州毗邻京畿,是科举大县,士子如云,人才济济。杜甫的这些考题,未必得到考生的拥戴。如果从前的试卷题目是从古典文学中选出来的一般性问题,为什么现在考生就得被要求真正了解今天的现实问题?再说了,杜甫你是谁?你自己都从未在科举考试中成功过。你甚至都不能在朝中成功地做一名拾遗。这些知识在朝廷中并不需要。我们要做一名成功的进士和官员。为什么要我们遵循你的治学之道?……

再说泱泱华夏,历朝历代,尤其在封建社会人治大于法治,世道永远是个人情社会,甭说皇亲国戚、达官显贵也有草鞋亲哩,就是乞讨的叫花子，也有三个跛脚朋友哩。当面陈情的，辗转拜托的，四面八方，都盯着科举这座独木桥，八仙过海，各显神通，位卑言轻的区区司功参军，焉有招架之力？

三十六计，走为上计。

杜甫下定决心抛弃官职，走向自认为逍遥自在的人生之旅。前路漫漫，一切都是未知，寻寻觅觅，摸着石头过河，一步步往前挪吧。

走到这一步，杜甫也是万般的不舍。他深知，迈开这一步，就意味着自己政治生命的结束。自从去年六月房琯贬后，刘秩、严武同时黜斥，肃宗下严诏斥责房党，杜甫曾经抗疏救琯，素有房党的嫌疑，这时再来京师插足政界，是势不可能的。而党争的根本矛盾是在玄宗、肃宗父子俩的身上：肃宗不跟玄宗入蜀，又不征得玄宗同意，先在灵武即位，他对玄宗是心怀惭愧的。拥戴他的灵武勋臣（李辅国为首的大臣们），就利用他这个心理，挑拨他们父子翁媳（张后）君臣间的矛盾；他们对玄宗和蜀郡旧臣，都是不怀好意的，尤其是那个自视甚高，而又为玄、肃父子所信任的房琯。党争一爆发，株连众多，连一个长安大云寺的赞公和尚，也被贬逐到秦州去；杜甫这时行使他的左拾遗的职权，抗疏救琯；肃宗便兴大狱，把他交三司推问（三司推事，唐朝审理大案时的一种审判制度，三司分别是御史台、刑部、大理寺。每逢大案、要案，常常由大理寺卿会同刑部侍郎、御史中丞共同审理，叫作"三司推事"）。房琯是一位颇负名望的两朝重臣，杜甫是一位新归顺的忠臣，肃宗为什么对他们毫不留情呢？我们若了解这案情的错综关系，原来是因为统治者家庭父子间发生矛盾，就会明白这党争所以这样激烈的缘故。就在乾元二年（759）春天，杜甫从洛阳回华州，亲眼看见民间疾苦，对肃宗的朝政完全失望了;当时的情形是京官无俸,杜甫一家老小不能靠此生活,所以丢了华州参军,不就近入京谋官,情愿去乡远游,另谋生计(《通鉴》:乾元二年九月,"绛州铸乾元重宝大钱,在京百官,先以军旅,皆无俸禄,至是始以新钱给其冬料"),可见本年九月以前,京官是无俸的,杜甫弃官在本年七月。

华州廨舍里,妻子杨氏开始忙乎着收拾行囊,整顿衣物,做远行的准备。少年不知愁滋味的儿子宗文、宗武为即将出门远行欢呼雀跃,襁褓中的两个女儿看着两个蹦跳欢喜的哥哥一脸迷茫、懵懂。只有稍稍懂事略知人世艰难的杜甫同父异母的最小的弟弟杜占,帮助嫂嫂杨氏打点着行装。

杜甫已向华州郭刺史告假了,理由是身体有恙,需要暂时休假。郭刺史一番虚情假意的挽留后,内心巴望杜甫早些离开,作为上司,那种尴尬、难堪,又是难以启齿的憋屈。

正如杜甫的前辈诗人刘希夷在《代悲白头翁》中吟诵的那样——年年岁岁花相似,岁岁年年人不同。乾元二年(759)前7个月,杜甫和他的家国一样,经历了大起大落、大悲大喜。这些悲喜的情愫,一一呈现在他的诗歌中:去冬今春,郭子仪、李光弼等九节度使60万大军围叛军于相州(今河南安阳),形势大好,作《洗兵马》。3月,形势突变,杜甫由洛阳回华州,作《新安吏》《石壕吏》《潼关吏》《新婚别》《垂老别》《无家别》,这组传诵千载的诗史,即谓"三吏""三别"。作《赠卫八处士》《夏日叹》《夏夜叹》等。

初秋的关陇驿道,荒草萋萋,萧瑟冷落。

759年7月下旬的一天早晨,杜甫一大家八口人:48岁的杜甫、37岁的妻子杨氏、9岁的大儿子宗文(小名熊儿);5岁的小儿子宗武(小名骥子)(萧涤非主编《杜甫全集校注》附录一杜甫年谱简编记载：天宝九载（750）（杜甫）39 岁长子宗文约生于今年；天宝十三载（754）（杜甫）43 岁，约今年秋，次子宗武生。《宗武生日》诗云："小子何时见？高秋此日生。"）、两个褓襁中的女儿、杜甫 13 岁的弟弟杜占、仆人杜安，以及一辆简易的马车，早早启程离开了华州，苦涩地向西经过京都长安，走过陈仓，走过宝鸡……

陇山挡道！

一夫当关，万夫莫开！

唐《通典》载：

"天水郡有大阪，名曰陇坻，亦曰陇山，即汉陇关也。"《三秦记》云："其坂九回，上者七日乃越。"陇山地形险要，山势高峻，行者多有慨叹……

《乐府·陇头歌辞》感喟：

"陇头流水，流离山下。念吾一身，飘然旷野。朝发欣城，暮宿陇头。寒不能语，舌卷入喉。陇头流水，鸣声呜咽。遥望秦川，心肝断绝。"

……

巍峨高耸绵延不绝地横亘在关、陇之间的陇山，又称陇坂、陇坻，一如阅尽沧桑的老人，默然无语地凝望着艰难跋涉的杜甫一家的到来。

第二章　秦州山北寺，胜迹隗嚣宫

今天，"陇"为甘肃简称之一，"陇右"也主要指甘肃。

陇右即陇山之右。古人以"东为左，西为右"，所谓"陇右"，即陇山之右，陇山以西，大体包括今天水市、定西市、兰州市及平凉市一部分。陇山以东的平凉、庆阳两市，习惯上称为"陇东"。

"陇右"地区，最早称"陇西"。秦朝首设置陇西郡，汉代又从陇西郡分设天水郡和武都郡。

到了唐代，唐太宗贞观元年（627），将全国划分为10道，其中就有陇右道。

那时的陇右道，是多么的"阔气"——陇右道管辖18个州和两个大都护府，包括秦州（今甘肃秦安县）、渭州（今甘肃陇西县）、武州（今甘肃武都区）、兰州（今甘肃兰州市）、河州（今甘肃临夏县）、岷州（今甘肃岷县）、洮州（今甘肃漳县）等及安西都护府、北府都护府。唐代陇右道，地域辽阔，"东接秦州，西逾流沙，南连蜀及吐蕃，北界朔漠"。

唐朝都护府分为大都护府和上都护府，是唐人仿照汉代西域都护府的建制，在民族地区设置的特别行政机构。

那秦州当时是怎样一种情形呢？

秦州：三国魏文帝黄初元年（220）始置，因秦人之"秦"

而得名。不久，即并入雍州。晋武帝泰始五年（269），合七郡复置秦州，治冀县（今甘肃省甘谷县西）。太康三年（282），又撤秦州并入雍州。太康七年（286），再立秦州，秦州及天水郡郡治又迁至上邽（今天水市城区），属郡及辖县不变。东晋十六国及南北朝时期，政权更迭频繁，而秦州始终存在。隋文帝开皇三年（583），裁撤郡级政区，实行州县二级制，秦州直接辖县，辖区缩小。唐宋元明清，历代因之，属地和今天水市大体相当，名称一直沿袭到民国 2 年（1913）。据《元和郡县图志》，唐代秦州辖上邽、伏羌、陇城、清水、成纪五县，为陇右一大都会，人口稠密，经济发达。

关陇古道是丝绸之路从长安进入陇上的必经之路，横亘于陕甘交界的陇县与张家川县之间，杜甫当时就是沿着这条官道进入陇右的。"七月，弃官携家流寓秦州（今甘肃天水）。《立秋后题》云：'日月不相饶，节序昨夜隔'，'罢官亦由人，何事拘形役？'遂由华州西行度陇而至今甘肃张家川，再经清水沿牛头河而下至社棠，再由社棠渡渭河西上至秦州城。先居城内，后居侄杜佐草堂。"（萧涤非主编《杜甫全集校注》之附录一杜甫年谱简编）

秦州杂诗·一

满目悲生事，因人作远游。

迟回度陇怯，浩荡及关愁。

水落鱼龙夜，山空鸟鼠秋。

西征问烽火，心折此淹留。

车马渐慢，秦州界碑清晰可见。

杜甫全家蜀道行

　　望着关山上的烽火台，带着一身的疲惫，心情复杂的杜甫，踏入了此次西行的目的地——秦州。

　　古秦州（今天水市），陇右要隘，长安以西第一个重镇。翻越陇山，便可到秦州地界。

　　天水市地处甘肃东南部，是中华民族的发祥地之一，人文始祖伏羲的故里，也是秦国最早建都之地，古丝绸之路上的繁华重镇，唐宋时期对外贸易的重要口岸。历史上的天水，以桑麻翳野、都邑殷阜、经济发达、文化鼎盛、英才辈出而闻名。

　　天水有着悠久的商贸历史和优越的商贸发展条件。作为古丝绸之路中外经济文化传播交流的必经站，天水曾发挥着重要的商贸中转站作用。"过陇坂""发秦州"是当时客商、文人和使者笔下最频繁而最耀眼的词汇。秦州之地富庶平和，人口众多，远离中原战火，杜甫决定暂居于此。在汉唐时期，西域的歌舞以及石榴、葡萄等已在天水扎根，成为天水百姓生活文化的一部分。

天水本地出产的水烟、土布、药材、山货、皮革、烧酒作为大宗商品，行销陕、甘、川各地。俗称："拉不完的秦州，填不满的兰州。"

乾元二年（759）8 月，杜甫一家来到秦州后，大部分时间住在秦州城里，后期到秦州东南七十里的东柯谷暂住，也在东柯谷以西十里处的西枝村做过临时的居住。

东柯谷、麦积山、西枝村三处的位置，在山东大学《杜甫全集》校注组编写的《访古学诗万里行》一书中，曾有过精细的描述——

……参观完麦积山石窟后，我们又去寻找杜甫在秦州曾到过的另外两个地方：东柯谷和西枝村。（光绪重纂）《秦州直隶州新志》对秦州、东柯谷、西枝村、麦积山之间的相互方位和距离，作了详细地记述："由跑马泉（在天水东南方向三十余里，现为东泉公社）东南二十里为甘泉寺镇，有甘泉寺，泉在寺中厦下，一名春晓泉。南五里为西枝村。村后有赞公土室，龟凤山在其西北，山环抱如凤翼，中有峰，形如龟，山下有泉，名香泉。由跑马泉东行十里为东柯谷，有唐杜甫草堂遗址，泉名子美泉。入谷东行二十里为街子镇。麦积、仙人、石门三山皆与其地相近。"由此可知，麦积山距东柯谷、西枝村都不太远，这三地处在一个三角形的位置上。

俗话说，甭小看过生活，一只毛茸茸的雏鸡一天也要消耗四两水哩。何况杜甫拖家带口，一家八口人，吃饭是需要首先解决的问题。

离开了封建官僚体制，脱离了职位，俸禄自然就没有了，生计问题是杜甫不得不面对的事情。唐代官员的俸禄来源主要靠俸钱、禄米、职分田三大项。他在华州担任司功参军是从七品下阶，一年的俸禄为七十石，除此之外，外官比京官低一等俸禄，外官无禄。即便是到了贞观年间（627—649）也一直沿用，只不过当时外官卑品贫匮，宜给禄养亲。如果不够的话，就用盐来代替。

此外，唐朝官员还有很多其他福利待遇，比如贞观年间，一品有职分田十二顷（约合 600 市亩），俸钱 81.6 两；七品三顷（约合 150 市亩），俸钱 25.2 两。

要是将俸钱和禄米转换成现在的钱来说，一品大员一年俸收约为 60 万，七品官员一年俸收约为 14.6 万。

"安史之乱"严重地造成了大唐王朝的贫困与艰难。早年间给官员的俸禄制度没法延续下去。

然而，这一切，对于杜甫而言，都是过去式了。

在秦州，他和一家人的衣食，主要靠亲友的接济和自己采集、出售药材维系，另外可能还有一些微薄的积蓄。

安顿好家人后，杜甫以休闲游玩、访友、写诗、山中采药、集市出售来打发时间，延续生活。

秦州是一座古城，历史悠久，风貌独特，胜迹遍布。

乾隆《直隶秦州新志》卷一（沿革）记载秦州形胜：西倚天门，东扼陇坻，南连嶓岷，北接凤凰，有虎豹在山之势，长蛇首尾之形，兰河之中坚，关陇之镇也（《巩昌旧志》）。辖秦州、秦安县、清水县、礼县、徽县、两当县。有著名的秦州十景：伏羲卦台、诸葛军垒、天水灵源、东柯草堂、玉泉仙洞、南山古柏、麦积烟雨、石门夜月、净土松涛、渭水秋声……

在秦州，虽说缺衣少食，但眼下日子倒也安稳平静，这使杜甫颇为满足。神清气爽的杜甫穿着打了补丁的旧衣，脚蹬两只麻鞋，优哉游哉遍览了城内城外近郊远野的山川风物，庙宇楼亭。隗嚣宫、南郭寺、东楼、赤谷西崦、太平寺、麦积山等都留下了他的足迹履痕。同时，他还访问田舍，览物观俗；眺望关塞的烽火，细听城头的鼓

天水市伏羲庙东牌楼

角。他被这里的自然风光所倾倒，也被此处的名胜古迹所吸引，为这里的殊风异俗而称奇，也为此地的雄山秀水而惊叹。他用大量的诗篇作了生动、细致的描绘。

秦州杂诗·二

秦州城北寺，胜迹隗嚣宫。
苔藓山门古，丹青野殿空。
月明垂叶露，云逐渡溪风。
清渭无情极，愁时独向东。

山寺

野寺残僧少，山园细路高。
麝香眠石竹，鹦鹉啄金桃。
乱石通人过，悬崖置屋牢。
上方重阁晚，百里见秋毫。

因情而访古，访古以寄情。城北寺，唐代称崇宁寺，遗址在今天水市区北山。唐代秦州城北有崇宁寺，城中有永宁寺，城南

山腰有南郭寺，并称秦州三大寺。崇宁寺寺址即原隗嚣宫所在。

隗嚣（？—33），字季孟，西汉末天水成纪（今甘肃天水市秦安北）人。新莽地皇四年（23）隗崔、杨广等聚众起义，反抗王莽统治，攻占天水郡治平襄（今甘肃通渭县城）。隗嚣出身陇右大族，知书通经，素有名，好经书，初为天水郡吏，被国师刘歆推荐为国士（国师的属官），是一个典型的文人。陇右豪族举兵反抗王莽，嚣被公推为上将军，建号"复汉"，并很快控制天水、陇西等郡，由此名震西州。光武帝刘秀平定关中之后，隗嚣与之时附时离，最后反目成仇。建武六年至九年（30—33），隗嚣和汉军反复在陇右厮杀，终在刘秀大军压境的情况下，于建武九年（33）春，忧愤而卒。

王元、周宗立隗嚣少子隗纯为王。第二年，来歙、耿弇、盖延等攻破隗纯据守的最后一个据点落门聚，周宗、行巡等带着隗

天水市麦积山石窟

天水市南郭寺

纯投降于东汉，从此结束了陇右隗氏的统治。

隗嚣割据天水期间在上邽（今天水市城区）城北、麦积山雕窠峪、冀（今天水市甘谷县西）县大像山（大像山位于甘肃天水市甘谷县，因山巅修凿释迦牟尼大佛像而来）、落门聚（今天水市武山县洛门镇）西旱坪等地大造行宫，俗谓避暑宫。隗嚣失败后，殿宇毁坏。南北

天水市南郭寺北流泉

朝时，因上邽（时为秦州州治）隗嚣宫遗址建崇宁寺，所谓"传是隗嚣宫"即指此。

而眼下国家动荡，朝廷多事，此时已如将倾大厦，岌岌可危，秦州为陇右重镇，自然少不了使节匆忙的身影和氐、羌少数民族民众以及胡商如织般穿梭，"降虏兼千帐，居人有万家"（《秦州杂诗二十其三》）、"羌女轻烽燧，胡儿掣骆驼"（《寓目》），这深深让杜甫寝食难安、夜不能寐。于是，他心情复杂地写下了：

夕烽

夕烽来不近，每日报平安。

塞上传光小，云边落点残。

照秦通警急，过陇自艰难。

闻道蓬莱殿，千门立马看。

诗人的隐忧并非空穴来风。四年之后，秦州沦陷于吐蕃。《天水市志》（2004 年版）大事记记载：唐代宗宝应二年，广德元年（763）七月，吐蕃攻入大震关，侵占兰、廓、河、鄯、洮、秦、成、渭等州，占据河西、陇右。今辖区沦陷于吐蕃。

在杜甫看来，远离战争，远离战火，人与自然和谐相处，相得益彰，便也是人世间好日子了。

杜甫十分推崇他的远祖杜预（222—285），这位中国魏晋时期军事家、经学家、律学家，他在西晋建立后，历任河南尹、安西军司、秦州刺史、度支尚书等职，与贾充等编修《晋律》……

因而，杜甫到秦州后，对秦州更多了一份亲近感、自豪感。

东柯谷是杜甫族侄杜佐的居处。位于今天水市麦积区甘泉镇柳家河村。杜甫远来秦州，和杜佐有很大关系。《秦州杂诗·其一》说："满目悲生事，因人作远游"，即指此。光绪重纂《秦州直隶州新志》卷二载："由马跑泉东行十里为东柯谷，有唐杜甫草堂遗址，泉名子美泉。"杜甫在所记的秦州胜景中，东柯谷是写得最多的一处。

西枝村即今麦积区甘泉镇西枝村，又名元店。

赞公原为京都长安大云寺住持，与杜甫是"布衣交"。（杜诗原注：赞，京师大云寺主，谪此安置。）两年之前，即肃宗至德二年（757），杜甫在长安决意投奔凤翔肃宗行在，临行前，杜甫曾往长安怀远坊大云经寺住宿数日，以避胡人耳目，寺僧赞公相送青丝履鞋子和白毛巾。两人还密商潜逃凤翔之计，叮嘱你知我知，万不可泄露消息。也是因为房琯案牵连被放逐到秦州，暂住在西枝村。杜甫来秦州后探望赞公，赞公留宿夜话。在赞公陪同下，杜甫欲寻置草堂地，曾做过长期居住的打算，或许没有寻觅到理想之地，或许因为囊中羞涩，拿不出置地银两，只好作罢。现在西枝村所在的公路旁，仍有几孔相连的窑洞，烟熏火燎之釉层斑驳可见，传为赞公土室。

示侄佐

多病秋风落，君来慰眼前。

自闻茅屋趣，只想竹林眠。

满谷山云起，侵篱涧水悬。

嗣宗诸子侄，早觉仲容贤。

宿赞公房

杖锡何来此，秋风已飒然。

雨荒深院菊，霜倒半池莲。

放逐宁违性，虚空不离禅。

相逢成夜宿，陇月向人圆。

阴雨天气、身体状况不佳出不了门的时候，杜甫就在家辅导两个儿子、弟弟杜占温习四书五经，也给他们讲授秦州大地的风土人情、迥异的生活习俗，绘声绘色地描摹伏羲、女娲、秦非子、秦襄公、秦文公、飞将军李广等秦州成长起来的杰出人物的前世今生、轶闻掌故；栩栩如生地讲述先祖杜预这位魏晋时期军事家、经学家、律学家，娶了司马昭妹妹高陆公主为妻，贵为驸马，文治武功，尤其在泰始六年（270）6月，司马炎起用杜预出镇边关，先为安西将军军司，后任秦州刺史领东羌校尉、轻车将军，早在贞观二十一年（647），唐太宗诏令历代先贤、先儒二十二人配享孔子，其中就包括杜预这位光耀后世的显赫人物……

天色向晚，炊烟袅袅。

一灯如豆。

夜幕降临，松涛阵阵，秋风沙沙作响。

在东柯谷茅舍里，一家人刚刚吃过晚饭，憔悴的杨氏给两个褓褓中的女儿喂奶水，大儿子宗文洗刷、收拾着灶台上的锅碗瓢盆，杜占抱着青草走向马厩，仆人杜安用斧头劈着碗口粗的木柴。

杜甫坐在火塘旁的木墩上，一手捧着一摞素笺，一手拿着毛笔，凝望着苍穹，捻须苦思

天水市柳家河村东柯杜甫草堂

冥想。

小儿子宗武虔诚地手持砚台，依偎在父亲身旁，仰望着苦思冥想的父亲，脱口吟诵着父亲前几日才写成的诗作——

秦州杂诗·七

莽莽万重山，孤城山谷间。

无风云出塞，不夜月临关。

属国归何晚？楼兰斩未还。

烟尘独长望，衰飒正摧颜。

杨氏抱着两个女儿，无助地走到杜甫面前："夫君，明天又要断炊了，如何是好？"

杜甫站起来抱过襁褓中的女儿，示意妻子坐在火塘旁的木墩上："娘子，你坐下暖暖身子，明天我就去上山采药吧，困难只是暂时的，暂时的。"

妻子杨氏于心不忍，关切道："唉！又要夫君跋山涉水受累了，是我们母子拖累了你。"

"娘子，受累的是你们母子呀！我作为一个大男人，一家之主，没有能力让你们有房子住，孩子没有受到良好教育的条件，有家不能归去，成年累月浮萍般四处漂泊，风餐露宿，我对不起你们呀。"

妻子杨氏无语饮泣。

杜甫抱着襁褓中的女儿，哽咽着走向门外……

杜甫虽说出生于官宦世家，但就杜甫个人而言，也是一个苦命的孩子。进士出身的祖父杜审言在当时，是一位声名如雷响当当的人物，可惜在杜甫出生的前四年就已去世了。可能是荫补制度的恩赐，让父亲杜闲成为武功县尉、奉天县令和兖州司马。母亲崔氏可能在杜甫四岁的时候病逝了。在杜甫的记忆中，几乎没有母亲的印象。

父亲杜闲在他乡做官，无暇照顾、抚养幼小的杜甫，只好把三岁的杜甫寄养在洛阳建春门内仁风里二姑母万年县君、姑父裴荣期家中，由姑姑照料抚养。萧涤非主编《杜甫全集校注》附录一杜甫年谱简编记载：开元二年（714），3岁。寄养于洛阳二姑母家，重病几死。开元五年（717），6岁。曾至郾城（今河南），得观公孙大娘舞一剑器浑脱。50年后，白首老翁杜甫在夔府别驾元持家里，观看临颍李十二娘跳剑器舞。抚今追昔，心中无限感慨，写下了《公孙大娘弟子舞剑器行》诗作……

大概那时正是瘟疫流行时期，杜甫和这位姑姑的儿子同时染病，请来治病的女巫指出，只有被安置在卧室东南角的那个孩子才能幸存。于是，杜甫的姑姑把自己的孩子移出东南角，而把幼小的杜甫安置在那里，杜甫说："我用是存，而姑之子卒。"姑姑的性格可以解释杜甫一生中做出的许多决定，在那些决定中他都有意选择了自我牺牲。

那么，同时代的人，如严武、高适等写给杜甫的诗篇，又为何把杜甫称作杜二呢？根据史料推断，杜甫有一个兄长，猜测这位兄长在很小的时候就去世了。卢氏夫人是杜甫的继母，在杜闲的第一个妻子崔氏去世后过门。在杜诗中，三个弟弟和一个妹妹常被饱含感情地提到。这些孩子无疑是杜闲和第二个妻子卢氏所生。

秦州地处关山、小陇山和秦岭之间，植被葱茏，林海茫茫。

树林间、溪水旁，生长着异常丰富种类繁多的野生植物资源、药材资源。诸如甘草、羌活、半夏、枸杞、当归、车前子、黄连、秦艽、柴胡、黄精、大黄、连翘、红花等等。

尤其中原地区很少见到的虎骨、熊胆、麝香等名贵药材，在深山林区猎户人家家中就可以收购得到。

这天一大早，杜甫拿着药锄、提着药囊，和大儿子宗文、仆人杜安匆匆忙忙向着东柯谷南山走去。

自古以来，儒医相通。杜甫自幼丧母，深知失母之孤苦。后稍懂事理，便醉心医书，恨不得使出浑身解数，将另一个世界中的母亲迎回，亦深恨庸医未能救助母亲。加之机缘巧合，于嵩山元逸人处偶得《素问》，遂对经络、穴位、药理、医道潜心研究，又于游历之中采集不少上等草药，再加上药王孙思邈之《备急千金要方》指点，不知不觉已渐渐成为医中妙手，为未来的生活奠定了基础。

长安蹉跎的那十年，干谒汲引，求情于达官显贵，奢望实现"安社稷、济苍生"宏愿，再不济唯求妻小衣食温饱，那些有辱仕宦世家门风"奉儒守官、以坠素业"的龌龊事也不得已而为过，甚至在除夕夜无家可归，借宿、乞食于族侄李林甫乘龙快婿杜位的豪宅里，讨杯残羹冷炙。

求告无门、求食无着的时候，操起老本行，上终南山寻找一些稀缺的中药材，在长安东市出售药物，换取银两，一大家人衣食的问题也就暂时有着落了。

夕阳衔山，牛羊归栏。

杜甫一行风尘仆仆满载而归，回到东柯谷茅舍时，小院里传来阵阵欢声笑语。杜甫推门进院，原来二子宗武正趴在院子里一棵歪脖子枣树上，把枣树上零落的深红干瘪枯枣摘在手中，扔到两个妹妹的襁褓中，惹得两个妹妹咯咯直笑。杜甫满脸欢喜，哪顾得一日采药、挖药的辛劳，开口吟诵道——

百忧集行
忆年十五心尚孩，健如黄犊走复来。
庭前八月梨枣熟，一日上树能千回。
……

妻子杨氏嗔怪道："夫君，辛苦了一天，赶紧歇息喝碗水吧。焉提当年之顽劣。"

杜甫爽朗地大笑："犬子宗武，一如当年之子美，身轻如燕，灵巧自如，何不乐乎？"

深山采药，茅屋晒药，闹市出售，诸多生计艰辛烦琐细节，被我们诗人的一首小诗总结其中。个中甘苦，几多心酸与无助，只有感同身受冷暖自知了——

秦州杂诗·二十
唐尧真自圣，野老复何知？
晒药能无妇，应门幸有儿。
藏书闻禹穴，读记忆仇池。
为报鸳行旧，鹪鹩在一枝。

往事如烟。

前文我们说到杜甫寄居在洛阳建春门内仁风里二姑母万年县君、姑父裴荣期家中，由姑姑照料抚养。那我们推测我们的诗人早年教育可能是在一所私立学校中完成的。因为在大唐帝国确实有一个公立学校系统，但只对特权阶层的子弟开放。一般来说，私立学校或者就是私塾，是由一些能够负担得起聘请老师费用的家庭联合开设，以便对孩子进行文献经典的开蒙。在唐代科举考试中，候选者或者由公立学校选送，主要参加以儒家经典为内容的明经考试，或者由各州郡选送，主要参加诗赋写作为主的进士考试。

由于父亲杜闲曾在武功、奉天任职，那杜甫的早期教育可能随着父亲任职地方的转换，父亲携他到所任职的地方继续求学，完成学业。

如果杜甫的文学天赋，在十三四岁时就足以打动当时的某些著名文人，那不仅意味着他出色的文学禀赋，也说明极不寻常的刻苦学习，夜以继日的青灯黄卷孜孜苦求。

壮游

往昔十四五，出游翰墨场。
斯文崔魏徒，以我似班扬。
七龄思即壮，开口咏凤凰。
九龄书大字，有作成一囊。
性豪业嗜酒，嫉恶怀刚肠。
脱略小时辈，结交皆老苍。
饮酣视八极，俗物都茫茫。
……

在这首长诗里，我们能找到杜甫对青年时代的大部分回忆。他在诗中说自己"七龄思即壮，开口咏凤凰，"凤凰在儒家传统中是治世的先兆。"九龄书大字，有作成一囊。"那么十四五岁时,他已经"出游翰墨场,"与岐王李隆范(后改名李范)和当时的著名文人郑州刺史崔尚、豫州刺史魏启心、音乐家李龟年等同游。这些当时大名鼎鼎的文人,甚至将他比作古代文学大师班固和扬雄的再生转世。(班固和扬雄,都是西汉著名学者、作家)

唐初规定男丁 16 岁以上为中男,21 岁以上为成丁,60 岁为老。唐中宗时,成丁年龄改为 23 岁。唐玄宗时,以 18 岁以上为中男,23 岁以上为成丁,58 岁为老。

从成为中男的年龄变化可以看出,唐朝在承担赋役的成年男子年龄方面规定的变化是:年龄规定越来越大,彰显了唐朝轻徭薄赋的政策,更为人性化。

开元十八年(730),19 岁的杜甫,尚未成丁,即已开始了祖国河山的漫游。此次漫游时间较长,从 19 岁开始,花费了将近四年的时光,到 23 岁时,暂时告一段落。

在唐代,游览天下名山大川,开阔眼界,增长经验,充实胸襟,是当时士子之风尚,因之"仗剑去国,辞亲远游",乃见"大丈夫有四方之志",亦成为当时人士与登科并重的出身捷径。

杜甫从游历山西的郇瑕(今山西猗氏)开始,结识韦之晋、寇锡,过金陵(今江苏南京),下姑苏(今江苏苏州),渡长江,泛剡溪。此次游吴越,也与其所游历之地有人事关系密不可分。时有姑丈贺为担任常熟(今江苏常州)县尉、叔父杜登为武康(今浙江潮州)县尉。

此次漫游,是自东都洛阳出发,沿鸿沟由荥阳成皋(今河南郑州荥阳广武)一带,别名楚河汉界即中国最早沟通黄河和淮河的人工运河而达江南。到金陵后,与许八拾遗即许登及旻上人同游,曾去瓦官寺观看东晋著名画家顾恺之所画的维摩诘(佛教经典人物）像，又从许登处求得一幅。其后在乾元元年（758），送许八归江宁省亲时，于诗歌中又提及此事。东下姑苏，登虎丘……至会稽，寻禹穴，追索秦始皇以往之行踪，赏鉴湖秋色，乘剡溪（今浙江剡县城南，即曹娥江之上游）春船，泊于天姥山下而归。所经游者，无一而作，六朝诗人谢灵运、谢朓诸人之所歌咏江南胜地，亦无一而非诗境。有漫游山川佳丽之地，大抵亦有所歌咏，可惜都无留稿。

说句题外话，是年王维入公主第唱"轮袍"，并献诗卷，随即举进士，以状元及第。薛璩同榜进士，王昌龄举"博学宏词"科。

也就在玄宗开元二十一年（733），杜甫22岁时，唐朝又分天下为十五道，置采访处置使，简称采访使（采访使，中国古代官名，掌管检查刑狱和监察州县官吏的官员），陇右道治鄯州（今青海乐都）。

开元二十三年（735），24岁的杜甫结束漫游，自吴越返回东都洛阳，先是参加了乡贡考试。次年，即开元二十四年（736），25岁的杜甫面对了人生的第一次大考。迎接他的主考官是15岁就写过才气叫绝《土火炉赋》、20岁中进士成为朝野尽知的少年状元，吏部考功员外郎孙狄。第二年，即从开元二十五年（737）开始，进士考试改由礼部侍郎主持。

然而，造化弄人，踌躇满志、志在必得的杜甫，名落孙山了。

在BBC最新纪录片《伟大诗人杜甫》访谈环节，接受访谈的中国人民大学文学院副教授亦是洪业英文版《杜甫：中国最伟大的诗人》译著曾祥波先生，这样阐释杜甫落第的原因：我想关键的原因是，比较有说服力的说法是洪业提出来的。洪业认为，杜甫可能涉及他参加科举考试那一年的"科考风波"当中。那么，这次风波影响到那一年参加考试的很多考生，杜甫不幸被卷进去了。这个恐怕和他参加考试的个人才能关系不是很大。第二个是比较通常的解释，就是杜甫他写诗的才能和参加科举考试写文章的才能，是不匹配的。那么，他主要才能在于写诗。

　　颇为自负、意气风发的杜甫，满不在乎落第的沮丧，开启了漫游齐赵大地的人生之路。齐赵即今山东与河北南部一带之地，直到开元二十八年（740），29岁结束，也就是从25岁漫游到29岁，五年青春岁月留在了齐赵纵游间。与写过"浮涨湖兮莽迢遥，川后礼兮扈予桡。横增沃兮蓬仙延，川后福兮易予舷"（《秋夜小洞庭离宴诗》）的京兆武功人苏源明、写过"千里黄云白日曛，北风吹雁雪纷纷。莫愁前路无知己，天下谁人不识君"（《别董大二首》）的客游齐赵汶上的高适与张玠等交好，放歌射猎，纵谈诗文，《登兖州城楼》《望岳》是诗圣开卷之作。

登兖州城楼

东郡趋庭日，南楼纵目初。

浮云连海岱，平野入青徐。

孤嶂秦碑在，荒城鲁殿馀。

从来多古意，临眺独踟蹰。

望岳

岱宗夫如何，齐鲁青未了。

造化钟神秀，阴阳割昏晓。

荡胸生曾云，决眦入归鸟。

会当凌绝顶，一览众山小。

当然此次漫游齐赵，与其父亲杜闲时任兖州司马，取道省亲密不可分。

兖州，地名，古州名。我国古代九州之一，汉武帝置十三郡刺史。辖区约当在山东省西南部。

尽管当时正是盛唐时期，政治清明，经济繁荣，交通发达，社会秩序良好，但马、驴、木制舟车也是唯一的旅行方式。数年的旅行漫游，路途所需的银两也是一笔不可小觑的开支。

古语云，腰里无铜，焉敢远行？人们不禁要问，那杜甫漫游的费用从何而来？

那时期的一般家庭可能是七口务农之家，户有田地 300 亩，年产谷物 160 斛左右。其中三分之一的谷物作为食物，剩下的换成货币，用来购买其他生活的必需品和奢侈品，以及用来缴纳国家的各种捐税。

杜闲的官员式家庭，免去了捐税和赋役。作为兖州司马，杜闲可以拥有两份田产，得到两份收入。杜闲的年收入大约是 1796 斛。换句话说，是一般家庭收入的 11 倍。这个计算还没有包括当地政府提供给杜闲的房舍或者马匹、办公费用，以及其他特权和服务。

父亲杜闲对杜甫漫游的资助一定非常慷慨大方，一方面他在兖州司马任上，俸禄丰厚；另一方面还有难以言说的愧疚，弥补缺失的母爱，以及继母卢氏对杜甫的轻慢、嫌弃。

在杜甫两次长达 8 年多的游历中，他访古览胜、拜谒遗迹，沉浸在传统文化的魅力中，为他后来诗歌写作积累了大量的原始素材，他身体力行感悟到了璀璨而典雅的中华文明。

在山东泰山、兖州、任城等地的漫游中，有一处特别的目的地——曲阜，这里是中国古代伟大的思想家、政治家、教育家、儒家学派创始人"大成至圣先师""千古一圣"孔子的故乡。

孔子的年代早于杜甫1200多年，他的学说，后来成为中国传统文化主流思想之一。孔子认为，明君治国可以创造一个好的社会。在这样的社会中，人人都可以尽己所能，辅助君王。

纵观杜甫一生，他都以"奉儒守官，以坠素业"作为人生追求目标，"致君尧舜上，再使风俗淳"（《奉赠韦左丞丈二十韵》）是他的宏大抱负，其言行都以孔子的教诲为人生的准则，其中包括正直、仁义、报效国家。

在唐代朝廷命令每个县都要建庙祭祀孔子。每年春秋两次大祭，每月初一和十五两次小祭。大的祭祀起初由学官主持，后来改由地方官主持。

我们猜测，在杜甫山东游历过程中，必定虔诚地在曲阜拜谒过孔庙，礼其像，忠其文了。

曲阜孔庙初建于周敬王四十二年（前479），是第一座祭祀孔子的庙宇，为孔庙的本庙。本庙以孔子的故居为庙，以皇宫的规格而建，是中国最大古建筑群之一，在世界建筑史上占有重要地位。

但由于年代的久远，干戈烽烟的困扰，长途跋涉，颠沛流离，杜甫诗作失佚甚多。究竟杜甫是否拜谒过曲阜孔庙，亦是否有诗作留存，只能假以时日了。

一日中午，杜甫在家中书箧里翻检诗稿，夫人杨氏抱着襁褓中的两个女儿欣喜地从门外进来，高喊道："夫君夫君，阮昉隐士又送蘁头来了！"

杜甫从沉思中回过神，站起身来："哦！阮昉隐士人呢？"

杨氏遗憾地摇头："夫君，阮昉隐士说他有事要去秦州城里一趟，放下薤头就走了。"

杜甫凝望着苍翠的群山和临窗飞过喧闹的鸟雀。志同道合的人往往千里相惜，杜甫在秦州结交了隐士阮昉。阮昉得知杜甫一家生计困顿，便不止一次地将自家栽种的薤头挖了出来，送到杜甫家中。

杜甫看到门口一筐戴着晶莹透明小露珠青葱嫩绿的薤头，无限感激，挥毫写下了——

秋日阮隐居致薤三十束

隐者柴门内，畦蔬绕舍秋。

盈筐承露薤，不待致书求。

束比青刍色，圆齐玉箸头。

衰年关鬲冷，味暖并无忧。

常言说，日有所思，夜有所梦。这句老话用在流寓秦州，消息隔绝，不知实情，仍担心敬仰生死不明的偶像李白身上，再也精准不过。

天宝四载（745）秋末，李白和杜甫在鲁郡即今山东兖州东石门作别，此后，两人再也没有见面，但彼此都很想念。至德二年（757），李白因永王李璘谋反事件受牵连，下浔阳狱。乾元元年（758）定罪流放夜郎（今贵州省桐梓县）。二年（759）二月，途中遇赦放还。本年秋，杜甫客居秦州。

在这里，先摘录杜甫《梦李白二首·其一》，与君欣赏。他们两人的深情厚谊，在随后的叙述中，还要作浓墨重彩的描绘展现——

梦李白二首·其一

死别已吞声，生别常恻恻。

江南瘴疠地，逐客无消息。

故人入我梦，明我长相忆。

恐非平生魂，路远不可测。

魂来枫林青，魂返关塞黑。

君今在罗网，何以有羽翼？

落月满屋梁，犹疑照颜色。

水深波浪阔，无使蛟龙得。

　　长安虽好，不是久留之地。乾元二年初冬，杜甫一家饥寒交迫，无法在秦州立足，一间陋室、一畦菜地、一汪溪水，竟成奢望。想着换一个地方有好日子过，于是抱着侥幸的心理，踏上了南下同谷的路，准备经此去四川，于是有诗纪行。

　　759 年秋，杜甫流寓秦州 3 个多月，创作《秦州杂诗》等各类题材诗歌 95 首，包括《秋日阮隐居致薤三十束》《贻阮隐居》《佳人》《梦李白二首》《佐还东柯谷》《佐还山后寄三首》《遣兴五首》《秦州见敕目薛三璩授司议郎毕四曜除监察与二子有故远喜迁官兼述索居凡三十韵》等诗作。

发秦州

（乾元二年，自秦州赴同谷县纪行）

我衰更懒拙，生事不自谋。

无食问乐土，无衣思南州。

汉源十月交，天气凉如秋。

草木未黄落，况闻山水幽。

栗亭名更嘉，下有良田畴。

充肠多薯蓣，崖蜜亦易求。

密竹复冬笋，清池可方舟。

虽伤旅寓远，庶遂平生游。

此邦俯要冲，实恐人事稠。

应接非本性，登临未销忧。

溪谷无异石，塞田始微收。

岂复慰老夫，惘然难久留。

日色隐孤戍，乌啼满城头。

中宵驱车去，饮马寒塘流。

磊落星月高，苍茫云雾浮。

大哉乾坤内，吾道长悠悠。

江山留胜迹，我辈复登临。

2021年9月初，也就是1200多年后的瓜果飘香满目青翠渐变为黄绿的秋季，我们有幸再次踏上秦州，今为甘肃省第二大城市的天水市，追寻我们的诗人在秦州的履痕，感受诗人当年亲历过秦州的山水、古迹、村舍……

无巧不成书。2021年9月7日，恰是农历二十四节气之一的白露节令。那天天气甚好，晴空万里，艳阳高照。白露物候是：霜凝而白，气始寒也。鸿雁来，玄鸟归。1200多年前的这一天，杜甫在秦州写下了"露从今夜白，月是故乡明"的千古名句，诗句就出自杜甫的《月夜忆舍弟》——

月夜忆舍弟

戍鼓断人行，边秋一雁声。

露从今夜白，月是故乡明。

有弟皆分散，无家问死生。

寄书长不达，况乃未休兵。

东柯谷位于现麦积区东柯流域河谷地带，北至马跑泉镇石咀村，南至麦积镇街亭村，东西至两侧山麓。

村口大理石上镌刻的鲜红的"东柯谷草堂"五个大字熠熠生辉，当年的杜公祠遗址，如今书声琅琅，莺歌燕舞，漂亮醒目，成为甘泉镇的子美小学，那幢别致的独具特色的四层教学楼，让人过目不忘；琅琅的读书声，传承着绵延千年的文脉；柳家河村早有的四大名胜：七股松、八股槐、白水涧、砚窝台，以及正在草堂原址附近兴建的亭台楼阁、庭院、柴门、篱笆墙、古井等等，为乡村振兴、文旅结合，搭建更为宽阔的舞台，吸引更多的游客以及杜学爱好者、研究者趋之若鹜，寻迹追圣；"七股松、八股槐、白水涧、砚窝台，杜甫流寓地，草堂建起来"等民谣及传说妇孺能诵……

天水市甘泉镇子美小学

　　位于麦积镇街亭村的"子美阁"，民间祭杜活动也得以恢复、扩展。在"子美阁"旁边的杜甫从侄杜佐的后裔杜代娃葡萄藤蔓遮荫大半个庭院的四合院家中，我们盘桓良久，促膝长谈。杜代娃生于1947年，识字不多，但说起杜甫以及远祖杜佐他们之间的逸闻趣事，如数家珍。听长辈说，他们杜家最早的家谱里，就有杜佐的牌位，后来失散了。他是杜佐二十几代的传人，几年前加入了天水市杜甫研究会，是入会最早的会员之一。摊在炕头、茶几、沙发上的各种报刊书籍，几乎遮盖了能够堆放书报的各个角落，凡是有关杜甫、杜佐的文字、书籍，他都爱不释手地收集整理，自己得空的时候，也在虔诚爬梳、分类，甚至动笔记下自己的见解、感悟。虽说自己读书不多，但对读书求学格外看重，千方百计动员女儿、女婿重视儿女的学习读书。

　　"秦州山北寺，胜迹隗嚣宫""山头南郭寺，水号北流泉"等胜迹，早已打造升级，扩建修葺一新了。

　　位于天水市城南慧音山上的南郭寺是秦州杜甫遗迹、纪念物保存修建最多的一个地方。南郭寺搭乘杜甫的诗句闻名遐迩，他在诗中吟诵的"老树""北流泉"至今犹在。在"北流泉"南面的院落里，现陈列

天水市麦积区甘泉寺天平寺泉眼

着二碑一像。东侧是一座新雕的杜甫石坐像，题名"杜甫在秦州"，西侧矗立着"老杜秦州杂诗碑"，为明成化十九年（1483）秦州知事傅鼎主持刊刻，这是迄今天水所见最早的杜

天水市南郭寺二妙轩碑

诗碑刻，正南面是新建的"二妙轩碑廊"。

　　我久久凝望着"二妙轩碑廊"。恍惚间，诗圣穿越千年的知音顺治十三年（1656）策划主持修建秦州"二妙轩碑廊"，时任陇右道佥事（职官名，专司判断官事的官吏）的宋琬，正缓步向我们走来——

　　宋琬（1614—1673），字玉叔，号荔裳，山东莱阳人。清初著名诗人，出生于明末莱阳宋氏大家族。高祖宋黼为明代莱阳第一位进士，官至浙江副使。父亲宋应亨是明末天启年间进士，历任大名府清丰知县、吏部稽勋司郎中。崇祯十六年（1643）清兵入关后，父兄死守莱阳抗清，城破殉国。时宋琬以仲兄宋璠任所在杭州出游吴中，幸免于难。

　　宋琬自幼聪慧，崇祯八年（1635）以高才生充拔贡入京深造，与父亲宋应亨、兄宋璠，名噪京华。顺治三年（1646），清开科取士，翌年中进士，授户部河南司主事，后升调吏部稽勋司主事。

　　宋琬一生以杜甫为宗，具有浓厚的"杜甫情结"，学杜甫出神入化，清代学者王士禛曾评价说："宋琬今日之杜甫，万首新诗继夔府。"

　　顺治七年（1650）冬，宋琬遭遇了人生第一场狱事，当时还

在吏部稽勋司任职，宋琬被因父抗清诬告下狱，3个月后平反出狱，继续在吏部稽勋司任职。

冥冥之中机缘巧合，到了顺治十年（1653），宋琬由京官被贬为陇右道佥事。驻节秦州，这处与杜甫有着不解之缘的陇右要隘，长安以西第一个重镇。宋琬来到古秦州，心中不由在释然中多了几分欣慰。

而此时的秦州，正遭遇人人谈之色变的大天灾——地震，震中就在秦州（今甘肃天水），震级达八级，这也是清代历史上第一次大地震，余震历时一百余日，城郭衙舍无一幸存，仅天水及周围地区就死亡三万余人。《康熙秦州志·城池》载："（秦州）凡城垣官舍崩圮殆尽，摇倒房屋3672间，震塌窑寨（砦）不可胜计。"

宋琬与秦州知州姜光胤、州同许遇朝一起，昼夜操劳，赈济百姓，组织民众抗震救灾、恢复生产。但因国库空虚，宋琬便"出"家财，自老家莱阳邮政以恤其灾。因救灾有功，政治清明，被朝廷钦赐蟒服并加晋一级。地震当年，州人在水月寺（今秦州区），建造了他的生祠。救灾间隙，宋琬披肝沥胆、夜不能寐写下了《重修秦州城垣记》《祭秦州山川社稷文》《为秦州地震压死士民忏佛文》等作品。与此同时，他和幕僚不谋而合，共襄文化壮举——灾后重修杜甫草堂。

为更能体现秦州杜甫草堂的神韵，宋琬怀着对杜甫崇敬之情，于顺治十二年乙未（1655），重游杜甫草堂，写下了对杜甫遭遇的感慨之作《祭杜少陵草堂文》："呜呼！'文章有神交之道'，斯言也，盖先生赠苏端之诗。故今与古，其交感虽百世而相知。谅精诚之不隔，亦何必与同时。……偶省风于下邑，敬醻酒于荒祠。抚寒流以淅淅，怅衰草之离离。溯音徽于遗址，宛今流其在

兹……"（《成县志》1994年版）

　　为重建好秦州杜甫草堂，宋琬精心挑选了杜甫秦州诗60首，包括《秦州杂诗二十首》《同谷七歌》《凤凰台》等诗圣流寓陇右经典咏怀之作，聘请擅长钩摹之技的皋兰张正言、张正心，集王羲之、王献之等古人书法，刻石34块。因为诗妙、书法妙，称为"二妙"。宋琬还作了《题杜子美流寓秦州诗石刻跋》，可谓尽心尽力。置放于秦州玉泉观（今天水市城北）内，后来不知何故，杜诗石刻不知去向。改革开放新时期，辗转找到完整的宋琬《杜诗石刻》拓本，并依据此拓本重刻了"二妙"碑，重刊于杜甫登临过的秦州另一名胜南郭寺，称为南郭寺一大人文景观。

　　到了顺治十三年（1656），在秦州知州姜光胤和宋琬、王一经精心编纂下，完成了顺治《秦州志》编纂，成为秦州现存最早的州志，顺治十四年（1657）共13卷的《秦州志》刻版印行。

　　后来，宋琬优升永平副使。离任秦州之际，还专门拜别杜甫草堂，满怀深情写下了《丁酉春夜拜别杜少陵草堂因宴于有客亭》——

丁酉春夜拜别杜少陵草堂因宴于有客亭

最爱溪山好，因成五夜游。

碧潭春响乱，红树晚香浮。

橡栗遗歌在，蘋繁过客侑。

少陵如可起，为我听吴讴。

　　二妙轩碑千秋矗立，宋琬英名百世流芳！

　　让我们深情回眸二妙轩碑廊，虔诚吟诵一代名宦宋琬精彩人生——

天水市杜少陵祠杜甫及其子宗
文、宗武塑像

天水市杜少陵祠

宋琬，字玉叔，山东莱阳人，顺治中进士，以诗名天下，言诗者首南施北宋，谓琬与宣城施闰章也。会分巡陇右，驻秦州，值地震琬极力抚绥。凡以十二事申请督抚。时州城尽圮，琬悉俸赀益以家财为建筑。朝廷录取功赐蟒服。比迁去百姓为建生祠刻画像，以祀之。初琬在秦州重修杜甫草堂，堡兰州淳化阁及西安碑词中，晋人帖书杜秦州诗勒诸石，称二绝。自巡道公署废，石刻散佚，今拓本犹有藏者。又载：（玉泉观杜甫草堂）在天靖山。乾隆二十三年（1758）进士出身河南郏县人知州刘斯和将升去，士民公为立祠，刘不敢居，因杜陵东柯草堂久废，即命以此当之，祀少陵于中。而以国初巡道宋荔裳先生配焉。（乾隆《直隶秦州新志·卷九名宦》）

《访古学诗万里行》一书中这样描述南郭寺——

南郭寺是一座中等规模的佛院，寺内有杜公祠，在东禅院，祠殿面西而立，门前廊檐下有《改建南郭寺东禅院为杜公祠记》碑，是光绪三十年（1904）天水名士李荣撰写的。碑文记载着"秦州东柯谷旧有杜工部草堂，同治间毁于兵"，并说前人欲修未果，后来就将南郭寺的东禅院改为杜公祠。走进祠门，拉开迎门的一幅垂地布帘，露出一座神龛。身穿官服的杜甫泥塑像居其中，大小与常人差不多，身旁各立一手持书卷的小童，发髻服饰各不相同，看样子，或许是杜公二子宗文、宗武。

在南郭寺有这样一处胜景：茂盛的苍松翠柏掩映着一尊《杜甫在秦州》的大型雕塑像。这尊雕像是2000年8月，中共天水市委、市政府请《黄河母亲》雕塑的作者，著名雕塑家何鄂先生专门创作的。它典型、集中地表现了诗人杜甫为躲避战乱，历尽艰辛来

天水市南郭寺杜甫塑像

到秦州后的精神风貌：先生半卧在一块粗放的青白石上，面相愁苦且瘦削，但双眼睿智、炯炯有神，凝视着对面的老树，深切地流露出先生忧国忧民的情怀。先生左臂屈肘倚靠山石，右手搭于左膝，击打着吟诗的节拍，左手握杯饮着北流泉水，画面呈现出一种传统文化凝重、高雅、深远的意境……

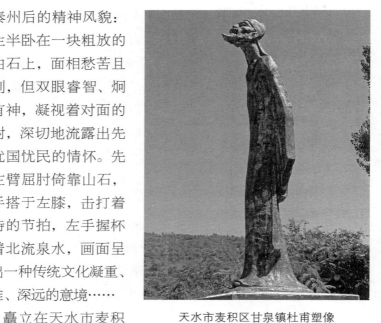

天水市麦积区甘泉镇杜甫塑像

矗立在天水市麦积区甘泉镇太平寺前岔路口，那尊写意韵味十足、清瘦孤寂的杜甫站立雕像，一如站立在千年前大唐风雨飘摇的乱世中，挣扎煎熬无助……

第三章 卤中草木白，青者官盐烟

赤谷

天寒霜雪繁，游子有所之。

岂但岁月暮，重来未有期。

晨发赤谷亭，险艰方自兹。

乱石无改辙，我车已载脂。

山深苦多风，落日童稚饥。

悄然村墟迥，烟火何由追。

贫病转零落，故乡不可思。

常恐死道路，永为高人嗤。

天水市赤谷

亲友的接济毕竟难以为继，本来不多的一点积蓄也所剩无几，山中采药，闹市出售，只能救急，难以长久。从节令而言，秋天已去，寒冬来临，山寒水瘦，草木凋零，天寒地冻，采药已无法进行，一家人生计渐趋困境。就在杜甫一筹莫展之际，忽然收到从秦州南部同谷县（今甘肃成县）寄来的情深意长，有点盛情难却的一封邀请信：似乎还"邑有佳主人，情如已会面。来书语绝妙，远客惊深眷"。（《积草岭》）

真是喜从天降，惊喜不已的杜甫立即收拾行囊，迫不及待，拖家带口，连夜出发。次日凌晨，到达赤谷，接着又从秦州西南的赤谷（又称赤峪，今甘肃天水市秦州区西南暖和湾一带），开始了南下同谷的征途。

前文叙述到杜甫一家到达秦州寓居数月后，十月，又为谋衣食携家离开秦州，向地处西陲暂时平和的陇南同谷避难而来。何以说地处西陲之地的陇南暂时平和？且看陈启生先生编著的《陇南地方史概论》唐代部分有这样两段文字：

是年，即"安史之乱"前，陇南人口情况是：河池郡，领梁泉、两当、河池、黄花四县，总户数五千七百七十，总人口二万五千五百二十；武都郡，领将利、复津、盘堤三县，总户数两千九百三十，总人口一万四千八百五十；同谷郡，领上禄、长道、同谷三县，总户数四千七百二十二，总人口一万九千六百九十；怀道郡，领怀道、良恭二县，总户数一千二百六十，总人口七千四百；阴平郡，领曲水、长松二县，总户数二千六百七十，总人口八万四千八十五（按：阴平郡户数与口数比例失调，按户数应为八千四百八十五）。（《通典·州郡》）

……

"安史之乱"后，陇南人口情况是：河池郡，领梁泉、河池、两当三县，户五千九百一十八，口二万七千八百七十七。同谷郡，领同谷、上禄、汉源三县，户九千七百二十七，口二万一千五百八十。阴平郡，领曲水县，户一千九百八十，口九千二百五十。武都郡，领将利、福津、盘堤三县，户二千九百二十三，口一万五千三百一十三。怀道郡，领怀道、良恭二县，户一千一百九十，口七千一百九十九。（《新唐书·地理志》）

长达八年的安史之乱（755年12月16日至763年2月17日），使得唐朝人口大量丧失，国力锐减，成为唐朝由盛而衰的转折点。但由于陇南地处西陲，通过以上数据对比可以看出，"安史之乱"前、后，陇南人口、户数，相对处于一个稳定的状态，这对于杜甫一家漂泊跋涉的人而言，无疑避免了战火的困扰，只为温饱衣食而苦苦煎熬了。

同谷距离秦州260多里，群山苍茫，山环水复，交通不畅，路途艰难。杜甫一家长途跋涉，从赤谷来到铁堂峡，"山风吹游子，缥缈乘险绝"，"水寒长冰横，我马骨正折。"

天寒地冻，腹空旅孤，追求乐土，前途未卜。路途艰辛备至，不忍复述……

作家张董家刊发于1992年1月16日《甘肃日报》的散文"陇南的山"，有助于我们对陇南大山有一个大致的了解，不妨摘录于此——

清灵雅致是陇南的山。

浑厚高峻是陇南的山。

也许是造物主有意的恩赐——她深隽冷艳的目光在西部荒原上注视良久，忽然温柔地回眸一瞥，于是，大漠戈壁黄土高原之南，便崛起了一张如黛的山峦。

这便是陇南。

陇南的山，珍禽为侣，异兽为伴，碧青青全是一派锦山秀水。太阳一出，白雾消散了，林木却颤动如水波缥缈山间，远远看去，恍若仙山琼瑶。且是山高水高，百物竞长，地上有棕、竹、漆、桐、橘、茶，地下有锌、铁、铜、金、硅、煤。专家进山一考察，连连惊呼："万宝山！名副其实万宝山！"

这便是陇南的山。

倘若你到陇南旅游，映入眼帘的第一个印象就是山。那嵯峨俊秀，高峻挺拔。浑厚处似北国伟丈夫，俏丽处又如南方婀娜女；且全都绿莹莹的。绿是各种层次的绿，各种颜色的绿：嫩绿、碧绿、翠绿、油蓝绿、墨绿，渲染得连空气也好像都是绿色的了，吸一口，分明有薄荷的气息呢。几个绿宝石般的地方：两当、徽县、成县、康县、文县……陇南九个县，全都围在这层层叠叠、清雅优丽的绿色里，更兼峭岩幽洞，异石古庙，置身其间，你会被那宕昌悬棺、仇池古风、祁山遗迹、西狭碑颂，以及文县天池的浩淼碧波，万象古洞的千姿百态，杜甫草堂的森森古柏所迷醉，进而神思飞扬，流连忘返。

山高林茂，物产自然多，加之气候温润，雨量充沛，山坡林间便有大量的香菇、木耳、猴头、蕨菜滋生，杜仲、枣皮、黄连、辛荑蔓延，深山密林，也时常出没一些老熊、野猪、白臀鹿、羚牛、五色鹿、金丝猴、小熊猫，珍贵稀有，四季可见。

如果你安步当车，陇南的山会以她宽厚、旷达、温柔、淳朴的情怀滋养和庇护你。雨来了，密林会为你撑开巨伞。口渴了，山泉会为你捧出饮料。寂寞了，斑斓的红腹锦鸡和蓝马鸡会为你翩翩起舞……倘若在偏乡僻壤，你行路饥了，随便走进任何一家农户，只要你放下架子，以诚待人，谈笑间他们就会端来自产的大叶茶水，自烤的苞谷烧酒。女主人呢，就会一声不响地烧火做饭，不一会就端上几个菜，有木耳炒腊肉，有香菇炖鸡，味道多具川陕特色。饭呢，大多是豆花挂面或大米干饭。主人还一边殷勤地给你拈菜："莫讲礼噢，要吃饱噢！"直到酒足饭饱，主人还连连表示歉意，说饭做得不好，惹你见笑，然后泡一杯浓茶，陪你说话。当地一些守山看耗、打锣鼓草、婚丧嫁娶的独特风习，打熊猎豹捉蛇的奇闻轶事，便和那清醇的浓茶一起，款款流进你的肚里了。

……

这毕竟是当代作家笔下，诗情画意陇南的灵山，碧波荡漾、清澈叮咚的秀水，在杜甫避难的年代绝对没有这么美妙诱人，对已穷途末路，食不果腹、衣不遮体的杜甫一家而言，能有水喝、且有一碗热汤剩饭充饥，有一处破庙茅舍在天寒地冻的暗夜栖身，已是上天的赏赐和眷顾。

行行复行行。

杜甫一家出赤谷南下来到铁堂峡，在今天水市西南70余里的天水镇东北，四面环山，峡谷幽深，河水结冰，道路更加艰难——

铁堂峡

山风吹游子，缥缈乘险绝。

峡形藏堂隍，壁色立积铁。

径摩穹苍蟠，石与厚地裂。

修纤无垠竹，嵌空太始雪。

威迟哀壑底，徒旅惨不悦。

水寒长冰横，我马骨正折。

生涯抵弧矢，盗贼殊未灭。

飘蓬逾三年，回首肝肺热。

经过了一段艰难的行程，终于走出了铁堂峡。此刻，忽然有一种豁然开朗的感觉，全家老小的脸上也都露出了久违的笑容。接下来，就到达了盐井。

"盐井，古代汲取盐水煮盐的井盐作坊。清代学者黄鹤曰：'《唐·食货志》云：唐有盐井640，而黔州有井41，成州、崦州井各1。'钱笺：'《水经注》：盐官水南入汉水，水有盐官，在嶓冢西50许里，相承营煮不辍，味与海盐同，故《地理志》

铁堂峡隧道

云：西县有盐官也。《元和郡县图志》：盐井，在成州长道县东
30里，水与岸齐，盐极甘美，食之破气。盐官故城，在县东30里，
嶓冢西40里。'今甘肃古代盛产井盐，唐渭州郭县（今甘肃漳
县）'南二里有盐井'。成州长道县（今甘肃礼县）有盐井城，
唐宝应元年（762）曾徙马邑州治此。皆见《新唐书·地理志四》。
乾元二年冬，杜甫从秦州赴同谷，经过盐井城，作此诗。其地即
今甘肃礼县东北盐官镇。"（萧涤非主编《杜甫全集校注》卷七）

盐井即今陇南市礼县盐官镇。这里很早就盛产卤盐，三国时
称卤城。诸葛亮六出祁山时，曾在这里与曹魏军激战多次。隋唐
以后成为陇右主要产盐地，有盐井多口，供给秦、阶、成诸州。
诗人远远望去，看到"卤中草木白，青者官盐烟"的景象，还看
到了正在辛苦劳作的盐工，也了解到官家的重利盘剥情况，于是
对广大劳动人民寄予了深深的同情和怜悯，愤然地写下了《盐
井》诗。

盐井

卤中草木白，青者官盐烟。

官作既有程，煮盐烟在川。

汲井岁榾榾，出车日连连。

自公斗三百，转致斛六千。

君子慎止足，小人苦喧阗。

我何良叹嗟，物理固自然。

礼县盐官地处西秦岭西汉水上游河谷盆地，历史上因产盐
而生。因运盐而兴，因盐得名，是一座被盐文化浸透的陇上商
贸名镇。

　　盐官镇盐井位于盐官旧城南门外，在盐神庙（现称盐井祠）院内。近年在西安近郊出土的秦封泥"西盐"，经专家鉴定，是战国或秦代时秦国在此地设有盐官的实证。想必在此设盐官前，此地盐业有一个发现和早期开发、不断完善的过程。

　　礼县城东 30 公里的盐官镇，南接祁山堡，北临天水关，以出产井盐和繁荣的骡马交易闻名于甘、陕两省。

　　盐官并非盐关，而是因设置管理井盐生产的盐官而得名。盐官井盐生产历史悠久，据《水经注》记载，早在西汉时期，这里就设有管盐之官。三国时期称卤城。卤城即盐城，"相承营盐不辍，味与海盐同"。东汉献帝刘协建安十九年（214），亲曹操的杨阜、姜叙等在卤城起兵，杀反对曹操亲近刘备的马超妻子以反马超，马超战败后入蜀投奔刘备，成为蜀汉五虎上将之一。诸葛亮挥师伐魏，兵出祁山时在卤城建造粮仓屯储军粮，成为进攻魏军的后方基地。唐时，井盐生产规模更大。

　　相传盐井一度涸竭，唐朝开国名将、"凌烟阁二十四功臣"

礼县盐官镇盐井祠

之一的尉迟敬德行军至此，见一白兔跳跃马前，敬德用箭射之，白兔带箭钻入盐泉，掘之，泉水涌出，于是井盐又复大盛。宋时，地处宋、金交战前线的盐官一带战火不息，吴璘在此设地网，筑二连城。现存古城垣两段，长约50米，宽7米，高3至5米。有古盐井一口，井盐生产至今仍在进行。井院中有盐神庙，存硬山顶式正殿3间，内有盐神塑像，有完整的成套制盐工具。院中有明嘉靖二十六年（1547）西和知县太原进士杨典撰文的重修盐官镇《盐井碑记》碑刻一通，记述盐井历史和当时的生产情况。另有清代无名氏的《盐井赋》等其他文献资料。

其实，在古代的中国，盐铁专卖的历史还可以追溯到更为久远的年代。盐铁专卖，亦称"盐铁官营"，是旧时政府为限制工商发展，增加财政收入而实行的对盐和铁的垄断经营。相传最早始于春秋齐国，《管子》一书中说的"官山海"，即由官府垄断经营山海之产。当时山海之产主要是盐和铁，官府经营盐铁，寓税于价，使人民既避免不了征税，又感觉不到征税。

汉初统治者主张无为而治，实行休养生息政策，开放民营，对盐铁采取放任政策，使经营盐铁的商人富比王侯。

汉武帝迫于财政压力和对商人"不佐公家之急"的反感，为打击地方豪强，增加中央政府的财政收入，将盐铁的经营收归官府，实行专卖。在盐、铁产地设置盐官、铁官，管理盐铁的生产与销售。盐专卖采取在官府的监督下由盐民生产，官府定价收购，并由官府运输和销售。盐铁官营增加了政府收入，但也带来了产品质量低劣，价格昂贵的弊端。

汉昭帝时期，盐铁官营制度引起了广泛的不满，汉昭帝刘弗陵主持召开了著名的盐铁会议，地方推举的儒生与朝廷官员围绕盐铁官营存废问题进行大辩论，会上御史大夫桑弘羊以甘肃盐铁官营的成效为论据，提出了"盐铁之利，所以佐百姓之争，足军旅之费，务蓄积以备乏绝，所给甚众，有益于国……"，这一理论对中国历史产生了深远的影响，双方主要观点记录于桓宽《盐铁论》一书中。汉昭帝在盐铁会议之后，废止了酒类专营与部分铁官的举措，历来受到高度评价。

东汉时取消盐铁专卖，实行征税制。三国、两晋注重专卖，南北朝时征税制复起。隋至唐前期，取消盐的专税，和其他商品一样收市税。唐安史之乱后，财政困难，盐专卖又开始实行。此后历朝历代，都加强了盐专卖，对铁则实行征税制，不再与盐同例看待。盐铁专卖使封建国家获得了可观的收益，特别是盐，一直是历代封建政府牢牢掌握的最重要的专卖商品，其收入是历代政府的重要财源。

盐官镇骡马市场相传兴于唐代，大约与当地兴旺的井盐运输和其地处西部发达的牧业区与东南部发达的农业区交错位置有关。至明、清时期骡马市场规模进一步扩大，更趋繁荣，乃至现在已发展成为西北最大的家畜集散中心。农贸市场东北角，有长800米、宽60米的牲畜交易场地。正常集日，上市牲畜达数千头（匹）。一年一度的骡马交易会期间，上市牲畜数以万计，成交额在200万元以上。1993年全年的牲畜交易总额达到10万头（匹）。前来参与牲畜交易的不仅有西北各省区客户，山东、山西、河南等省客户也频繁光顾。古镇盐官，正以崭新的姿容吸引着越来越多的商贸经营者和观光旅游者。

我国是盐资源大国，东部的海盐、西部的湖盐和四川盆地的井盐资源非常丰富。但在关中、陇右大片区域，除了礼县盐官和漳县盐川寨的井盐之外，盐资源相对匮乏，这两处井盐的战略地位自然不言而喻。前文叙述，在唐代贞观年间外官卑品贫匮，宜给禄养亲。如果不够的话，就用盐来代替。也就是说当国家财政匮乏无力支付官员应得的俸禄时，可以用盐来替代俸禄的一部分，可见盐在当时经济生活中的作用之大。

盐井实际上是卤水泉，可以想象远古时期盐泉渗冒，附近积有若干大小不等的卤水滩。因马喜饮卤水，放牧人很容易发现盐泉。久而久之，必深掘盐泉成为盐井。

广开卤池是秦人在此牧马成名不可或缺的因素，煮水成盐也是秦人在此"安营扎寨"最终东图关中一统六国的重要战略物资。西汉武帝刘彻元狩四年（前119）置盐铁官时，因此地有盐井故设盐官管盐，久而久之官名易为地名并沿用至今。

盐官，在宋代盐官盐业已成相当规模，"盐井岁出盐七十余万斤"（《宋会要辑稿·食货》）。清光绪年间，当地有盐民250户，井盐年销量23万斤（民国版《礼县志》）。民国时期年产井盐在13.5万斤到40万斤之间（1999年版《礼县志》）。新中国成立后，盐官盐业面临新的发展时期，1952年盐官有盐户256户，全年产销盐80多万斤。直到20世纪50年代末，随着盐官盐业制作成本提高，价格低廉的河西雅盐逐步取代当地井盐，历时两千多年的盐官盐业随之凋敝，只剩下繁盛的历史印记。

从清朝中后期到20世纪末，盐官曾是远近闻名的骡马交易市场，一直充当我国西北地区的"骡马集散地"的角色。

近几年，随着农业机械的大量使用，先前繁盛多年的骡马交易日渐萎缩，最终慢慢退出社会历史发展的舞台。至此，马和盐二者相伴而生、相互照应的格局才完美谢幕，只遗留下包含这两个元素的各类文化遗产。

考古资料显示，史前人类已经开始掌握开发利用盐的技艺，人类早期的制盐技术有三种：一是打通距离地面较近的盐矿脉制盐，二是运用蒸发技术制作海盐，三是提取盐泉或地下卤水煎盐。

在历史演变的长河里，陇南市礼县、西和县一带偏僻山区里，过去，由于战乱频繁、交通闭塞，外地的海盐、井盐、石盐等无法运输到这些地区，也曾流行过熬制土盐的制盐技术：先将盐土放入锅中加热去渣，然后将去渣后的浓汁再加热蒸发，最后，浓汁变清淡，再用微火加热，蒸发掉水分，土盐即成。土盐属无碘盐，食用后，许多人都长喉瘿（甲状腺肿大），当地人称"痈呱呱"。新中国成立以来，含碘盐取代了当地土盐，老百姓喉瘿病彻底消除，煮土成盐也成了历史。

提取盐泉卤水煎盐的盐官井盐制作工艺世代相承，程序独特繁杂。《中国盐业述要》一书载："盐官制盐，先将盐水汲出洒于黏土上，干后再洒以盐水，如此者数次，再将此黏土塑为甑形，置于特制之木架上，复将盐水倾各甑中，使其徐徐渗出，后将渗出之水，收集而熬煮之，即成盐。"

从上述制盐流程不难看出，礼县盐官的井盐制作技艺的独到之处在于黏土的介入，这是其他地方井盐制作没有的程序。

由于人们生活离不开盐，所以需要它的人格化产物——盐神。盐神信仰与人类对盐的开发利用同步，是民间盐文化的有机组成部分。

盐官的盐神信仰由来已

礼县盐官盐神祠

久。在镇旧城南门外建造有一座盐井祠（当地人叫盐神庙），占地600多平方米，由前、中、后三院组成，前院为汉龙阁，中院为古盐井所在地，后院为盐圣母殿。盐井祠是礼县盐官镇重要的标志性建筑，庙内供奉盐神，每年要在这里举办一次盐神庙会，深受当地民众重视。

盐官的盐神信仰也与众不同。首先，祭祀对象为女性神灵，当地人称盐婆婆（也称"盐圣母"）。查阅史料来看，各地盐神都有具体姓名，也基本上都是清一色"男性"，但盐官盐神却为女性，且姓名也不明确，这与秦人先祖为女性有关，"盐婆婆"的称谓应与当地乞巧习俗中的"巧娘娘"同属一个称谓模式，存在一定的借鉴性。

让人们追捧的是，一年一度的盐神庙会与西汉水流域的民间乞巧习俗在动因和程式上完全相同，当地人给这两项民俗活动赋予了一种凄美的"爱情"内核。

盐官的盐神平时被铁链锁着，据说是当地盐民怕"她"去与甘肃省定西市漳县盐井镇供奉的盐神"盐爷爷"幽会，顾不上"照看"自己的盐业生产，只有每年农历四月十二（盐婆婆的生日）盐神庙会期间才解开铁锁，让她与"盐爷爷"相会……

漳县与盐的关系，那可是如胶似漆，密不可分。甚至有个说法，先有漳盐，后有漳县。西周时，正是因为先民们在这方土地上掘井熬盐而得名盐井，东周时也正是因为盐井的盐业形成一定的规模，引起了周朝诸侯国秦国的重视，所以，才在盐井设置了相当于县级建制的盐川寨。即秦时，设盐川寨，北宋神宗赵顼熙宁六年（1073），置盐川砦。金时，设盐川镇。明、清至今，为盐井镇。数千年漳盐的开发生产，不仅使盐井镇成为陇上古镇、重镇、名镇，而且为漳县的设立和兴盛奠定了坚实的基础，为方圆数百里的人民带来了幸福安康……

漳盐在带动三百六十行发展的同时，还带来了特殊的民俗文化的发展。民间传说漳县盐井镇的盐神爷爷和礼县盐官镇的盐神婆婆相亲相爱，盐爷爷有时会去探视盐婆婆，于是漳县盐井便没有了卤水。为了不让盐神爷擅离职守，漳县人对他锁链加身。无独有偶，盐婆婆也时常私自离岗，来看望盐爷爷，于是礼县自然就没有卤水产盐了，礼县人同样让盐婆婆银铛铁锁。男女永不相见，不符合人情，于是每年的农历四月十二，把盐爷爷请到礼县；十月十五，把盐婆婆请到漳县，都要举行三天三夜的盛大庙会，然后兴师动众地送回原祠……

鼓乐喧天、庄严肃穆，万头攒动，香烟缭绕，人神相悦，寄托了人们对盐神的敬仰、推崇！

倦鸟归林，夜幕低垂！

当天傍晚，山风呼啸，黄叶漫天飞舞，杜甫一家人行走得疲惫不堪，饥肠难耐，杜甫只好领着一家人向盐官附近的一座破庙投宿。

草草吃过晚饭后，又困又乏的儿女们钻进被窝，很快进入梦乡了。只有夫人杨氏在湿冷单薄的草铺上辗转反侧，难以入眠。

杜甫揽过杨氏，老泪纵横，哽咽道："娘子，让你受累了。"

杨氏戚然低语："夫君，媒妁之言，父母之命，我没有怨言可谈。只是孩子幼小，尚未成人，风餐露宿的，担忧他们吃不消呀。这样不停地疲于奔命，何时是尽头啊？"

杜甫抱紧了杨氏，哽咽不辍："这！这……"

一弯残月，从呼啸的寒风中溜进残缺不全的窗户，窥望着一对苦命人在床头私语……

杜甫无助地睁大眼睛，茫然仰望着寒风暗夜里悄然行走，黯然不语的残月，两行热泪滑过了面颊……

开元二十九年（741），在那个时代已是大龄青年，他暂时中断了在齐鲁燕赵间的漫游，回到洛阳，在偃师县西北的首阳山下陆浑庄筑室，作《祭远祖当阳君文》，祭十三世祖杜预。杜预墓遗址，即在今河南偃师市首阳山下之杜楼村，北临陇海铁路。约在此时，迎娶了司农少卿弘农县（天宝年间改称灵宝县）杨怡之女、四品官家的小姐为妻。司农少卿为主管农业和财政的副部长，与世代为官的杜甫家可谓门当户对。妻子小他10多岁。遗憾的是杜甫并没有为爱妻立传，杨氏夫人的名字也无从知晓，但杜诗中多处提及她。

夫妇间情好甚笃，尤其在安史之乱后，共同流亡，艰苦备尝，每遇短期分离，辄有思家之作。

月夜

今夜鄜州月，闺中只独看。

遥怜小儿女，未解忆长安。

香雾云鬟湿，清辉玉臂寒。

何时倚虚幌，双照泪痕干？

舍弟杜颖，时任济州临邑县（今山东）主簿。杜甫有《临邑舍弟书至苦雨黄河泛滥堤防之患簿领所忧因寄此诗用宽其意》等诗作。

从开元二十九年（741）开始，到天宝三载（744），杜甫三年时间，经历了诸多人生的大喜大悲，大起大落——

开元二十九年（741），杜甫与杨氏结婚；天宝元年（742），杜甫31岁，任朝议大夫、兖州司马的杜闲，杜甫的父亲，病故于任上。洪业《再说杜甫》："杜闲，官终兖州司马，死在天宝元年（742），兖州未改鲁郡之先。"

天宝元年（742），同年，姑母，杜甫称她为"有唐义姑"的万年县君卒于东都洛阳仁风里；6月29日，迁殡于河南巩县（今河南洛阳）平乐乡，作《唐故万年县京兆杜氏墓志》。县君乃父杜闲之妹，适河东裴荣期，县君死时，荣期犹为济王府录事参军。

天宝三载（744），杜甫33岁。在洛阳4月时，与被玄宗"赐金放还"的李白相会，成为中国文学史上千古之佳话；5月5日，继祖母范阳太君卒于陈留私第，太君即祖父杜审言之继室卢氏。八月，归葬太君于偃师（今河南），撰写《唐故范阳太君卢氏墓志》。

……

天宝九载（750），结婚九年之际，年届不惑的杜甫，终于迎来了长子乳名熊儿宗文诞生，杜家有后了，杜甫高兴得手舞足蹈；四年之后，天宝十三载（754）秋天，43岁的杜甫盼来了次子乳名骥子宗武降临；或在天宝十四载（755）杜甫三子出生了。

天宝十三载（754年），唐朝陷入了危机。前线战事吃紧，导致赋税加重，而大规模征兵也让百姓苦不堪言，在人心动荡之际，秋天连绵的淫雨导致各地水灾频繁发生，对于黎民百姓而言，无疑是雪上加霜，长安很多地方都被雨水所淹，此时，粮食已经耗尽。杜甫有诗作《苦雨奉住寄陇西公兼呈王徵士》，可证淫雨连绵。

在雨季来临之前，杜甫自洛阳移家长安，居城南之下杜城。

随着旷日持久的淫雨天气，物价暴涨，生计益艰，家人生活再次陷入困境。杜甫只好携家迁往奉先县（今陕西蒲城县），馆于姻亲奉先县令杨蕙廨舍。

也就在这一年的冬天，杜甫再次呕心沥血，通过延恩匦，给玄宗皇帝献上《封西岳赋》《雕赋》《进雕赋表》，期盼入朝为官，辅佐君王。

皇天不负有心人。

到了次年的十月，即天宝十四载（755），也就是在杜甫从奉先县探望家人回到长安不久，杜甫在长安蹉跎十年之后，朝廷给杜甫的任命下来了。授予河西县尉（今陕西合阳县），掌管司法、刑狱的从九品下小官。想到县尉那鱼肉百姓，横征暴敛，敲骨吸髓，让黎民百姓置身火海的职位，杜甫断然拒绝了。好在有贵人相助，旋改任杜甫为右卫率府胄曹参军，是太子属官，掌管东宫兵仗仪卫，官位为从八品下，比县尉还略高，杜甫不可置否允诺了。毕竟，这是一个官职，凭借俸禄，他可以养家糊口了。

几乎在同时，整个国家的灾难不期而至。

天宝十四载（755）12月，安禄山带领军队十五万人，以讨伐杨国忠为名，从范阳起兵，迅速渡过黄河，攻占了洛阳、长安等地，爆发了长达八年之久的"安史之乱"。关中一带"人烟断绝，千里萧条"。史载：天宝十三载（754），全国户数9619254户，人口5288480人，有唐户口，盛极于此。经过战乱，至广德二年（764），全国户数仅2933125户，人口692386人，十年之间，锐减2/3以上。虽数据未尽准确，已足见灾难之深重。户口锐减，而民众之赋敛愈益加剧。由此造成整个社会大破坏：两京陷落，玄宗奔蜀，胡逆称帝，民坠涂炭，天下大乱。

杜甫终于在长安蹉跎十年后，盼来了从八品下阶的右卫率府兵曹职务。可能在任命下达后不久，杜甫就离开长安回奉先县（今陕西蒲城县）探家去了。可惜一到家中，便被生离死别的情景吓了个半死："入门闻号啕，幼子饿已卒。"（《自京赴奉先县咏怀五百字》）

44 岁的杜甫，再次面对生离死别，不足周岁的三子在 755 年冬天饿死了。从 756 年到 759 年秋天的四年间，杜甫的两个女儿出生了。

那在乾元二年（759）杜甫从华州弃官，前往陇右入蜀避难途中，有两儿两女跟随父母长途跋涉。长子宗文时年 9 岁，次子宗武 5 岁，两个女儿或者都是 4 岁，或者都是 1 岁多；也许两个女儿一个是 4 岁，一个仅仅 1 岁多。

满满当当一大家口，至少有 8 人，年龄最大的 48 岁，最小的 1 岁多。一辆简易的马车，一匹病马，行走在虽说才整修不久，却依然崎岖不平、险峻坎坷的陇蜀官道上，寒风刺骨，冰雪路滑，风餐露宿，山高水长，衣不遮体，食不果腹，岂是一个难字所能囊括得了的？

蜀道难，难于上青天！

而杜甫一家，就这样艰难辛酸地行走着、跋涉着……

开弓没有回头箭！只有向前、向前……

可，路又在何方？

仰望苍天，天不语；

叩问大地，地无声……

乾隆《直隶秦州新志》记载，礼县有著名的八景：柏林秋霁、雷峰夕照、赤土仙踪、翠岫神灯、西山雾雨、东岭朝阳、圣泉夜月、黑峪悬石。

可这些陇右的山川胜迹，此刻的杜甫，焉有那个闲情逸致游览、观赏？

任何条件下，生存才是第一位的。

雪花悄然落下。

一夜不大不小鸡爪子薄雪，覆盖着群山、河谷、沟壑。

当夜杜甫一家栖息破庙前后树木茂盛的山林里，猿猴"嗷嗷嗷"的哀叫此起彼落，遥相呼应。

蜷缩在破旧马车棉絮衣物里的小猴子兴奋异常，踢开覆盖的衣物，拉拽着拴绑在车辕上的绳索，蹦跳、张望着茫茫林海，弓身引颈搜寻，张嘴大声"嗷嗷嗷"回应。

第二天一大早，杜甫一家人早早起身了。

"哇哇哇！哇哇哇！"

幼女的啼哭打破了破庙清晨的寂静。

仆人杜安添着马料，杜占、宗文、宗武把当夜歇息过的被褥、杂七杂八的家什，一趟趟往马车里堆放。

杜甫抱着大女儿出了庙门，惆怅地眺望着笼罩着山川的薄雪，聆听猿猴"嗷嗷嗷"的叫声。

夫人杨氏紧抱着襁褓中的幼女，走向马车。

宗武抓起拳头大小的猕猴，逗惹着啼哭的妹妹："小妹别哭，你听你听，小猴子唱歌了。"

小猴子好像听懂人言似的，扬起头来，"嗷嗷嗷"叫了起来。

小女儿破涕为笑，伸出稚嫩的小手，好奇地要抓弄宗武手中的小猴子。

杨氏爱怜地吩咐："骥儿，你就让妹妹摸摸小猴子吧。"

宗武应声："好的，娘！"随手把小猴子抻到妹妹跟前，拽起妹妹的小手抚摸着小猴子身上绵茸茸的细毛。

小女儿高兴得咯咯直笑。

杜甫不由捻须微笑："天伦之乐，天伦之乐，殊为难得。"

杨氏嗔怪道："夫君！你那天生猢狲样满脸皱褶愁苦相，今天也是难得展露欢喜的尊容。"

仆人杜安匆匆走来："大人，一切收拾妥当，我们启程吧。"

杜甫点头："启程！"看一眼穿着单薄衣衫抱着襁褓中的幼女的妻子疼爱地："呵呵，幼女清早都咯咯笑了，老夫焉能不乐？骥儿，还记得老夫在秦州写的《从人觅小胡孙许寄》诗句吧？"

宗武小大人似的清清嗓子，整整衣领，趋步跟在杜甫后面，高声吟诵——

从人觅小胡孙许寄

人说南州路，山猿树树悬。

举家闻若骇，为寄小如拳。

预哂愁胡面，初调见马鞭。

许求聪慧者，童稚捧应癫。

杜甫颔首称赞："孺子可教！孺子可教！"

杨氏伸手抹掉宗武毡片样乱发上的雪花，欣慰地鼓励："吾儿好记性，多多吟诵。"

杜甫眺望着树木繁茂的山川，感叹道："至少在汉、隋以来，秦州、成州这一地域，跟现在一样，也是植被甚好，林木茂密，多产猿猴，至今依然……"

一家人相互拉拽着向前挪动着、跋涉着……

不紧不慢的雪花悄然落下。

宗武若有所思凝望着雪花飘落的山川卯梁、阡陌沟壑。

杜甫回眸瞥见，关切地："吾儿，想啥呢？"

宗武："父亲，您教导说，《诗经》是我国最早的诗歌总集，也是我国重要的文化元典之一，因为它反映了中华民族早期发展的历史与我国春秋以前广阔地域中的生产、生活与习俗，各个社会阶层中人的不同遭遇和思想感情。这陇右是秦人发祥地，《诗经·秦风》收诗十首，有几首反映了秦人早期在陇右一带的状况，您在秦州时给我们讲述过《蒹葭》一诗，我看这里的山川地貌、地理特征，也与漾水河（西和河，早期秦人视之为汉水正源）与盐官河（后世所确定西汉水源头）交汇之处的复杂地形相一致，形成这首诗中所写'溯洄从之，道阻且长；溯游从之，宛在水中央'那样的状况……"

杜甫捻须颔首："吾儿悟性甚高，《蒹葭》一诗应当就是描绘这一带的山川形胜。那我们今天就来捋一捋《诗经·秦风》中的第一篇《车邻》吧。还记得《车邻》那首诗吧？"

宗武仰望着杜甫，脚下慢慢挪动，开口背诵了起来——

车邻

有车邻邻，有马白颠。

未见君子，寺人之令。

阪有漆，隰有栗。

既见君子，并坐鼓瑟。

今者不乐，逝者其耋。

阪有桑，隰有杨。

既见君子，并坐鼓簧。

今者不乐，逝者其亡。

杜甫欣慰道："甚好！甚好！寺人是什么呢？古时也作'侍人'，就是宫内小臣，负责传达王后的命令。从'并坐鼓瑟''并坐鼓簧'来看，这应是一个从事音乐弹唱的宫中女乐唱出来的。'并坐'指乐师们并坐演奏。'邻邻'，也作'辚辚'，是很多车行进的声音。白颠（额上有白毛的马），古人也叫'戴星马'，这里指君王所乘之马。第一章说未见过君王，因为未曾得到寺人的命令去为君王弹奏音乐。很含蓄地表现出秦仲忙于战事、狩猎、练武，很少观赏乐舞。第二、三章的'阪有漆，隰有栗''阪有桑，隰有杨'是兴句，起着以韵带起的作用，同内容并无多大关系。但是，它往往也反映着歌唱者的生活环境，以至于当时的社会文化状况。本诗中的'阪''隰'，正反映了当时秦人生活所处的地理状况。阪，即山坡、斜坡。秦东迁以前所生活的陇右之地，多山地，少平川，是其地理特征之一。隰，即低湿之地。多有河流和湿地，并非干枯无水，这是其地理特征之二。所以说，这首诗也无意中作为背景展示了陇右一带的地理环境。四句兴词中，写到了四种树木：漆、栗、桑、杨。这至今都是陇右一带最具经济价值和实用价值的树木……"

宗文、宗武、杜占一边在礼县山川里跋涉，一边聆听杜甫讲述《诗经》里陇右的故事……

百年之后，从礼县这块先秦热土走出的名宦、五代时期的诗人王仁裕，蓄养猿猴的故事广为传颂，妇孺皆知——

王仁裕（880—956），字德辇，唐秦州长道县碑楼川（今甘肃省礼县石桥乡斩龙村）人。五代时期著名学者。初为秦州判官，入蜀，为中书舍人、翰林学士。历前蜀、后唐、后晋、后汉、后周，可谓五朝元老。终兵部尚书，进位太子少保。周显德初卒。

尝有《开元天宝遗事》等文集百余卷，并行于世，四方之人，相竞传写。《幼学琼林》中有"汉晁错多智，景帝号为智囊；王仁裕多诗，时人号为诗窖"。

话说先贤在陕西汉中任职时，蓄养了一只猿猴，后来因为咬人损物为患，只好放归山林。为此，题写《放猿》一诗，在诗序中写道：余家畜一猿，名曰"野宾"，一日系红绡颈上，放之孤云雨角山，题诗送之。后入蜀，次嶓冢祠前，有剧猿垂身，下顾红绡尚在，即"野宾"也。恻然，遂有后作。诗句这样写道——

放猿

五代·王仁裕

放尔丁宁复故林，旧来行处好追寻。

月明巫峡堪怜静，路隔巴山莫厌深。

栖宿免劳青嶂梦，跻攀应惬白云心。

三秋果熟松梢健，任抱高枝彻晓吟。

遇放猿再作

五代·王仁裕

嶓冢祠前汉水滨，饮猿连臂下嶙峋。

渐来子细窥行客，认得依稀时野宾。

月宿纵劳羁绁梦，松餐非复稻粱身。

数声肠断和云叫，识是前时旧主人。

在王仁裕现存著述中，以诗为多，据说有万余首，时人称其为"诗窖"，与诗仙李白、诗圣杜甫并称，现大多佚失。在其诗中，最早的一首就是《题麦积山天堂》，这首诗是研究甘肃省天水市麦积山石窟历史的珍贵史料。"天堂"是麦积山佛龛中最高的一级，现已不存，但通过先贤的描绘，我们仍可知道当初"天堂"的奇景——

题麦积山天堂

五代·王仁裕

蹑尽悬空万仞梯，等闲身共白云齐。

檐前下视群山小，堂上平分落日低。

绝顶路危人少到，故岩松健鹤频栖。

天边为要留名姓，拂石殷勤身自题。

汩汩流淌的西汉水，孕育了秦人故地，流过了诸葛亮挥师北伐的祁山堡垒，见证了大秦帝国艰苦创业的历史。今时今日，礼县的秦文化经脉，如同缓缓流淌的西汉水般，绵延不绝，熠熠生辉。

"能以礼让为国乎，何有？不能以礼让为国，如礼何？"

——《论语·里仁》

这是孔子对"以礼治国"思想的一次阐述。

礼是儒家文化中心思想之一，孔子在修《诗》《书》后，定《礼》《乐》，序《周易》，作《春秋》。"礼"在中国文化的影响力中，可谓久远矣。

一座西部小城，缘何与礼有着如此深厚的渊源？实际上礼县的"礼"，最早是姓李的"李"。

相传，南宋以前，这里曾叫"李店"，因有一户李姓人家在此开店而得名。那百家姓里的"李"，缘何变成了礼仪的"礼"呢？

　　位于礼县城关镇南关村的《大元敕赐雍古氏家庙碑》（又称《赵世延家庙碑》）见证了礼县县名的变迁。按竺迩，汉姓赵，蒙古军西讨征行大元帅，南宋理宗赵昀端平三年（1236），南宋风雨飘摇之际，按竺迩率领蒙古军南下，迅速占领陇南一带。为进一步巩固统治，元朝建立后，在李店设立了李店文州军民元帅府，"李店"这两个字作为地名，因此被收录进了《元史》。

　　《元史》中所出现的，它是"李"和"礼"混用的。但是这一块碑文，已经出现了"礼店"这两个字。

　　明宪宗朱见深成化九年（1473），明朝在这里始置礼县，此后，"礼县"这个名字，一直沿用至今。

　　根据考古学界证实，大堡子山遗址就是秦人的西垂陵园。它所在的礼县一带，就是秦人的早期发祥地——西垂。

　　据史料记载，秦人原本居住于东方，是殷周的诸侯国。周灭商后，秦人参与叛乱，而

秦公簋——礼县红河出土

被周王强制西迁到犬丘即礼县一带的西垂，耕地养马，部族因此迅速兴盛起来。秦国的开国始祖秦非子，就是一个杰出的养马驯马大户。

　　秦国善于接收新生事物，秦国吸纳周文化最先进的东西，青铜器铸造、周人的礼仪制度、车马礼乐，这些对于秦民族文化基础的奠定，很有意义。

　　"秦，国虽小，其志大，处虽僻，行中正。"

——《史记·孔子世家》

孔子曾经这样评价秦国，正是优质的马匹，秦人对"礼"的吸收，为秦国后来的强大积蓄了能量，秦人的好学，不屈不挠，以及对"礼"的敬重，也影响了一代又一代礼县人。

祁山，三国故事里的一座名山，因《三国演义》中的诸葛亮"六出祁山"北伐曹魏，而声名远扬。这座名山正在礼县境内。在今天礼县祁山镇南的西汉水北岸，有一处平地突起的石质小丘，高约80米，顶部土质平台，乃人工夯筑而成。台地周围尚有明显的墙体建筑遗存，当地人称之为"祁山堡"，正是诸葛亮当年驻军的地方。

乾隆三十九年（1774），时任西和知县的邱大英主持编纂了一部乾隆《西和县志》，在该县志（卷四·艺文）中收录了署名杜甫的《祁山武侯祠》一诗——

祁山武侯祠

诸葛大名垂宇宙，宗臣遗像肃清高。

三分割据纡筹策，万里云霄一羽毛。

伯仲之间见伊吕，指挥若定失萧曹。

运移汉祚真难复，志决身歼军务劳。

是诗圣确有此诗，避难时风餐露宿、四处奔走佚失了？仔细翻检号称"具有代表性的"杜甫诗集注本之一——清人杨伦笺注的《杜诗镜铨》，未见其踪，不妨摘录于此，恭请博学鸿儒诸君鉴赏、厘清。

现在的祁山堡，是礼县最著名景点。山顶的武侯祠，据传始建于晋代，现有建筑为明清复建。每逢节假日，这里游客不绝。

制盐被认为是人类除了用火之外最伟大的创举。

礼县盐官镇的井盐制盐工艺，前后延续了两千多年。直至20世纪50年代，井盐制作还是盐官镇主要经济来源，由于作坊众多，煮盐的青烟弥漫了整个山川。然而，随着时代的发展，井盐逐步被成本更低廉的碘盐取代，其制作工艺也渐渐被人们遗忘。

盐官镇人遭遇到了前所未有的生计挑战，那是盐官镇历史上一段抹不去的阵痛。

办法总比困难多。

20世纪50年代，礼县开始从毗邻的秦州（即今天水市）尝试引种苹果。没想到礼县特殊的地形、适宜的气候，特别适宜苹果的生长。在传统的盐业经济遭遇重挫后，盐官镇人正在覆盖礼县大地，亭亭玉立、一望无际的苹果树上，看到了希望。

失之东隅，收之桑榆。

现在的盐官镇，有相当一部分人是果农，经营果园，组建苹果合作社，开网店，通过便捷的电商平台，礼县的苹果销售到了海内外。

从井盐到苹果，这片沃土持续不断地向人们馈赠它那丰富的物产；从盐民到果农，盐官镇人从容不迫又一次赶上了经济发展的大潮。

文化底蕴深厚的地方，每个人身上多多少少会带着

礼县盐官镇诗碑

先秦文化的影子。今天的礼县没有因为现实物质的琳琅满目，而忽略对传统文化的继承：儿童在溪水边吟诵着《诗经》中的"蒹葭"篇章；中学里，排练着古装话剧《屈原》；在乡镇村社村民的宅院里，能唱会道的"春官"，堪称礼县乡村文化的"活化石"不断地发扬光大。无论世道艰辛还是舒适，都不曾断绝。这也正像"礼"，在礼县的存在。

立足本土文化，礼县正着力打造新时代的礼仪之邦。随着礼县人对自身的认识不断加深，这片古老的土地，在历史与现实的交融中，焕发出了从未有过的生机。

西汉水千折百转在礼县大地上蜿蜒流过，养育了质朴刚健的秦人。战车纵横，战马嘶鸣，呼啸着划过历史的天空，留下雄浑高亢的秦声。礼县人一如曾在这片沃土挥洒热血的祖先，以"礼"为本，去迎接美好的明天。

第四章　万古仇池穴，潜通小有天

秦州杂诗·十四

万古仇池穴，潜通小有天。

神鱼人不见，福地语真传。

近接西南境，长怀十九泉。

何时一茅屋，送老白云边。

江山胜迹，无不令人心驰神往！

我们的诗人尚在秦州之际，就挥毫写下了这首歌咏仇池山的诗篇。《杜诗详注》解析道："十四章，咏仇池穴也。池穴通天，见其灵异。神鱼、福地据所闻而称述之。名泉近接而曰长怀，总属遥想之词。送老云边，公将有终焉之志矣。观末章读记忆仇池，则前六句皆是引记中语。"意思是说，这是歌咏仇池山的诗句，前六句写传闻之景，后二句写向往之情。寓意仍是东柯谷固然闲适，而仇池山亦是避世首选。

杜甫一家离开了礼县盐官镇后，溯西汉水支流漾水河南行，就进入了今西和县境内寒峡。寒峡为由祁山南入仇池、川蜀，北出陇右的重要关口。

杜甫从秦州赴同谷，有纪行诗 12 首。按诗人行踪先后依次为《发秦州》《赤谷》《铁堂峡》《盐井》《寒峡》《法镜寺》《青阳峡》《龙门镇》《石龛》《积草岭》《泥功山》《凤凰台》。

参照今天的行政区域，12 首纪行诗中，从《寒峡》起，到《积草岭》（旧注云"同谷界"，权且计入西和县境内），西和县境内就有 6 首，占这一组纪行诗的一半。

根据宁家庄遗址考古发现，距今 7000 年前的新石器时期，西和已有人类生活。宁家庄遗址也是陇南迄今为止所发现的最早的人类遗址，属仰韶文化范畴。

先秦时期，西和县境北部、礼县东北部是秦人的活动区域，地名为西犬丘、西垂地，县境南部为氐、羌所居。秦汉时期，北部为西县所辖，南部为武都郡所辖。汉末时，白马氐族重聚仇池。魏晋南北朝时期，白马氐族以仇池山为中心建立地方割据政权"仇池国"，前后达 358 年之久，行政区划也因战争频繁而变化多端。隋唐时期，北部置长道县，属秦州，南部先后置上禄、汉（源）县，属成州。北宋时期，置长道县，并改为岷州所辖。南宋时期，关陇一带为宋金鏖战的前沿，高宗赵构绍兴九年（1139），南宋朝廷被迫移岷州治所于长道县白石镇（今县城北部）。绍兴十二年（1142），宋金议和，因岷州"岷"字犯金太祖完颜旻的名讳，遂将元和政郡（岷州）首字改为和州。后因淮西已有和州（今安徽省和县），将此"和州"前冠以"西"字，加以区别，故名西和州。此后政局域界历经变迁，但西和之名仍沿用。明太祖朱元璋洪武十年（1377），改州为县，移治于今城；思宗朱由检崇祯九年（1636）因战祸移治上城（汉源镇上城）。清圣祖玄烨康熙七年（1668）直隶巩昌府，康熙四十三年（1704），扩建南城，又移治于今城。中华民国，改巩昌阶道为陇南道，辖西和等县，旋改渭川道，治天水；民国 16 年（1927）废道制，西和属天水专区。中华人民共和国成立前，西和、礼县部分地区先后交错划

西和仇池山

治。新中国成立后，西和先属武都专区，1956 年改属天水专区。1958 年 9 月，西和、礼县合并为西礼县。1961 年恢复原西和县建制。1985 年改属陇南地区，即今陇南市。

话说西和仇池山这座地标性的名山，无不让人神思飞扬，浮想联翩。

仇池山，亦名常羊、仇维、仇夷、瞿堆、河池、氐池、百顷，在今甘肃省西和县西南 60 公里处，行政区划上属西和县大桥乡。仇池山和仇池国的关系，一言蔽之，国因山名，山以国显。魏晋南北朝，氐族杨氏曾以此山为据点，建立前后仇池国，历时135 年。史籍上对仇池山的描述颇具传奇色彩。《水经注》说："汉水又东径瞿堆西，又屈径瞿堆南，绝壁峭峙，孤险云高，望之形若覆唾壶。高二十余里，羊肠蟠道三十六回。"唐·李吉甫《元和郡县图志》卷二二成州上禄县："仇池山，在县南八十里。壁立百仞，有自然楼橹却敌，分置均调，有如人功。上有数万人家，一人守道，万夫莫向。其地良沃，有土可以煮盐。杨氏故累世居焉。"……

诗圣的陇右仇池情结，深深影响着后世的文人骚客对陇右仇池的神往和憧憬。北宋时期文学家苏轼、苏辙兄弟对诗圣诗中仇池的向往，成就了一段中国文学史上经久流传的千古佳话——

苏轼（1037—1101），字子瞻，号东坡居士，四川眉州人，北宋文学家和书画家。一生推崇杜甫。杜甫曾经流寓陇右，诗吟仇池，想在仇池山长久居住，苏轼也因此而向往仇池山。他在《和陶读〈山海经〉》诗第十三有"仇池有归路，罗浮岂徒来"的诗句，并且自注云："在颍州，梦至一官府，顾视堂上，榜曰仇池，觉而念之。仇池，武都氏故地，杨难当所保，余何为而居之？明日以问客，客有赵令畤者曰：此乃福地小有洞天之附庸也。杜子美尝云：万古仇池穴，潜通小有天。"

哲宗赵煦元祐七年（1092）苏轼赴扬州，得到朋友馈赠的两块美石，欣然取名"仇池"石，作《双石（并引）》：至扬州，获二石，其一绿色，冈峦迤逦，有穴达于背；其一玉白可鉴。渍以盆水，置几案间。忽忆在颍州日，梦人请住一官府，榜曰仇池。觉而诵杜子美诗曰："万古仇池穴，潜通小有天。"乃戏作小诗，为僚友一笑。

双石

梦时良是觉时非，汲水埋盆故自痴。

但见玉峰横太白，便从鸟道绝峨眉。

秋风与作烟云意，晓日令涵草木姿。

一点空明是何处，老夫真欲住仇池。

这两块仇池石成为苏轼的心爱之宝，爱不释手，既写诗赞美，又邀文朋诗友赏玩、吟诵……

经过诗人的唱和，仇池石之名便不胫而走了。苏轼的好友王晋卿听到以后便致小诗一首要"借观"。他回诗一首，说明借观可以，但要按期归还。诗的题目直言不讳，十分有趣。

仆所藏仇池石，希代之宝也。王晋卿以小诗借观，意在于夺。仆不敢不借，然以此诗先之。

仇池石

海石来珠浦，秀色如峨绿。

陂陀尺寸间，宛转陵峦足。

连娟二华顶，空洞三茅腹。

初疑仇池化，又恐瀛洲蹙。

殷勤峤南使，馈饷扬州牧。

得之喜无寐，与汝交不渎。

盛以高丽盆，藉以文登玉。

幽光先五夜，冷气压三伏。

老人如生寄，茅舍久未卜。

一夫幸可致，千里常相逐。

风流贵公子，窜谪武当谷。

见山应已厌，何事夺所欲。

欲留嗟赵弱，宁许负秦曲。

传观慎勿许，间道归应速。

绍圣元年（1094），苏轼远谪惠州时，途经九江湖口，"湖口人李正臣蓄异石九峰，玲珑宛转，若窗棂然"，他"欲以百金买之，与仇池石为偶，方南迁未暇也。名之曰壶中九华，且以诗论之"。即成《壶中九华诗》：

壶中九华诗

清溪电转失云峰，梦里犹惊翠扫空。

五岭莫愁千嶂外，九华今在一壶中。

天池水落层层见，玉女窗明处处通。

念我仇池太孤绝，百金归买碧玲珑。

诗中说他无比心爱的仇池石孤寂无伴，准备以百金购买酷似九华山的异石为它做伴。

苏轼爱屋及乌，对仇池和仇池石非常珍爱。由于苏轼非常喜欢仇池山及仇池石，所以，后人整理苏轼笔记文稿时，也把其中一本取名为《仇池笔记》。

惜哉！苏轼一生无缘登临仇池山。

苏辙（1039—1112），字子由，苏轼弟弟，北宋文学家、诗人。与父亲苏洵、哥哥苏轼并称"三苏"。在学问上深受父兄影响，以散文著称。苏辙也有诗吟咏仇池山。

次韵仇池冬至日见寄

身如草木顺阴阳，附火重袭百日强。

渐喜微和解凝烈，半酣起舞意仓忙。

吾兄去我行三腊，千里今宵共一觞。

世事只今人自解，苦寒须尽酒如汤。

南宋绍兴四年（1134），忠训郎曹居贤主持重修仇池氏王杨难敌庙，阙名撰文，曹居贤立石《仇池碑记》，更加详细记述了仇池风物——

……

　　仇池福地，本名围山。《开山》谓之仇夷，上有池，古号"仇池"。当战国时，汉白马氏所居。晋系胡羌，唐籍成州，逮我宋朝隶同谷。背蜀面秦，以其峭绝险固，襟武都、带西康，相结茅储粟，以为形胜镇戍之地。观其上土下石，屹然特起，界于苍洛二谷之间，有首有尾，其形如龟，丹岩四面，壁立刀仞。天然楼橹，二十四隘，路若羊肠，三十六盘。周围九千四十步，高七里有奇。东西二门，泉九十九，地百顷。农夫野老，耕耘其间。云舒雾惨，常震山腰，朝晖夕阴，气象万千。当其上，群谷环翠，流泉交灌，集而成池，广荫数亩，此世传仇池之盛。且神鱼闻于上古，麒麟瑞于近世，有长江穷谷以为襟带，有群峰翠簏以为蕭藻。虽无琼台珠阁、流水桃花，其雄峻之状，壮丽之观，即四明、天台、青城、崆峒亦未过此。非轻世傲物、餐霞茹芝者，似莫能宅之。宜少陵咏送老之诗，坡仙怀请往之梦。由是此山增重；小有天一点空明，始闻天下。名公巨卿，冠盖相望，争访古人陈迹。然一山之中，古庙独存，榜曰："晋杨将军"；惜无碑碣，莫可稽考，咸以为阙典。绍兴五禩，曹公居贤官于此，庙宇圮坏，公为鼎新，复起白云亭，重构招提，绘杜苏二老像，刻诗于琬琰，昭示将来，遂成好事，翘楚者属予以纪之……（邱大英纂修乾隆《西和县志》、赵逵夫主编《陇南金石校录》第二册）

　　康熙十六年（1677），王殿元纂修的《西和县新志》中，叙写了让人神往的西和八景——塔山烟雨、佛洞祥云、鸡峰春日、凤台秋月、深潭跃鲤、高岩卧龙、宝泉盈池、青羊古迹。

著名历史学家严耕望在《唐代交通图考·第三卷秦岭仇池区·附篇三·中古时代之仇池山——由典型坞堡到避世胜地》一文中曾说："……按《秦州杂诗》卒章云：'读记忆仇池。'盖杜翁感时事日非，无能为力，因读《仇池地记》，有通天福地神鱼清泉之胜，而心向往之，遂萌遁隐之志耳。然视仇池为避世胜地，当在北魏铲除杨氏割据势力之后，或更晚至南北朝后期，其前则杨氏割据，直一大典型坞堡耳。兹以此论述之。"

当下，仇池山风光胜似往昔，山川形胜犹在，林木葱茂，风景秀美，是陇南市著名的旅游胜地。景观有伏羲仙崖、石勺奇潭、金龙滚珠、八仙上寿、麻崖古洞、东石无根、洞涌神鱼、小有洞天等，所谓"仇池八景"。西和民谣唱道："伏羲仙崖第一景，轩辕神修滚龙珠。东石无根西石勺，中洞潜藏小有天。四大菩萨云霄殿，八仙上寿吉祥山。一上仇池百顷田，麻姑仙洞几千年。"

法镜寺

身危适他州，勉强终劳苦。

神伤山行深，愁破崖寺古。

婵娟碧鲜净，萧摵寒箨聚。

回回山根水，冉冉松上雨。

泄云蒙清晨，初日翳复吐。

朱甍半光炯，户牖粲可数。

拄策忘前期，出萝已亭午。

冥冥子规叫，微径不复取。

杜甫一家胆战心惊如履薄冰般走过悬空千仞、下临深谷的寒峡（亦称塞峡）后，溯漾水河继续南行约 8 公里，到达今西和县北的石堡乡。在石堡村五台山支脉崖壁上，迎接他的就是矗立在崖壁上久负盛名的法镜寺石窟。

法镜寺石窟，又名石堡石窟，南距今西和县城 12 公里。地处寒峡中部转弯处，漾水河由西南环绕向北流绕崖下。窟龛开凿于五台山支脉飞来山南北两侧的山岩上，约建于北魏中晚期，现残存大小窟龛 24 个，造像 11 尊。法镜寺原为窟前建筑，悬挂于巍巍石崖绝壁间，水环山绕，建造宏丽。

法镜寺所在，扼由陇入蜀官方通衢大道，三国时蜀兵北伐即由此道，北魏置峡亭，南宋设秋池堡。历代均屯兵设防，是军事要塞。明清之际，崖前建筑毁于大水，寺院移建于石窟后的五台山。

诗人给我们描绘了一幅惟妙惟肖、绚丽多彩的崖寺风景图：瞩目法镜寺，崖壁古寺令人心惊胆怯，愁不可攀；琳宫梵宇闪着

西和县法镜寺

朱檐红瓦，光焰起动；那些凌空外悬的窗棂门庭，清清楚楚，屈指可数；崖上是亭亭玉立的翠竹，萧瑟寒冽的树木，蜿蜒曲折的河水从崖下流过；夜里的雨水在松枝上闪动，拂晓的云雾在崖畔上笼罩，待到旭日东升，万道霞光冲破散去的晨雾，把金辉洒满金碧辉煌的石窟，倚杖流连佛寺美景，一时忘记赶路。恍惚间，仿佛听到子规的声声鸣叫……

南朝四百八十寺，多少楼台烟雨中。

佛教兴盛的唐代，寺院处处皆是。诗人漫游名山大川，所见寺庙何其多。陇右 12 首纪行诗，以寺为题者仅其一，歌咏法镜寺美景，足可见西和法镜寺名气之大、影响之远。所以后世《杜臆》评说谓之："山行而身上，寺古而愁破，极穷苦中一见胜地，不顾程期，不取捷径，见此老胸中无宿物，于境遇外，别有一副心肠，搜冥而构奇也。'泄云'四句，写景入神。"

拜谒法镜寺之后，杜甫心中不由释然了，一切都是身外之物，只有脚踏实地，照顾好家人，稳妥安顿好一大家人的衣食住行那才是最现实、最实际的当务之急。

想到这里，杜甫转身拉拽起疲惫不堪的骥子宗武，从宽大的衣袖中，摸出干瘪瘪的钱袋，在宗武眼前晃了晃："骥子，看看这是什么？"

宗武愣怔了一下，哑然失笑："父亲，那是钱袋哦！我们一家的盘缠全在里头。"

杜甫满意地颔首："知父莫如子。看好钱袋，我们杜家就有盼头了。还记得为父在秦州所作的那首自苦、自乐、自嘲的打油诗吗？"

宗武郑重地点头："父亲大人心血之作，孩儿一一铭记心中。那首诗歌题名为《空囊》，且听孩儿吟诵之——"

空囊

翠柏苦犹食，明霞高可餐。

世人共卤莽，吾道属艰难。

不爨井晨冻，无衣床夜寒。

囊空恐羞涩，留得一钱看。

一家人在难得的轻松、释怀中，翻越了今横岭山后，进入龙门河谷（今西和县南石峡河）、穿青阳峡（今西和县十里乡内）、过石龛（今西和县石峡乡西北八峰山腰），向地处南北交通要冲、军事地位十分重要的龙门镇走来……

人近五十，天过午时。行走在一大家口人群中的杜甫，凄楚地凝望着群山苍茫的远方，神思不由恍惚了起来——

天宝十四载（755），十月，被任命为河西县尉（唐代黄河西岸的同州辖区，760年，此地改名夏阳，即今陕西渭南市合阳县），不就，旋改授为右卫率府胄曹参军。

至德二年（757），五月，授左拾遗。

乾元元年（758），六、七月间，贬为华州司功参军。

乾元二年（759），七月，弃官携家流寓秦州，十月离秦州往同谷，十二月一日往成都。

随后的任职情况是——

代宗李豫广德二年（764），正月间，被朝廷召补为京兆功曹参军（殆由严武推荐），其时杜甫在四川梓州、阆州、汉州等地拜访友人，寻求帮助、接济，因已定计出峡，不赴。同年正月，严武以黄门侍郎拜成都尹充剑南节度使，几次写信希望杜甫回到成都。六月，严武表荐杜甫为节度参谋、检校工部尚书员外郎，赐绯鱼袋。

永泰元年（765）正月，辞去严武幕府职务，归居成都草堂。

罢罢罢，这些都是身外之物，何必为名利所累，自寻烦恼也惹他人厌烦不快呢？

龙门镇^①

细泉兼轻冰，沮洳栈道湿^②。

不辞辛苦行，迫此短景急^③。

石门云雪隘^④，古镇峰峦集^⑤。

旌竿暮惨澹^⑥，风水白刃涩^⑦。

胡马屯成皋^⑧，防虞此何及^⑨？

①在今甘肃西和县城东南25公里处有坦途关（坛土关）。北魏设龙门戍，唐改为镇。按龙门水即六巷河的支流石峡河，洛溪水即六巷河的上源。龙门戍位于石峡河上源流域。结合唐《新路颂并序》石刻综合考虑，龙门戍应该在西和县石峡镇的坦途关。

②轻冰，薄冰。道上有水又有冰，所以泥泞难行。栈道，即阁道。

③短景，指冬日短。

④石门，即指龙门。云雪一作云雷。隘音爱，狭窄。

⑤古镇，即龙门镇。四面环山，故云峰峦集。

⑥旌竿，指军旗。在暮色中，显得非常暗淡。

⑦白刃，是说戍卒的刀枪。涩，是不光滑，也就是钝涩。这以上四句写到镇上所见。

⑧成皋，地名，在洛阳附近。乾元二年九月史思明陷东京及齐、汝、郑、滑四州。诗即指此事。

⑨防虞，犹防患。此指龙门镇。胡马屯于成皋，而置戍于龙门，辽阔不相及，无补于实际，所以说"此何及"。批评当时军事布置不当。

嗟尔远戍人，山寒夜中泣^①。

　　这难道就是传说中的龙门镇吗？杜甫迟疑地端详着龙门镇山川形胜。

　　有关龙门镇的选注，我们采用山东大学教授萧涤非在其著作《杜甫研究》（下卷）和天水师范学院教授刘雁翔在其著作《杜甫秦州诗别解》中这样解读与注解：龙门镇，在今甘肃西和县城东南50里处的坦土关（坛土关）。北魏设龙门戍，唐改为镇。据《水经注》卷20《漾水》记载，"西汉水与洛谷水（今洛峪河）汇合后，继续东南流与洛溪水（今六巷河）汇合。洛溪水"北发洛谷……西南与龙门水合，（龙门水）

西和县东南龙门镇（坦土村）

出西北龙门谷……又南径龙门戍东，又东南入洛溪水，又东南径上禄县故城西……"。按龙门水即六巷河支流石峡河，洛溪水即六巷河的上源。龙门戍位于石峡河上源流域。结合唐《新路颂（并序）》石刻综合考虑，龙门戍应该在今西和县石峡镇以西的坦土关。

　　龙门镇，在今西和县石峡镇境内（一说在成县纸坊镇府城村，待商榷），石峡河穿境而过。石峡河故称龙门水，北魏时曾在这里设龙门戍。这里四面环山，山势陡峭，峡口狭窄，宛如石门，地处南北交通要冲，军事地位十分重要。因此，不但北魏在此建

————————————

①观"夜"字，杜甫是在龙门镇上住宿的。但他分明没有睡着。戍卒在哭泣，诗人在嗟叹。

有戍所，而且唐代也以此为军事重镇，驻有大量戍卒。

正如诗人所描绘的，驻军的军旗在冬日沉沉的暮色中显得十分暗淡，戍卒手中的兵器也由于冷风寒霜的侵蚀，显得钝涩了。军威不振，士气低落，对此，诗人十分感慨。

自从天宝十四载（755）十一月，"安史之乱"爆发以来，唐朝由鼎盛转向衰败，以致叛军占据洛阳、长安，玄宗出逃入蜀，肃宗灵武即位，国破家亡，烽火不绝，人民妻离子散，流离失所……

现在已是"安史之乱"第五个年头了，尽管官军收复了洛阳、长安，唐王室也是元气大伤，官军和叛军仍在局部地区交战，劳苦大众生活在水深火热之中，国库财力匮乏，物价飞涨，社会动荡不安，流民、难民四处逃难，寻求一丝生机……

前文叙述杜甫具有潜在的军事才能，乾元二年（759）前半年在华州司功参军任上，就撰写过《为华州郭使君进灭残寇形势图状》，力劝皇帝早一点对安庆绪叛军采取军事行动，并建议朝廷军队集中攻击相州（今河南安阳）东、西两州，时间最好在秋收之前。

乾元二年（759）大唐帝国的国内大势是：正月，节度使李嗣业卒于相州行营。三月，九节度使因大旱饥馑，溃于相州。史思明杀安庆绪及其部将高尚、孙希哲、崔乾祐（佑）等人。随后史思明整军入邺城收其众。留其子史朝义镇守相州，自己率军返回范阳。郭子仪断河阳桥，保守东都。五月高适出任彭州刺史。六月，裴冕为成都尹，充剑南节度使。七月，召郭子仪还京师，以李光弼代之，为朔方节度使兵马元帅。九月，李光弼移军河阳，史思明复陷东京。十月，史思明攻河阳，李光弼大败之。

深山夜来早。

群山环绕，冬天日子短，不觉间，夜幕悄然降临到了鼓角哀鸣、兵卒蠕动的龙门镇。

杜甫安顿一家人在龙门镇客栈草草吃过晚饭歇息了。

饭后，杜甫蹒跚着走出客栈，满腔郁闷眺望着不远处沉寂的兵营，不由仰天长叹……

街巷冷寂，行人无几。

杜甫踯躅盘桓在龙门街巷。不意望见街头一爿小酒馆亮着红光，杜甫不由快步走了进去。

坦土村《龙门镇》诗碑

进了小酒馆，杜甫哆哆嗦嗦地从宽大衣袖里摸出干瘪的钱袋，掂量再三，最后还是横下心来，捏出几文碎银，让店小二温热一壶酒来。

战乱不息，狼烟四起，报国无门，壮志难酬，浮萍般四处飘零，哪儿是乐土，何处是吾乡？一个流浪异乡的穷愁潦倒的儒生，尚且不能给家人一处苟且活命安稳舒适的安乐窝，焉敢奢望支撑起大厦将倾的大唐帝国？

一腔孤愤满腹惆怅的杜甫，端起酒碗，怎顾得浊酒热与不热，扬起头咕咚咕咚将一碗浊酒灌了下去。

店小二诧异地趋前阻止："客官，冷酒喝不得，喝不得！会伤身子骨的。"

杜甫仰头又将一碗浊酒灌了下去，醉眼蒙眬地高叫："拿酒来！切勿多言！"

店小二唯唯诺诺，急忙温酒去了。

殊不知，杜甫心中的块垒，焉是几壶浊酒能浇灌得了的？

东方欲晓，莫道君行早！

杜甫一家人匆忙收拾着行囊，杜甫给客栈掌柜的结付着投宿费用，仔细打探着行走的线路。

夫人杨氏缩着身子打着冷战，抱着襁褓中酣睡的幼女走近："夫君，这天冷得要命，河面都结冰了，要不，等暖和一些我们再走？"

杜甫按捺不住欣喜："娘子，你有所不知，大山里冬天的早晨若是不冷，那就是阴天或雨雪天；若是寒冷，那就是个大晴天呀。大晴天好赶路，再说我们今天翻过积草岭，不远就到同谷县了。只要到了同谷，何愁温饱衣食？"

杨氏悲戚的面容上，不由泛出了一抹喜色："也罢，我们赶紧赶路吧。"随手拍了拍襁褓中的幼女，像是自语，又像是叮嘱幼女："乖女儿，我们就要有饱饭吃了。"

冰雪凝结刺溜光滑的羊肠小道上，杜甫一家前呼后拥人喧马嘶地走着，前面那座沟壑纵横的小山梁默默等待着他们。

身后龙门镇那座高耸的山巅上，一抹朝阳红彤彤朗照着。

积草岭

连峰积长阴，白日递隐现。

飕飕林响交，惨惨石状变。

山分积草岭，路异明水县。

旅泊吾道穷，衰年岁时倦。

卜居尚百里，休驾投诸彦。

邑有佳主人，情如已会面。

来书语绝妙，远客惊深眷。

食蕨不愿余，茅茨眼中见。

杜甫一家千辛万苦，长途跋涉，终于爬到了上禄县与同谷县的界山——积草岭，或许还看到两县之间的一通界碑，界碑上或许还明明白白标注着两县之间的里程。

诗人喜悦之情溢于言表，挥毫写下了这首歌咏积草岭山形地理，抒发即将到达目的地欣喜心情的宏丽诗篇。

杜甫伫立在积草岭上，回望、凝视着西和热土上从寒峡到积草岭的漫漫征途，心潮难平，感叹良久……然后叮嘱家人，打起精神，向梦中的温饱之乐土——同谷县靠拢！

清代学者仇兆鳌积20年之心血，搜集各家注本，资料极为详尽，辑为《杜诗详注》（又称《杜少陵集详注》）。他这样解

西和县积草岭

析《积草岭》："首记积草之景，兼叙跋涉之艰……下言路近同谷，得有依托也。"

千年一叹，换了人间！

据《西和县志》记载，明洪武十年（1377）降岷州为西和县，后移治今地。

此后，历经政权更迭，"西和"这个名字一直沿用了下来。时过境迁，"西和"这个名字，有了更丰富的内涵。它是一种现实生活的状态，也是写在西和人脸上的日常表情。

农历六月底的西和，夏收已经告一段落。但是西和县未出嫁的姑娘们，并没有闲下来。这天，她们怀着喜悦的心情，穿着统一的节日盛装，走街串巷，举行一场古老的祭祀仪式。

这一活动从农历六月三十日，一直持续到七月初七，当地人称之为"乞巧节"。

西和的乞巧民俗，已经流传了1800多年。据史料记载，西

陇南国家级非物质文化遗产之西和乞巧节

和乞巧文化，始见于东晋葛洪辑抄的《西京杂记》："汉彩女常以七月七日，穿七孔针于开襟缕，俱以习之。"

西和乞巧活动若追溯渊源，则与秦人祭祀有关。西和人把善织"云锦天衣"的织女尊称为巧娘娘，而西和境内的漾水河一带，是织女原型女修的诞生地。女修以"织"闻名于世，相传是秦人的祖先。随着秦人的崛起，祭祀风俗蔓延了下来，逐渐演变成了汉代的乞巧节……

说来也巧，乞巧文化传承历史之久远，地域之宽广，可从杜甫《牵牛织女》诗作中，感受乞巧习俗在唐代之盛况——

牵牛织女

牵牛出河西，织女处其东。

万古永相望，七夕谁见同。

神光意难候，此事终蒙胧。

飒然精灵合，何必秋遂通。

亭亭新妆立，龙驾具曾空。

世人亦为尔，祈请走儿童。

称家随丰俭，白屋达公宫。

膳夫翊堂殿，鸣玉凄房栊。

曝衣遍天下，曳月扬微风。

蛛丝小人态，曲缀瓜果中。

初筵裛重露，日出甘所终。

嗟汝未嫁女，秉心郁忡忡。

防身动如律，竭力机杼中。

虽无姑舅事，敢昧织作功。

明明君臣契，咫尺或未容。

义无弃礼法，恩始夫妇恭。

小大有佳期，戒之在至公。

方圆苟龃龉，丈夫多英雄。

如今，"中国乞巧文化旅游节"已成了当地的一个文化品牌，连年举办。

半夏、杠子面、麻纸，这些聚集了大量别具地域特色的物产，如今大放异彩。

先民们对古老造纸术有一句形象的比喻："造纸七十二道手，上墙还要吹一口。"东汉蔡伦发明的这一套古老而复杂的工艺流程，在西和县朱刘

西和县麻纸工坊

村等村社里的麻纸工坊里，仍被世代相传。

近年来，得益于西和县政府对麻纸产业的支持和推动，西和麻纸作坊越来越多，一些原本在外打工的年轻人，也陆续回到村里，开启了一段麻纸制作的新生活。

鼓乐声起，唢呐吹响，灯光下，一群黑色的"小人"次第登场。

皮影戏，又称灯影子戏，是中国乡村常见的一种民间娱乐，最早可追溯至汉代，它所形成的唱腔，被称为"影子腔"。

20世纪60年代，西和皮影戏的独特唱腔，在当地政府组织的演出中被文艺工作者发现，之后被命名为"陇南影子腔"，如今已被列入甘肃省省级非物质文化遗产名录。

在当地政府的扶持下，陇南影子腔焕发出了前所未有的活力。

影子腔就像西和民间文艺的一朵浪花，正借助时代的风潮跃出水面，被越来越多的人看见。

而传统特色美食——杠子面，这最具地方特色的美味佳肴，以清纯、地道烟火韵味的风姿，受到当地和外来游客的青睐喜爱。

杠子面是西和饮食文化中不可或缺的一道主食，它质朴、家常，但往往越平淡的东西，越承载着人们最深的情感。它是市井的味道，是民生的味道，也是不管离家多远，西和人都能闻到的家乡的味道。

在过去人们的印象中，甘肃省一向是一个干旱、少雨、荒漠广布的地方。然而，西和县却颠覆了人们的认知，它所属的陇南市，素有"陇上江南"之称，是甘肃省境内唯一属于长江流域并拥有亚热带气候的地区。

几千年前，当河西走廊上的居民还以游牧民族为主时，这里已经进入了农耕社会。在气候温和雨水充沛的西和，中药材种植，已有两千多年历史。西和的野生药材多达 400 种，家种药材主要有党参、当归、红芪、黄芪等，其中数半夏最负盛名。

西和半夏颗粒大，形状好，颜色白，无污染，药用价值高，是半夏中的优质品。2004 年，农业部将西和县命名为"中国半夏之乡"。

如今，半夏已成为西和特色、优质、高效的支柱产业，有效带动了当地的经济发展，也增加了农民的收入。随着西和中药材产业的发展，近年来回家乡施展抱负、回馈故土的年轻人也越来越多。

伏羲生处，女修巧娘，这里有太多让人浮想联翩的神话传说。

氏族往事，仇池风云，这里藏纳了太多历史上的惊鸿一瞥。

西和，就像一个挖不尽的宝藏，正持续不断地向世人展示它那"复杂的宝贝"。

2021年初冬的一个双休日，虽是秋末冬初季节，陇南大地依然一片葱绿，处处洋溢着祥和、富足、日新月异的景象。千年前，也是这个季节，杜甫一家人曾经在这里凄风苦雨地走过。走在杜甫一家走过的山川，感受千年后温暖的冬日，也是一件十分惬意、幸福的事情。

与西和县志办前主任袁智慧、礼县史志办主任吕慧芹、副主任范颖、成县县志办副主任张弛、陇南师范高等专科学校附属小学教师、网络文学作家邱怀玺一起，追随诗圣的步履，感受千年时光的沧海桑田。

十（堰）天（水）高速公路、天（水）武（都）高速公路、兰渝（兰州至重庆）铁路、成州机场（今成县）等便捷安全高效的交通网络，县乡路、村社路，乃至进入村民家中的入户路，不是升级改造，最起码都变成了沥青路、水泥路，公路桥、铁索桥、水泥桥畅通无阻，行路难早已成为久远的记忆。

城市更亮丽，美丽新农村，这凤凰涅槃、沧海桑田的蝶变，绝对是诗圣杜甫始料未及的。

这一次，我们的行程利用双休日，计划两天。线路自西向东，按照杜甫当年行走线路，从天水市铁堂峡开始，到积草岭结束，横跨两市四县区（天水市、陇南市、秦州区、礼县、西和县、成县）。除去大家各自从武都、成县、礼县往西和县集结时间掐头去尾，有效时间实际仅是一天半。

我们来到大名鼎鼎的铁堂峡。铁堂峡，旧名沿用，民间也称猫眼峡、毛牛峡，在今甘肃天水市秦州区平南镇与天水镇之间。峡呈东北—西南走向，南北峡口狭窄，中段开阔，如纺锤状。峡长约6公里，西汉水蜿蜒穿流，石质峰峦夹岸壁立，水随山转，路沿水行，是古代秦州通往西汉水流域的交通要道，商旅往来，络绎不绝。"铁堂"正如诗中所谓"硖形藏堂隍，壁色立积铁"。2003 年，原来在铁堂峡南侧山间盘旋的徐家店至礼县公路，改由峡中穿行，天堑变通途，山体破损，古道湮没，铁堂峡位置依旧，而峡形、景物"换了人间"，不复当年深幽……

我们在礼县城东北 30 公里的盐官镇访古。当年诗圣歌咏盐井作业场面不复存在，我们在盐井祠里感受取土制盐的繁复程序，聆听礼县"盐婆婆"与漳县"盐爷爷"浪漫凄美的爱情传奇，穿行在汉唐风韵、气势恢宏、尚未竣工的盐井广场，领略盐文化的博大精深与壮美……

盘桓在今甘肃西和县长道镇，祁家山山脚的漾水河谷。峡谷史籍称塞峡、鸷峡，今又名祁家峡或大湾峡、大晚家峡等，峡北有村名峡口……祁家峡位于长道镇南 4 公里西汉水支流漾水河下游，峡长约 1 公里，峡北河谷呈喇叭形向西北敞开，峡南河谷面呈葫芦状，西北风从峡北喇叭形河谷灌入峡谷，峡南葫芦状河谷排风不畅，致使峡中寒冷异常，古称寒峡。

出寒峡即祁家峡后，我们继续溯漾水河南行约 8 公里，来到了西和县北石堡乡的石堡村，就到了声名远播的法镜寺跟前。法镜寺石窟，开凿于五台山支脉飞来山南北两侧的石岩上。20 世纪五六十年代，由于修建西（和）礼（县）公路，飞来山被劈为南、北两段，通常我们只看到公路北侧山脚的石窟以及南侧靠东的部分石窟，公路以北漾水河西侧的石窟往往被忽略了。

同路而行的中国民俗摄影协会会员、甘肃省美术家协会会员、成县县志办副主任张弛先生，对于此行准备十分充分，专业照相机、无人驾驶飞行器等一应俱全，早早操作无人机，让现代高科技飞越劈为南北两段飞来山，乃至飞越到明清之际，因大水将崖前建筑水毁，已将寺院移建于石窟后公路南侧的五台山的寺院之上空，俯瞰法镜寺今昔全貌……

夜幕悄然降临，光线灰暗了下来，已经无法拍摄寻觅了。

我们一行只好收拾行囊，向东折行天（水）武（都）高速公路，驶向投宿地西和县城。

华灯初上时，我们在天武高速出口处下高速。看到高速路口醒目的"西和北"标志牌，同行的邱怀玺老师打趣道：倘若诗圣今晚至此，一定为这个标志牌犯难发愁啊。大伙仔细端详这个标志牌，不由开怀大笑……

次日早上我们从西和县城出发，依次寻觅诗圣留存在青阳峡、龙门镇、石龛、积草岭、泥功山的履踪。

青阳峡在今甘肃西和县南十里乡青羊村，现名青羊峡。民国《西和县志》说："青阳峡，在县南五十里，半山石穴中有巨石，其形如羊，一名青羊峡……"北宋张方平《青阳峡》诗云："奇峰叠巘无数重，横涧飞泉会一溪。老树藤萝从古长，寒空云霭与天迷。幽中应有神仙住，深处唯闻猿鸟啼。野性旧多山水癖，恨

西和县青阳峡

无心赏此相携。"寻觅良久，未能一睹羊颜，聊以谣谚作结："你从青羊峡里过，不知青羊在哪哒卧。进了青羊峡，不知道青羊在哪哒（什么地方）。"

对于龙门镇的地望，宋人试探着注了注，始见于黄希注、黄鹤补注的《黄氏补千家集注杜工部诗史》。鹤曰："龙门镇在河南县，然非秦州往成州之路。诗又云'沮洳栈道湿'，殆是成州亦有镇与之同名。又，诗云'防虞北何及'。严砺元和中嘉陵江通漕以馈成州戍兵，其在此歟！"……但这仅仅是推断了龙门镇在成州往同谷之间，只是说明了大方向，问题远没有解决……

1990年，西和县的一些文史研究者，将寻找龙门镇的目光转到了石峡镇北面坦土关（又称坦途关）村。村之河对面西山麓双石寺遗址，有《新路颂（并序）》摩崖石刻一方，刻于唐开元年间，记述赵太守主持凿山开道、方便商旅的事迹。摩崖之上尚有栈道孔和悬崖凿路痕迹。地名、山川形胜与诗意相符，于是可判定坦土关乃龙门镇无疑。1996年，西和县文化部门在坦土关公路旁建立《龙门镇》诗碑一通。

石龛，即八峰崖石窟，在今甘肃西和县城东南32公里处，位于石峡镇西侧山岭之中，与仇池山相望。石窟开凿在八峰之一西峰半山腰高约15米、长约60米的天然岩穴之内，又称峰腰石窟。据考证，始建于魏晋南北朝时期。洞窟内原有石窟14间，造像200余尊。全窟分上下两层，上层10龛，下层4龛。1960年因火灾，木质建筑全部焚毁，1980年之后渐次修复。现残存造像90余尊和部分壁画，另有明万历年间石碑1通，清代石碑5通。乾隆《西和县志》、民国《西和县志》均有记载。然历代注家对其石龛遗址众说纷纭，新论点提出，又遭质疑。学问无止境，还原石龛遗址还需要不断求索的过程。

同石龛遗址一样，积草岭确切的地理位置，千年以来也是让古人、今人犯难困惑争论不休的地方。《积草岭》诗题下蔡梦弼《杜工部草堂诗笺》注"同谷界"。积草岭：据诗意，知地应在"石龛""泥功山"之间的上禄（时改汉源县）、同谷分界。至于此分界相当于注者当时的什么地方，古人注不清，今人争不明。

此次寻踪结束之后，成县县志办副主任张弛四处查阅史料，挑灯夜战，很快撰就了《杜甫纪行诗积草岭地望考》一文（刊于《陇南史志研究》2022年第一期），提出了积草岭诗中所描写地方，就是现在陇南市西和县六巷镇花桥村鸡公岭的论断——

关于积草岭的位置，历来认真考证的人寥寥无几。无论是从诗人的境遇、行走路线及纪行诗的编次，结合诗中的场景描写看，兰州市委党校教授张希仁先生的论点更为接近。笔者多次深入走访，认为西和县六巷镇花桥村的鸡公岭，就是昔日之积草岭。

1. 鸡公岭道为昔日西和至成县的坦途与官道。

从石峡经湫山村到六巷乡为昔日之官道无疑。笔者在六巷乡走访时，当地学者很确定地认为鸡公岭就是积草岭，不仅是这地方名字古今谐音相近，以六巷经鸡公岭到达泥功山距离最近，昔日为西和至成县之要道，至今还在通行，据说骑摩托亦可通行，这点我们在鸡公岭两侧的村庄走访都得到证实。这样的道路也符合杜甫当年行走的情形，即道路须能行走车马。虽然这条路不是石峡到成县最近的路，却是最好走的路，也是到泥功山最近的路。

2. 鸡公岭地理环境与诗中描写相符。

鸡公岭是西和县（时上禄县）、成县（昔同谷县）的分界岭，这与《积草岭》原注"同谷界"相合。站在鸡公岭上，西侧经六巷沿六巷河入西汉水可至明（鸣）水县；从这里经泥功山到成县城近百里，从六巷到鸡公岭要经过杜家台、花桥村几个美丽的村庄，这与诗中"卜居尚百里"相符，也为"休驾投诸彦"提供了可能。鸡公岭东望泥功山近在眼前，山下的小沟村房屋隐约可见（"茅茨眼中见"）。

3. 以鸡公岭下山过泥功山与《泥功山》诗意相符。

杜甫纪行诗有着严格的编次，考察诗中的地理位置必须结合前后诗中的意境。《积草岭》诗后紧随《泥功山》，这与现实中的地理位置完全相同。而以鸡公岭下山经小沟村，沿着河道经严河村、安子村，翻泥功山垭口到店子村，这段道路弯曲漫长。据同行考察的人讲，前些年这些道路没有硬化时，冬季里泥泞难行，杜甫一家"朝行青泥上，暮行青泥中"与事实相符。此地富集铅锌矿产，河道淤泥呈青色，以至于诗人的"白马为青骢"，这是当时诗人窘境的真实写照。

根据我们的田野考察，聆听多位耄耋老人的娓娓讲述，综合前人研究成果，笔者认为也符合诗圣《积草岭》之诗意，有待于方家、学者求证，亦为杜学爱好者提供一个思路与参考。

泥功山，亦作泥公山，俗称尼姑山、牛心山，或称二郎山等，位于甘肃成县西北的二郎乡境内，距成县县城 24 公里。《方舆胜览》及乾隆《成县新志》均有记载。

学问之道，浩如烟海，博大精深，对于后学者可研究、厘清的地方不胜枚举。杜学如此，红学如此……

言归正传。

杜甫一家历经千难万险翻越积草岭，走过泥功山，下一个落脚点应是成州同谷县的栗亭驿了。

第五章　亭亭凤凰台，北对西康州

凤凰台

亭亭凤凰台，北对西康州。

西伯今寂寞，凤声亦悠悠。

山峻路绝踪，石林气高浮。

安得万丈梯，为君上上头。

恐有无母雏，饥寒日啾啾。

我能剖心出，饮啄慰孤愁。

心以当竹实，炯然无外求。

血以当醴泉，岂徒比清流？

所重王者瑞，敢辞微命休。

坐看彩翮长，举意八极周。

自天衔瑞图，飞下十二楼。

图以奉至尊，凤以垂鸿猷。

再光中兴业，一洗苍生忧。

深衷正为此，群盗何淹留。

　　既然诗圣一家千辛万苦走到了成州同谷县，那我们不妨先把同谷县沧桑历史梳理一下，有助于我们对杜甫在此寓居月余的情况有一个大致的了解。

成县上古时期为雍州之域，周孝王封嬴非子于秦地，养马汧渭，此地属秦地，春秋时为白马氏国。公元前221年，秦始皇统一中国，封天下为三十六郡，成县属陇西郡，称下辨道。《史记·曹相国世家》称："汉王（刘邦）封参为建成侯……从还定三秦，初攻下辨。"下辨之名始见于史籍。汉始置武都郡，以县改属之，仍称下辨道。汉武帝刘彻元封五年（前106），初置十三州刺史部，武都郡隶属益州刺史部。王莽代汉后，改县称杨德。东汉时仍属武都郡，治下辨，界于陇西、武都二郡之间。新莽地皇四年（23）七月，隗嚣纠集陇右豪强数千人，举兵起事，占领平襄（今甘肃通渭县西北），建立割据政权，是年十二月，隗嚣攻取武都郡，成县为隗嚣所据。东汉光武帝刘秀建武十年（34），在东汉军队的强大攻势下，隗纯（隗嚣少子）残部投降东汉，成县仍隶属武都郡，复称下辨，为武都郡治所。

东汉末至三国时期，成县以陇蜀咽喉、甘陕通道的特殊地理位置，为曹魏与蜀汉必争之地。魏元帝曹奂咸熙二年（265），司马炎代魏建立西晋，县入晋。晋武帝司马炎泰始五年（269）更属秦州，县属秦州之武都郡，下辨仍为郡治所。晋永嘉后没于杨氏。孝武帝司马曜太元十年（385）杨定称藩，表置仇池郡，以县入郡。南朝宋文帝刘义隆元嘉十八年（441），遣龙骧将军裴方明率兵伐仇池，十九年（442）平仇池，县入宋，隶南秦州之武都郡。是年，北魏太武帝拓跋焘，使安西将军古弼督陇右诸军、征西将军皮豹子督关中诸军攻仇池。元嘉二十年（443），魏军至下辨，与宋军战于浊水，宋军溃败，北魏遂取仇池。北魏太武帝太平真君七年（446），初置仇池镇，以县隶镇。孝文帝拓跋宏太和四年（480），以县分属修城郡，郡隶属仇池镇。宣武帝元恪正始（504—508）中，割下辨为两县，一县仍称下辨，隶修城郡；一县名白石，隶东益州之广业郡，郡治武街城，"武街"为下辨之异名。孝明帝元诩孝昌年间（525—528），徙广业郡治白石县，县因白水中大石得名。西魏废帝元钦二年（553），改南秦州为成州，初置同谷县。《说文解字》释"同"为两水会合之处，青泥、下辨两水会合后，注入飞龙峡峡谷，同谷因此得名。

隋文帝杨坚开皇三年（583），以同谷县属康州。炀帝杨广大业三年（607），初置河池郡，以康州之同谷县属河池郡。

唐高祖李渊武德元年（618），以同谷县置西康州。太宗李世民贞观元年（627）废西康州复置成州，以县属成州，隶陇右道。玄宗李隆基天宝元年（742），改成州为同谷郡，肃宗李亨乾元元年（758），复为成州。宝应元年（762），"吐蕃寇成州"。（《新唐书·肃宗纪》）"广德元年（763）秋七月，吐蕃陷成州之上禄"（《新唐书·代宗纪》）。州治陷入吐蕃之手后，以县入属凤州，为唐、蕃犬牙交错地区。懿宗李漼咸通七年（866），复置成州，徙治于县东南十里之宝井堡（今甘肃成县东南），（《新唐书·地理志》成州："宝应元年（762）没吐蕃，贞元五年（789）于同谷之西境泥功山权置行（成）州，咸通七年（866）复置，徙治宝井堡。"）十三年（872）徙治于同谷。后唐复置成州，治同谷县。后周恭帝郭宗训显德七年（960）春，归德军节度使赵匡胤称帝建立宋朝。宋太祖赵匡胤建隆元年（960），成州入属北宋，治同谷，领栗亭县。开宝六年（973）升为团练，初隶陕西西南路。太宗赵光义至道三年（997）分天下为十五路，成州隶陕西路。仁宗赵祯庆历元年（1041），分陕西沿边为秦凤、泾源、环定、鄜延四路，以成州隶秦凤路。南宋高宗赵构绍兴十四年（1144），分利州为东西两路，以成州隶利州西路。宁宗赵扩开禧二年（1206），金右都监蒲察贞破成州，四川宣抚副使吴曦降金，成州入金朝。开禧三年（1207），四川宣抚副使安丙遣将军张林、李简收复成州，成州复属南宋。嘉定十二年（1219）复合利州东西两路为利州路，成州仍隶利州路。理宗赵昀宝庆元年（1225），以理宗潜邸，升同庆府。（《宋史·地理志》）

理宗端平三年（1236），成州为蒙古军攻占。汪世显率成都府归附蒙古，令迁于栗亭，行栗亭管民司事，不隶成州，割天水县来属。元世祖忽必烈至元七年（1270），并同谷、天水二县入成州，成州隶陕西等处行中书省之巩昌总帅府。

明太祖朱元璋洪武二年（1369）秋七月，大将军徐达破元将李思齐、张良臣，抚定陕西，成州入属明。初隶陕西等处行中书省之巩昌府。洪武九年（1376），改行中书省为承宣布政使司，洪武十年（1377），改州为县，成县直隶陕西承宣布政使司之巩昌府。

清初，成县初隶陕西布政使司之巩昌府。清圣祖玄烨康熙三年（1664），分陕西为左右布政使司，成县隶右布政使司之巩昌府。康熙六年（1667），改陕西布政使司为巩昌布政使司，成县仍属之。康熙七年（1668），改巩昌布政使司为甘肃布政使司，成县因之。清世宗胤禛雍正五年（1727），以天水、青石、白环三里入秦州，以阶州八百户军、礼县府城村民及西固所军入成县。雍正七年（1729），升阶州为直隶州，成县始属阶州。

民国元年（1912）2月，清帝宣布退位诏书。3月15日，成县光复，初隶巩秦阶道。民国2年（1913）2月，裁撤清制府、厅、州、分州，一律改县制，并改知县为县知事。巩昌府废后，成县属陇南道（治天水，后改渭川道所辖）。民国24年（1935），国民政府将甘肃省划分为七个行政督察区，成县划属第四行政督察区（公署驻天水）。民国31年（1942），甘肃省划分为八个行政督察区，成县改属第八行政督察区（公署驻武都）。全县辖 13 乡（镇）。民国 36 年（1947），以汪川镇入属徽县。至此，全县 12 乡（镇），下设 131 保，1350 甲。

成县杜甫草堂碑铭

成县是陇右山川的富庶之地，自古良田丰饶，文脉绵延，民风淳朴。清光绪《阶州直隶州续志》卷之二十三名宦（下）对名宦黄泳其人和诗文就有过这样的记载：黄泳，字宏济，四川射江举人。乾隆三年（1738），知成县，补建义学，纂修邑乘，修黑峪河道路，除虎患，两赈饥歉。莅官五载。致仕日，民立德政去思碑。

而黄泳，忠君爱民，恪尽职守，挚爱成县，咏诵过两个版本的成邑八景的诗文，我们只能忍痛割爱，仅取两个八景的诗题，以飨读者——

其一

裴公莲沼　　龙石留形　　子美草堂　　鸡山耸翠
溪潭龙飞　　高台鸣凤　　仇池百顷　　石洞五仙

其二

奎楼烟雨　　凤台流云　　草堂对石　　仙崖积雪
龙潭印月　　香洞流泉　　裴湖冉香　　棱罗春柳

冥冥之中，杜甫与同谷县神交已久。

早在两年前,肃宗至德二载(757),46岁的杜甫春天困居长安,正谋划逃往肃宗凤翔行在之际,未授左拾遗之前的一天,与好友苏端等,相邀饮宴,送别韦十六评事擢升为同谷郡（同谷郡,即成州,治上禄县建安城）防御判官,赋诗《送韦十六评事充同谷防御判官》,就对同谷郡有相当的熟悉了解——

送韦十六评事充同谷郡防御判官

昔没贼中时，潜与子同游。今归行在所，王事有去留。
逼侧兵马间，主忧急良筹。子虽躯干小，老气横九州。
挺身艰难际，张目视寇雠。朝廷壮其节，奉诏令参谋。
銮舆驻凤翔，同谷为咽喉。西扼弱水道，南镇枹罕陬。
此邦承平日，剽劫吏所羞。况乃胡未灭，控带莽悠悠。
府中韦使君，道足示怀柔。令侄才俊茂，二美又何求。
受词太白脚，走马仇池头。古色沙土裂，积阴雪云稠。
羌父豪猪靴，羌儿青兕裘。吹角向月窟，苍山旌旆愁。
鸟惊出死树，龙怒拔老湫。古来无人境，今代横戈矛。
伤哉文儒士，愤激驰林丘。中原正格斗，后会何缘由。
百年赋命定，岂料沉与浮。且复恋良友，握手步道周。
论兵远壑净，亦可纵冥搜。题诗得秀句，札翰时相投。

黄鹤曰："至德二年作,故诗云:'今归行在所',又云'銮舆驻凤翔'也。"浦注:"仇以此前两篇属未拜拾遗时。今按'王事有去留'句,知其未的。"浦说是,当为至德二载,拜拾遗后作。韦十六,名未详。或谓韦宙。《九家注》曰:"安禄山大乱,甫与宙同陷贼,后皆归行在。"鲍文虎曰:"注以为宙,宙乃丹之子,仕宣宗时，非此所送人也。"（《分门集注》卷二十）《新唐书·地理志》："成州同谷郡，治上禄，天宝元年更名。"《旧唐书·地理志》："隋汉阳郡，武德元年改成州。""天宝元年，改为同谷郡。乾元元年，复为成州。"同谷，今甘肃成县。《新唐书·百官志》："大理寺，评事八人，从八品下。掌出使推按。""防御使、副使、判官、推官、巡官各一人"。《资治通鉴·玄宗天宝十四载》："十一月丙子"，"诸郡当贼冲者，始置防御使"。汪灏曰："同谷为凤翔咽喉，蛮舆所驻，形势犄角，禄山反后，始置防御，公因送防御判官而忧时作此。"（萧涤非主编《杜甫全集校注》）

杨伦《杜诗镜铨》卷三评析该诗："《旧唐书》：成州同谷郡，秦陇西郡，天宝元年改为同谷郡。《通鉴》：天宝十四载冬安禄山反，郡当贼冲者，始置防御使。从交情叙起，表评事素日忠勇，写得勃勃有生气，此言同谷防御之重，补叙羌俗风景于寂寥边地，偏有生色。蒋云：与前子虽四句呼应唱叹，怒气哀容，歌哭并下。末致临别缱绻之情。"

此诗至德二载作，故诗中有行在凤翔等句。从交情聚散叙起，此言评事忠勇，故朝廷命判边防。同谷重地，故控驭必须得人。幕府同事之贤。韦使君，盖指防御使，必评事之叔也。叙述同谷凄凉之景。曹植诗："走马长楸间。"《旧唐书》：成州上禄县，白马羌所处，州南八十里有仇池山。《辛氏三秦记》：仇池山上广百顷，地平如砥。其南北有山路，东西绝壁万仞，上有数万家。一人守道，万夫莫向。山势自然有楼橹却敌之状。东西二门，盘道可七里，上多冈阜泉源……末叙临别缱绻之情。上八送韦，下四望韦。文士驰林，公未受职也，故云浮沉难料。吴论：论兵既定，使远壑清静，亦可冥搜得句，投寄相慰也。此章，起首中腰皆四句，前二段各八句，后二段各十二句。

杜甫一家落脚到同谷县的栗亭驿了，那栗亭驿是不是如他在诗中所描绘的那样"栗亭名更嘉，下有良田畴。充肠多薯蓣，崖蜜亦易求。密竹复冬笋，清池可方舟"（《发秦州》）呢？

栗亭，北魏置栗亭县，不久废为镇，唐代属成州同谷县。五代后唐复置，元代设栗亭管民司。明代裁撤，不复设立县级建制，隶属徽州，清仍之。地在今甘肃徽县城西20公里的栗川乡。明代郭从道主编的《徽郡志》记载：栗亭川，西三十里。

栗亭，即今徽县栗川乡。栗川乡位于徽县西南部，东邻银杏乡和水阳乡，西与成县红川镇毗邻，南接大河乡，北接伏家镇。依山傍水，川原宽阔，物产丰饶，自古为陇南富庶之地。

《徽县志》记载：清高宗弘历乾隆八年（1743），知县牛运震修复栗亭川"杜公遗祠"，并增设守祠2户，购田地16亩，以供应春季享祭，纪念杜甫。并撰《杜公祠记》，记其事。其碑铭曰："尝试周览斯川之体势，翠岫回环，平田广敞，秋沼双清，沃泉可稻。凡所谓竹、木、薯、蓣之属，靡不繁衍，周布其中，维子美之诗于今可征也。窃意子美有灵千载，后犹乐思此地。"全乡地处徽成盆地，洛河由西入境，与纵贯全乡的伏镇河交汇于双河口。

杜甫满怀希望惦念着"邑有佳主人，情如已会面。来书语绝妙，远客惊深眷"的"佳主人"，却不知何故未能谋面。万般无奈之际，杜甫便又拖家带口，寓居到成县东南七里飞龙峡口，凤凰台下万丈潭附近的凤凰村去了。

诗圣踪迹，万世景仰。《太平寰宇记》载：同谷县有栗亭镇，唐懿宗咸通（860—873）中，任成州刺史赵鸿刻石同谷说："工部题栗亭十韵，不复见。鸿诗曰：'杜甫栗亭诗，诗人多在口。悠悠二甲子，题纪今何有？'"杜甫遗迹有杜公祠、杜公钓台等。《徽县志》："杜公祠，在县西三十里栗亭镇，唐杜甫居同谷，避暑栗亭元观峡。明御史潘公按部栗亭，梦甫，乃为建祠，知州左之贞、康熙中观察童华祖、乾隆初知县牛运震相继修葺，清仁宗颙琰嘉庆十三年（1808）知县张伯魁重建，增其门楼一间。"民国29年（1940）又进行了一次修缮，20世纪50年代初毁废，现为村人屋舍，其院廓、戏楼、大门的遗址尚清晰可见。杜公钓台位于栗川南山元观峡内，据传杜甫曾在此垂钓，巨石对岸峭壁上，刻镂有"宛在中央，少陵钓台"八个大字，呈丁字形排列，传为明御史潘公手书。

对于栗亭杜少陵祠前世今生，我们做一个简要的梳理，来再现徽县大地人民，千百年以来对杜甫的仰慕与崇敬。

栗亭杜少陵祠草创于北宋栗亭令赵洋，明清以降，或重修，或补葺，规模渐增，蔚为壮观。

清吴鹏翔《武阶备志》卷十六（古迹）载：名嘉亭，北宋建，在栗亭县。邑令赵洋取杜甫"栗亭名更嘉"句为榜。

赵洋，史籍不见载。北宋承议郎、著名词人贺铸（1052—1125），字方回，卫州（今河南卫辉县）人，其《庆湖遗老诗集》卷四载有应栗亭令赵洋之约所写的《寄题栗亭县名嘉亭》诗：

> 少陵昔避地，幽栖凤皇川。
> 始愿获其所，赋诗此终焉。
> 睠彼美林麓，荫膏腴上田。
> ……

　　题下自注云：邑令赵洋更此新亭名，取杜甫《同谷纪行诗》"栗亭名更嘉"之句。因其亲熊希遴求吾诗。癸酉九月，将扶疾东下，感而为赋。

　　由此诗可知，栗亭"名嘉亭"建于宋元祐八年（1093）前不久，赵洋任栗亭令当在此时。

　　明郭从道《徽郡志》卷三（庙宇）云："杜少陵祠，在栗亭西，正德中御史潘公仿建。"潘仿，河南洛阳人，明正德六年（1511）杨慎榜进士。正德间（1506—1521），巡按甘肃御史。"正德间侍御史潘公觏先生于梦中，遂就建祠而崇祀之。"（童华祖《重建杜少陵先生祠堂记》）

　　明代栗亭少陵祠自正德间潘仿建成之后，至万历年间，"州守左公（之贞）慕其芳踪，又为之重修"。（童华祖《重建杜少陵先生祠堂记》）左之贞，字号不详，万历中知徽州。

　　明代栗亭杜少陵祠创建以来，拜谒者络绎不绝，赋诗甚多。我们从《徽郡志》卷八（艺文）间有收录中，可知大概：

杜子美祠

漳源张鹏·御史

杜子祠登傍翠隗，西风日日上高台。

光摇万丈诗千卷，迹寄殊乡酒一盃。

瓦落空墙飞燕笑，苔封古砌草虫哀。

思君风采瑶池隔，孽雾穿云见月来。

瞻杜少陵祠

少宇宋贤·御史

九日成州道，千年杜甫祠。

松留云覆屋，菊带雨垂篱。

秋老归鸿急，山回去马迟。

无能存蘋藻，吟眺有余思。

……

时光流逝到了清代。

童华祖，字禹山，清绍兴山阴人。由乡荐中举。拜刑部郎中。康熙五十六年（1717），童华祖任陕西按察使司兼茶马分巡副使，巡视陇右途经栗亭，见杜少陵祠岁久剥蚀，残壁颓垣，乃倡导重修。两年后即康熙五十八年（1719）祠堂竣工，童华祖撰《重修杜少陵先生祠堂记》，勒石刻铭以纪。

到了乾隆六年（1741），牛运震知徽县期间，对栗亭草堂进行扩建、整修，"两造堂室，瞻拜遗像"，"置守祠二户，并购田十亩。"手书《杜公祠记》，勒石纪其事。

牛运震（1706—1758），字阶平，号真谷，人称空山先生，滋阳县马青（今兖州市新兖镇牛楼村）人。清雍正十一年（1733）进士，乾隆三年知秦安县，六年知徽县。张伯魁《徽县志》卷四（名宦）云：牛运震，字真谷，山东滋阳进士，乾隆六年以秦安知县来摄徽事。专务读书训士，士子皆亲受业，数月间，声誉翕然。修杜公祠，捐置守祀田，手书记文勒石，为士林宝贵，亦以慕其人也。两载复还秦安，先后莅秦安最久，成进士、举省元者皆所指授。教民开渠溉田若干亩，民至于今能言之。

转眼又是一轮甲子。到了清嘉庆七年（1803），张伯魁，字春溪，浙江海盐人，知徽县事。初至徽郡，虔诚拜谒杜少陵祠——

谒杜少陵祠

栗亭祠下一溪横，心不忘君死亦生。

伊昔麻鞋见天子，而今麦饭荐名卿。

青泥岭外崎岖路，白水江边风雨声。

低首瓣香颡宇拜，草堂蕉叶满诗情。

　　目睹"祠宇倾颓，享祀俱废"，伯魁触目兴怀，乃有翻新之意。于是命栗亭梁负栋等人董其事，重修始于嘉庆十二年（1807）春，告竣于嘉庆十四年（1809）秋，新祠位于明潘公建旧祠东里许，"今为祠门，其左若右，各增盖耳房二间"；"增置瞻祠田四十亩。"张伯魁撰《重修杜少陵祠堂记》纪修葺之事。同年修成《徽县志》八卷。

　　叶恩沛纂修，吕震南撰《阶州直隶州续志》载：清光绪五年五月，陇南地震，震中位于文县、武都之间。文县，"十二日寅刻大震。山崩、水雍，城垣倾圮。杀人一万八百三十余人……嗣后震动无常，日或两三次，月或一二次，或连日有声如雷，至十一年八月十七日，震后乃止。凡七年。"此次地震亦对栗亭杜少陵祠造成了较大破坏，"动摇大殿，败坏卷棚，斜侧砖瓦"。因为如此，才有了光绪二十六年（1900）竣工落成罗佐清等重修杜少陵祠。今少陵祠故址前杜公井旁遗存有王佩撰文的《重修杜少陵先生祠堂记》。

　　到了民国29年（1940），本县官员及当地士绅又一次集资，对杜公祠进行了较大规模的修葺。在今杜公村南原村委会院内，作者难考，镌刻于民国29年（1940），题作《县治西三十里杜公祠为创建乐楼并历述建祠始末序》碑铭一通。

　　栗亭杜少陵祠堂位于杜公村南，解放后归农户居住。祠堂被改作民舍，旧貌已失。故址仅存光绪年间王偈撰《重修杜少陵先生祠堂记》和民国《县治西三十里杜公祠为创建乐楼并历述建祠始末序》二碑。

　　亦对元观峡少陵钓台略作说明。元观峡位于栗亭南，是红川河经栗川南山的一段河谷。峡谷幽深，峭壁对峙，水流湍急，涛声贯耳。沿峡西行 4 里处，有巨石横亘，形成深潭，在河东岸崖壁上镌有八字云："宛在中央，少陵钓台。"字体近于宋体，呈"丁"字排列。《徽郡志》有云"今栗亭有祠，有钓鱼台"，可见钓台在明嘉靖前已存在。抑或为潘仿夜梦少陵，随后因地寻觅梦境触景所镌。张伯魁"明御史潘公梦见甫乃建"可信。然而，元观峡少陵钓台遗址并不一定为杜甫入蜀必经之地，况彼时正值严冬，杜甫在栗亭逗留时日不会太久。故杜公元观垂钓，几无可能。

徽县栗川乡"少陵钓台"摩崖石刻

　　可惜，只是乘兴而去，失望之至。

　　杜甫来到同谷，满以为一家人的境遇能够得到改变，但实际情况却远非如此。也许是邀请他来的"佳主人"另就他职远离同谷了，也许是诗人携妻带子、穷困潦倒的状况使势利的"佳主人"避而不见了。总之，诗人在同谷的处境比秦州更加困难了。

　　正如中南大学教授杨雨女士所说：杜甫不再是那个贵族子弟出身，书香门第的一个年轻的、自信的、豪迈的诗人，他变成了无数个苦难、患难当中挣扎的一个最普通的老百姓。所以他的诗歌风格也会变得更加地沉重，更加地现实。

诗人商震在《蜀道青泥》中写道：杜甫到了同谷，找不到"佳主人"，非常淡定，带着一家人在凤凰山对面凤凰村的一块空地上（就是现在"杜公祠"的一小部分），在凤凰村村民的帮助下，搭建了一座草棚，先让一家人"安居"。这一年，杜甫 48 岁。在那个时候，48 岁已经是接近老人了。老人的特点是对万事万物的慈祥，对各种人的慈祥，包括对伤害了自己的人……

心怀悲悯，是万物之灵长人类的天性。善良的农夫，都毫不犹豫救助冻僵的大蛇哩。

杜甫一大家口人，天寒地冻时节，人地两疏，灶里无柴，袋中无米，囊中无钱，身上无棉，床上无被，目睹惨状，谁看到能忍心呢？凤凰村村民对这一大家口避难逃荒的远乡人，给予了接济和力所能及的帮助，诸如生活必需的米、面、柴、油等等，无不自发送到草棚里，热汤热饭端到声声啼哭的儿女手中……要不杜甫入蜀途中在《木皮岭》诗中开口就说"首路栗亭西，尚想凤凰村"呢？

天寒地冻、人地两疏，有时甚至绝粮断炊，诗人生计十分困难。在此情况下，诗人不得不跟随养猴的老人到深山老林拾橡栗、挖黄独来度日。早早出门，但雪盛无苗，空着手回来，儿女饿得只有啼哭；从诗里可看出，在荒城山湫间白狐跳梁，蝮蛇出没；在山中有一个旧日相识的儒生，和杜甫见面时只是怀念往日的生活。诗人在同谷度过了他一生最艰难、最困苦的一个月。在这里，他亲身体验到了下层劳动人民艰难困苦的生活。在冰天雪地中，他根据自己的所见所闻、所思所想，把对远在异乡弟妹的思念，对国家时局的关注，对昏庸腐朽的统治者的谴责集中起来，创作了千古绝唱《乾元中寓居同谷县作歌七首》，世人又简称为《同谷七歌》——

乾元中寓居同谷县作歌七首

其一

有客有客字子美，白头乱发垂过耳。

岁拾橡栗随狙公，天寒日暮山谷里。

中原无书归不得，手脚冻皴皮肉死。

呜呼一歌兮歌已哀，悲风为我从天来。

其二

长镵长镵白木柄，我生托子以为命。

黄精无苗山雪盛，短衣数挽不掩胫。

此时与子空归来，男呻女吟四壁静。

呜呼二歌兮歌始放，邻里为我色惆怅。

其三

有弟有弟在远方，三人各瘦何人强。

生别展转不相见，胡尘暗天道路长。

前飞驾鹅后鹙鸧，安得送我置汝旁。

呜呼三歌兮歌三发，汝归何处收兄骨。

……

字字血泪，声声哀音，令人不忍卒读。这组诗，一唱三叹，顿挫淋漓，风追楚骚，情动天地，被誉为"千古绝唱"，在杜甫诗歌创作中卓然特立。

《同谷七歌》是一组独具特色的作品，表现似写实而实浪漫，语言似粗放而实精美，通过夸饰的眼光，显示了诗人寓居同谷的生活情况和精神状态之一斑，有一定的现实意义，且有近乎悲剧效果的审美价值。这组诗对后世颇有影响。宋、元诗多仿作此体，唯文天祥所作《六歌》为佳。

困居同谷期间，杜甫的交游不是很多，有姓名可考者为李衔一人。他在晚年所作《长沙送李十一衔》中说——

> 与子避地西康州，洞庭相逢十二秋。
> 远愧尚方曾赐履，竟非吾土倦登楼。
> 久存胶漆应难并，一辱泥土遂晚收。
> 李杜齐名真忝窃，朔云寒菊倍离忧。

西康州，即同谷县。《乾元中同谷县作歌七首》第七首中说："山中儒生旧相识，但话宿昔伤怀抱。"困顿中往来，感情非同一般。除李衔外，与他交往的还有一些闾里邻人，在《发同谷县》中说："临岐别数子，握手泪再滴。交情无旧深，穷老多惨戚。"他们都是一些富有同情心的穷苦人，杜甫自言与他们既非旧识，又非深交，然而他的感情已与这些普通人融洽无间了。

人生何处不相逢！

十二年后，即大历五年（770）秋，59岁的杜甫与李衔复相逢于潭州，作《长沙送李十一衔》，即《乾元中寓居同谷作歌七首》之七所谓"山中儒生旧相识"也。

发同谷县

贤有不黔突，圣有不暖席。

况我饥愚人，焉能尚安宅。

始来兹山中，休驾喜地僻。

奈何迫物累，一岁四行役。

……

贫病交加、饥寒交迫，杜甫眼见着实在没法再在同谷待下去了，就决计携家离此入蜀。从启程到抵达，他又写了十二首纪行诗，为后人研究他萍梗飘零的踪迹，留下了极其生动具体的珍贵史料。他在《发同谷县》题下原注说："乾元二年十二月一日，自陇右赴成都纪行。"

杜甫在同谷

杜甫一家离开秦州当在十月底（《发秦州》）"汉源十月交"，途经石龛时已入十一月（《石龛》）"仲冬见虹霓"，到同谷当在十一月初。可见他全家在同谷停留不超过一个月。他原想来此地卜居，哪知事与愿违，终难安下身来，所以就有《发同谷县》诗中之感慨。

相传孔子和墨子热心世事，忙忙碌碌地各处奔走，所居席不暖、灶突（烟囱）未黑即已他去。圣贤尚且如此，何况我们这样一些经常饿饭的顽愚之人，哪里还能在家里安生地待着呢？初来乍到的时候，很喜欢这里幽栖地僻，无奈为妻儿所累，春天从东都洛阳回华州，秋天从华州客秦州，冬天从秦州赴同谷，现今又从同谷入蜀，一年之内竟有四次迁徙……

细细想来，确实如此呀。

生活生活，生者不易，活着更难。况为人夫、人父，一家之主管家之神，除了愧疚，还是愧疚……

到了早春二月，杜甫由上年岁末归老家偃师陆浑庄，作《忆弟诗二首》，过完新年，自陆浑庄至东都。不久，自东都回华州，入新安县，至潼关时，围邺城之军已溃，人民在残酷官吏驱使下，正忙于筑城防胡。因将此次亲身经历之人民痛苦，写成《新安吏》《石壕吏》《潼关吏》《新婚别》《垂老别》《无家别》六首名诗。

此等诗，直证作者有上薄风雅下该乐府之伟大天才，同时，亦有突破其自己所属阶级局限性，而深刻感受人民痛苦之伟大洞察力。

初夏回到华州，饥馑遍于关辅诸地，欲弃官他适。

此时，杜甫所以毅然弃官，一方面表示对政治绝望，一方面是因李辅国自恃为拥立肃宗功臣，专揽大权，离间玄宗与肃宗父子之间感情，排斥玄宗旧日官吏，而房琯即为其排斥目标，琯既失势，因而杜甫被视为属琯一党之人，亦在政治上丧失其出路。

从天宝十四载（755）十月至天宝十五载（756）春，任右卫率府胄曹参军数月，又从肃宗至德二载（757）5月，至至德三载（758）6月，在肃宗左右任左拾遗，以及现在区区一年之华州司功，已尽其心力谋求挽救国家与民族之危机，但因处于政治逆流中，身微言轻不可能发生任何作用。所以此次弃官，不惟与十余年来依恋不舍深情眷顾之长安远离，而且与生平眷顾挚爱之故乡洛阳亦永别矣。

覆巢之下，岂有完卵。

盖九节度使之师溃于相州（今河南安阳）后，河南骚动，洛阳不可回；长安虽属京师，而生活昂贵，且时属饥馑，尤不可居；不得已始决向西行往秦州（甘肃天水市）相机觅一枝之栖。

然秦州，亦非乐土。

遂一居定，即发现西塞已面临吐蕃侵略之危机，所以云："警急烽常报，传闻檄屡飞……"（《秦州杂诗·十八》）

唐朝与吐蕃关系时战时和，其原因一方面由于唐朝皇帝之开边黩武，一方面由于吐蕃势力之膨胀。

诗圣栖居秦州的日子，不再赘述。

这不，同谷县有"佳主人"盛邀杜甫至同谷寓居，一家人生计衣食无忧之奢望，定然不在话下……

可惜，言辞胜蜜汁，现实很骨感。

同谷寓居月余，冰天雪地，哀鸿遍野，茅屋不挡风雪，炊无隔夜之米，儿女羸弱幼小，食不果腹衣不遮体，再不挪窝，至少幼小尚在襁褓中的儿女，谁敢保证能够苟且活命到明天冬日暖照，还是来年春暖花开？

为了一家人活命，杜甫决然辞别同谷，率领一大家口人，艰难地行走在入蜀的官道上。

30 里就有一个驿站，但那驿站是为各级过往官员提供服务的。杜甫你是谁？你是一个落魄的无业流民，驿站的大门不可能向一个流浪诗人敞开。尽管当时杜甫亦有很大的名气，那些名气在朝堂之上、体制内、衙署往还、似曾相识的官宦文友之间唱和很有一些影响力、号召力；在民间，在荒蛮穷乡僻壤之地，在过往势利世俗的驿站衙役眼内，你就是一个逃难的难民、流浪汉，能够给一个冰天雪地号哭的幼子一碗热水，那都是非常有同情心慈悲为怀的大好人。

少不入川，老不出蜀。

天府之国——成都府心荡神摇的诱惑实在太大了，当然还有严武、高适等故人可依靠，让我们年近半百的诗圣，在数九寒天崎岖险峻难于上青天的蜀道上，拖家带口，逶迤奔走……

雁过留声，人过留名。

杜甫在同谷寓居时间不长，但影响千年萦绕，久久回荡。

几百年后，人们为诗圣流寓同谷的经历倍感珍惜，建起了纪念他的祠堂，这就是今天成县飞龙峡口的杜甫草堂。

在杜甫离开同谷一个多世纪后的唐懿宗李漼咸通十四年（873），时任成州刺史的赵鸿曾赋诗：

杜工部同谷茅茨

工部栖迟后，邻家大半无。

青羌迷道路，白社寄杯盂。

大雅何人继，全生此地孤。

孤云飞鸟什，空勒旧山隅。

也为杜甫《栗亭十韵》诗作散佚，深为惋惜，并题诗曰：

栗　亭
杜甫栗亭诗，诗人多在口。

悠悠二甲子，题纪今何有？

又泥功山
立石泥翁状，天然诡怪形。

未尝私祸福，终不费丹青。

赵鸿，蔡州（今河南汝南）人。登进士第。懿宗咸通间官太学博士。咸通十四年（873）至同谷，访杜甫故迹，并咏诗刻石。事迹见《梨岳诗集》《集注草堂杜工部诗外集·酬唱附录》。周采泉《杜集书录·内编》卷七（附石刻）称："有文献可征者则应自赵鸿始。但赵刻同谷诗无题识。"赵刻杜诗碑刻今已无存，可从赵鸿以上三首诗作中窥一斑而见全豹。

在北宋徽宗赵佶宣和年间（1119—1125），当地官民就在凤凰山下的飞龙峡口建立了"杜工部祠堂"。北宋晁说之《成州同谷县杜工部祠堂记》："同谷秀才赵惟恭捐地五亩，县涑水郭愔事立祠，而余为之记，使来者美其山川，而祀其像，忠其文。"清高宗弘历乾隆《成县新志》："子美草堂在飞龙峡口，山带水环，霞飞雾落，清丽可人，唐乾元中子美避难居此，坐草亭，有'同谷七歌'及《凤凰台》诸诗。后人感其高风，即其址立祠祀之。

岁春秋仲，邑令率所属往祭。"杜工部祠堂又称"同谷草堂""子美草堂"，或称"杜公祠""诗圣祠""杜少陵祠"。

其于北宋末创建后，代有修葺，规模较大者为明万历四十六年（1618）、清光绪十一年（1885）、民国32年（1942）。尚留存有宋、明、清、民国诸代所刻修祀碑记和评杜诗碑15通（唐咸通中成州刺史赵鸿所立诗碑已佚，未重刻）。现存碑石以南宋光宗赵惇绍熙四年（1193）郡守宇文子震，字子友，成都人，隆兴元年（1163）进士所立的《赋龙峡草堂》诗碑为最早，北宋晁说之《成州同谷县杜工部祠堂记》原碑已佚，今又重刻。

成县杜甫草堂建成后，从南宋至元代，连年战乱，兵刃相继，祠宇年久失修，濒于倾圮。

正德癸酉，即正德八年（1513），李昆时任中宪大夫、陕西提刑按察司副使。这位弘治三年（1490）的进士，面对成县（同谷）杜少陵祠宇的破败景象，心生不平之气，向县令进言合力修缮，以使来往参观者知古慕贤。

> 侵晨入龙峡，杳霭足云雾。
>
> 岩际余凿痕，云是古栈路。
>
> 遥通剑阁门，斜连白水渡。
>
> 杜陵有祠宇，畴昔此漂寓。
>
> 萧条翳榛莽，摇落伤指顾。
>
> 两楹盖数瓦，垣毁门不具。
>
> ……

此诗镌刻成县杜甫草堂内碑廊，品相完好，镌刻于正德癸酉（1513），有题跋："正德癸酉六月暇日，与东渠访杜少陵祠址有述。东渠吾台长，燕山李公德方也，时分巡至成县。"

万历四十六年（1618）春，知县赵相宇奉命尹成邑，前往谒祠，并登堂拜像，见栋宇倾圮，风景依然，乃捐俸命教谕管应律修葺之。"不日落成，祠焕然一新。"遂刻碑文以记之。

重修杜少陵祠记

少陵公祠，其来远矣。仰窥俯瞷，山光水色映带，恢恢乎大观也！前代名公咏歌以纪其胜者，雅多奇迹。嗣是栋宇倾圮，风景依然，谒祠者每愀然发孤啸焉。我赵侯奉命尹是邑，春日修常祀，登堂拜像，赏鉴殊绝，乃捐俸命工以经营之，不日落成，祠焕然一新。事竣，应律等请题纪胜，侯义不容默，倚马挥一律，洒洒传神，盛唐之风韵，不是过也。起少陵于九原，其首肯矣，敬勒石以志不朽。若夫政通人和、百废俱举，邑人士耳而目之，别有纪焉。侯，三晋世科也，讳相宇，字冠卿，号玉铉，太原之狼孟人。

时万历戊午仲春日记。

儒学教谕河曲管应律撰文，儒学训导汉中安宇校正，典史蕲水萧之奇书丹、立石，阖学生员乔三善等同立。

草堂重新修葺后，管应律请题纪胜，赵相宇"倚马挥一律，洒洒传神，盛唐之风韵"——

春日谒杜少陵祠

赵相宇

庙柏青青又见春，高名千古属词臣。

涛声漱石吟怀壮，岚色笼霞道骨真。

幽愤断碑萦客思，清风苔础展精裡。

情深不觉嗟同契，为薙荒祠启后人。

赵相宇，字冠卿，号玉铉，山西太原狼孟（今阳曲县）人。《阳曲县志》载："赵相宇，万历丁酉（1597）进士，成县知县。"管应律，山西河曲贡生，时任成县教谕。萧之奇，湖北蕲水（今浠水县）人。乔三善，成县人，贡生，成县仙人崖有其题壁墨迹。

其诗碑今尚存于成县杜甫草堂之碑廊。

清光绪十一年（1885），甘肃学政陆渔笙、巩秦阶道姚协赞，阶州知州叶恩沛，成县知县李焌等对草堂加以修葺，并以此为题迭相唱和，传为佳话。

同谷草堂
姚协赞

陆渔笙学使按临武都，路过同谷，见杜工部荒祠，思速加修葺之，属余致意于幼芝直刺。幼芝欣然修之，亦可谓为政风流之一端矣，因长歌以纪之。

州图领同谷，昔曾诵杜诗。

我到秦州来，不见杜公祠。

祠堂何所在，成县山之陂。

地惟连蔓草，阶已长茅茨。

相距三百里，未得拜兰墀。

诗人陆务观，天遣作宗师。

论文正法眼，耽咏然吟髭。

望古城遥集，骚坛善护持。

> 荒祠相掩映，使节正驱驰。
>
> 鸟革翚飞事，宜筹兴建资。
>
> ……

姚协赞，字衷廷，奉天承德人（原籍浙江）。清宣宗道光二十六年（1846）生，光绪九年（1883）分巡巩秦阶道。

该诗题跋叙述了重修杜甫草堂的由来：甘肃学政陆渔笙路过同谷，目睹杜工部荒祠，想尽快修葺，于是叮嘱巩秦阶道姚协赞把想法转告给知州幼芝。直刺为清朝直隶州知州之别称，以知州别称刺史，故名直刺。幼芝当为时阶州知州叶恩沛的字号。叶恩沛欣然应允，与成县知县李焌等人一起重修了成县杜甫草堂。而知州叶恩沛在草堂修成亦题诗二首，我们编选其一，分享欣然挥毫之喜悦。

同谷草堂

叶恩沛

修罢临江又草堂，聊分鹤俸亦何妨。

芳徽但得先贤著，独力甘将巨任当。

云树顿增新景象，河山倍焕古文章。

从此俎豆依然继，秋月春花分外香。

下吏无才窃自惭，半生诗酒也曾贪。

忍教仍旧围倾四，喜与更新径辟三。

曩日风雨多败漏，今番云水尽包涵。

辉煌庙貌巍然起，万象澄鲜月映潭。

诗思画意两纵横，水秀山明别有情。

足壮观瞻民共悦，忽新听睹士群惊。

千秋青眼逢谁顾？一片丹心共此诚。

深愧涵濡无善教，还将呵护仰先生。

　　对于阶州知州叶恩沛在阶州任上的政绩，我们有必要做一简要的介绍。据光绪《阶州直隶州续志》载：叶恩沛，安徽歙县监生，光绪九年（1883）任阶州直隶州知州。是年因阶州江河水暴涨，各处义学塌毁四处，重修义学十六处；光绪十年（1884），阶州暴雨，河水冲激，城垣破损。叶恩沛修补城垣，增高二尺高，北城角增修敌台一座，又新建来凤楼于北城上……是年闰五月，叶恩沛主持重建文县临江桥；是时，叶恩沛重修（武都）万象洞洋淌庙；光绪十一年（1885），阶州白龙江决堤。叶恩沛增筑石堤一百八十余丈，宽一丈三尺……同时，新修书院讲堂三楹，碑亭三楹，厢房左右各两楹……是年，叶恩沛重修宕昌邓邓桥。又重修成县飞龙峡杜甫祠。光绪十二年（1886），阶州知州叶恩沛主持，吕震南编纂，修成《阶州直隶州续志》一部，三十三卷。该志取材丰富，体例完备，考证严谨，是陇南方志中的优秀著作。

　　对于一片赤诚为民办实事的官吏，民众世代铭记。

　　成县杜甫草堂碑廊存诗最晚的诗碑是民国 31 年（1942），成县县长陶自强二首评杜诗。

其一

青青古柏覆荒祠，异代相悲动客思。

乱发白头公去久，衰时赤手我来迟。

平生知己推严武，结得幽邻有赞师。

橡栗苦愁千载下，只今怕读七歌诗。

其二

忧国怀君遗句在，先生心事满江湖。

当年穷谷身何苦，一代词宗德不孤。

已著文章惊妙造，偶逢山水足清娱。

草堂终古游人到，广厦千间问有无。

谒杜工部祠，祁阳陶自强

陶自强，湖南祁阳人，于民国29年（1940）夏，任成县县长，其题刻亦见于成县西狭、甸山等地。1942年，陶自强对杜公祠进行了再次修葺。陶自强在翌年写的《成县杂忆》中翔实地记述了修葺经过："清明日，余偕诸同事登堂展谒，祠宇年久失修，濒于倾圮。自清光绪时县令楚南李焌曾为修葺。数十年无人过问，乃与县人士发起修复，咄嗟间得数千元，墙瓦户牖，焕然一新，又于祠外辟精室数楹，以备游客之居，虽不能与浣花之媲美，亦不失为历史上一名胜。"这次修葺奠定了草堂后来的规模，使草堂呈现出崭新的面貌。

祠堂建筑于"文化大革命"时，多有损毁，近年来又重修扩展，新建了仿唐牌坊、主厅、碑廊、像亭等等，面貌一新，规模颇具，为目前陇右草堂中修葺保存比较好的一处。

20世纪80年代初期，笔者在成县师范（今陇南高等师范专科学校）求学时，多次拜谒过飞龙峡口的杜甫草堂。

2021年12月上旬，就在我们诗圣寻踪组造访成县、徽县和两当县杜甫踪迹时，也再次拜谒成县杜甫草堂。

毛泽东主席在《水调歌头·重上井冈山》中感慨万千地说道："……千里来寻故地，旧貌变新颜。到处莺歌燕舞，更有潺潺流水……"

那就成县杜甫草堂而言，弹指一挥间的四十来年，更是凤凰涅槃，焕然一新！胜景多多，气象万千，不再赘述。

对于学术问题，我们还是秉持先贤前辈严谨、客观、可信的治学态度，有一说一，用事实说话，用史料佐证，以免以讹传讹，误导后学者。

20世纪60年代初成县杜甫草堂原貌

当然，旧时方志资料记载是否准确，还需要综合考证诗意、环境、事由等诸多方面实际情况，才有可能还原历史的本来面目。譬如乾隆《成县新志》载有"大云寺，县东南七里，俗名睡佛寺，昔杜子美与赞上人相聚处，赠答有诗。"1982年2月，人民文学出版社出版发行的散文集《访古学诗万里行》"陇右山川胜迹多"一节中，就这一问题明确指出"……我们知道，赞上人是长安大云寺住持，成县也有个大云寺，就把赞上人附会来了；志中说'赠答有诗'，而无一首写于同谷。"作为陇南人，作为杜学的爱好者，笔者认同《访古学诗万里行》前辈们公允的说法。

诗圣是至情至性之人，他在初到同谷县栗亭寓居之后，过访了好友两当县人吴郁故宅，抒发了对朋友的怀念之情。

第六章　阴风千里来，吹汝江上宅

两当县吴十侍御江上宅

寒城朝烟澹，山谷落叶赤。

阴风千里来，吹汝江上宅。

鹍鸡号枉渚，日色傍阡陌。

借问持斧翁，几年长沙客。

哀哀失木狖，矫矫避弓翮。

亦知故乡乐，未敢思宿昔。

昔在凤翔都，共通金闺籍。

天子犹蒙尘，东郊暗长戟。

兵家忌间谍，此辈常接迹。

台中领举劾，君必慎剖析。

不忍杀无辜，所以分白黑。

上官权许与，失意见迁斥。

仲尼甘旅人，向子识损益。

朝廷非不知，闭口休叹息。

余时忝诤臣，丹陛实咫尺。

相看受狼狈，至死难塞责。

行迈心多违，出门无与适。

于公负明义，惆怅头更白。

诗圣与吴郁有着怎样的交谊？两当县的前世今生又是何等情况？我们不妨从头道来。

两当县历史久远矣。

两当地理位置优越，地势险要。清康熙版抄本《两当县志》"形胜"云："群山错立，万壑分流。左倚凤园之险，右挹徽山之雄。秦岭横前，陵江代后。盖巴蜀之咽喉，秦陇之捍蔽也。"

据《元和郡县图志》载："两当县，中下。东至州五十里。开元户一千六十六。乡五……因县界两当水为名。或云，县西界有两山相当，因取为名。"而据《方舆胜览》之"两当县东抵京师，西抵益州皆三十六程，故曰两当"。

两当上古为《禹贡》雍州之地。春秋战国时期两当为氏、羌所居。战国秦惠文王十三年（前312），战国七雄之一的秦置故道县，属汉中郡，此乃两当置县之始，治所在今两当县杨家店，辖今两当县全境及陕西凤县全境与陕西留坝、太白大部。秦昭襄王二十八年（前279），秦置陇西郡后故道县属陇西郡。西汉武帝刘彻元鼎六年（前111）置武都郡，领县九，即沮、河池、故道、下辨、武都、上禄、循成道、嘉陵道、平洛道。东汉献帝刘协建安十一年（206），故道县属凉州武都郡。三国时期，蜀建兴七年，魏太和三年（229），蜀三次伐魏，陈式克武都、阴平二郡后，故道属蜀武都郡。魏元帝曹奂景元四年（263），故道县归魏。南北朝时期，北魏文成帝拓跋濬兴安三年（454），宋孝武帝刘骏遣将殷孝祖修成两当城（今县境杨家店）。北魏孝文帝拓跋宏延兴四年（474），皮豹子之子皮熹镇仇池，变"故"为"固"，设固道郡，治故道县（今陕西凤县双石铺乡张家窑与龙家坪之间），领广化、两当二县。两当县名始见于史籍。后阴平公杨广香驻守两当，政通人和，世人念其政绩，称其驻地为"广香镇"。太和元年（477），故道郡治迁梁泉县（今陕西凤县凤州镇）。北周武帝宇文邕保定元年（561），设两当郡，领两当、梁泉二县，先后属于南岐州、凤州。隋文帝杨坚开皇二年（582），凤州又废两当、广化、广业三郡，置河池郡，领两当、同谷、河池三县。唐高祖李渊武德元年（618），改河池郡为凤州，领河池、两当、梁泉、黄花四县（黄花县原为故道县地）。唐昭宗李晔景福元年（892）十月，岐王李茂贞统秦、凤、兴、元等十五州，两当为其所辖，并属山南西道。五代时，两当分别为前蜀、后唐所辖。宋太祖乾德元年（963），又设两当、梁泉二县，当时银矿开采显著，增设银冶监，隶属两当县。宋太宗赵光义至道元年（995），两当县址由杨家店移治广乡镇（今城关镇），隶秦凤路。南宋高宗赵构绍兴四年（1134）二月，金人南犯，吴玠遣统制官张彦驻军两当。宁宗赵扩开禧三年（1207）三月，金人复陷凤州、西和、成县、徽县、两当、兴州，宋将李好义率军追金人至大散关。元世祖忽必烈至元元年（1264），置徽州，领两当，隶巩昌路。明朝因之，属巩昌府，编户五里，隶陇右道。明太祖朱元璋洪武元年（1368），两当县广征民夫筑城，在今址建成高一丈、长一里、有东西两门的土城一座。明初降徽州为县，与两当县同属巩昌府。清朝因之，属巩昌府，编户二里，其实止一里六分。雍正七年（1729），升秦、阶二州为直隶州，清水、秦安、礼县、徽县、两当等五县属秦州。中华民国元年（1912），两当县属甘肃渭川道（治天水）。民国16年（1927）两当县属甘肃省第四行政督察区（专员公署驻天水）。1949年12月6日，两当宣告解放。属于天水专区专员公署。1985年6月，两当县由天水地区划归陇南地区。2004 年 6 月，陇南地区改设陇南市，两当县属之。

乾隆《直隶秦州新志》记述两当有八景：鸑鸑晴岚、玉枰仙隐、乳洞悬珠、洞天一线、故道松涛、嘉陵晚渡、石镜朝曦、香泉秋月。

唐代吴郁，那可是两当县历史上声名远扬的人物。

吴十侍御，即吴郁。吴郁，唐凤州两当县人。天宝中为京兆府雍县尉。至德二载（757），在侍御史任内被贬，上元二年（761）放还。时杜甫在成都，吴郁和范邈过访，杜甫有诗《范二员外邈、吴十侍御郁特枉驾阙展待，聊寄此》。后升迁金部员外郎。善书法，有正书《唐梦真容碑》。

这是有关吴郁生平的基本情况，我们借助史籍，稍作爬梳、整理。

清康熙版《直隶秦州新志》卷之十人物记载：吴郁，两当人，肃宗时为侍御史，以直言为谪。

乾隆版抄本《两当县志》载：唐吴郁，先居凤翔，后卜居于两当嘉陵江上，杜少陵题诗云：阴风千里来，吹汝江上宅。

清乾隆版《两当县志》云：吴郁，邑人，善书法，字体绵密，不谢当时（见唐代书法家韦续《续墨薮》）。官侍御史，以直言被谪。初在凤翔，与杜子美善，子美客秦时，常往来其家。

清道光版《两当县新志》曰：唐吴郁，两当人。善书法，字体绵密，不谢当时。肃宗时为侍御史，以直言被谪。

随后，有一补注《甘肃新通志·卷六十五人物志乡贤下》〔宣统元年（1909）版〕：唐吴郁，两当人，肃宗时为侍御史。以直言谪长沙，杜甫自秦州入蜀，道两当，有过郁宅诗，以当时郁见斥，已为拾遗不能救自责也。

到了 2005 年 11 月，甘肃文化出版社出版的《两当县志》"人物传略"中，吴郁的资料丰富翔实了许多——吴郁，男，两当县人（在今两当县西坡乡三渡水村）。唐肃宗时官侍御史。学识渊博，善书法，与"诗圣"杜甫结为好友。"安史之乱"时，京师凤翔常有安史党徒活动，朝廷不分黑白予以镇压。吴郁明辨是非予以抨击，得罪权贵，被谪长沙。杜甫由秦州入蜀，专访吴郁宅舍，作《两当县吴十侍御江上宅》诗一首。唐肃宗上元二年（761），杜甫居成都时，吴郁结束了谪居生活，从长沙放回。到蜀，与范邈结伴，特意到草堂探望杜甫。不巧，杜甫偶出，阔别三年的老友，竟失之交臂。杜甫即以诗代简，既向范吴表示歉意，又邀请他们重来草堂过访。其诗云："暂住比邻去，空闻二妙归！……"

没有前因，焉有后果？我们姑且从诗人困居长安十年中的最后一年，即天宝十四载（755）开始，往后推算到至德三年（758），把这四年诗圣的大起大落和他的诗歌创作综合起来做一梳理，去感受诗圣摧眉折腰苟且偷生无奈之举，以及他那忧国忧民的炙热情怀——

天宝十四载（755），杜甫44岁。

在长安。作《上韦左相二十韵》，呈韦见素，望其汲引。作《陪李金吾花下饮》《送蔡希鲁都尉还陇右因寄高三十五书记》。秋，往奉先县省亲，作《九日杨奉先会白水崔明府》《白水明府舅宅喜雨》诗。10月，返长安，授河西尉……作《官定后戏赠》。作《奉同郭给事汤东灵湫作》，11月，复往奉先县省亲，作《自京赴奉先县咏怀五百字》。

安史之乱爆发，前此作《后出塞五首》。

天宝十五载（756）七月，肃宗即位，改元至德。

一如英国牛津大学博士刘陶陶所言：我常常向别人提起公元

755年，那一年，（唐朝中国）整个国家可谓大厦将倾。我认为这场叛乱，让整个国家陷入了危机。唐玄宗退位，他的儿子李亨（肃宗）登上皇位，其间争斗不断，局势动荡不安。同时，争斗的双方都在大量征兵，使得普通百姓苦难深重，难以生存。

天宝十五载（756）五月，随着叛军逼近长安，奉先县受到威胁，杜甫带着家人向着北方逃去。行至白水县，依县尉舅父崔顼。七月中，抵达三川县。最后安家居住在鄜州（富县）羌村。肃宗在灵武即位后，杜甫只身从羌村出发北上，取道延州，到达延安七里铺。不幸在路上被安禄山叛军抓住，扔进了已被占领的长安——他的官位品级甚至还不够被押去洛阳。因为早在756年2月5日，发起反唐叛乱的指挥官安禄山已在东都洛阳称帝，国号大燕。

经历这国破家恨的大起大落，国将不国，这也成了杜甫人生的转折点，也是他创作的分水岭。此时的杜甫深深体会到，经此一难，他已是无处安身的可怜人。

在长安。元日作《苏端薛复筵简薛华醉歌》，正月晦日作《晦日寻崔戢李封》，作《送率府程录事还乡》《白水崔少府十九翁高斋三十韵》《三川观水涨二十韵》《月夜》《悲陈陶》《悲青坂》等诗。

肃宗至德二年（757）。

陷贼长安。作《元日寄韦氏妹》《忆幼子》《遣兴》《塞芦子》《哀王孙》《哀江头》《春望》《郑驸马池台喜遇郑广文同饮》。从赞公、苏端游。作《大云寺赞公房四首》《雨过苏端》。《喜达行在所三首》《送樊二十三侍御赴汉中判官》。5月，授左拾遗，作《述怀》，是月，房琯罢相，杜甫疏救……6月1日，进《奉谢口敕放三司推问状》，作《为补遗荐岑状》《送从弟亚赴河西判官》。闰八月，墨制放往鄜州省亲，作《留别贾严二阁老两院补阙得云字》《徒步归行》《彭衙行》《羌村三首》《北征》。10月，还凤翔，扈从肃宗还京。

至德三年（758）二月，改元乾元。

春在长安左拾遗任内，与王维、贾至、严武、岑参同朝列，时相唱和，歌咏宫廷生活。6月，房琯、严武、杜甫均遭贬。房琯贬为邠州刺史、贾至贬为汝州刺史、严武贬为巴州刺史、杜甫贬为华州司功，宫廷诗人星散。先后作《奉和贾至舍人早朝大明宫》《曲江二首》《往在》《酬孟云卿》《至德二年，甫自京金光门出间道归凤翔乾元初从左拾遗移华州掾与亲故别因出此门有悲往事》《路逢襄阳杨少府入城戏呈杨四员外绾》等。7月，作《为华州郭使君进灭残寇形势图状》，作《乾元元年华州试进士策问五首》《九日蓝田崔氏庄》《崔氏东山草堂》诗。冬至日，作《至日遣兴奉寄北省旧阁老两院故人二首》，高适左授太子少詹事，作《寄高三十五詹事》。冬末，以事归东都洛阳，作《冬末以事之东都湖城东遇孟云卿复归刘颢宅宿宴饮散因为醉歌》，归偃师陆浑庄，作《忆弟二首》《得舍弟消息》等诗作。

从乾元二年（759）岁末，至成都，作《成都府》，初寓居西郊浣花溪畔草堂寺，作《酬高使君相赠》，到宝应元年（762）秋末，杜甫回成都迎家至梓州，近三年远离中原战火的成都寓居生活，世外桃源般的外部环境使杜甫生活比较安定，衣食相较宽裕，诗歌创作达到一个高峰的黄金期。我们不妨分年度稍作梳理——

乾元三年（760），闰四月，改元上元。

作《卜居》（春，得成都尹剑南西川节度使裴冕帮助，营建草堂，表弟王十五亦出资助修），作《王十五司马弟出郭相访兼遗营茅屋资》《萧八明府实处觅桃栽》《从韦二明府继处觅绵竹》《凭何十一少府邕觅桤木栽》《凭韦少府班觅松树子栽》《又于韦处乞大邑瓷碗》《诣徐卿觅果栽》《寄题江外草堂》《蜀相》等诗。

上元二年（761）。

在成都。作《奉酬李都督表丈早春作》。复往新津，作《题新津北桥楼得郊字》《暮春四安寺钟楼寄裴十迪》《游修觉寺》《后游》。二月，归成都，作《春夜喜雨》《江畔独步寻花七绝句》《绝句漫兴九首》《闻斛斯六官未归》《所思》《赠虞十五司马》《徐卿二子歌》《戏作花卿歌》《赠花卿》《茅屋为秋风所破歌》等诗。12月，严武任成都尹兼剑南节度使。二人过从甚密，严武在经济上经常接济杜甫。作《戏为六绝句》，开以绝句论诗之先河。或谓这组诗宝应元年作。

宝应元年（762），四月，肃宗去世，代宗即位。

春在成都，作《入奏行》《广州段功曹到得杨五长史谭书功曹欲归聊寄此诗》《送段功曹归广州》《得广州张判官叔卿书使还以诗代意》《赠别何邕》《赠别郑炼赴襄阳》《重赠郑炼绝句》，上严武《说旱》，作《遭田父泥饮美严中丞》《奉酬严公寄题野亭之作》《奉和严中丞西城晚眺十韵》等诗。4月，玄宗、肃宗相继去世，代宗即位，召严武还朝。作《奉送严公入朝十韵》《奉济驿重送严公》等诗。

秋末，回成都迎家至梓州。作《东到金华山观因得故拾遗陈公学堂遗迹》《过郭代公故宅》《观薛稷少保书画壁》《通泉县署壁后薛少保画鹤》《陪王侍御宴通泉东山野亭》《陪王侍御同登东山最高顶宴姚通泉晚携酒泛江》。

吴十侍御江上宅，乾隆《直隶秦州新志》载："琵琶洲，南三十里，其地洲渚迂回，人迹罕至，亦名'汪渚'，杜甫'鹍鸡号枉渚，日色傍阡陌'即次。"又，两当县南城外其古迹条："侍御故宅，在县南嘉陵江上。"又其陵墓条："唐吴侍御墓，在县南。"又，两当县南城外有风云雷雨坛，唐侍御史吴郁故宅在嘉陵江上，杜甫所谓'阴风千里来，吹汝江上宅'者也，其墓亦在焉。"

琵琶洲是两当县风景名胜，以山峻云奇水秀林翠，而吸引历代文人墨客歌之咏之。它既有层峦叠嶂的险峻，又有飞瀑流泉的神韵，既有群山苍茫的壮美，又有林茂峰翠的毓秀。

诗圣在寓居同谷县栗亭驿，安顿好家人后，不辞路遥地僻寻寻觅觅，专程来到琵琶洲头，在吴郁的故宅抒怀凭吊。

吴郁故宅，就在嘉陵江畔琵琶洲头。这位刚正不阿的侍御史，在肃宗时与杜甫同朝共事，由于政见相合，脾气相投，交谊颇深。就在前一年即乾元元年（758）六月，杜甫因疏救房琯一案触怒肃宗，诏三司推问，幸得宰相张镐援手相救，得以幸免。杜甫的烦心事刚刚了断，吴郁又因为为民辩诬，得罪权贵而蒙冤贬谪长沙。面对人去屋空访人不遇的凄凉、失落，杜甫挥毫写下了《两当县吴十侍御江上宅》诗，自责未能救助老友，真心检讨，披肝沥胆。诗人以物思人，追怀侍御遭贬之缘由，做事认真负责，辩冤招致灾祸。回顾自己与友人的情谊，暗自自责；也以情状物，叙写了深秋初冬季节，嘉陵江畔汪渚洲头陇南山区美丽的景象——

清晨，山城上空弥漫着淡淡的雾气，幽谷里经霜而落下的片片红叶，顺江吹来的飒飒秋风，洲上鹍鸡在悲鸣，朝日洒在田畴上。而吴侍御遭贬之事，如同朝廷刮起的一股阴风。人已遭贬，其故宅必然冷落，悲凉的氛围久久萦绕……

在萧涤非主编的《杜甫全集校注》中，从题解、注释、集评、备考、校记诸多方面，对杜甫现存的 1450 余首诗歌进行了全面细致的考释校注。我们以《两当县吴十侍御江上宅》为例，摘要选取部分内容，来领会诗圣诗歌的精髓要义——

此诗当作于乾元二年，时杜甫寓居同谷，往游两当县作。关于此诗作时作地，歧见纷纭，详见本诗"备考"。朱注：《旧唐书》：凤州两当县，汉故道县地，晋改两当，取水名。《水经注》：两当水，出陈仓县之大散岭西南，流入故道川，谓之故道水。吴侍御，即吴郁，排行十，凤州两当县（今属甘肃）人。天宝中，为雍县尉。至德二年，在侍御史任，因为民辩诬，取忤朝贵被谪。上元二年，吴郁放还，杜甫在成都，往访之。杜甫有《范二员外邈、吴十侍御郁特枉驾阙展待，聊寄此》诗。据敦煌写本《历代法宝记》，永泰二年十月，为青苗使在蜀。又据劳格《唐尚书郎官石柱题名考》卷十六，大历中，迁金部员外郎。钱笺："《方舆胜览》：吴郁，两当人，为侍御史，以言事被谪。居家不仕，与杜子美交游。唐韦绩《墨薮》："吴郁字体绵密，不谢当时。"《金石录》卷六著录其开元二十九年六月正书《唐梦真容碑》。江上宅，指吴郁嘉陵江边的住宅，遗址在今两当县西坡乡琵琶洲附近。朱注："《一统志》：吴郁宅在两当县西南。"杜甫任左拾遗时，吴郁任侍御史，同在凤翔行在供职。当时为肃清间谍，抓捕了一些人，吴郁为其中的良民理冤，得罪上司，被贬谪长沙。杜甫因疏救房琯忤旨，正遭困境，对于吴郁的遭贬，未能仗义执言。如今经过吴郁的故宅，想起几年前的这件事，深感愧疚，作成此诗。此时吴郁尚在长沙贬所。诗记吴郁江上宅舍和贬官之地的凄凉之况，忆其在朝直节，自悔当时不能疏救，有负于明义。

　　王嗣奭曰："吴之盛德，托之彩笔，千载犹生，身苟无瑕，何必与蜉蝣较是非哉？又曰：公以不能为之辨白，深于自讼，非但痛其冤，亦重其人也。"（《杜臆》卷三）李因笃曰："直叙处不见笔力。"（《杜诗集评》卷三）蒋金式曰："穷途失意时，回首生平，越多忏悔，四句（指'余时'以下四句）是真情。"（《杜诗镜铨》卷六引）查慎行曰："全篇陌、锡通用，惟'息'字是职韵，宜不通用。"（《杜诗集评》卷三引）……

　　关于此诗作时作地？赵次公曰：此篇旧在秦州诗下，合迁入于此。题盖言两当县人吴侍御宅在江上，而身谪长沙，不得去也。诗云："借问持斧翁，几年长沙客？"正言其客于潭州矣……（《新定杜工部古诗近体诗先后并解》已帙卷六）黄生曰："编诗者因题中'两当县'字，遂次于秦州诗后，此可笑也。吴是此县人，故书其籍而'江上宅'自在成都，时亦携家寓蜀者，故云：'借问持斧翁，几年长沙客''亦知故乡乐，未敢思夙昔'。此其以两当为故乡，而身在谪籍亦明矣。然则编诗者止看题而不看诗邪？此诗宜与《范二员外邈、吴十侍御郁特枉驾阙展待，聊寄此》诗相次。"（《杜诗说》卷十一）李济阻等曰："关于这首诗的写作时间，《杜诗详注》说，'殆是公自秦州西至同谷时，道经两当，故作此诗'。此说在旧注中影响很大，其实同谷在秦州西南，两当在秦州东南，三地相距甚远……今考杜甫离开同谷以后，是从现在的徽县、两当县交界处，沿嘉陵江而下入蜀的。……因此，这首诗似应定为"赴蜀途中访吴郁的两当故居"的作品。（李济阻等《杜甫陇右诗注析》）今按：此诗赵次公编入大历四年潭州诗内，实误。王嗣奭曰："时侍御尚在长沙，公过其空宅，思及往事，而赋此是也。"（《杜诗详注》卷八引）良是。然钱笺、朱注、仇注、浦注均编此诗于秦州诗之最末，《发秦州》之前。

浦注解释曰："此系发秦州后所历，但不得混入纪行诗内，故先编此。"黄鹤曰："两当县在凤州城西。凤州亦由成州二百七十里，殆是公自秦西至同谷时，道经两当，故作此诗，乾元二年十月也。"今人李济阻等《杜甫陇右诗注析》指出：此一说亦误。因为同谷在秦州西南，两当在秦州东南，三地相距甚远，杜甫自秦州赴同谷，是经西和县折向西南，根本不经过两当，所论良是。李济阻等进而认为，此诗是从同谷赴蜀途中专门去两当县看望吴郁所作，此说亦欠斟酌。因为杜甫"辛苦赴蜀门"，有行李家小拖累，专程绕道前去两当的可能性极小。因此今将此诗次于《发同谷县》之前，当是杜甫寓居同谷时前往两当县所作。

关于"仲尼甘旅人"二句位次。何焯曰："闭口休叹息下，注：樊本'仲尼'一联，在'朝廷'一联下。"按，当从樊本，言吴固安之，于我则多负铮臣也。意更曲折，语更从顺。（《义门读书记·杜工部集》）著名的杜学研究学者翁方纲、施鸿保、黄鹤、李因笃等对其"仲尼甘旅人"二句位次都有独到精细的阐释。

两年之后，吴郁放还，入蜀与范邈结伴过访草堂，不巧，却又寻人不遇，范邈、吴郁怅然若失的心绪，一如唐代诗人贾岛，人称"诗奴""贾瘦岛""贾神仙"《寻隐者不遇》言简义丰之作的心情一般惆怅、失落——

寻隐者不遇

松下问童子，言师采药去。
只在此山中，云深不知处。

诗人回到草堂，闻知范邈、吴郁二友过访，心潮难平，擦肩而过，又一次歉疚地写下了《范二员外邈、吴十侍御郁特枉驾阙展待，聊寄此》，期待重逢。

只可惜，这一错过，终生再未相见。

通过诗人《两当县吴十侍御江上宅》《范二员外邈、吴十侍御郁特枉驾阙展待，聊寄此》二诗，给我们留下了诗圣珍惜情谊的佳话。而我们的诗人朋友圈里他和李白、严武、房琯等人的交往，千年之后，仍让我们心驰神往、羡慕不已——

1958 年 12 月，刘孟伉主编的《杜甫年谱》记载道：天宝三载（744），甲申，正月改年为载，杜甫 33 岁……（杜甫）生活在东京（今河南洛阳），时李白为高力士所谗，得罪杨贵妃，于三月放还，四月经游东京，始与甫相见。白长甫 11 岁（按白生于武后圣历二年即 699 年），十五好剑术，任侠……以唐代数十年来社会之富庶，交通之发达，遂养成士大夫阶层清狂放纵之风尚，亦遂产生浪漫主义一派之文学，而白以任侠游仙之生活，为放浪形骸之诗歌，即此一派最杰出之作者……（李白）此次道出洛阳，与甫相会，在二人自己尚不觉为千古两大诗人之结合，将成为中国文学史上之佳话。

萧涤非主编《杜甫全集校注·附录一杜甫年谱简编》这样记述：天宝三载（744）甲申（杜甫）33 岁……4 月，（杜甫）与被玄宗"赐金放还"的李白在洛阳初识，一见之下，互为倾倒，结为莫逆之交。即甫后作《寄李十二白二十韵》……两人相约为梁宋（今河南开封、商丘一带）之游，迨至宋中，又遇高适。三人相善，登高怀古，射猎游宴，赋诗论文，甚是惬意。（到了）天宝四载（745）秋，（杜甫）与李白重逢于鲁郡（今山东兖州）。二人曾同上东蒙山（今山东蒙阴、平邑、费县、沂南交界处），访道于董炼师和元逸人……二人又同访鲁城北范十居士，杜甫写有《与李十二白同寻范十隐居》诗，李白亦有《寻鲁城北范居士失道落苍耳中见范置酒摘苍耳作》。秋末，二人在鲁郡东石门作别，杜甫作《赠李白》，李白亦作《鲁郡东石门送杜二甫》诗。此后，两人再也没有见面，但彼此都很想念。

两位伟大诗人第一次见面，颇为传奇、出彩。2012 年，由中共郑州市委宣传部、郑州人民广播电台录制的八集广播连续剧《杜甫》第一集中作了淋漓尽致、栩栩如生的刻画——

……

这天，妻子杨氏给杜甫带来了一个天大的喜讯。

（画外音）木质门扇的吱呀声。

杜妻：夫君夫君，你可知翰林学士待诏李白？

杜甫：名动天下的谪仙人，谁人不知？唉！只可惜我未曾与他相识。

杜妻：就要相识了。

杜甫：此话怎讲？

杜妻：李白现在已经辞京还乡，还乡途中路过洛阳。

杜甫（惊讶道）：真的？李白现在洛阳。

杜妻：正是，洛阳府尹邀集名士要在天京桥头董家酒楼为他送行，夫君亦在被邀请之列。

杜甫：好，好，好。我即刻就去，我即刻就去！

传来喧闹的歌舞声、乐器声……

（画外音）：只见李白擎着酒杯，绕过一个个酒桌，穿过一个个华服之人，向着末席走来。在众目睽睽之下，停在了一袭素袍的杜甫面前。

李白：刚才我已向侍者打问过了，您就是河南巩县杜甫，杜子美。

杜甫：不才正是。

李白：不知子美年庚几何呀？

杜甫：三十有二。

李白：我为兄，你为弟了。

杜甫：正是，正是。

李白：子美老弟，我李白第一个回敬酒的人当是您。

杜甫（诧异道）：我？

众人诧异：什么？什么？杜子美，一个布衣？

李白：对！你们以为不妥？我深以为是。我于长安之时，就闻知子美有诗痴的雅号。为之写诗用功，从不轻易下笔。下笔则必精准，令人百般推敲吟诵，也难改一字。更兼子美博览群书，故子美写诗，读书破万卷，下笔如有神。我读子美诗，非寻章摘句、扬古雕虫之类。诗乃慷慨大度，不拘小节，真名士也。子美乃我钦佩之人，你们说我第一个回敬酒给他，可否啊？

众人：这个？这个？

李白：子美老弟，你我当饮一大杯！干！

杜甫：干！干！

李白：子美老弟，古人云，诗如其人，今日相见，果然啊。子美的诗，质朴无华，子美的人淡泊简静，气清古俊，我虽年长你11岁，但愿与你同饮此杯，以交忘年！干！

杜甫：干！

李白：诸位，以为我为子美之辞，一饮如何？

众人：非也，非也！

李白：子美俊才，我昔日于泰山作诗数首，与子美之"会当凌绝顶，一览众山小"相比，我是一览皆不如呀。

杜甫：岂敢！岂敢！是太白抬爱，天下能作出《将进酒》《行路难》《蜀道难》为诗者，唯谪仙人也。干！

徽县大河店镇青泥村文化广场李白与杜甫相会塑像

李白：同勉！同勉！子美老弟，你我再干这第三杯酒。来，干！

杜甫：干！

李白：子美老弟，今日李白多有应酬，不得详叙。他日你我同游山水，再做畅叙。

杜甫：杜甫期待啊！

（画外音）这以后，杜甫与李白双骑并辔，一路北上齐鲁同游。他们游梁园，下资阳，渡梦中大河，登王屋山崖。或高歌猛进，或低吟浅唱，酒肆茶楼，驿馆寒舍，处处留下他们形影不离的踪迹。李白的豪放不羁，杜甫的沉湎敦厚，竟在吟诗作对当中袒露无遗。两个心仪已久、神交已久的诗人，与山川空灵之间，交相辉映。

这一日，二人来到荆州。获得荆州司马李之芳邀书，言及城中大明湖湖畔历下亭重新修缮已毕，便邀集齐鲁名士，聚此盛会。二人也在被邀之列，李白、杜甫欣然前往。

　　……

李白：子美老弟，你我心胆义同，不如随我遍游天下求仙寻道，诗酒人生。

杜甫：太白兄，怕是你我心胆义同，却是道不同路啊。

李白：此话怎讲？

杜甫：太白兄官场失意，故自洒脱放浪。我杜甫尚未入仕，于国于民放怀不下。

李白：你，你还要入仕为官？

杜甫：杜甫要承续家风，奉官守儒。

李白：何为奉官？

杜甫：奉官者，考取功名，入仕为官，为官才有一方天地，才能施展才能，才能报效国家，才能施惠百姓。锦衣玉食，仅是一室一家的温饱而已。大丈夫生于天地之间，当读圣贤之书，养浩然正气，仿天地之德以爱人，效圣贤之志以成业。纵使无法成千秋事业，当以正己修心，积善除恶，也得心地坦荡，心性纯洁，方不失丈夫之举。当报国为民，不为官不能达此境也。我杜家世代为官，所为者，正在于此。

李白：那何谓守儒？

杜甫：守儒者，尊奉儒家思想，忠君靖国爱民。奉官而不守儒者，不是好官，丧国害民。是以奉官者，心必守儒。这也是我杜家历代为官的要旨。

李白：子美曾有诗云"致君尧舜上，再使风俗淳"。更有"穷年忧黎元，叹息肠内热"，莫非此意正是？唉，我欲出仕，你欲入仕，子美之志不可夺矣。只是子美老弟，此路行路难啊。选定此路，必定终身痛苦，而不得偿还。此更苦。

杜甫：我知，我知。谢太白兄指教。

李白：来，子美，你我再干一杯。

杜甫：干。

州守：我等同饮此杯。干。

由唐代孟启撰，董希平等评注的《本事诗》（中华经典诗话）"高逸第三"中记载："（李）白才逸气高，与陈拾遗（陈子昂，字伯玉，梓州射洪即今四川人，任侠尚气。唐代文学家，为初唐诗文革新人物之一，其文文词宏丽，甚为当时所重）齐名，先后合德（犹同德，谓李白继承并发扬了陈子昂的诗论主张）。"其论诗云："梁陈以来，艳薄斯极，沈休文（沈约，字休文，吴兴武康即今浙江德清人。南朝梁钟嵘《诗品》称其诗歌'长于清怨'。）又尚以声律（谓之声韵格律）。将复古道（表明其对风骚传统的肯定），非我而谁与？故陈、李二集，律诗殊少（近体诗的一种。起源于南北朝，成熟于唐初。分五言、七言，简称五律、七律。格律要求严格。以八句为定格，每句有一定的平仄格式）。"尝言："兴寄深微（指寄托于作品中的思想感情。深微：深奥玄妙），五言不如四言，七言又其靡也。况使束于声调俳优哉（谓拘束于声调格律的限制）。"故戏杜（甫）曰："饭颗山（饭颗山，相传是唐代长安附近的一座山。孟启《本事诗》后遂用以表示诗作刻板平庸或诗人拘守格律或刻苦写作）头逢杜甫，头戴笠子日卓午（笠子，犹箬笠，用箬竹叶及篾编成的宽边帽。卓午，即正午）。借问何来太瘦生（太瘦生：太瘦，很瘦），总为从前作诗苦。"盖讥其拘束也。

……

杜甫在秦州寓居三个多月时间里，尽管日复一日地晨昏为一家人生计四处奔走，乃至深山密林中采药，回来加工晾晒后秦州闹市出售，也时刻惦记着尊崇敬仰的李白。仅在秦州就有《梦李白二首》《天末怀李白》《寄李十二白二十韵》等诗作传世，足见两人情谊之深，情同手足。在《梦李白二首·其二》中，杜甫这样深情追述流逝的日子，虽是梦中情境，依然亦幻亦真——

其二

浮云终日行，游子久不至。

三夜频梦君，情亲见君意。

告归常局促，苦道来不易。

江湖多风波，舟楫恐失坠。

出门搔白首，若负平生志。

冠盖满京华，斯人独憔悴。

孰云网恢恢，将老身反累。

千秋万岁名，寂寞身后事。

前不久，在纸媒上读到一篇《假如大唐也有朋友圈》的美文，真有种神交已久，心向往之的冲动。

大唐，一个多么让人神往的时代。

才子辈出，群星璀璨；美人如云，风华绝代。

熙熙攘攘的酒肆里，传来李白豪放的笑声；牡丹怒放的沉香亭中，是杨贵妃的倾城一舞。

诗坛大 V 杜甫，富贵闲人王维，爱情教父李商隐，动动手指就是一篇千古绝唱；

上官婉儿的才气，白居易的梦境，薛涛的错爱，杜牧的风流，至今仍让人津津乐道。

假如，唐朝就有了朋友圈，这些才子佳人们又会演绎出怎样的传奇呢？

美文中逐一列举了王勃、骆宾王、上官婉儿、孟浩然、杜甫、李白、崔颢、王之涣、白居易、元稹、薛涛、韩愈、刘禹锡、杜牧、李商隐等声名如雷的大家的朋友圈。

我们在这里择出杜甫与李白的朋友圈，就其人生感言、所配图画及点赞、评论诸情景，作一有趣的比对：

先看杜甫的朋友圈。

他（杜甫头像）的人生感言是：每天都要做的三件事：写诗、吃饭、想李白哥哥。

配对画面是成都草堂。画面是耳熟能详的杜甫草堂，姹紫嫣红生机盎然的春天里，花香鸟语，画中杜甫侧身端坐着，托腮捻须凝望着远方…

点赞的好友有王维、孟浩然、高适、岑参、贾至、严武、李龟年、卫八处士、公孙大娘等。

王维评论：生活不止眼前的苟且，还有诗和远方。

杜甫回复王维：土豪，这里可不是你家的别墅，前两天刮大风，差点没把我们家屋顶掀了。

孟浩然：此处 @ 李白

高适：此处 @ 李白

岑参：此处 @ 李白

王昌龄：此处 @ 李白

再看李白的朋友圈。

他（李白头像）的人生感言是：

每天要做的三件事：写诗、喝酒、旅游，还有哪里有酒有玩的，求推荐。

配对画面是九江庐山仙人洞。整个画面是中国地图华中、华南局部，即一个个形似绿色小蝌蚪的旅游景点铺满了整个画面，从东边的天台到南边的永州，再到西边的峨眉山，直至北边的大兴……

点赞的好友有杜甫、孟浩然、王昌龄、贺知章、杨玉环、高适、岑参、贾至、刘长卿、晁衡、魏万、汪伦、丹丘生等等。

杜甫：李兄，好久不见了，好想你啊！

孟浩然：下次再约到黄鹤楼喝两杯。

李白回复孟浩然：孟哥，那天在黄鹤楼送你去扬州的时候，我流泪了。

王昌龄：我最近在塞外出差，这里的葡萄酒老好喝了。

李白回复王昌龄：求代购。

贺知章：来绍兴吧，请你喝正宗的女儿红。

李白回复贺知章：老哥最近身体还好吗？有空就去看你。

汪伦：大人来我这玩啊！这里有十里桃花，万家酒店等着你哦。

李白回复汪伦：哇，我去我去！

杨玉环：羡慕可以满世界到处浪的人。

唐玄宗回复杨玉环：老婆！别理他，走，吃刚空运来的荔枝去。

……

英国牛津大学博士刘陶陶这样评价李白和杜甫：

李白极具人格魅力，很多人都被他所吸引。杜甫对李白也推崇备至，但他的诗作和李白的风格截然不同。具体说，李白热衷于追求物我两忘的境界，杜甫则更在意人与人之间的关系，以及如何按照儒家伦理来生活。尤其重要的是，人应该忠于君王，或者忠于自己追随的领袖、矢志不移，在儒家观念中，忠君是相当重要的。

　　资深的杜学专家通过李白与杜甫诗歌创作深入研究，剖析出李白对杜甫创作的影响：在杜甫的创作生涯中，李白是他最重要的知己。那李白在杜甫的心目中，应该是一位师长，这个不光是年龄的问题，还有李白在诗歌艺术上，对杜甫有启发。这样的启发我们今天能找到证据，非常明显地表现在对于叙事艺术细节的刻画上。

　　所以他们之间不仅是"醉眠秋共被，携手日同行"（《与李十二白同寻范十隐居》）的兄弟情深，更是教学相长，亦师亦友，同道知音。

　　杜甫和严武的关系同样极其密切，从凤翔行在同朝共事，到后来严武三次镇蜀，乃至严武40岁时病逝在成都尹、剑南节度使任上，在诗圣的作品中，屡屡呈现，感人至深。

　　严武（726—765），字季鹰。华州华阴（今陕西华阴）人。唐朝中期名将、诗人，中书侍郎严挺之之子。严武初以父荫调为太原府参军，累官殿中侍御史。安史之乱后，随唐玄宗入蜀，又应唐肃宗之诏前往灵武，任给事中。次年出任巴州刺史，迁东川节度使，入朝为京兆尹。上元二年（761），出任剑南节度使，抵御吐蕃。宝应元年（763）七月，入为太子宾客兼御史大夫。不久后再镇剑南，数次击破吐蕃，拓地数百里。以功加检校吏部尚书，封郑国公。永泰元年（765）四月，严武因暴病于成都逝世，年仅40岁。获赠尚书左仆射。

　　严武虽是武将，亦能诗。与诗人杜甫友善，常以诗歌唱和。《全唐诗》中录存其诗六首。

　　《旧唐书》说严武"神气隽爽，敏于闻见。幼有成人之风，读书不究精义，涉猎而已"。在攻打吐蕃征战途中，严武写下了记述这次战争的《军城早秋》一诗：

> 昨夜秋风入汉关，朔云边月满西山。
>
> 更催飞将追骄虏，莫遣沙场匹马还。

杜甫曾称赞严诗说："诗清立意新。"

严武与杜甫的关系极其密切，严、杜两家还是世交。严武的父亲严挺之曾任中书侍郎，与杜甫的祖父杜审言同朝为官，与杜甫亦是好友，所以尽管杜甫仅比严武年长14岁，但在辈分上要高严武一辈。杜审言那位曾经贡献了成语"衙官屈宋"在武后时期何等狂傲之人，能够与严武的父亲严挺之同朝为官，成为好友，惺惺相惜，可以想见两人政见、爱好、情趣总有诸多相同相似之处，才能持久延续。

寄题杜拾遗锦江野亭

唐·严武

漫向江头把钓竿，懒眠沙草爱风湍。

莫倚善题鹦鹉赋，何须不著鹔鹴冠。

腹中书籍幽时晒，肘后医方静处看。

兴发会能驰骏马，应须直到使君滩。

在《杜诗镜铨》等杜诗全集集注本中，至少我们可以寻觅到杜甫写给严武的诗作诸如《奉赠严八阁老》《寄岳州贾司马六丈、巴州严八使君两阁老五十韵》《奉酬严公寄题野亭之作》《中丞严公雨中垂见忆一绝、奉答二绝》《谢严中丞送青城山道士乳酒一瓶》《严公仲夏枉驾草堂兼携酒馔（得寒字）》《严公厅宴，同咏蜀道画图，得空字》《奉送严公入朝十韵》《送严侍郎到绵州，同登杜使君江楼（得心字）》等近 20 首诗作。

宝应元年（762）四月，肃宗去世，代宗即位。六月，召严武入朝，杜甫送别赠诗《奉济驿重送严公四韵》。并从成都一直送到绵州（今四川绵阳东），300 多里，驿站有十几处之多，长亭复短亭，可见情谊之深，交谊之厚。在成都，严武邀杜甫做其幕僚时写道："莫倚善题鹦鹉赋，何须不著鹔鹴冠。"这里运用了典故。汉末名士词赋家祢衡，文思敏捷，曾即席作《鹦鹉赋》，一挥而就。严武以祢衡的故事，劝告杜甫不要单纯以文才自恃，应该走做官的道路，争取充当侍奉皇帝左右的近臣，充分发挥自己的才能。杜甫则写《严中丞枉驾见过》一诗："扁舟不独如张翰，皂帽还应似管宁。"以张翰（晋时人，字季鹰，遇见不相识的贺司空（循），谈得投机，没告诉家人，便登上贺氏的船，同去洛阳）、管宁（东汉时高士，字幼安，于灵帝末渡海避乱至辽东，常戴皂帽，穿布裙，坐木榻，隐居多年，屡征不出，世称贤者。）婉言谢绝，是说我的行踪漂泊不定，当效张翰那样自由，一如管宁避乱他乡过隐居生活。巧于用典，言其情愫，寓意称妙。广德二年（764）正月，严武以黄门侍郎拜成都尹充剑南节度使，几次写信希望杜甫回到成都。二月，杜甫在四川阆州闻知消息，欣喜若狂，挥笔写下了《奉待严大夫》，方才答应进入严武幕府，经严武荐举杜甫节度参谋、检校工部员外郎，这就是杜工部的由来。广德二年（764）六月，53 岁的杜甫"入（严武）幕府后，即协助严武训练士卒，并陪严武检阅骑兵。"当时，吐蕃对成都威胁很大，为安定巴蜀，必须加强西山防务。杜甫特作《东西两川说》向严武提出建议。杜甫与严武或分韵赋诗，或北池临眺，或摩诃池泛舟，或同观岷山、沱江画图。半年之后，即永泰元年（765）正月，54 岁的杜甫辞去严武幕府职务，归居草堂。

永泰元年（765）四月，严武因暴病于成都逝世。严武老母护送严武灵柩归葬故里，船过忠州（今重庆忠县），杜甫登舟慰问，悲痛万分，写下了如泣如诉的《哭严仆射归榇》——

哭严仆射归榇

素幔随流水，归舟返旧京。

老亲如宿昔，部曲异平生。

风送蛟龙雨，天长骠骑营。

一哀三峡暮，遗后见君情。

大历元年（766），55 岁的杜甫寓居夔州（今重庆奉节），怀想上一年即永泰元年（765）四月，已经英年早逝的严武等诸多莫逆之交，心潮难平，悲从中来，挥笔写下了《八哀诗》，叹旧追贤，缅怀伤悼王思礼、李光弼、严武、李琎、李邕、苏源明、郑虔、张九龄等。追忆严武的《赠左仆射郑国公严公武》这样写道——

赠左仆射郑国公严公武

郑公瑚琏器，华岳金天晶。

昔在童子日，已闻老成名。

嶷然大贤后，复见秀骨清。

开口取将相，小心事友生。

阅书百纸尽，落笔四座惊。

历职匪父任，嫉邪常力争。

汉仪尚整肃，胡骑忽纵横。

飞传自河陇，逢人问公卿。

不知万乘出，雪涕风悲鸣。

受词剑阁道，谒帝萧关城。

寂寞云台仗，飘飖沙塞旌。

江山少使者，笳鼓凝皇情。

壮士血相视，忠臣气不平。

密论贞观体，挥发岐阳征。

感激动四极，联翩收二京。

西郊牛酒再，原庙丹青明。

匡汲俄宠辱，卫霍竟哀荣。

四登会府地，三掌华阳兵。

京兆空柳色，尚书无履声。

群乌自朝夕，白马休横行。

诸葛蜀人爱，文翁儒化成。

公来雪山重，公去雪山轻。

记室得何逊，韬钤延子荆。

四郊失壁垒，虚馆开逢迎。

堂上指图画，军中吹玉笙。

岂无成都酒，忧国只细倾。

时观锦水钓，问俗终相并。

意待犬戎灭，人藏红粟盈。

以兹报主愿，庶或裨世程。

炯炯一心在，沉沉二竖婴。

颜回竟短折，贾谊徒忠贞。

飞旐出江汉，孤舟轻荆衡。

虚无马融笛，怅望龙骧茔。

空馀老宾客，身上愧簪缨。

可以说，杜甫是把严武作为一位文武全才的人物来尊重，从而与之倾心相交的。

人海茫茫，知音难觅。

友谊能够保持终生矢志不渝，历久弥新者，无论古人、今人都不易做到。而杜甫和房琯生死如一的真挚友情，感天动地，流传至今。

房琯（697—763），字次律，河南缑氏（今河南偃师市）人。唐朝宰相，正谏大夫房融之子。年轻时非常好学，风仪沉稳，以家族的恩荫成为弘文馆学生。他生性淡泊，曾与吕向隐居在陆浑山（今洛阳）十几年，潜心读书。历任校书郎、刑部侍郎等职务。安史之乱爆发后，房琯随唐玄宗入蜀，拜吏部尚书、同平章事。唐肃宗即位于灵武，房琯前去投奔，深受肃宗器重，委以平叛重任。但他不通兵事，又用人失误，结果在咸阳陈涛斜（又称陈陶斜，咸阳斜）大败而回。后来，房琯在贺兰进明、崔圆等人的逸言下，逐渐被肃宗疏远，而他自己又喜好空谈，最终被罢为太子少师。长安收复后，房琯进封清河郡公，不久因结党被贬为邠州刺史，后历任太子宾客、礼部尚书、晋州刺史、汉州刺史。广德元年（763），房琯被拜为特进、刑部尚书，在赴京途中不幸患病，同年八月病逝于阆州（今四川阆中），终年67岁，追赠太尉。《全唐诗》存诗1首。

遥想诗圣在长安蹉跎的十年岁月，就与同乡、布衣交与知己的房琯有密切关系。

肃宗至德二年（757）四月，陷贼出逃之后隐居长安的杜甫，在怀远坊大云经寺住宿数日，以避胡人耳目，在与寺僧赞公密商潜逃凤翔之计后，杜甫走出长安西城之金光门，历尽艰辛，奔向凤翔行在。经过房琯等人斡旋，杜甫得以面见圣上。皇帝很高兴有从前东宫的属臣追随自己来到凤翔，5 月 16 日，杜甫授左拾遗之职，官阶是从第七品下阶，官位品级不高，但是皇帝近臣，负责谏诤。

十年磨一剑。其欣喜若狂、欢呼雀跃的情愫，在诗圣《述怀》诗中可见一斑——

述怀

去年潼关破，妻子隔绝久。

今夏草木长，脱身得西走。

麻鞋见天子，衣袖露两肘。

朝廷愍生还，亲故伤老丑。

涕泪授拾遗，流离主恩厚。

然而，此时的房琯却又一次面临人生的困境：杜甫授左拾遗时，适逢宰相房琯败于陈陶斜后，被贺兰进明等所谗，加以门客琴师董庭兰收受贿赂嫌疑，罢宰相职，贬为太子少师。

左拾遗就是肩负直言极谏、荐举贤良职责，杜甫直言上疏营救房琯，认为不宜免为大臣。肃宗甚怒，诏令韦陟、崔光远、颜真卿三司推问……

两人同朝为官，志同道合，共扶危局。就是因为杜甫左拾遗职责所系，坦言公道话，杜甫亦因此遭贬，天子近臣，发配为华州司功参军……

时光如流水，转眼到了代宗广德元年（763）。这年 4 月，在汉州刺史任上的房琯被任命为刑部尚书。房琯交接汉州刺史后即起程还朝，不料行至阆州（今四川阆中市），即已患病，到了8月4日，房琯病逝于阆州僧舍。时在梓州的杜甫闻讯，于9月赶到阆州，凭吊平生政治上与其有着密切关系的同乡知己，写下了如泣如诉的《九日》诗，以示哀悼。9月22日，那篇饱含深情令人肝肠寸断、催人泪下的祭文《祭故相国清河房公文》，张贴在房琯葬礼的厅堂上。

祭故相国清河房公文

维唐广德元年，岁次癸卯，九月辛丑朔二十二日壬戌，京兆杜甫，敬以醴、酒、茶、藕、鲫之奠，奉祭故相国清河房公之灵曰：呜呼！纯朴既散，圣人又殁；苟非大贤，孰奉天秩。唐始受命，群公间出；君臣和同，德教充溢。魏杜行之，夫何画一！娄宋继之，不坠故实。百余年间，见有辅弼，及公入相，纪纲已失。将帅干纪，烟尘犯阙；王风寝顿，神器坼裂。关辅萧条，乘舆播越。太子即位，揖让仓卒。小臣用权，尊贵倏忽。公实匡救，忘餐奋发。累抗直词，空闻泣血。时遭褫渗，国有征伐；车驾还京，朝廷就列；盗本乘弊，诛终不灭。高义沈埋，赤心荡析。贬官庆路，谤口到骨。致君之诚，在困弥切。天道阔远，元精茫昧。偶生贤达，不必际会。明明我公，可云时代。贾谊恸哭，虽多颠沛。仲尼旅人，自有遗爱。二圣崩日，长号荒外；后事所委，不在卧内。因循寝疾，憔悴无悔。天阍泉涂，激扬风概。天柱既折，安仰翊戴？地维则绝，安放夹载？岂无群彦？我心忉忉。不见君子，逝水滔滔。泄涕寒谷，吞声贼壕；有车爰送，有绋爰操。抚坟日落，脱剑秋高；我公戒子，无作尔劳。敛以素帛，付诸蓬蒿；身瘗万里，家无一毫。数子哀过，他人郁陶；水浆不入，日月其慆。

州府救丧，一二而已；自古所叹，罕闻知己。曩者书札，望公再起。今来礼数，为态至此。先帝松柏，故乡枌梓；灵之忠孝，气则依倚。拾遗补阙，视君所履。公初罢印，人实切齿。甫也备位此官，盖薄劣耳。见时危急，敢爱生死。君何不闻？刑欲加矣；伏奏无成，终身愧耻。乾坤惨惨，豺虎纷纷。苍生破碎，诸将功勋。城邑自守，鼙鼓相闻。山东虽定，灞上多军。忧恨展转，伤痛氤氲。玄岂正色，白亦不分。培塿满地，昆仑无群。致祭者酒，陈情者文。何当旅榇，得出江云。呜呼哀哉！尚飨！

（（唐）杜甫著，（清）杨伦笺注《杜诗镜铨》，上海古籍出版社 1962 年版）

　　两年之后，永泰元年（765）二月，杜甫接受再次镇蜀的严武的邀请携妻儿归蜀途中经过阆州，特意来到老友的坟墓上，忆昔抚今，悲从中来，字字情深，句句意切，酸楚地追思亡友——

别房太尉墓

他乡复行役，驻马别孤坟。

近泪无干土，低空有断云。

对棋陪谢傅，把剑觅徐君。

唯见林花落，莺啼送客闻。

　　大意是说，我东西漂泊，一再奔走他乡异土，今日歇脚阆州，来悼别你的孤坟。泪水沾湿了泥土，心情十分悲痛，精神恍惚，就像低空飘飞的断云。当年与你对棋，比你为晋朝谢安，而今在你墓前，像季札拜别徐君。不堪回首，眼前只见这林花错落，离去时，听得黄莺啼声凄怆难闻。

生离死别，无语叙说，诗人表达的感情十分深沉而含蓄，这是因为房琯的问题，事关政局，已经为此吃尽了苦头。杜甫，自有更多的切肤之痛与难言之隐。

但诗中那阴郁的氛围，那深刻的哀痛，还是让人感到：这不仅仅是悼念亡友而已，更多的是诗人内心对国事的隐忧和叹息之情。

读此诗，不由让人想到北宋苏轼那首千古传诵的《江城子·乙卯正月二十日夜记梦》一词中酸楚、凄凉、哀痛，萦绕胸怀，痛彻心扉——

> 十年生死两茫茫，不思量，自难忘。
> 千里孤坟，无处话凄凉。
> 纵使相逢应不识，尘满面，鬓如霜。
> ……

两当县城吴郁塑像

　　过访完两当县吴郁故宅，杜甫如释重负，行走在陇右秦岭千山万壑间，赶紧返回栗亭吧，一大家口人的衣食温饱还等着杜陵野老想方设法张罗哩。

　　千年走一回，山川、形胜犹在，两当县换了人间——

　　两当县位于甘肃东南部，东邻陕西，西连徽县，北靠天水，南通巴蜀，素有"秦陇之捍蔽，巴蜀之襟喉"之称。两当历史悠久，从 1981 年城关镇水沟口等四处发现的新石器遗址证明，早在 4000 至 6000 年就有先民在这里生息繁衍，创造了灿烂的原始文化。秦惠文王十三年（前 312）置故道县，属汉中郡，昭王时属陇西郡，北魏始置故道郡两当县，因境内有两当河而得名，1985 年后划归陇南地区、陇南市管辖。

　　两当县地处陕西、甘肃、四川交界的秦岭山区，千古流淌的嘉陵江和汉水，暖温带大陆性季风气候，滋养了两当的灵山秀水，使这里光热丰富，雨量充沛，境内有秦岭羚牛、云豹、林麝等珍稀动物，拥有甘肃小陇山国家级自然保护区，以及诸多水能资源、生物资源、矿产资源等等。

　　沐千载风雨，藏文化蕴藉，寻王羲之家谱遗存，嗅中华书圣墨香，白皮松林迎客，狼牙花蜜飘香，经济特色鲜明，发展前景辉煌。

第七章 季冬携童稚，辛苦赴蜀门

时值隆冬，数九寒天，陇南大地天寒地冻，一片萧瑟寂寥的景象。

乾元二年（759），腊月初一，杜甫一家从同谷凤凰村出发，取道栗亭，南越木皮岭，在呼啸刺骨的寒风中"辛苦赴蜀门"。由陇入川的基本路线是，经栗亭川"首路栗亭西"，之后先上木皮岭，渡白沙渡，越青泥岭，接着渡水会渡，从而走出陇右，进入四川。

毕竟是一大家口人，翻山越岭，行走在层峦叠嶂、逶迤曲折的羊肠小道上，雪盖霜凝，路滑道险，蜗牛般小心翼翼一步步往前挪动。我们通过徽县博物馆曹鹏雁先生《杜甫在徽县的行程及相关的纪行诗》一文，对其行程有一个"全景式"的了解：

唐肃宗乾元二年秋，杜甫一家流寓陇右。十二月初一日，从成州同谷出发远赴成都。首先经店村、横川一线前往栗亭镇，在今徽县栗川乡杜公村一带经过几日短暂的停留后，向南沿木皮古道攀越了木皮岭，道经庙山瓦房村（杜诗里的当房村）、小地坝、小河村官桥坝（古白沙渡）、到达大河店子（今大河店乡政府所在地），再转登青泥古道，向东北上黑沟、大石窑、青泥驿（今青泥店子村，遗存有三通明代修路碑）至吊沟、孟家滩、李家坝，再至武家坪太和庵，绕青泥岭铁山南侧栈道，沿穆家沟（潘家那下）一线下山（在老虞关街通往铁山的山脚下，至今存有明代宪宗成化三年虞关巡检使许清《修路摩崖碑记》），于夜半时分在位于今虞关乡的老虞关渡口横渡嘉陵江，进入大八渡沟。过峡门翻山出陇右地界，沿十八盘沟、庙坪（庙湾）、山关、三官殿、九股树、金池院路到达略阳县境而离开陇右地界。

徽县栗川乡杜公村

木皮岭、白沙渡、水会渡、青泥岭等这些耳熟能详的地名、渡口，全都在今徽县境内，那我们有必要梳理一下徽县的悠久历史。

据徽县柳林镇发现的柳林遗址证明，远在新石器时代早期（前6000），徽县先民就在今徽县永宁河流域繁衍生息，创造了灿烂的原始文化。

禹分天下为九州时，今徽县地处雍、梁交界处。公元前451年秦左庶长城南郑，徽县地遂为秦地。秦汉之交，氐人趁乱建立白马氐国，都宝井堡（今徽县西）。西汉建立后，于武帝元鼎六年（前111），汉武帝派右都尉卫广灭白马氐国。次年，其地隶武都郡，在今徽县地置河池县（治在县西银杏树村），为该县建置之始。汉武帝元封五年（前106），汉王朝为进一步加强对地方的统治，除近畿七郡（三河、三辅、弘农）以外，将全国郡国分为十三刺史部，河池属益州刺史部武都郡统辖。

汉末、三国时期，河池地处烽火要地，归属无常。西晋时期，徽地仍置河池县，隶武都郡。泰始五年（269），晋分雍州置秦州，河池县隶属秦州武都郡。晋怀帝司马炽永嘉（307—313）后，河池地被仇池国占据。隋文帝杨坚开皇三年（583），废广化郡，复广化县。广化、思安二县隶属凤州。文帝仁寿元年（601），隋复广化县名河池县，与思安县同隶凤州。炀帝杨广大业（606—617）初，省思安县入河池县，河池县仍隶属凤州。

唐初，天下分为十道，河池县隶山南道凤州。玄宗李隆基开元二十一年（733），又将天下分为十五道，山南道被分为东、西二道，河池县隶属山南西道凤州。唐时，随着吐蕃东侵频繁，青泥道军事作用愈来愈大，于青泥岭开铁山栈道，设青泥驿，以保证军需辎重的运输及官府文书传递。僖宗祥符（874—888）时，大规模农民起义如火如荼，为隔断各地

徽县栗川乡重修杜公祠碑铭

起义军的联系，山南西道节度使王铎于河池境西南木皮岭置木皮关，并派兵把守。

北宋时，天下分州、县设置，河池地仍置县，治在今徽县银杏树村址，隶凤州。太祖赵匡胤开宝三年（970），河池县移治固镇（今徽县城关镇先农街一带）。太宗赵光义至道三年（997），宋王朝开始在天下设路，至徽宗赵佶宣和四年（1122），共设二十六路，河池县隶属秦凤路凤州。元初，于河池置南凤州（治今址），隶巩昌路，领河池、永宁（原河池县永宁乡升为县）、两当三县。元世祖忽必烈至元元年（1264），南凤州改名徽州。至元七年（1270），省河池、永宁二县入徽州，徽州领两当一县，仍属巩昌路。武宗海山至大四年（1311）正月，罢行尚书省，以行省分治天下，徽州隶陕西行省巩昌路。明王朝建立后，承袭元制，今徽县地仍置州，领两当县，隶属陕西承宣布政使司巩昌府。明初，县境虞关、高桥设巡检司，小河设小河关。清初，仍承袭明制。圣祖玄烨康熙三年（1664），陕西布政使司分为左、右布政使司，徽州隶属陕西右布政使司巩昌府。六年（1667），改陕西右布政使司为巩昌布政使司，七年（1668），又改名甘肃布政使司（徙治兰州），徽州隶之。世宗胤禛雍正七年（1729），徽州降州为县，与两当县同隶甘肃布政使司巩昌府秦州。

民国时期，废除清王朝府、州、厅制，实行省、道、县三级制。民国元年（1912），甘肃设7道77县，徽县隶属渭川道。民国16年（1927），废道建制后，徽县直隶省。民国23年（1934），省境设8个行政督察专员公署，徽县隶属第四行政督察专员公署（治天水）管辖。直至新中国成立。

1949年12月4日，徽县解放后，隶天水地区。1958年4月，徽县与两当县合并，县名仍为徽县，7月，徽县又与成县合并，名为徽成县，县治仍设在城关镇，隶天水地区。1962年1月，恢复徽县、成县、两当三县建制，徽县县治仍设在城关镇。1985年6月，徽县划归陇南地区。2004年，陇南撤销地区设市后，徽县隶属陇南市至今。

对于徽县的山川形胜，乾隆《直隶秦州新志》记载：诸山环峙，江水合流。东接连云，西盘百顷，关隘扼喉，溪谷张颐，秦陇屏帷巴蜀门户。按徽县接壤秦陇，本汉武都郡河池、故道，二县西控天水，南连汉中，称为要塞，陇蜀有事，河池在所必争之⋯⋯徽县亦有八景：铁岭晴岚、银崖晚照、清江晓渡、栗亭积雪、凤堂秋月、嘉陵春涨、严院晨钟、太白灵湫。

由栗亭向南约十里，有山名木兰花掌，又称木莲花掌，即杜甫诗中所写的木皮岭。

杜甫一家艰难异常跋涉在山势险峻、林木蔽日、石径层叠的木皮岭上。

木皮岭

首路栗亭西，尚想凤凰村。

季冬携童稚，辛苦赴蜀门。

南登木皮岭，艰险不易论。

汗流被我体，祁寒为之喧。

远岫争辅佐，千岩自崩奔。

始知五岳外，别有他山尊。

仰干塞大明，俯入裂厚坤。

再闻虎豹斗，屡跼风水昏。

高有废阁道，摧折如断辕。

下有冬青林，石上走长根。

西崖特秀发，焕若灵芝繁。

润聚金碧气，清无沙土痕。

忆观昆仑图，目击玄圃存。

对此欲何适？默伤垂老魂。

　　乾隆《直隶秦州新志》载：木皮山，西三十里与成县连，杜甫发同谷取路栗亭南入郡界，历当房村度此岭，由白水峡入蜀，有诗。唐黄巢之乱，王铎置关于此，以避秦陇。民国 13 年《徽县志》："木皮岭，西南三十里。一名柳树崖。脉与龙洞山连属，石径层沓，人马登陟崖坎，艰于行。地坝山，西南六十里，突兀高峰，云烟万叠，为邑之西南屏障。唐杜甫诗'西崖特秀发，焕若灵芝繁。润聚金碧气，清无沙土痕。'是也。其山多蕙，亦名兰山。"

徽县木皮岭诗碑

时近黄昏。

一只苍鹰在半空中翱翔盘旋。

凛冽的寒风呼啸着，树林深处不时传来猿猴的哀鸣。

一大家人在风雪中艰难跋涉。

走到半山腰上，襁褓中的女儿不停地咳嗽，连连打着喷嚏。

杜甫迈动着不太灵便的双腿，气喘吁吁紧走几步，搀上妻子："娘子，小女莫非风寒感冒了？"

杜妻悲戚地叹了口气，用手试了试女儿的脸颊："哎呀，烧得发烫。"

杜甫仰望着山顶皑皑白雪，督促宗文、宗武道："熊儿、骥子，鼓把劲赶天黑前，我们爬上山岭，应当有人家，投宿之后赶紧给小女煎熬一些姜水喝。"

宗文、宗武爽快答应："父亲放心，我们两个跑得快。"说着撒开腿咚咚地跑了起来。

大女儿从简陋的马车窗口伸出头来："哥哥，等等我，我也要跟你们爬山哩。"

杜妻杨氏苦笑："乖女儿，大山那可不是好爬的，稳稳在车上坐着。"

大女儿嘟囔着："我要爬山。我要爬山。"

杜占从杜妻手里抱过襁褓中的幼女："嫂子，我来抱抱侄女，你把大哥扶一扶。"

杜妻杨氏搀扶着上气不接下气的杜甫，关切地："夫君，是不是你那消渴症（糖尿病）、'病肺'（不知是喘息症还是肺结核）老毛病又犯了？"

杜甫大不咧咧道："娘子，没啥大碍，你要照顾好自己。"

杜妻坚持道："你是一家之主，身体要紧，马虎不得。要不我们到山上人家里歇息几日，给你和小女都调理调理？"

杜甫顺从地点头："遵命，娘子。"

杜妻嗔怪道："都到这份上了，还有心思开玩笑？"

杜甫苦笑道："黄连树下弹琵琶，苦中作乐而已。苦中作乐而已。"

一家人艰难地向山顶爬去。

杜甫一家在庙山瓦房村（杜诗里的当房村）停留了几日，一则给小女和自己煎熬中草药调理，另外天降大雪，冰天雪地，寸步难行。热情的房东用陶罐炒油茶、干豆角炖腊肉，照顾数九寒天出门在外漂泊异乡的杜甫一大家口人。

杜甫也是一个美食家，对河池县一带氐羌人生活习俗的茶食，流传至今经久不衰的罐罐茶制作技艺，观察得十分仔细——

他看到在调料的成分和佐料食材的选择上很有讲究，尤其是在对油的选料上，熬制罐罐茶的调料，主要是以本地自产纯菜油、面粉、粗茶、核桃、花椒等为主，配以薄荷、藿香、银杏果等提神醒脑，增加风味。首先将陶罐放到炭火上进行加温，其次在陶罐中倒入菜油，待菜油熟透后，放入茶叶，搅拌，香气四溢时注入温水，然后用小火慢熬，边煮边放入面糊，调以生姜、食盐、核桃、肉丁、鸡蛋，熬制过程中女主人需要不断搅动，让食物间的香气充分融合。待香气扑鼻时，将茶汤倒出，拨入调料，一杯热气腾腾的地道河池县罐罐茶就煮好了，品饮一口，驱寒暖胃再好不过。

大雪封了山，烤火暖炕等晴天。

一日，杜甫辅导宗文、宗武温习功课。

杜甫问道："熊儿、骥子，我让你们温习《论语》十二章，你们可温习乎？"

宗文面有难色，搔着乱蓬蓬的头发，低头不语。

宗武胸有成竹，昂着头："父亲，我已温习几遍了，我背诵给您听听——"

子曰："学而时习之，不亦说乎？有朋自远方来，不亦乐乎？人不知而不愠，不亦君子乎？"——

曾子曰："吾日三省吾身：为人谋而不忠乎？与朋友交而不信乎？传不习乎？"

子曰："吾十有五而志于学，三十而立，四十而不惑，五十而知天命，六十而耳顺，七十而从心所欲，不逾矩。"

子曰："温故而知新，可以为师矣。"

子曰："学而不思则罔，思而不学则殆。"

子曰："贤哉，回也！一箪食，一瓢饮，在陋巷，人不堪其忧，回也不改其乐。贤哉，回也！"

……

杜甫颔首称是："骥子好记性，说到做到，殊为难得。熊儿不敢再马马虎虎，可要多向弟弟学习哦。"

宗文羞愧地点头："父亲，我记住了。"

杜甫拿过书本，看着两个儿子："这章中究竟说了什么？我的理解是，孔子说：'学了知识然后按时温习，不是很愉快吗？有志同道合的人从远方来，不是很快乐吗？人家不了解我，我却不恼怒，不也是品德上有修养的人吗？'曾子说：'我每日多次进行自我检查：替人谋划事情是否竭尽自己的心力了呢？同朋友交往是否诚实可信了呢？老师传授的知识是否温习了呢？'"

两个儿子静静聆听父亲的讲述。

杜甫接着说："腹有诗书的人，往往能够包容世间百态，明辨是非曲直，忠于真实自我。读书的目的，不在于取得多大的成就。而在于，当你被生活打回原形，陷入泥潭时，给你一种内在的力量。当书籍改变你的时候，你看这世界的眼光是不一样的。读书是改变命运最好的方式。对我们普通人来说，读书不是唯一的出路，却是最好走的路。心中有书，脚下才有路。读书，拥有独立的思考能力。一个人终生头脑空空，榨不出任何知识和思想，就连一颗黄豆都不如……"

杜甫收拾着书箧，吩咐两个儿子："今天就到这里吧，你俩带着两个妹妹出去玩耍一会儿。"

宗文撒腿跑了出去。

书箧中一份诗稿飘落到了地上，宗武赶紧捡起："父亲，这是您的心血之作《同诸公登慈恩寺塔》呀。"

杜甫哑然失笑，随口说道："吾儿，还记得为父这首小诗吗？"

宗武小大人似的点点头，摇头晃脑开口背诵了起来——

同诸公登慈恩寺塔

高标跨苍天，烈风无时休。

自非旷士怀，登兹翻百忧。

方知象教力，足可追冥搜。

仰穿龙蛇窟，始出枝撑幽。

七星在北户，河汉声西流。

羲和鞭白日，少昊行清秋。

秦山忽破碎，泾渭不可求。

俯视但一气，焉能辨皇州。

回首叫虞舜，苍梧云正愁。

惜哉瑶池饮，日晏昆仑丘。

黄鹄去不息，哀鸣何所投。

君看随阳雁，各有稻粱谋。

杜甫不由遥望着北方，古都长安昔日的繁华，高耸入云端的慈恩寺塔扑面而来——

天宝五载（746），35岁的杜甫来到长安寻找仕途机会。天宝六载（747）正月，唐玄宗下诏，"天下士人通一艺者"皆可到长安参加考试。杜甫参加了这次制科考试。当时的宰相是李林甫，司马光《资治通鉴》里评价此人"口蜜腹剑"。因李林甫的作梗，这次制科考试全国一个人都没录取，李林甫给玄宗说"野无遗贤"。从天宝五载到天宝十五载，他在长安城待了十年。

杜甫在长安城困守了十年，探寻其这一时期的生活轨迹，对了解杜甫的生平具有重要的意义。

话说李白和杜甫在鲁郡即今山东兖州东石门作别，亦是万般不舍。

西汉高后(吕雉)元年(前187)置鲁国，封女婿张偃为鲁元王。隋开皇三年（583），"遂废诸郡，行州县之制。"大业二年（606），瑕邱之兖州改为鲁郡。武德五年（622）平徐元朗部，置兖州。贞观十四年（640），置兖州都督府；天宝元年（742）改兖州为鲁郡。乾元元年（758），复为兖州。

李白劝说道："我不日欲游江南，焉能因私而不舍子美归乡？世事多艰，子美若有出世之意，焉不随我戏沧海、泛五湖？"

杜甫："天下多故，甫尚未入世，焉敢妄谈出世？"

李白闻言，无奈摇头："子美之志不可夺矣！我为子美写下荐书，若至长安，尚可讨几杯冷酒！"言毕，李白俯身为杜甫写下两封荐书，分别写于汝阳王李琎和礼部侍郎崔国辅。并嘱托道："二人皆与我交契，必有益于子美。若入长安，即可相投。"

杜甫遂于洛阳、偃师、巩县略作盘桓，便辞别妻子，揩泪上马，挥鞭催马西去。

杜甫初至长安，歇脚于相对偏僻的常乐坊一带的客栈里。时隔不久，杜甫结识书法家顾诫奢，还有荥阳才子郑虔等。对于郑虔，我们还要稍作介绍，杜甫困守长安时，多得郑虔关照，互为知音，甚至到了形影不离的地步。

郑虔，字若齐，荥阳荥泽人，出生于荥阳郑氏家族，史称"累数世而屡显，终唐之世而不绝"，"簪缨门第，诗礼传家"。少时即聪颖好学，资质超众，弱冠时举进士不第，困居长安慈恩寺。学书无钱买纸，见寺内有柿叶数屋，遂借住僧房，日取红叶肆书，竟将数屋柿叶练完，终成一代名家，成为士林佳话。杜甫少时，尝闻其名。郑虔乃盛唐著名诗人、书画家，又精通天文、地理、博物、兵法、医药等，乃百科全才，一代通儒，时号广文先生。杜甫称赞其"荥阳冠众儒""文传天下口"。其学富五车，精通经史，深为杜甫折服，大约在开元四年（716），郑虔初仕通直郎行率更寺主簿，专掌簿书事务。因才学出众，见赏于宰相苏颋，"临以忘年之契"。后仕左监门录事参军。开元之中，任协律郎，正八品上，掌"调和律吕，监试乐人典课"。郑虔公务之余，集缀当朝逸闻，初成草稿八十余卷，不幸遭人诬告"私撰国史"。郑虔仓皇焚稿，因罪外贬十年。此时，亦是刚刚脱罪，回京未几。杜甫与其相识，互为知音。

后来，郑虔得到皇帝征召，入国子监为博士。便将长安城西晋昌坊老宅借于杜甫一家长期居住。这样，杜甫得以将妻子接来长安，相互照应。

杜甫困守长安末期，生活无着，又值"参列选序"之中，无法返回洛阳，也曾前往城南杜家世代居住之地杜曲。祖父杜审言在杜曲有别业，还有数百亩桑田，承继祖上遗产。欲寓居生活时，遭到族孙杜济排斥，唯恐被分去杜甫应得的祖业。杜甫满怀凄怆悻悻而归。

天宝五载（746），35岁的杜甫，初次由东京来到长安。亦与青州乐安（今山东博兴县）才子任华相识。任华乃重情重义之士，杜甫生前与其交往甚密，杜甫辞世后，对杜甫次子杜宗武依然关爱有加，在随后故事中我们还要仔细叙说。交游大致情况是——西归长安，作《春日怀李白》。孔巢父以病归游江东，作《送孔巢父谢病游江东兼呈李白》。与岑参、郑虔等结交，从汝阳王李琎、驸马郑潜曜游，作《郑驸马宅宴洞中》《赠特进汝阳王二十韵》。此后作《饮中八仙歌》，分咏贺知章、李琎、李适之、崔宗之、苏晋、李白、张旭、焦遂等八人。除夕，作《今夕行》。

杜甫困守长安时自称"少陵野老""杜陵野客"。现在杜公祠距杜陵不远，杜陵是汉宣帝刘询的陵墓。杜甫西汉时先祖曾在长安做大官，杜氏家族长期在长安城南居住。分到外地去的有南阳一支、襄阳一支、山东一支。但京兆杜氏这一支是后世子孙最多的，做官的、做学问的都很多。从汉代到唐代，京兆杜氏都非常兴盛。

唐代有个谚语："城南韦杜，去天尺五。"谚语里的"天"指的是皇帝，是说韦氏和杜氏家族不仅住得离长安城近，跟皇权的关系也非常密切。比如京兆韦氏在唐代出了二十位宰相，而京兆杜氏也出了十三四位宰相，比较有名的如杜佑等。西安城南的韦曲和杜曲，一直是韦、杜两个家族居住的地方。

唐玄宗后期好大喜功搞封禅。天宝十载（751），已届不惑之年的杜甫献《三大礼赋》，唐玄宗觉得很好，命集贤院士招试杜甫，将他名籍列入候选官员名单。

天宝十一载（752），41岁的杜甫，仍在长安焦虑中等待朝廷任命的消息。春天暂时回到东都洛阳，初秋时节重返长安，亦萌生卜居终南山下，以结束长安流寓生活之意。

在秋风阵阵黄叶飘零忐忑不安的心境中，相约与高适、薛璩、岑参、储光羲等诗友，来到长安东南区晋昌坊（今西安东南和平门外八里处），同登慈恩寺塔，又名大雁塔，这座新科进士题名之处，每人赋诗一首。杜甫这首诗作（见前引诗），通过登临高塔之所见所想，揭露了李唐王朝君昏臣佞、风雨飘摇的政治危机，表达对政治时局的忧虑和感慨。全诗构思巧妙，以景写情，想象丰富，寓意深远，成为同题诸诗中的压卷之作。

这一年杜甫仍困居长安。暂归东都，与尚书左丞韦济告别，作《奉赠韦左丞丈二十二韵》。又与集贤院直学士崔国辅、于休烈告别，作《奉留赠集贤院崔于二学士》，郑虔侄郑审为谏议大夫，作《敬赠郑谏议十韵》，自叙沦落，希冀汲引。

天宝十三载（754）秋，43岁的杜甫把家自洛阳迁到了长安，居住在城南之下杜城。但当年发生饥荒，淫雨害稼，物价飞涨，杜甫又把家北迁到了关中平原产粮之地奉先县（今陕西蒲城县），寓住在姻亲奉先县令杨蕙廨署。

自天宝十二载（753）到天宝十三载（754），这两年杜甫诗歌创作大致情况是：向京兆尹鲜于仲通献诗，希冀汲引，作《奉赠鲜于京兆二十韵》。3月2日，作《丽人行》。夏，同广文博士郑虔游何将军山林，作《陪郑虔广文游何将军山林十首》。高适返河西，作《送高三十五书记》《寄高三十五书记》等。10 月，陈兼被征入京，任右补阙，作《赠陈二补阙》。

重游何将军山林，作《重过何氏五首》《醉时歌》。作《戏简郑广文兼呈苏司业》《送张二十参军赴蜀州因呈杨五侍御》。夏，与岑参兄弟游渼陂，作《渼陂行》。作《与源大少府宴渼陂寒字》。9 月 9 日，作《九日寄岑参》。作《苦雨奉寄陇西公兼呈王徵士》《送裴二虬尉永嘉》等诗。进《封西岳赋》。

天宝十四载（755）十月，朝廷终于给 44 岁杜甫授官，给了个河西尉，负责管理一县治安。杜甫胸怀大志，不愿做这个官。后来，改授右卫率府胄曹参军。这是虚职，但属京官，杜甫接受了这个官职。终于有俸禄了，他准备到奉先县去把妻儿接到长安。

杜甫到奉先县去的时候是天宝十四载（755）11 月，他记录这次行程的《自京赴奉先县咏怀五百字》，被学界认为是距安史之乱爆发时间最近的一首诗，诗里写的所见所闻非常珍贵。

自京赴奉先县咏怀五百字

杜陵有布衣，老大意转拙。

许身一何愚，窃比稷与契。

居然成濩落，白首甘契阔。

盖棺事则已，此志常觊豁。

穷年忧黎元，叹息肠内热。

取笑同学翁，浩歌弥激烈。

非无江海志，潇洒送日月。

生逢尧舜君，不忍便永诀。

当今廊庙具，构厦岂云缺。

葵藿倾太阳，物性固莫夺。
顾惟蝼蚁辈，但自求其穴。
胡为慕大鲸，辄拟偃溟渤。
以兹悟生理，独耻事干谒。
兀兀遂至今，忍为尘埃没。
终愧巢与由，未能易其节。
沈饮聊自适，放歌颇愁绝。
岁暮百草零，疾风高冈裂。
天衢阴峥嵘，客子中夜发。
霜严衣带断，指直不得结。
凌晨过骊山，御榻在嵽嵲。
蚩尤塞寒空，蹴踏崖谷滑。
瑶池气郁律，羽林相摩戛。
君臣留欢娱，乐动殷樛嶱。
赐浴皆长缨，与宴非短褐。
彤庭所分帛，本自寒女出。
鞭挞其夫家，聚敛贡城阙。
圣人筐篚恩，实欲邦国活。
臣如忽至理，君岂弃此物。
多士盈朝廷，仁者宜战栗。
况闻内金盘，尽在卫霍室。
中堂舞神仙，烟雾散玉质。
暖客貂鼠裘，悲管逐清瑟。
劝客驼蹄羹，霜橙压香橘。
朱门酒肉臭，路有冻死骨。
荣枯咫尺异，惆怅难再述。

北辕就泾渭，官渡又改辙。

群冰从西下，极目高崒兀。

疑是崆峒来，恐触天柱折。

河梁幸未坼，枝撑声窸窣。

行旅相攀援，川广不可越。

老妻寄异县，十口隔风雪。

谁能久不顾，庶往共饥渴。

入门闻号咷，幼子饥已卒。

吾宁舍一哀，里巷亦呜咽。

所愧为人父，无食致夭折。

岂知秋未登，贫窭有仓卒。

生常免租税，名不隶征伐。

抚迹犹酸辛，平人固骚屑。

默思失业徒，因念远戍卒。

忧端齐终南，澒洞不可掇。

　　他这一路看到了什么？经过骊山华清宫时，他看到了君臣欢娱的排场，想到了进贡皇帝赏赐用绸缎布帛的老百姓被逼迫勒索的可怜，他慨叹"朱门酒肉臭，路有冻死骨！"而到了奉先县，"入门闻号咷，幼子饥已卒"，作为父亲，他十分愧疚。他感叹自己"生常免租税，名不隶征伐"尚且如此悲惨，那平民百姓、失地农民、戍边士兵的生活又该是何等心酸！

　　他本来准备把妻儿接到长安，但很快安史之乱爆发，东都洛阳沦陷，长安即将不保。为保护家人，于天宝十五载（756）5月，杜甫从长安奔往奉先县，携家向北转移，至白水县（今陕西渭南，别名彭衙），依靠时任白水县尉至时已暂摄县令的舅父崔顼，最后安家在鄜州（今陕西富县）羌村。然后只身从羌村出发北上，取道延州（今陕西延安），欲出芦子关，转道灵武找皇帝肃宗去了。

马嵬坡兵变后唐玄宗入蜀，太子李亨在灵武继位，史称唐肃宗。杜甫到达延安七里铺，未出芦子关，不幸被安禄山叛军俘获。此时长安已破，叛军把杜甫带到长安，做了半年多的俘虏。杜甫眼看长安城一片凋敝残破，在诗里写道"杜陵野老吞声哭"。国家遭遇这么大的变故，他非常伤心，但只能捂着嘴偷偷流泪。后来杜甫找了个机会从长安城逃出来，又去找皇帝。

这时唐肃宗已从灵武到了凤翔（今陕西）行在。杜甫冒着生命危险，因为那时安禄山的部将安守忠、李归仁从山西一路打到陕西，在长安西面与郭子仪的军队相持（郭军屯浦桥，李安军屯清渠），杜甫从长安的外廓西门（金光门）出奔，正是两军的火线；在他到达凤翔以后一二十天，郭子仪便在清渠反攻大败，判官监军多人被掳，郭子仪退保武功，中外戒严。4月，到凤翔见着唐肃宗时，凄惨窘迫到"麻鞋见天子，衣袖露两肘"，可见这一路奔逃过来多么艰辛。所以他一到凤翔，就写出"死去凭谁报，归来始自怜"二句悲喜交集的名作。5月，肃宗被他爱国和忠于朝廷的精神感动，给他授了一个左拾遗的官职。自此，杜甫开始了他后来一段政治奋斗的生活。左拾遗这官职不大，但可以天天见着皇帝，给皇帝提点建议，所以杜甫挺满意。

但就在做谏官的头一个月，因上疏营救房琯罢相，而触怒肃宗，诏三司推问，幸得宰相张镐救解。在左拾遗任上赦免，不到一年时间，杜甫被外放到华州担任司功参军……

历经千难万险，杜甫一家翻越木皮岭，穿过小地坝，白水江内的白沙渡渡口在望，这是诗人从同谷凤凰村出发，入蜀路上遇到的第一个渡口。下山，入舟，渡河，再翻爬类似木皮岭那样险象环生、蛇形斗步的弯弯山路。诗人虽是身心疲惫，心力交瘁，但看到眼前一亮的山间江景图，欣慰之情溢于言表，信笔写下了《白沙渡》一诗——

白沙渡

畏途随长江，渡口下绝岸。

差池上舟楫，杳窕入云汉。

天寒荒野外，日暮中流半。

我马向北嘶，山猿饮相唤。

水清石礧礧，沙白滩漫漫。

迥然洗愁辛，多病一疏散。

高壁抵嶔崟，洪涛越凌乱。

临风独回首，揽辔复三叹。

白沙渡就在青泥古道上咽喉要道的白水峡内。

《徽县史话》记载：白水峡位于徽县南20余公里的大河店乡境内，东接青泥岭，南通嘉陵江，西连木皮岭，北望徽县城。白水峡上游汇聚栗亭、红川两河，经侯家坝、胡家河，在崇山峻岭间迂回数十里，进入大河店乡白水峡地界。又由于洛河、栗川河交汇后，水量剧增，流经徽县南部高山峡谷区，河水夹带大量白色石英颗粒，形成白浪翻腾，白沙漫岸的景象，当地人便将此水称白水，此水流经的峡谷也称白水峡。白水江上游即今洛河下游，今人又称大河。

白水南行，经小河关、大河堡，接纳源自铁山之南的凤溪水，经王家河，大石碑与嘉陵江汇合。白水峡一带虽然地僻谷狭，但自古以来是由陇西沟通荆楚巴蜀的必经之道和兵家必争之地。西汉武都太守虞诩入武都，东汉大将冯异出击隗嚣，三国诸葛亮北伐中原，南北朝时河池杨氏政权与刘宋、北魏之间的战事、宋代吴玠抗蒙的金戈铁马都曾发生在这里。唐僖宗李儇乾符年间（874—

徽县白沙渡杜甫塑像

879），为防御黄巢起义军入蜀，节度使王铎在此设立了小河关、木皮关，足见白水峡在历史上的重要性。

位于今大河店乡小河铁厂（古称兰皋戍、盘头）北，古于洛河设渡口，称白沙渡。

《杜甫与徽县》记载："白沙渡，系指洛河中游的官桥坝渡口。"

杜甫久久凝望着白沙渡口。只见江涛怒吼，激流澎湃，令人畏惧。眺望江崖，绝壁陡立，描写了"畏途随长江，渡口下绝岸"的山水之险，抒发了"临风独回首，揽辔复三叹"的感叹……

行行复行行。

杜甫一家终于在上弦月朗照的暗夜，赶到了嘉陵江边上的水会渡口。但见天寒星高，悬崖壁立，江面宽阔，舟师歌笑欢快渡江，这让诗人感到惊喜与欣慰。同是横渡嘉陵江，在白沙渡口是

徽县白沙渡诗碑

白天，白天有白天的景致；而此刻，在数九寒天月牙朗照、星星眨眼的暗夜，舟师从容，歌啸萦怀，在水见星在水中，在山见星在山尖。虽是前路漫漫，绝境远适，可也是曙光在前，心怀美好，月光下横渡嘉陵江的氛围感染着诗人，诗人欣喜的情愫也传递给了他的家人——

水会渡

山行有常程，中夜尚未安。

微月没已久，崖倾路何难。

大江动我前，汹若溟渤宽。

篙师暗理楫，歌笑轻波澜。

霜浓木石滑，风急手足寒。

入舟已千忧，陟巘仍万盘。

迥眺积水外，始知众星乾。

远游令人瘦，衰疾惭加餐。

时光就这样悄然无语地流逝了千年，不以物喜，不以己悲。

水会渡是杜甫入蜀前在陇右流离辗转的最后一个地方。

水会渡的地望究竟在何处？从宋代以来颇让杜学研究者仔细考量、寻觅。直到20世纪80年代，学界才对水会渡的位置有了一致的看法："水会渡即虞关渡，泉街水、八渡水于此汇入嘉陵江。虞关位于嘉陵江边，背倚铁山、青泥岭，南面双龙崖八渡沟、山关而达九股树。地势险绝，总握水陆要津，为历代兵家必争之地，史称蜀门。诸如武元衡、韦应物、刘长卿、杨一清、赵抃、陆游等众多文人墨客都到过这里，并都留下过许多瑰丽诗篇。虞关渡在明代前为嘉陵江漕运的北部终点，渡口江面浩阔，'大江动我前，汹若溟渤宽''回眺积水外，始知众星干'，便是对虞关渡的真实写照。无论从唐时古道路线或者杜诗描述的水势讲，虞关渡是水会渡都是可信的。"水会渡就是虞关渡，又称鱼关渡，位于今徽县西南嘉陵江边的虞关，虞关渡在今徽县南35公里虞关乡的虞关渡口。自古以来为秦陇、陇蜀之间的水陆交通要冲。

徽县水会渡

嘉庆《徽县志》记载："鱼关,铁山西南麓。唐置鱼关驿,为蜀口要隘。宋曰虞关,设转运使于此。明为巡检司治。国初裁缺。"北宋张方平《鱼关诗》序云:"青泥驿西二十里,危峦叠嶂,曰鱼关山。小亭临嘉陵江,江有石阑,水从石罅迸流,鱼不可过,故以为名。春夏水没石,鱼行无碍矣。"过了虞关渡,南行经八渡沟可进入唐代山南西道兴州(今陕西略阳县)境。

由小河厂至虞关,现在一般取道白水路而往,杜甫当年则是借道青泥岭前去的,因白水路是北宋年间才开通的。镌刻于白水峡摩崖上的北宋雷简夫所撰《新修白水路记》至今保存完好,记曰:"至和二年冬,利州路转运使、主客郎中李虞卿以蜀道青泥岭旧路高峻,请开白水路。自凤州河池驿至长举驿,五十里有半,以便公私之行……减旧路三十三里,废青泥一驿。……大抵蜀道之难,自昔青泥岭称首……嘉祐二年二月六日记。"(《陇南金石校录》第三册)青泥岭在徽县南四十里,现名铁山。《元和郡县图志·山南道三·兴州》:"青泥岭,在(兴州长举)县西北五十三里接溪山东,即今通路也。悬崖万仞,山多云雨,行者屡逢泥淖,故号青泥岭。"《明一统志·陕西布政司·汉中府》:"青泥岭,在略阳县西北一百五十里。其上雨过多泥淖。"杜甫在渡过白沙渡后,翻越照壁崖,穿过黑沟,从铁山西侧南下过虞关至水会渡。

过了水会渡,杜甫取道今陕西略阳境内的飞仙阁,秦蜀交界处的五盘岭入蜀,经龙门阁、石柜阁、剑门、鹿头山,于年底抵达成都府。

徽县历来为甘肃陇南一带经济发展最好的县之一,土地丰饶,物产丰富,有多种手工业、工业,徽县铁锅以薄、匀、光滑和质地好而闻名周边县、省，金徽酒、陇南酒和丝绸更是声名远播。有色金属铅锌、金、汞等采选业也很有名。其地东邻陕西、南走四川，西靠成县、西和、武都，北向秦州、陇东、宁夏，为交通枢纽，四达通衢。

西汉武帝元鼎六年（前111）在境内置河池县，这是徽县置县之始，距今已有两千多年。徽县地处陈仓道、古青泥道、古木皮道三条入蜀古道的必经之地，地理位置十分重要，自古就是兵家必争之地，素有"蜀川门户，入蜀咽喉"之称。

徽县气候温和，降水丰沛，土壤肥沃，为发展农业提供了可靠保证。徽县自古就是一个农业县，农业基础良好，农作物可一年两熟或两年三熟。徽县在农业收成上素有"川不成山成，山不成川成"之说，所以徽县又被称为"金徽县"。

长江流域嘉陵江水系大小600多条河流，为历史上水陆交通、

徽县青泥岭

商贸繁荣创造了便利条件。只是到了近代，随着水运衰落，特别是宝成铁路的修通，徽县川、甘、陕贸易中转站的地位才逐步衰落。

李白感叹过蜀道难，难于上青天。其中蜀道最难的就在今徽县境内。公路交通的变化，用天翻地覆、沧海桑田比喻，一点也不为过——交通部门先后修通了数十条县乡公路，多数乡镇修通了通村公路，大部分村庄有往返县城的班车。省道江（洛）武（都）公路、国道 316 线在徽县境内数次改道和拓宽改造。徽县火车站已经完成升级改造。湖北十堰至甘肃天水高速公路经过徽县的 5 个乡镇，徽县至两当县高速公路，县城至火车站快捷通道已经全面完成。

在建设社会主义新农村和美丽乡村进程中，全县农村基础设施和生态环境进一步改善，出现了一批社会主义新农村和美丽乡村。

2021 年 12 月初的一个双休日，我们一行在当年杜甫领略过的徽成盆地、嘉陵江畔、木皮岭、白沙渡口、水会渡口等处，细细寻觅诗人用脚步丈量过的陇山、陇水——

绿树村边，小桥流水；

冬日暖阳光影穿树，田园乡情鸡栖于桀，黄叶下括夕阳远山，炊烟袅袅……

临山、入云、观四季一草一木；

篱笆、犬吠，品乡村古朴诗意；

鸡鸣、鹅啄，赏现代田园韵味……

保留乡村原有建筑风貌和村落格局，又融入现代元素白墙灰瓦当下村落，一排排亭亭玉立的太阳能路灯，栗川的"三蒜"（蒜苗、蒜薹、蒜头）让沃土碧绿，光滑宽阔的乡村公路，一如绸缎般舒展开来，从山脚栗川或小河厂附近，自北或由南逶迤前行，直达诗人视为畏途的木皮岭山巅。木皮岭村的山坡梯田里油菜青绿如初，村口的古树矗立挺拔，树上缠绕的金黄的玉米棒子如同黄龙缠身，仿制竹简格式竖排苍劲古朴汉隶书写的《木皮岭》诗碑古风古韵扑面而来⋯⋯

我们久久伫立在距徽县城西南 20 公里处，徽县大河店乡小河厂附近一处雕像前：一叶小舟上，伫立船头的杜甫满腔孤愤，目光如电，一脸郁闷，手拿书卷，凝视着远方。船尾一位年轻的撑船人娴熟地划桨，竭力保持小舟的平稳，小舟四周，是清澈见底的溪水，指头大小的鱼儿在溪水里快活地穿梭⋯⋯靠近雕像的一侧，仿制竹简格式竖排苍劲古朴汉隶书写的《白沙渡》诗碑，向我们诉说诗圣千年前久远之际，亲历这个别具特色古渡的登船渡江情事：水清沙白，历历如画。舍舟陆行，幸脱风波之险；对镜爽心，不觉愁洗病散⋯⋯

耳畔传来现代学者对白沙渡渡口地望的阐释：白沙渡，系指洛河（古名白水）中游的官桥坝渡口。此渡在木皮岭东十五里，古置小河关于此，是同谷至青泥驿必经的古渡。官桥坝南三里许小地坝水汇入。由于该河流途经花岗石、石英石地区，河滩多白沙，水清澈，沙粒呈黄白色，而以白沙为主，古称。又由于该流途经铁矿带，汇入洛河后水浑沙黑，故又称浊水。所以说，官桥渡是白沙渡绝非凭空臆断⋯⋯

许是天意，我们赶到虞关渡即徽县南 35 公里虞关乡的虞关渡口，也就是水会渡时，亦是夜幕四合不辨东西了。在虞关铁索桥和附近村庄苦苦寻觅，没有找到渡口的遗迹，不免有淡淡的惆怅失落⋯⋯

徽县素有"陇上江南"的美誉，自然、人文景观独特。境内以三滩风光、仙人关古战场遗址、栗亭杜公祠、郇庄白塔、兑山日出、文池秋色、青泥古道、铁山栈道、千年银杏树、嘉陵江漂流、月亮峡、仙女湖为主的旅游景点景色秀美，风光绮丽，以其独特的魅力，吸引了众多的省内外游客……

杜甫流寓陇右小半年时间，写了 117 首诗，平均每天写诗一首。诗圣在陇右，对陇右的一山一水、一草一木、一石一碑发生极大兴趣，一如神交已久，颇有感情，抄抄记记，走走写写，乃至茶饭不思，夜不能寐，尤其对每块碑文细端详、久凝望，生怕漏掉一个字。诸如隗嚣宫碑铭、法镜寺碑铭等等。这些诗作，连同他赴秦州前的《三吏》《三别》等名篇在内，都写于乾元二年。在诗人的一生中，这一年是很重要的、具有里程碑意义的一年，这期间他诗作的思想性和艺术性都达到了新的高度，对后世产生了极大影响。朱东润先生说："乾元二年是一座大关，在这以前杜甫的诗还没有超过唐代其他的诗人，在这年以后，唐代的诗人便很少有超过杜甫的了。"《杜甫传》作者冯至先生指出："在杜甫的一生，759 年是他最艰苦的一年，尤其是'三吏''三别'以及陇右的一部分诗，却达到最高的成就。"王瑶先生认为："这几年在流亡途中，他写了许多诗。杜诗中的一些名篇，以从天宝之乱起到他入蜀的这五年当中的数量为最多。"

杜甫的陇右之行及其诗作是不寻常的。陇右成就了杜甫，杜甫也成就了陇右，也就成就了天水、陇南。

著名中国古典文学专家、文艺理论家、诗人、书法家霍松林（1921 年 9 月—2017 年 2 月 1 日）生前曾经说过："治中华诗歌者，无不注目唐诗；攻唐诗者，无不倾心杜甫；而读杜诗者，又无不向往秦州也。老杜倘无秦州之山水胜迹以发其才藻，固无以激扬创作之高潮；秦州倘无老杜之名章隽句以传其神韵，又安能震荡海内外豪俊之心灵，不远千里万里来游兹土以促进经济文化交流乎？"（《天水诗圣碑林序》）杜甫流寓陇右的经历及其诗作，铸就了杜甫生命历程和创作生涯中一座卓然挺立的丰碑，也构成了陇右文化中一道庄严、瑰丽、永久的光彩。

在杜甫的一生中，陇右之行的759年是他最艰难困苦的一年，虽然时间比较短，但是他这一年的创作，尤其是"三吏""三别"，以及陇右诗，达到最高的成就。

在唐代诗歌中，陇籍诗人的作品占有特殊的地位，见于《全唐诗》和《全唐诗补编》陇籍诗人约95位，诗作达3000多首。作者有帝室宗亲、朝臣布衣、僧人游客，有著名诗人，也有连姓名都不知道的"西鄙人"。诗歌的内容，朝政礼乐、僧道隐逸、边塞山水，无所不包。

唐代边塞诗是中国边塞文学最为动人的乐章。一部《全唐诗》中，边塞诗约2000首，而其中1500首与大西北有关。更为引人注目的是，凉州、临洮、金城、秦州、祁连、河湟、皋兰、陇坂等，他们犹如一串耀眼的明珠，连接起了自陇山到玉门关、阳关东西长达1700公里的山川。

"乾元二年（759），诗人杜甫辞官西行，在秦州居留三月，又南下同谷（今甘肃成县），困顿一月后，入蜀寄居。杜甫一生，与甘肃发生直接的联系仅此数月，但对于杜甫的诗歌创作来说，却很重要。在此期间，杜甫作诗117首。这些诗真实地记录了杜甫在甘肃近四个月的飘零生活，细致地描写了甘肃雄伟壮丽的山川景物，抒发了作者对时事的感慨，对亲友的怀念和忧国忧民的真挚感情，是我们了解杜甫这段不寻常的经历和唐代甘肃社会生活、自然风貌的珍贵资料。尤其值得注意的是，杜甫居陇期间所写的诗，与以前的作品在风格上发生了很大的变化。可以说，陇右诗标志着杜甫诗歌创作的重大转折。"（孙占鳌主编《甘肃简史》）

我们不妨摘录程韬光先生的力作《诗圣杜甫》的第三十二章《辞同谷凄怆入蜀　创草堂欣然吟诗》部分段落，以睹其文采之风流——

春天依然遥远。

凤凰山积雪不化，万丈潭结着坚冰。望着他们如豆的生命之火随时都可能被寒风熄灭，杜甫终于决定离开同谷，去走向生命的远方。

妻子闻听，已是悲从中来，潸然泪下："今岁，自长安至华州，再至秦州、同谷，无不是艰辛无比，坎坷万千。今日再走蜀道，蜀道更难。重峦叠嶂，峭壁险峻，雾气弥漫，栈道如丝，走错一步，便会命归深壑。哎，真不如返回故里，即使死去，亦可葬身邙岭。"

"于同谷久居，早晚全家饿毙。然出同谷回乡，路途战火不绝，恐不及洛阳，便被叛军掠去，死于沟渠。即使侥幸回乡，恐异日难脱从敌之罪。如今，艰难蜀道恐怕是全家唯一的活路。"杜甫为妻子拭泪，安慰道："蜀地乃天府之国，表里江山；气候适宜，物阜民丰。况有高适、严武及表弟王十五等于此为官，多少会给予一些照料，日子必将好于此地。"

"世态炎凉，人情薄。今于难中，无人可依。"妻子显然没有走出同谷"佳主人"致书相邀的梦魇，心有余悸。片刻之后，妻子又略带不安道："为了几个孩子活下去，莫若致信华州郭使君，好言相求，再复为官。"

　　杜甫闻言，满面惊讶之色。望着妻子恳切的目光，不由为妻子在生活重压之下而改变性格微有感伤。"蜀道崎岖，亦比官路平坦。昔子美为谏官遭朝廷贬斥，于华州任上再受制于小人，上不能报效社稷，下不能为民求利，空取俸禄，心中惭愧……"

　　宗文、宗武及两个妹妹不知前面路途艰险，知道要离开此地，以为苦难就要结束，欢喜不已。围着正在套车的叔叔杜占，新奇地打听要去的地方。望着孩子们欢喜的模样，杜甫似自言自语："希望就在前面，孩子们就要长大。"妻子闻言，含泪苦笑。

　　杜甫离开同谷，唯一留恋和挂念的是那些为其捧出一掬同情之泪的邻人，皆因贫困饥寒，而同病相怜，为其一家恓惶入蜀而担心……

　　其实，杜诗原本就没有大的如"两川诗""陇右诗""湖湘诗"，中的如草堂诗、夔州诗、秦州诗，小的如同谷诗等诸如此类的叫法，"××诗"这是现代研究者"圈地"研究的结果，类似的称谓说多了业内也就认可了。"陇右诗"的提法，应该源于李济阻、王德全、刘秉臣先生的《杜甫陇右诗注析》一书，该书1985年由甘肃人民出版社出版，由是可以说"陇右诗"概念确立于20世纪80年代。

　　陇南师范高等专科学校教授蒲向明在《陇蜀道诗：杜诗分地域研究之重要区间》一文中指出——

　　现在所见宏观的杜诗分地域研究著作和论文还不多见，至于其稍细微的分地域研究区间，当今学界似乎还未深入，杜甫陇蜀道诗地位重要，值得重视并加以研究。杜甫陇蜀道诗，从"秦陇诗"到"同谷诗"的变化，不仅在概念上需要区分，在意义和内涵上也颇多相异。杜甫陇蜀道诗和同谷诗互为表里，且突出了时

陇南市市政广场"文化陇南——诗圣流寓"雕塑组图

空转换的连续性,"情沉""韵新"达杜诗极致,此外无他。

天水师范学院教授刘雁翔在《杜甫秦州诗别解》中写道——

秦州自北宋以来即有刊刻杜诗的传统。其可考者为《老杜秦州杂诗》碑、二妙轩碑。

《老杜秦州杂诗》碑。原立天水文庙。2002年移至南郭寺。明成化十九年(1483)由秦州知州傅鼐主持重刻。碑通高225厘米,宽105厘米。碑面题额《老杜秦州杂诗》,刻杜甫秦州诗36首;碑阴题额《古今题咏》,刻杜甫秦州诗13首,另刻秦州知州傅鼐所题"秦州十景"诗。碑以汉白玉制成,保存完好,高大壮观。落款有"重镌"字样,说明镌刻杜诗是秦州古已有之的传统。秦州东柯草堂自古称胜,北宋学者对杜诗推崇备至,建杜祠刻杜诗者大有人在，因此，秦州镌刻杜诗的传统很可能始于北宋。

二妙轩碑。原称杜诗石刻，在天水玉泉观内，顺治十三年（1656）建成，碑通高225厘米，是清初著名诗人宋琬策划主持，集兰州肃王府所存《淳化阁帖》王羲之、王献之书法刻杜甫秦州诗而为之。诗为诗圣之诗，字为书圣之字，诗妙字妙，故称"二妙"。诗碑卷首是杜甫线刻半身像，其次是宋琬的《杜甫像赞》，再其次是正文，选杜甫秦州诗60首；卷尾依次是党崇雅、东荫商、王一经、郭充、聂玠、邓旭六人的跋和宋琬的总跋——《杜诗石刻题后》。康熙年间因战乱而散佚，仅有少量拓本流传。1998年依据流传拓本重刊于杜甫登临过的天水另一名胜南郭寺，成为南郭寺一大人文景观。书法上乘，内容一流，称之为"二妙"名副其实。加之钩摹上石者、镌刻者都是当时著名的专家，使诗碑不论是内容还是形式都达到了高超的艺术境界，真所谓"诗圣书圣联袂，唐韵晋墨溢彩"。

诗碑而外，秦州、成州自北宋以来也有建修杜甫草堂的传统。可考者，秦州有东柯草堂、草堂寺、玉泉观杜甫草堂、玉泉观李杜祠、南郭寺杜少陵祠；成州有同谷草堂、栗亭草堂、仇池草堂。

东柯草堂。在天水市东南北道区街子乡八槐村柳家河。始建于北宋，《大元一统志》卷584成州目"杜少陵侄佐草堂"条说："在东柯镇。少陵弃官之秦，寓止侄佐之居。故有'东柯遂疏懒'之句。互见东柯谷。"又，元代陆友《研北杂志》卷下"杜子美旧居"条说："在秦州东柯谷，今为寺山，下有大木，至今呼为子美树。"又，顺治《秦州志》卷3《地理志》秦州十胜之"东柯草堂"说："杜公寓居，有溪，有岫，至今称胜焉。"明代以来列入"秦州十景"，称"东柯草堂"。清初毁，再未恢复。而清代至民国的地方志依旧记载不漏，"秦州志"称"东柯草堂"或"东柯积翠"，并在卷首附图上绘有山川地貌。东柯民谣：九股松，八股槐，白水涧，砚洼台，仙人场，滴水崖；杜甫淹留地，草堂建起来。

草堂寺。在天水市麦积区社棠镇南。始建于明代，先有寺院，后有财神庙，寺内建立祠堂祀杜甫，名"少陵草堂"。民国《天水县志》卷1《地理志》之古迹说："草堂寺，祀唐杜甫。在东北五十里社棠镇北之龟山下，今极坍塌。东南六十（里）之东柯谷亦有杜子美草堂。"民国32年（1943），高一涵有诗《天水社棠镇口杜甫草堂》。诗云："涟沦渭水浅平沙，玉竦凌空一带斜。东谷阳坡铺锦绣，西枝阴壑走龙蛇。地生羲圣文明古，云接昆仑道路赊。柿子垂珠瓜栗美，少陵何事更移家？"20世纪60年代末拆毁。

玉泉观杜甫草堂。在天水市城北玉泉观内，清乾隆二十三年（1758）建。乾隆《直隶秦州新志》卷3《建置》说："在天靖山。乾隆二十三年知州刘斯和将升去，士民公为立祠，刘不敢居，因杜陵东柯草堂久废，即命以此当之，祀少陵于中。而以国初巡道宋荔裳先生配焉。"光绪二十九年（1903）改修轩窗并绘子美像。现为道士居室。

玉泉观李杜祠。又称大雅堂，在天水城北玉泉观内。始建于明嘉靖年间，祀诗仙李白、诗圣杜甫。清代顺治、乾隆、光绪年间数次重修。即如顺治《秦州志》卷6《仪制志》记载："李杜祠，旧建天靖山西麓，因甲午地震，尽圮。顺治丙申，兵宪宋公捐俸鼎新，规模阔敞，视昔日有加。"清代每年重阳九月九日祭祀李杜，秦州文人雅集，诗酒自娱，引为盛事。任承允《玉泉八咏·大雅堂》称："老杜诗名惟李配，玉泉南畔古祠存。凄然天宝两翁泪，独接国风千载魂。正好题诗盈素壁，何妨弄斧到班门。年年九日登高处，黄菊初开酒正温。""文化大革命"期间毁圮。

南郭寺杜少陵祠。在天水市城南南郭寺内。本为东禅院，清光绪二十九年（1903）重修南郭寺时改建为杜甫祠。张珩《重修南郭寺碑》有言："佛殿之东偏，旧为禅院，住僧中绝，屋亦倾颓，遂改建为杜工部祠。"现存。

同谷草堂。在成县东南3公里飞龙峡内。始建于北宋宣和三年（1121），著名文学家晁说之有《濯凤轩记》《发兴阁记》《成州同谷县杜工部祠堂记》三文记其事。历经重修，明清时香火极盛。《成县新志》卷3"古迹"说："子美草堂，在飞龙峡口，山带水环，霞飞雾落，清丽可人。唐乾元中子美避难居此，作草亭，有'同谷七歌'及《凤凰台》诸诗。后人感其高风，即其址立祠祀之。岁春秋仲，邑令率所属往祭。"（见《广舆记》）草堂内南宋以来碑刻众多，人文底蕴丰厚。"文化大革命"时多有损坏，20世纪90年代着力恢复，规模宏大。

栗亭草堂。又称杜公祠，杜少陵祠，在甘肃徽县西北20公里之栗川镇。始建于北宋哲宗绍圣间（1094—1098）。明代两次重建，清代至民国历经重修，设置庙田，香火旺盛。民国《徽县新志》卷2《建置志》说："杜公祠，在县西三十里栗亭镇……明御史潘公按部栗亭，梦甫，乃为建祠。知州左之贞、清康熙中观察童华祖、乾隆初知县牛运震相继修葺。嘉庆十三年知县张伯魁重修，增葺门楼一间。"20世纪50年代初毁废，成为农舍。

仇池草堂。又称白云草堂，在西和县东南50公里仇池山下飞龙峡内。始建于南宋，清代尚存，民国时毁废。民国《西和县志》卷2《舆地志》之古迹说："白云草堂，仇池山下飞龙峡中，今圮。"

对于成县杜甫草堂，有必要仔细梳理一下。

　　"天下祠堂多，海内第一家！"

　　成县杜甫草堂，是我国历史上现存的建造最早的一处杜公祠堂，目前全国有 37 处杜公祠堂（草堂）。这是学界对成县杜甫草堂的定位。

　　考证出成县这座"杜公祠"，始建于北宋宣和五　年（1123），是由当地秀才赵惟恭捐地、县令郭慥主持修建的。何以为凭？我们不妨先来欣赏宋代文学家、成州

同谷（成县）草堂

知州晁说之记述当年修建三处祠堂、阁、轩三篇美文之一的《成州同谷县杜工部祠堂记》——

成州同谷县杜工部祠堂记

（宋）晁说之

　　自古王侯将相而庙祀者，皆乘时奋厉，冒败虎狼，死守以身，为天下临冲。或岩廊謇笑，以治易乱，即危而安，其在鼎彝之外，而人有奉焉。否则，贤守令真为民之父母，斯民谣颂之不足，取其姓以名其子孙，久益不能忘，则一郡之邑祠之。否则，躬德高隐，崇仁笃行，若节妇孝女，有功于风俗者，一乡一社祠之。顾惟老儒士身屯丧乱，羁旅流寓，呻吟饥寒之余，数百年之后，即其故庐而祠焉，如吾同谷之于杜工部者，殆未之或有之，呜呼盛

矣哉！曰名高而得之欤？曰非也，苟不务实而务名，则当时王维之名出杜之上，盖有天子宰相之目，且众方才李白而多之也。是天宝间人物特盛，有如高适、岑参、孟浩然、云卿、崔颢、国辅、薛据、储光羲、綦毋潜、元结、韦应物、王昌龄、常建、陶翰、秦系、严维、畅当、阎防、祖咏、皇甫冉、弟曾、张继、刘慎虚、王季友、李顾、贺兰进明、崔曙、王湾、张谓、卢象、李嶷之诗，灿然振耀于世，未肯少自屈，而人亦莫敢致之也。非浞、籍辈于韩门比，然有良玉必有善贾，厚矣韩文公之德吾工部也，自是而工部巍巍绝去一代颉颃不可揉屈之士而岳立矣，然犹惜也，何庸李白之抗邪！昔夫子录秦诗而不录楚诗，盖秦有周之遗俗，如玉之人在板屋，则伤之也。楚则僭周而王矣，沧浪之水既以濯吾缨，虽浊忍以濯吾足哉。李则楚也，亦不得与杜并矣，况余子哉？彼元微之，谗诐小人也，身不知裴度、李宗闵之邪正，尚何有于李杜之优劣也邪？然前乎韩而诗名之重者钱起，后有李商隐、杜牧、张祜，晚惟司空图，是五子之诗，其源皆出诸杜者也。以故杜之独尊于大夫学士，其论不易矣。而在本朝王元之学白公，杨大年矫之，专尚李义山，欧阳公又矫杨而归韩门，而梅圣俞则法韦苏州者也。实自王原叔始勤于工部之数集，定著一书，悬诸日月矣。然孰为真识者，靡靡徒以名得之欤，唯知其为人世济忠义，遭时艰难，所感者益深，则真识其诗之所以尊，而宜夫数百年之后，即其流寓之地而祠之不忘也。工部之诗，一发诸忠义之诚，虽取以配《国风》之怨，《大雅》之群可也。或玩其英华而不荐其实，或力索故事之微，而自谓有得者，不亦负乎！祠望凤凰台而临万丈潭，皆公昔日所为诗赋之所也。公去此而汗漫之游远矣哉。而此邦之人，思公因石林之虚徐，溪月之澄霁，则尚曰公之故庐，今公在是也。余尝北至鄜畤，观公三川之居，爱之矣，而此又其胜也。不知成都浣花之居，复又何如哉？信乎居室可以观士也已。同谷秀才赵惟恭捐地五亩，县令涑水郭恺始立祠，而属余为之记，使来者美其山川，而礼其像，忠其文。且知公自其十有一世之祖恕、预而来，以忠许国矣，则其所感者既远，人亦远而莫之能忘，与夫王侯将相之祠未知果孰传邪？其像则本之成都之旧云。

宣和五年五月己未

朝请大夫、知成州晁说之记并书

（四部丛刊续编景钞本《嵩山文集》卷十六；萧涤非主编：《杜甫全集校注》，之附录二传记序跋选录）

该美文记述了北宋成州同谷县杜工部祠堂修建缘由及过程。知州晁说之撰文。文中盛赞韩愈推举杜甫的功德，但对韩愈将李白与杜甫并列表示不满，认为韩愈、钱起、李商隐、杜牧、张祐、司空图诸人诗皆出杜甫，"杜之独尊于大夫学士，其论不易"。碑镌于宋宣和五年（1123），已佚。碑文原存清代黄泳纂修的《新纂直隶州阶州成县新志》，简称《成县新志》中，今参以《嵩山文集》卷十六录入。

胡祥庆主编的《成县志》在纪事、行政机构章节中记载道："徽宗宣和四年（1122），建杜工部祠，于县东南飞龙峡口，秀才赵惟恭捐地五亩，县令郭恺董其役。五年（1123）五月七日，知州晁说之为文记其事。县令郭恺，籍贯涑水，徽宗宣和中（1119—1125）任同谷县令，与晁说之之文，相互得以印证。"

江山留胜迹，美文千古传！

那我们在品评千年前成州知州晁说之美文的同时，很有必要对美文作者晁说之做一介绍，是他的美文让成县杜甫草堂千古流传，成就一段文坛佳话的——

晁说之（1059—1129），字以道、伯以，因慕司马光之为人，自号景迂生，澶州清丰（今河南濮阳）人。晁说之与晁补之、晁冲之、晁咏之都是当时有名的文学家。

元丰五年（1082），进士及第，元符三年（1100），知无极县。应诏上言祗德、法租、辨国疑、归利于民、复民之职、不用兵、士得自致于学、广言路、贵多士、无欲速无好高名等十事。后历任监陕州集津仓、监明州船场，通判廊州、提举南京鸿庆宫、知成州。靖康初，召至京，任秘书少监兼渝德、寻以中书舍人兼詹事。主要著作有《易商瞿大传》《书论》《易商小传》等。晁说之诗，以四部丛刊续编影印旧钞本《嵩山文集》。

从晁说之的 3 篇文章中可知，晁氏在短短的几年间，不仅舍财出力兴建了"成州同谷县杜工部祠堂"和"濯凤轩""发兴阁"等 3 处纪念杜甫的祠宇轩阁，而且撰写了文情跌宕、记事感怀的《濯凤轩记》《成州同谷县杜工部祠堂记》《发兴阁记》等 3 篇散文佳作，并镌刻于石。惜这三通重要的宋代碑刻可能于明代前就已散佚。

特别值得一提的是，晁说之在宣和四年（1122）二月二十六日撰写的《濯凤轩记》提供了一个非常重要、无可辩驳的事实："杜工部昔日所居之地，新祠奉之者也。"也就是说，在宣和四年二月濯凤轩告竣之时，"新祠已开始祀奉"，说明杜工部祠堂势必建于宣和四年之前，即宣和三年（1121）。

时光恍如白驹过隙，千年就在刹那间。

张忠先生在《历史上的成县杜甫草堂》一文中身临其境地记述道——

1954 年夏天，笔者看到的草堂基本上是清末民国以来遗存的原貌，草堂主体建筑为两进两院，沿中轴线上为草堂大门，两面是一副明刻板对，上联刻：天地尚留诗稿在；下联刻：江山亦藉草堂传。门楣上悬一匾额，榜书："诗圣祠。"

进入院内，南北各有一排厢房，穿过庭院，上几级台阶，二门两边，刻有一副明代楷书板联，上联刻：一片忠心微寓歌吟咏叹；下联刻：千秋诗圣独追雅颂风骚。走进二门，是一座清幽的祠院，正殿大门两侧是一副清刻楷书板联；上联刻：李杜朔神交诗圣酒仙我忝列通家子弟；下联刻：陇秦寻故宅龙蟠虎踞公先占同谷江山。正殿庭堂上方是清代成县著名书法家姚嗣云写的草书巨制匾额，上书"气吞江海"。下方是杜甫全身塑像，两旁各有一手捧诗笺的诗童。殿内南北墙壁间和殿外雕花窗棂下墙中镶嵌着12通宋、明、清历代镌刻的诗碑、祠碑。

南宋偏安江左后，成州成了抗金保蜀的军事重地，常有朝廷精兵驻境。文武官员每到成州，都要拜谒草堂，并多有题名、刻石。据张维著《陇右金石录》载，与之相关的题名、刻石就有3处。

一处题名是绍定三年（1230）郭镒所题。题名内容为"章贡郭镒文重以制幕来城同谷，偕郡守常山李冲子和丞资中杨约仲博阅视龙峡守关之备，因谒杜少陵祠，观万丈潭。绍定三年七月乙卯。"此题名凡8行，正书，摩石刻字大1寸6分。

两处刻石一是"玉绳泉摩崖"。玉绳泉在飞龙峡中万丈潭西侧。杜诗"玉绳回断绝"即此。摩崖勒宋代诗人俞陟诗一首：

> 万丈潭边万丈山，
> 山根一窦落飞泉；
> 玉绳自我题崖石，
> 留作人间美事传。

另一处是"子美谷摩崖"。谷后岩壁上勒"潭云崖石"4字，正书，字大1尺6寸，取杜诗"停骖龙潭云，回首虎崖石"中每句末两字，为清道光四年（1824）所刻。

草堂故址位于县东南7里飞龙峡口，这里水带山环，霞飞雾落，百鸟争鸣，风景宜人。西侧为仙人崖，崖顶巉岩状肖如虎。杜诗有"停骖龙潭云，回首虎崖石"之句。从草堂向南，即是飞龙峡，河水流经，相传有龙飞出，故名。中为万丈潭，洪涛苍石，其深莫测。万丈潭之上，水自岩窦飞落，状如玉绳，悬溜似练，水极清冽。

明末清初成县杜甫草堂原貌

万丈潭东南侧有一状肖凤冠的山峦，《水经注》云："中有二石双高，其形若阙，汉世有凤凰栖其上，故谓之凤凰台。"这些景观杜诗中均有名句传世。

草堂傍山依水，岩峦峻秀，松竹耸茂。后有子美崖、子美谷、子美泉诸景观。草堂院内有8棵苍劲的古柏，大门外有1棵古槐，花圃里有斑竹、海棠，一树一态，一枝一景，构成了迷人的胜景奇观。

清初胡承福曾在《同谷八景说》中写道："同谷古今名胜地，其间水秀山奇，美不胜收……乾元中，公从此入川，爱兹山水、泉石，流连逾月，不忍遽去。邑人思其高风，立祠而春秋祀之。

庙貌依然，泉石如故，千秋瞻拜所至，当亦乐游从之，为盛事也。"
……

中国杜甫研究会会长、山东大学教授张忠纲先生在《诗圣陇右行吟——杜甫陇右踪迹探寻录》序言中深情地写道——

杜甫为陇右留下了一笔丰厚的文化遗产和精神财富，使后人享用不尽。而陇右的人民也没有忘记杜甫，他们时时想着我们的诗人，用各种形式来纪念诗人，凡诗人吟咏过的名胜古迹他们都尽量地予以保护和修复，凡诗人所经之地、所咏之物，他们都以各种不同的形式寄托思念之情。睹物思人，因人寄情，他们时刻想着发扬光大杜甫的精神。2006 年 8 月 20 日，天水市成立了杜甫研究会，积极开展学术研究活动，组织进行杜甫陇右行踪考察，编辑出版《诗圣与陇右》一书，拍摄了《杜甫在陇右》八集电视专题片，编印《杜甫陇右诗集》与《会刊》，为筹建杜甫纪念馆积极建言献策。2009 年 10 月 12 日至 14 日，又和成县联合召开了杜甫流寓陇右 1250 周年纪念大会暨学术研讨会，编印了《纪念会刊》，举办了杜甫陇右行迹大型摄影展，制作发行了杜甫流寓陇右 1250 周年纪念封……

苏东坡曾盛赞"老杜自秦州越成都，所历辄作一诗，数千里山川在人目中，古今诗人殆无可拟者"。其实在今人的眼中，这种超越又何止是诗词地位的超越，更是诗人在经历过艰辛跋涉，颠沛流离，苦难贫困之后，对国家、对民族的重新思考和认识，也是对命运、对人生的深度审视与沉思。

循声寻迹，探奇索异，可谓"自有后来人"。

华夏各族人民世代铭记伟大诗人杜甫和他的作品，陇右人民更是如此。乾隆《甘肃通志》流寓卷之第四十对杜甫作了这样的记述——

杜甫，杜陵（今陕西西安南）人，字子美。审言孙。少贫不自振，客吴越齐赵间。李邕奇其材，先往见之。举进士，不中第，困长安。天宝十三载献赋，授左卫率府胄曹参军。禄山乱，走凤翔，谒肃宗拜左拾遗。出为华州司功参军。关辅饥，弃官。客秦州，寓居东柯谷，结草堂。草堂之中有泉焉，人称子美泉。负薪拾橡栗自给。其后往来栗亭、同谷间。今栗亭、同谷俱有草堂遗迹。后流落剑南，节度使严武表为参谋、检校工部员外郎。

杜甫的陇右遗迹和诗作已成为一种独特的文化，对陇右地区的社会文化生活产生了深远、积极的影响。杜甫在陇右的足迹所涉与诗作所记，遍及陇右的胜地殊景，俗风异情。麦积山、南郭寺、太平寺、同谷草堂等一直是人们旅游观光、陶冶情操的胜地。"南山古柏""东柯草堂""麦积烟雨"很早就被列入了"秦州八景"之中。因杜诗声名大振的南郭寺现已成为秦州的一张文化名片，一个标志性的旅游景点和重要的文化场所。杜甫寓居东柯的传闻、民谣流传久远，妇孺能咏。《秦州杂诗》很早就被用作秦州学童的启蒙课本内容，一代又一代受到感染熏陶，对秦州乃至陇右城乡崇文重教风气的形成及扩展起到了重要作用。长期积淀所形成的杜甫陇右诗文化已成为陇右文化的一个重要组成部分。

穿行在大陇南的大街小巷，徜徉在碧山绿水的大陇南的乡村田野，琅琅的读书声里洋溢着唐诗唐韵的清词丽句，精美、雅致的街衢两侧的护栏上、古色古香的文化墙上，无不镌刻着千古吟咏的唐诗宋词，杜甫的诗作不时浮现在眼前，回荡在耳畔……

成县杜甫草堂全貌

如今，这些贯穿历史，颂咏陇右的诗篇，已经悄然成为大陇南的人文底蕴和悠久历史的文化符号，每一首诗都是一段记忆，每一段记忆都因为一个故事而令人心驰神往！

数十年潜心研究诗圣陇右诗歌创作的天水师范学院教授刘雁翔先生，就有《杜甫秦州诗别解》《杜甫陇上萍踪》《陇月向人圆》等三本关于杜甫陇右的专著。先在学界，后转政界，现任陇南市人大常委会副主任、民盟陇南市委员会主任委员、陇南市社会主义学院院长的高天佑先生，深入研究陇南地方史和甘肃历史文化，出版《西狭颂摩崖石刻群研究》《西狭颂研究在日本》等专著，而扬名海内外。20年前，由高天佑编著、甘肃民族出版社2002年出版发行的《杜甫陇蜀纪行诗注析》，影响着一代代杜学爱好者学习钻研，成为案头必备之物。甘肃省地方史志学会副会长、延安精神研究会理事、原陇南市地方志办公室二级巡视员罗卫东先生，在主编新中国成立以来陇南首部《陇南市志》及《陇南史话》《陇南古代诗词》《陇南古代人物》《陇南古代碑铭》《走进陇南》等大部头著作里，对杜甫陇右行踪、诗作，都有详细的叙述，独到的见解，精辟的阐释。毕业于天水师范学院，先在基层中学任教，后任校长，再转政界曾任西和县志办公室主任袁智慧先生，在天水求学时，无数次探寻杜甫在天水的踪迹。参加工作后，无论在教育战线，还是从事专业地方史志工作，从黑发熬成白头，他都孜孜以求研究爬梳杜甫陇右的踪迹诗作。

杜甫一家是否如他所愿，平安抵达素有"天府之国"之称的成都府呢？

第八章　喧然名都会，吹箫间笙簧

成都府

黔黔桑榆日，照我征衣裳。

我行山川异，忽在天一方。

但逢新人民，未卜见故乡。

大江东流去，游子日月长。

曾城填华屋，季冬树木苍。

喧然名都会，吹箫间笙簧。

信美无与适，侧身望川梁。

鸟雀夜各归，中原杳茫茫。

初月出不高，众星尚争光。

自古有羁旅，我何苦哀伤。

真是山重水复疑无路，柳暗花明又一村。

杜甫一家是在乾元二年（759）年底的一个傍晚，平安到达成都的。在唐代的时候，成都也是非常繁华的地方。当时有一个说法，叫作"一扬二益"，"一扬"指的是扬州，"二益"指的是益州，益州就是成都。杜甫亲眼见到的成都是这样的情景——

桑榆斜日，照着我风尘仆仆的衣裳。走过了景物各异的千山万水，不觉来到了这个与众不同的地方。遇到的只是别具风貌的新人民，不知何时才能够见到故乡。岷江流向东方，游子流浪他乡的岁月还很长。城市中华屋高楼林立，寒冬腊月中林木苍苍。这里确乎很美，可是没有什么能令我适宜的，我不由得伫立桥头侧身张望。鸟雀夜晚都归了窝，中原杳无音信，吾又将归往何处。犹如月亮刚出，众星还想跟它争光，中兴草创，群盗仍旧气焰万丈。自古以来就有羁旅，我又何苦这样哀伤！

唐成都府蜀郡，以玄宗曾来此避安禄山乱，于至德二载（757）十二月升为南京，上元元年（760）九月罢京。《新唐书·地理志》载："（成都府）土贡：锦、单丝罗、高柠布、麻、蔗糖、生春酒。户十六万九百五十，口九十二万八千一百九十九。县十。"这是当时一个人口众多、物产丰富的大都市，治所即今四川成都市。杜甫一家来到的这时候，这里正是南京。

"奈何迫物累，一岁四行役。"（《发同谷县》乾元二年十二月一日自陇右赴剑南纪行）一年中的四次迁徙，四次颠沛流离，四次奔波流浪，长途跋涉，终于暂时告一段落。

这一年，年初他由洛阳，在东京兵荒马乱中，经新安、石壕、潼关，回到华州。由华州到秦州（甘肃天水），由秦州又到同谷，又由同谷历尽艰辛终于抵达成都入蜀。

一路上目睹官吏们不顾百姓死活，处处强迫征兵拉夫，只听见妇孺老弱在倾诉、啼哭，同时他也看到不少人民积极支援官军。这一年途中见闻，给他非常深刻的印象，由此写成了六首"即事名篇"的"新题乐府"组诗，后人简称为"三吏""三别"的不朽名作。

这六首诗，不仅写出人民为战争付出的代价，而且写出人民奋不顾身自我牺牲的精神。

杜甫从立秋日之后启程，自华州始发秦州，白露节在秦州城，

10月末离开秦州。听说同谷竹复冬笋，崖蜜易求，薯蓣遍地，是无食时想去投奔的乐土，无衣时渴念养活人的南州。在同谷40多天后，他于12月1日又自凤凰村出发告别同谷，到12月底，辗转平安到达成都。

杜甫一家初到成都，寓居在城西七里浣花溪畔的草堂寺。《成都记》载："草堂寺在府西七里，极宏丽，僧复空居其中，与杜员外居处逼近。"赵清献《玉垒记》云："公寓沙门复空所居。"

抵成都后，消息传至彭州刺史高适那儿，高适即以诗见寄云："传道招提客，诗书自讨论。佛香时入院，僧饭屡过门。听法还应难，寻经剩欲翻。草玄今已毕，此外复何言。"（《赠杜二拾遗》）在高适则设想其居草堂寺，饮食必赖僧人供给，并且别来著作必丰。杜甫心底真是五味杂陈哭笑不得，乃以诗答之——

酬高使君相赠

古寺僧牢落，空房客寓居。

故人供禄米，邻居与园蔬。

双树容听法，三车肯载书。

草玄吾岂敢，赋或似相如。

在寺里寄居不久，便在城西三里浣花溪畔觅得地基，于上元元年（760）春，在昔日故人旧识正在担任御史大夫、成都尹兼剑南西川节度使裴冕的帮助下，始开一亩，以建一所草堂。经营之资，几乎全赖亲戚朋友帮衬、资助。

正应了那句老话：在家靠父母，出外靠朋友！

表弟王十五司马出郭见访，送来营草堂之资，喜极感动，以诗答谢；一方面建草堂，一方面以诗代简向各处亲友寻求树苗、瓷盆：向萧实索核桃苗一百株，向韦续索绵竹县紫严山特产之绵竹，向韦班索求大邑瓷盆……

草堂一部分落成之时，正在暮春（全部落成，则在宝应元年即762年），作堂成诗，不独一家得其安身之所，即飞鸟雨燕亦得以同栖。从此浣花溪西之草堂，成为中国文学史中之圣地。很多人都来凭吊杜甫，对他的诗作进行不同的诠释。

堂成

背郭堂成荫白茅，缘江路熟俯青郊。

桤林碍日吟风叶，笼竹和烟滴露梢。

暂止飞乌将数子，频来语燕定新巢。

旁人错比扬雄宅，懒惰无心作解嘲。

美国哈佛大学汉学家宇文所安先生对于这一绵延千年，经久不衰的推崇诗圣杜甫的文化景观，作了入木三分的解读：杜甫成了人们心中的大诗人，历朝历代都是如此。1200年来未有改变。他的诗篇反映了现实，同时，也升华了现实。因此，他的诗句已经融入了人们的日常语汇，融入了中华文化的情感语汇。

成都，一座历史悠久、魅力独特的城市，沃野千里、水旱从人的优越条件，为成都赢得了"天府之国"的美誉，也让这里成为了一片文化汇聚之地。从李白的"九天开出一成都，万户千门入画图"，到陆游的"成都海棠十万株，繁华盛丽天下无"。

千百年来，文人墨客往来于此，在成都这片文化沃土上，留下了无数灿烂的诗篇。

"诗圣"杜甫也在成都留下了自己的足迹。乾元三年，闰四月，改元上元（760），也就是杜甫到成都的第二年春天，杜甫初次虔诚拜谒了诸葛亮庙后，写下了千古绝唱《蜀相》——

蜀相

丞相祠堂何处寻？锦官城外柏森森。

映阶碧草自春色，隔叶黄鹂空好音。

三顾频烦天下计，两朝开济老臣心。

出师未捷身先死，长使英雄泪满襟。

黄鹤曰："当是上元元年作。公虽以乾元二年岁暮至成都，而此诗言'映阶碧草'、'隔夜黄鹂'，当是次年春日也。"诗曰"何处寻"，知为首次相访。蜀相，谓诸葛亮。《三国志·蜀书·诸葛亮传》："（建安）二十六年，群下劝先主称尊号。""先主于是即帝位，策亮为丞相。"赵次公曰："'蜀相'两字，如

成都杜甫草堂

《吴志·严畯传》云：'畯尝使至蜀，蜀相诸葛亮深善之。'故以'蜀相'为题。"浦起龙曰："因谒庙而感武侯，故题止云'蜀相'。"杜甫素慕诸葛亮，其初游武侯祠，当在始达成都之春日。诗借咏丞相祠堂，而深寄缅怀之思，歌颂诸葛亮的丰功伟绩。

诸葛亮是为忠诚而死，为信念而死，为承诺而死。而大诗人杜甫，在颠沛流离的困顿中，诸葛武侯这些先贤就像一束光，令杜甫心心念念，寻寻觅觅地追逐，那杜甫在诗中为啥没神化诸葛亮呢？这里主要的原因在于尽管杜甫的诗作也有狂放不羁之作，但是杜甫是一个现实主义大诗人，在杜甫的心里，装满了社稷，装满了苍生，装满了功业。因而诗中给我们还原了一个"平民版"的、"亲民版"的丞相。

杜甫大爱诸葛亮，无数人大爱诸葛亮。

在这里，诗人先后居住了将近四年，所作诗歌流传到现在的有 240 多首。由于成都远离战乱的中原，而草堂又地处郊野，因此诗人的生活比较安定，心绪也较为宁静，这就使他在草堂的诗歌创作大多具有田园风味。

然而杜甫毕竟是一位有远大政治抱负的人，匡世济民的责任感始终蛰伏在他心底，因此，一旦现实中出现促使他的忧患意识复苏的因素，诗人便又回到忧国忧民的创作轨道上。著名的《茅屋为秋风所破歌》等 200 余首诗就是在这种情境下完成的。

茅屋为秋风所破歌

八月秋高风怒号，卷我屋上三重茅。
茅飞渡江洒江郊，高者挂罥长林梢……
……
安得广厦千万间，大庇天下寒士俱欢颜，

风雨不动安如山！呜呼！

何时眼前突兀见此屋，吾庐独破受冻死亦足！

　　这首诗之所以出名主要是因为其中的最后几句。一个没有容身之所的病人还想着要解决全天下的住房问题，这就像战场上快死去的战士梦想着世界和平一样。这样的诗篇是人类情感最高贵的表现。

　　761 年春天，是一个多雨而花团锦簇的季节，杜甫现在全身心体会到快乐——也许自他结婚成家以来这么多年中，现在是最快乐的时候。当然，他也想被召回朝廷，重温 758 年年初在凤翔行在任左拾遗那样惬意的生活，与严武、王维、高适、吴郁等同列，近伺圣上，诗友相互唱和，因为他最大的快乐就是为自己的国家效劳。

为农

锦里烟尘外，江村八九家。

圆荷浮小叶，细麦落轻花。

卜宅从兹老，为农去国赊。

远惭勾漏令，不得问丹砂。

春夜喜雨

好雨知时节，当春乃发生。

随风潜入夜，润物细无声。

野径云俱黑，江船火独明。

晓看红湿处，花重锦官城。

……

当然，一大家口人的生活还得有所依靠。尽管他未专门提过自己的园子中种植的草药，他自己患有肺病，古代对肺病的症状的认知仅仅是咳嗽和哮喘。但其中应当有麻黄属之物，这种草药能暂时缓解咳嗽和哮喘。这些草药他一定种了不少，因为在他的诗中提到来拜访他的客人向他买了一些。

宾至

> 幽栖地僻经过少，老病人扶再拜难。
> 岂有文章惊海内，漫劳车马驻江干。
> 竟日淹留佳客坐，百年粗粝腐儒餐。
> 不嫌野外无供给，乘兴还来看药栏。

魏十四侍御就敝庐相别

> 有客骑骢马，江边问草堂。
> 远寻留药价，惜别到文场。
> 入幕旌旗动，归轩锦绣香。
> 时应念衰疾，书疏及沧浪。

有朋自远方来，不亦乐乎。

肃宗李亨上元二年（761）十二月，好友严武由剑南东川节度使，被朝廷任命为成都尹兼剑南节度使，二人过从甚密，严武在经济上经常接济杜甫。杜甫再不会像从前那样，频繁地陷入穷困的地步了。至少在宝应元年（762）的早春，严武甚至还到江村去拜访过诗人。杜甫也写过诸多诗稿给节度使——

遭田父泥饮美严中丞

步屧随春风，村村自花柳。

田翁逼社日，邀我尝春酒。

酒酣夸新尹，畜眼未见有。

回头指大男，渠是弓弩手。

名在飞骑籍，长番岁时久。

前日放营农，辛苦救衰朽。

差科死则已，誓不举家走。

今年大作社，拾遗能住否。

叫妇开大瓶，盆中为吾取。

感此气扬扬，须知风化首。

语多虽杂乱，说尹终在口。

朝来偶然出，自卯将及酉。

久客惜人情，如何拒邻叟。

高声索果栗，欲起时被肘。

指挥过无礼，未觉村野丑。

月出遮我留，仍嗔问升斗。

　　在长安，朝廷于肃宗宝应元年（762）夏天，又经历了一场灾难。一年之内两个皇帝在同一月去世，对于大唐帝国的臣民来说，这个无情的现实，无论位于朝堂之上的臣子，还是身居江湖之远的黎民，谁都无法接受。在位44年，唐朝290年（618—907），他是唐朝在位时间最长的皇帝——唐玄宗李隆基（685年9月8日—762年5月3日），别名李三郎、唐明皇、唐玄宗，开创了唐朝极盛之世——开元盛世，于5月3日去世，享年77岁。他的儿子，在位7年的唐肃宗李亨（711年10月19日—762年5月16日），初名李嗣升，又名李浚、李玙，唐朝唯一在京师以外登基再进入长安的皇帝，在唐玄宗去世时也病危，于 5 月 16 日去世，终年 51 岁。父子两人相隔仅十三天。又是一场血雨腥风的宫廷政

成都杜甫草堂

变，李辅国扶太子李豫（初名李俶），唐朝的第九位皇帝登基，史称代宗。

　　在新的皇帝刚登基不久，七月，严武被召回长安，杜甫写了《奉送严公入朝十韵》《奉济驿重送严公》等。随后杜甫陪伴年轻的政治家一直到 300 里外的绵州（今四川绵阳）奉济驿。在绵州，严武给杜甫写了一首很不错的答诗《酬别杜二》……

　　杜甫无论如何都不会想到，他赠别严武的诗句"愁杀锦城人"成为不好的预兆。就在杜甫送别严武回来之后不久，成都爆发了叛乱：剑南兵马使徐知道造反作乱，并扼守剑南，阻塞严武归路。严武在巴山受阻，直到九月尚未出川。时流寓梓州（今四川三台）的杜甫听到消息，很是不安，遂写《九日奉寄严大夫》诗以致慰问。严武读到杜甫的诗，很是感动。严武给杜甫写了一首很不错的答诗《巴岭答杜二见忆》回赠。可见二人交情之深，思念之切。

　　杜甫在梓州安顿下来之后，就安排小弟杜占把妻儿陪伴到梓州来。

舍弟占归草堂检校聊示此诗

久客应吾道，相随独尔来。

孰知江路近，频为草堂回。

鹅鸭宜长数，柴荆莫浪开。

东林竹影薄，腊月更须栽。

宝应二年（763年，七月，改元广德）2月，史朝义的首级被送往长安。

至此，安禄山于天宝十四载（755）12月16日从范阳（今河北保定附近，别称涿州、涿郡、幽州）起兵，发动的长达八年之久的史称"安史之乱"的叛乱就此结束，河南（黄河以南）和河北（黄河以北）现在正式地光复了。

当这个好消息传到梓州时，杜甫欣喜若狂的神情，跃然纸上——

闻官军收河南河北

剑外忽传收蓟北，初闻涕泪满衣裳。

却看妻子愁何在，漫卷诗书喜欲狂。

白日放歌须纵酒，青春作伴好还乡。

即从巴峡穿巫峡，便下襄阳向洛阳。

763年春天的时候，杜甫盘桓在绵州（今四川绵阳市）、汉州（今四川广汉市），随后回到梓州。到了这一年的秋冬时节，杜甫来到梓州东北的阆州，拜访、凭吊他的老朋友房琯……

这一年诗歌创作的大致情况是：春在梓州。"安史之乱"宣告平息。杜甫欣喜若狂，遂走笔写下"生平第一首快诗"《闻官军收河南河北》，作《送路六侍御入朝》《涪城县香积寺官阁》《涪江泛舟送韦班归京（得山字）》等诗。

间至阆州，作《行次盐亭县聊题四韵奉简严遂州蓬州两使君咨议诸昆季》《陪王汉州留杜绵州泛房公西湖》《得房公池鹅》《官池春雁》等诗。夏返梓州，作《陪章留后侍御南楼得凤字》《章梓州水亭》《章梓州橘亭饯成都窦少尹得凉字》等诗。复自梓州赴阆州。作《祭故相国清河房公文》《阆州奉送二十四舅使自京赴任青城》等诗文。接夫人杨氏告知女儿患病，匆匆回梓州，作《发阆中》。

在梓州，作《冬狩行》《山寺》《桃竹杖引赠章留后》《将过吴楚留别章使君留后兼幕府诸公得柳字》《舍弟占归草堂检校聊示此诗》等。

回到梓州后，杜甫已雇或买了一只小船，计划顺着西汉水（现在的嘉陵江）而下。广德二年（764），在朝廷严武等一些朋友举荐下，杜甫得到了一份朝廷的新任命——京兆功曹，这要比五年前担任的华州司功参军的品级高两级，但杜甫拒绝了这个任命，他不准备前往长安，而是计划乘舟南下洞庭湖。

2月11日，严武再次镇蜀，接替镇守一方、勉为其难的诗人高适，以黄门侍郎拜成都尹充剑南节度使。在告别房琯的墓地后，杜甫带着妻儿回到了成都。

6月，在严武的奏请下，朝廷授予杜甫节度参谋、检校工部员外郎，赐绯鱼袋，这使得杜甫在三十级的官阶体系中，获得了一个品级为从六品上阶的职位。而且获准穿绯色的官袍，破格享受从五品下阶到正四品上阶的官员才享有的荣誉。

作为节度参谋，杜甫一定在严武对吐蕃的远征中提出了不少建议。幕府期间，杜甫与严武或分韵赋诗，或北池临眺，或摩诃池泛舟，或同观岷山、沱江画图。时从弟杜位亦在严武幕府。秋天，弟杜颖来成都探望兄长杜甫。随后不久，闻知秘书少监苏源明辞世，不胜悲痛，赋诗悼之。

广德二年，杜甫诗歌创作的大致情况是，作《奉寄别马巴州》《将赴成都草堂途中有作先寄严郑公五首》《丹青引赠曹将军霸》《扬旗》《东西两川说》《陪郑公秋晚北池临眺》等等。

成都杜甫草堂

冯至先生在《杜甫传》"幕府生活"一章中写道——

　　……唐代幕府的生活是很严格的。每天都是天刚亮便入府办公，夜晚才能出来；杜甫因为家在城外，便长期住在府中。不但生活呆板，四川节度使署里的人事也很复杂。那里的文武官员因为中原变乱，无法生存，西蜀可以勉强维持生计，所以彼此都勾结阿谀，保全自己的地位。杜甫这时已经五十三岁，满头白发，穿着狭窄的军衣，在幕府里与些互相猜疑、互相攻击的幕僚周旋，心里充塞了难言的忧郁。他在《莫相疑行》里说：晚将末契托年少，当面输心背面笑。寄谢悠悠世上儿，不争好恶莫相疑。

　　这段文字令笔者五味杂陈，唏嘘不已。不由想起老母亲所说过一段养鸡的囧事。一年，老母亲喂养了一群雏鸡，眼见得雏鸡长大了，公鸡精神抖擞，母鸡风姿绰约，尤其那只卓然不同的枣红色大公鸡，头顶硕大的鸡冠，威风凛凛，俨然皇帝般尊贵、体面。忽一日，不知何故，公鸡冠旁显眼处铜钱般大小的鸡毛莫名脱落，裸露出白森森的鸡皮。这一下，枣红色大公鸡跌落神坛了，群鸡追撵着啄它，就连它一向关照的瘸腿瘦小的母鸡也加入了戳它、啄它的行列，这使得枣红色大公鸡郁闷异常，常常躲在墙角远离鸡群，形单影只、茕茕孑立、苟且偷生……

不懂人间烟火的飞禽尚且明争暗斗，何况人事复杂的幕府，焉有相安无事风平浪静的日子？从广德二年（764）6月，朝廷任命杜甫为节度使署中参谋、检校工部员外郎，赐绯鱼袋，杜甫煎熬了半年，到了第二年（即永泰元年，765）正月，严武终于答应了他的请求，允诺他辞职回草堂，过他的悠闲自在的日子去了。

永泰元年（765），四个月后，即5月23日，正值壮年剑南节度使严武在成都去世，时年40岁。

严武去世后，杜甫失去了依靠，他和家人结束了在成都"穷途仗友生"的第二次居留，携家乘舟沿着大江顺流而下，过戎州（今四川宜宾）、忠州（今重庆忠县），停留在了云安（今重庆市云阳县云安镇）。随后，在766年春天的晚些时候，乘舟由云安出发来到了位于长江北岸，距今重庆市区440多公里，入川门户的夔州（今重庆市奉节县城）。

代宗永泰元年（765），杜甫诗歌创作及其行踪情况是：正月三日，辞严武幕职，归居草堂作《正月三日归溪上有作简院内诸公》。退幕后，仍和严武保持着来往，作《敝庐遣兴奉寄严公》等诗。正月，高适卒，作《闻高常侍亡》。四月，严武病逝，杜甫失去依靠，遂于五月匆匆离开成都，携家乘舟南下。作《寄赠王十将军承俊》。离成都后，沿岷江乘舟经嘉州（今四川乐山），作《狂歌行赠四兄》《宿青溪驿奉怀张员外十五兄之绪》。六月经戎州（今四川宜宾），作《宴戎州杨使君东楼》。又经泸州，渝州（今重庆），作《渝州候严六侍御不到先下峡》等。初秋，至忠州，作《宴忠州使君侄宅》。居龙兴寺院，作《题忠州龙兴寺所居院壁》。

严武老母亲护送严武灵柩归葬故里，船过忠州，杜甫登舟慰问，作《哭严仆射归榇》，深致悲悼。

九月，至云安县（今重庆云阳）。因病，遂留居云安，栖居县令严明府之水阁，作《水阁朝霁奉简云安严明府》《答郑十七郎一绝》《云安九日郑十八携酒陪诸公宴》《赠郑十八贲》《承闻故房相公灵榇自阆州启殡归葬东都有作二首》。

在夔州云安县，杜甫一家在山脚下借来或租来的房子里居住了两年——从代宗李豫大历元年（765）暮春，到大历三年（768）仲春，写下了400多首诗，是他现存作品的四分之一还多。先后作《移居夔州郭》《船下夔州郭宿雨不得上岸别王十二判官》《秋兴》等诗。耳始聋，作《耳聋》。作《登高》《观公孙大娘弟子舞剑器行》《元日示宗武》《又示宗武》（宗武时年15岁），作《远怀舍弟颖观等》《大历三年春白帝城放船出瞿塘峡久居夔府将适江陵漂泊有诗凡四十韵》《春夜峡州田侍御长史津亭留宴得筵字》等诗作。

夔州是一个地名，早在新石器时代，就有人类在此繁衍生息。夔州初为夔子国，主要聚集的是巴人。战国时属于楚国管辖，秦汉年间设县，称为鱼复县。

唐贞观二十三年（649），改"永安"为"奉节"，取"奉皇节度"之意。首任县令由于一时利欲熏心，几遭灭顶之灾，并由此幡然醒悟，离职时为后任县令留下了"奉公守节"横匾一块。

诗人性喜寻访山水，把家人安顿好后，就开始游览凭吊周边地区的名胜古迹。

在夔州，杜甫遇见了一种完全不同的文化，当地人说着另一种方言，这是杜甫从未体验过的新世界。在夔州西阁、赤甲、东屯等他暂住的地方，长江三峡的入口，景色壮丽，与成都草堂那种花园式的清幽雅致，可谓是大相径庭。杜甫曾将这里壮阔的峡谷，奔腾的大江与浩瀚的大海相比拟。他在山上经营着一个小农庄，在那里种菜、养鸡，而且在此期间他笔耕不辍，文思泉涌，创作了数百首诗作。至此，杜甫已经明白，他辅佐君王的抱负已经不可能实现了。

他在此生活了两年，这是他晚年最后一处固定居所。这期间，亦有一些社交，照顾穷苦邻居，还被邀请到城里参加活动。

一天晚上，发生了一件不寻常的事情，杜甫看了一场表演，这勾起了他最深刻的一段童年记忆，而那已是五十年前的往事了——

观公孙大娘弟子舞剑器行（并序）

大历二年十月十九日，夔府别驾元持宅见临颍李十二娘舞剑器，壮其蔚跂，问其所师，曰："余公孙大娘弟子也。"开元三载，余尚童稚，记于郾城公孙氏，掌剑器浑脱，浏漓顿挫……

昔有佳人公孙氏，一舞剑器动四方。

观者如山色沮丧，天地为之久低昂……

生计问题不敢马虎，毕竟一大家口人呀！杜甫不时进城，可能接受某些临时的文字工作，这会带来润笔酬劳。也曾试图种植

蔬菜、喂养乌鸡。运气不错，乌鸡养成了，这既可改善一家人的
生活，还可治疗自己的腿疾。诗人写诗给他的大儿子，也就是早
年的熊儿，嘱托管理好活蹦乱跳的一大群乌鸡——

催宗文树鸡栅

吾衰怯行迈，旅次展崩迫。

愈风传乌鸡，秋卵方漫吃。

自春生成者，随母向百翮。

驱趁制不禁，喧呼山腰宅。

课奴杀青竹，终日憎赤帻。

蹋籍盘案翻，塞蹊使之隔。

墙东有隙地，可以树高栅。

避热时来归，问儿所为迹。

织笼曹其内，令人不得掷。

稀间可突过，觜爪还污席。

我宽蝼蚁遭，彼免狐貉厄。

应宜各长幼，自此均勍敌。

笼栅念有修，近身见损益。

明明领处分，一一当剖析。

不昧风雨晨，乱离减忧戚。

其流则凡鸟，其气心匪石。

倚赖穷岁晏，拨烦去冰释。

未似尸乡翁，拘留盖阡陌。

多行善念，必有善报。

危难之时，总有贵人相助。眼下夔州的最高长官，就是杜甫

知己节度使严武属下的一员牙将柏茂琳。这位故人，对于穷困落魄、寄居于此的诗人一家给予了极大的帮助，甚至慷慨地批准，杜甫一家可以长期寓居在西阁中的几间房舍中，馈赠杜甫买下了瀼西、东屯的田产。促成杜甫在西阁时期写出了一系列著名的诗篇，其中以《秋兴八首》为题的八首组诗，被史家认为是杜甫最好的诗篇，就是在长江江畔——白帝城的西阁写成的。

那我们不禁要问，西阁在哪里？

白帝城自古有"诗城"之称。我国古代的大诗人李白、杜甫、白居易、刘禹锡、苏东坡、陆游、范成大等都曾在这里留下过足迹，写出了脍炙人口的诗篇。白帝城半山腰的西阁，便是杜甫旧居遗址。杜甫在此居住将近两年，写诗 400 余首。"白帝城中云出门，白帝城下雨翻盆……"（《白帝》）就是他对这壮丽山川的生动描绘。西阁孕育了诗圣杜甫的无限灵感，"无边落木萧萧下，不尽长江滚滚来"（《登高》），也是杜甫在寓居西阁时写下的名句。

那首写于夔州，栩栩如生、惟妙惟肖刻画出了真性情杜甫的诗篇《醉为马坠，诸公携酒相看》，千年之后，仍让人们津津乐道——

秋兴八首

其一

玉露凋伤枫树林，巫山巫峡气萧森。

江间波浪兼天涌，塞上风云接地阴。

丛菊两开他日泪，孤舟一系故园心。

寒衣处处催刀尺，白帝城高急暮砧。

登　高

风急天高猿啸哀，渚清沙白鸟飞回。
无边落木萧萧下，不尽长江滚滚来。
万里悲秋常作客，百年多病独登台。
艰难苦恨繁霜鬓，潦倒新停浊酒杯。

醉为马坠，诸公携酒相看

甫也诸侯老宾客，罢酒酣歌拓金戟。
骑马忽忆少年时，散蹄迸落瞿塘石。
白帝城门水云外，低身直下八千尺。
粉堞电转紫游缰，东得平冈出天壁。
江村野堂争入眼，垂鞭亸鞚凌紫陌。
向来皓首惊万人，自倚红颜能骑射。
安知决臆追风足，朱汗骖騑犹喷玉。
不虞一蹶终损伤，人生快意多所辱。
职当忧戚伏衾枕，况乃迟暮加烦促。
明知来问腆我颜，杖藜强起依僮仆。
语尽还成开口笑，提携别扫清溪曲。
酒肉如山又一时，初筵哀丝动豪竹。
共指西日不相贷，喧呼且覆杯中渌。
何必走马来为问，君不见嵇康养生遭杀戮。

代宗大历二年（767）下半年，杜甫的健康和经济状况都要好于上一年。因为感觉稍好，杜甫再一次想要离开夔州，前往长安。然而在 9 月中旬，吐蕃又袭击了灵武，一直到 10 月底，长安都处在军事戒严中。

代宗大历三年（768）2 月 22 日，是杜甫一家计划启程离开
夔州出峡的时辰——

将别巫峡，赠南卿兄瀼西果园四十亩

苔竹素所好，萍蓬无定居。

远游长儿子，几地别林庐。

杂蕊红相对，他时锦不如。

具舟将出峡，巡圃念携锄。

正月喧莺末，兹辰放鹢初。

雪篱梅可折，风榭柳微舒。

托赠卿家有，因歌野兴疏。

残生逗江汉，何处狎樵渔。

杜甫一家从大历三年（768）春，离开夔州，出峡东下，三
月至江陵（今湖北荆州市，国家首批历史文化名城，位于湖北省
中部偏南），弃船登岸住了下来。随后在江陵管辖的公安县逗留
了大半个冬天。

自大历四年（769）2 月，到大历五年（770）冬天，杜甫带
着妻小、仆人和一个船夫，以舟为家，沿江而下，走走停停，船
上装着他的全部身家，还有那些珍贵的诗卷。一年多的时间里，
始终在湖南岳州（今湖南岳阳市）、潭州（今湖南长沙市）、衡
州（今湖南衡阳市）、郴州（今湖南郴州市）一带，逃难、漂泊、
游走。

寻人不遇、求助无着、叛乱不止、疾病缠身（右肩偏枯半耳
聋……）、江水横流，无疑给心情郁闷命在旦夕的杜甫，雪上加
霜釜底抽薪……

逃离北方战乱的潭州成了他们的避难所。他弃舟登岸后，在江边租了一间楼房落脚，房间正对着城外不远的渔市。为了一家人的生计，杜甫在渔市又操起了摆摊卖药的老营生。这期间，还结识了传奇人物喜好写诗的苏涣。

这一年，杜甫一家以舟为家，浮萍般在江河上漂泊游荡，风餐露宿，衣食无着，贫病交加，凄惨窘迫的生存状态让人不忍复述。但诗圣依然坦然面对，创作激情不减，佳作频出，创作诗歌近40首。主要作品有《陪裴使君登岳阳楼》《南征》《过南岳入洞庭湖》《宿青草湖》《宿白沙驿》《湘夫人祠》《双枫浦》《岳麓山道林二寺行》《清明二首》《发潭州》《宿凿石浦》《过津口》《次空灵岸》《宿花石戍》《次晚洲》《望岳》等等。

在潭州，杜甫遇见了一些同样颠沛流离的艺术家、音乐家和诗人。其中一些还是他在北方的旧识。

江南逢李龟年

岐王宅里寻常见，崔九堂前几度闻。

正是江南好风景，落花时节又逢君。

杜甫在长沙得到了短暂的安宁，人们欣赏他的诗作，遇见了一些有才之人，并与之相交。在长沙的这段时间，杜甫一家终于踏上陆地了，离开栖身数月的小船，他们一家人在这里欢度了农历新年。

新的一年，也是59岁诗圣活在人世间的最后一年，是大历五年（770）。

大历五年正月辛卯，凤翔节度使李抱玉为河西、陇右、山南西道副元帅。三月癸酉，内侍监鱼朝恩有罪自杀。丙戌，以昭陵皇堂有光，赦京兆、关辅。四月庚子，湖南兵马使臧玠杀其观察使崔瓘。己未，有彗星出于五车……六月己未，以彗星灭，降死罪，流以下原之。录魏徵、王珪、李靖、李绩、房玄龄、杜如晦之后。是岁，湖南将王国良反，及西原蛮寇州县。（《新唐书·本纪第六肃宗代宗》）

这天，诗人偶然翻检书帙，见到十年前（上元二年，761）人日（每年正月初七，又称人节、人庆日、人口日、人七日等，是古老的中国传统节日），高适题寄草堂的《人日寄杜二拾遗》，有感于亡友深情，不禁潸然泪下，因作《追酬故高蜀州人日见寄并序》，以遣悲怀，并祭汉中王李瑀与昭州刺史敬超先。不久又值清明节令，诗人再次出游湘江西岸的岳麓山……

到了四月，湖南兵马使臧玠杀观察使崔瓘，据潭（州）为乱。诗人再次搭乘小船携家人避乱入衡州，计划由衡州赴郴州，投靠舅氏崔伟。先后作《入衡州》《逃难》《白马》等诗作。后来诗人因阻水停泊在耒阳（今湖南）方田驿，幸得耒阳县（湖南省辖县级市）聂令附书致酒肉疗饥，尔后复至县衙呈诗面谢。不久因不耐此间濡暑，亟思北归襄汉，就决计不去郴州，而掉转船头，顺流北返了，有诗作《回棹》等。

诗人回到潭州，居于湘江江阁。到了秋天，准备携家乘船去汉阳（今湖北武汉市武昌西）、襄阳。这时前后，同他一起避地同谷县（今甘肃成县）的李衔路过长沙，他们相逢即别，诗人作《长沙送李十一衔》。到了暮秋，一切准备就绪，即将解缆北归，作《暮秋将归秦留别湖南幕府亲友》。

秋尽冬来，诗人抱病躺在潭州开往岳阳的船上，百感交集，写下了极可能是他诗歌创作中的绝笔《风疾舟中，伏枕书怀三十六韵奉呈湖南亲友》——

轩辕休制律，虞舜罢弹琴。

尚错雄鸣管，犹伤半死心。

圣贤名古邈，羁旅病年侵。

舟泊常依震，湖平早见参。

如闻马融笛，若倚仲宣襟。

故国悲寒望，群云惨岁阴。

水乡霾白屋，枫岸叠青岑。

郁郁冬炎瘴，蒙蒙雨滞淫。

鼓迎非祭鬼，弹落似鸮禽。

兴尽才无闷，愁来遽不禁。

生涯相汩没，时物自萧森。

疑惑尊中弩，淹留冠上簪。

牵裾惊魏帝，投阁为刘歆。

狂走终奚适，微才谢所钦。

吾安藜不糁，汝贵玉为琛。

乌几重重缚，鹑衣寸寸针。

哀伤同庾信，述作异陈琳。

十暑岷山葛，三霜楚户砧。

叨陪锦帐座，久放白头吟。

反朴时难遇，忘机陆易沈。

应过数粒食，得近四知金。

春草封归恨，源花费独寻。

转蓬忧悄悄，行药病涔涔。

瘗天追潘岳，持危觅邓林。

蹉跎翻学步，感激在知音。

却假苏张舌，高夸周宋镡。

纳流迷浩汗，峻址得欹鉴。

城府开清旭，松筠起碧浔。

披颜争倩倩，逸足竞駸駸。

朗鉴存愚直，皇天实照临。

公孙仍恃险，侯景未生擒。

书信中原阔，干戈北斗深。

畏人千里井，问俗九州箴。

战血流依旧，军声动至今。

葛洪尸定解，许靖力还任。

家事丹砂诀，无成涕作霖。

　　轩辕黄帝制出的律管且把它收起来，虞舜弹过的五弦也撤下去吧。我身患风疾已不能再演奏，还错将雄管当作雌管吹，听到弹出变了调的琴声伤透了我半死的心。古代圣贤的名声何其邈远，羁旅他乡病情一年比一年加重。船往汉阳每晚总停泊在东北的震方，湖面平阔很早就能见到报晓的参星。我苦忆京华如同马融闻笛，迎风凭眺若开王粲之襟。遥望寒空，悲故乡不见；群云惨淡，生岁暮曾阴。从迷茫的雾气中露出水乡的茅屋，红叶枫林的岸后便是重叠的青山。冬天里炎方的瘴气仍然郁积不消，蒙蒙的细雨又总是下个不停。咚咚的鼓声，报道迎神歌舞刚开场；弓响弹落，似乎打下了土著爱烤着吃的猫头鹰。

　　尽兴观赏刚刚忘了烦闷，谁知忽然又愁苦难禁。这主要是想到一生流离道路，眼下的景物又是这样的萧条。杯弓蛇影，疑畏多端因而得病，朝簪不缺，淹留各地却难归京。我曾为救房公廷诤忤旨，有如牵裾惊魏帝的辛毗；又像是受刘歆之子狱辞连累而投阁的扬子云。我这么奔走窜逐终将何往？微才谬承诸公所钦真令我感谢不尽。我倒安于喝不加糁子的野菜羹，你们诸位真说得上是"其人如玉，为国之琛"（晋代马芨铭宋纤壁语）。我那个随身携带的破乌皮几缝了又缝，百结鹑衣更是补丁摞补丁。我的哀伤同庾信一样的深沉，不草书檄却有异于陈琳。十个暑天穿的都是岷山产的葛衣，霜期三度听厌了楚户的砧声。我曾做郎官叨陪锦帐，如今已有许久没摇晃着白头自长吟。返璞归真的时代难以遇到，若能做到忘机便易"陆沉于俗"（东方朔语）。只因为不能没有超过鹪鹩数粒的粮食，于是就强颜接受诸公清白得来的赠金。

原先满以为"即从巴峡穿巫峡，便下襄阳向洛阳"，哪知前年春天出峡却仍然回不去。那么，回不了家，最好让萋萋春草将思归的愁恨封闭起来。可是来到湖南，又"多忧污桃源"（《咏怀二首》其一），寻不到栖遁之地。这就只得像转蓬般四处飘零，沿途还须服药行散，却没法减轻沉重的病情。跟在潘岳的后面，掩埋了早殇的幼女；真想到邓林中去寻找夸父扔掉的那根手杖，扶持我越过世途的艰险。可笑我邯郸学步拙于随俗，最感激诸公对我的知遇之恩。你们借来苏秦、张仪三寸不朽之舌，过高地夸奖我是天子剑上的周宋之镡。纳入众流的三江五湖浩瀚无涯，高地之上更耸立着高高的山峰。城府的大门冲着朝阳敞开，苍松翠竹掩映着清清的流水。人们都带着倩倩的笑脸，骑着骎骎的快马来投奔诸公。你们都具有慧眼能赏识像我这样既愚且直的人，唯愿皇天后土能够照临我感激诸公的赤诚。

蜀将割据，仿佛公孙述仍在恃险，杨子琳受赂而还，当今的侯景所以就未生擒。洛阳久无信来，长安还未解除战争的威胁。客居使人畏惧，入乡问禁随俗，到处可忧；战火兵乱依旧，南北伤乱，作战军声至今不断。像许靖远去交州，这已非我的体力所能胜任；自知定如葛洪的尸解，将死途中。若论家事，空有丹砂诀而炼不成金，思想起来，不觉泪如雨下。

而今之后，我们再也读不到诗圣的新诗了。不久，即卒于潭、岳间舟中。他终于走完了他艰难苦恨的人生历程，怀着忧国忧民的莫大悲痛，割舍了陪伴他流离道路、苦难同经的杨氏夫人，年少不更事的儿女，就这样，中国最伟大的诗人杜甫走完了颠沛流离、命运多舛、壮志未酬的一生。

43年后，即宪宗李纯元和八年（813），嫡孙杜嗣业（宗武之子）将暂厝在岳阳的杜甫灵柩运回偃师，葬在首阳山下，这里有其远祖杜预、祖父杜审言的墓。途经江陵（今湖北荆州市）时，恭请时任江陵府士曹参军的唐代文学家元稹为其祖父撰写墓志。元稹《唐检校工部员外郎杜君墓系铭并序》云：“……扁舟下荆楚间，竟以寓卒，旋殡岳阳。享年五十九岁。”

一家之主撒手人寰，妻儿的生活还得继续，时光的脚步依然匆匆向前……

当代著名诗人西川曾经说过，中国的山水是人文山水，被什么人表述过的地方，一定要重新登临。按照过去古人描述的方式，把这个地方再想象一遍。对他们来说，记忆是一个非常神圣的东西，文化记忆是一个非常神圣的东西。

“城南韦杜，去天尺五。”那是何等的荣耀与显赫。诗圣的祖父进士杜审言那位专门给中国成语贡献过“衙官屈宋”故事的达人，那是舍我其谁、势不可当的狂傲；父亲杜闲尽管恩荫入仕，也是官至朝议大夫、兖州司马，母亲崔氏家族皇亲国戚，又是何等的尊贵；再不济弟弟杜颖还是山东临邑县主簿，进入了官僚体制，而诗圣呢？自幼丧母，寄养在洛阳姑母家，金窝银窝不如自家狗窝呀！但有啥办法？父亲再娶卢氏，又有一帮儿女，焉能让父亲为难纠结？诗圣聪明绝顶，一心读书想要改变尴尬欲说还休的处境，读书破万卷，下笔如有神。7岁咏凤凰，9岁习大字，15岁就已出没翰墨场，梦想着"春风得意马蹄疾，一日看遍长安花"的快意，孰知世事难料，时运不济，屡战屡败，还是与功名擦肩而过。科场失意，屡试不第，长安蹉跎十年岁月，也是常为栖息何处犯愁，为一日三餐的温饱焦虑……最后，漂泊西南抛下他那些旅泊异乡、谋生乏术的弱男幼女，在这年冬天，赍志而殁于潭岳途中。他身后境况的凄凉可想而知……

而妻子杨氏，大家闺秀，名门千金，嫁给杜甫后，不离不弃，相夫教子，同甘苦共患难，初心不改白头偕老，在她身上，有中国母亲最温暖、最理想的一面，她执着、刚毅、开朗、贤惠、隐忍、善良、坚强，无不让人肃然起敬。杜甫曾经为她写过许多诗篇，至今传诵人口，这是杜诗精华的一部分，也是表现人格的一部分。如《奉先咏怀》《羌村》《北征》《月夜》里都有自叙患难夫妻的爱情故事。杜甫一生流离奔走，到处携家，也到处想家；中年时代奉先县、鄜州写就的诗篇暂且不说，晚年在四川，只是梓州、阆州一段短期的分离，也都不胜担心挂念，如"老妻书数纸，应悉未归情"（《客夜》），"女病妻愁归思急，秋花锦石谁能数。别来三月一得书，避地何时免愁苦！"（《发阆中》）等等。夫人杨氏小杜甫11岁，这就是说，大历五年（770），杜甫辞世时年59岁，夫人杨氏48岁。史料记载，杨氏49岁而卒，也就是杜甫辞世的第二年即大历六年（771），杨氏万般不舍抛下年幼的两双儿女，追随诗圣到极乐世界去了……

杜甫对家人妻子的爱和他对祖国人民的爱是互相联系的。因为他那时流离困苦的情感，和当时人民大众的情感是一致的；他诗里所写的虽只是个人一家的遭遇，而实是千千万万一同被压迫者的呼号，同一苦难时代的反映。能把对家人妻子的爱发展为对人民大众的爱，这是杜甫伟大真诚的人格的表现，也是杜诗不朽根源之一。

"我们知道，高度的政治热情，伟大的政治抱负，始终不渝的政治倾向，是杜甫作为一个伟大诗人的主要条件。他那不惜自我牺牲的人道主义和热爱祖国热爱人民的精神，都是通过这种政治热情来体现的。他的诗所以能够具有无比的鲜明而丰富的人民性也是和他无时不关心政治分不开的。这正是古今诗人所缺乏的良好品质，正是杜甫的灵魂。"（萧涤非《杜甫研究》上卷）

时代的一粒灰，落到每个人头上就是一座山。

杜甫的人生经历，杜甫一家的人生际遇，"安史之乱"前后大唐盛世的嬗变，无不影响到这个时代上至庙堂之高的皇帝重臣，下至布衣贩夫走卒的柴米油盐、生死存亡……这里面，个人的奋斗与家国的命运，唇亡齿寒，休戚相关。在时代洪流中，每个人都是无足轻重的尘埃。但这并不代表个人的努力、善良、珍重和坚持的意义。

杜甫的忠恕、仁爱，悲天悯人、推己及人的情感，妻子杨氏的温柔、善良、刚毅、坚持，积淀的正直、善良、公允、厚道形成的家风，是留给儿女最大的财富，才使这个家庭虽穷困潦倒，卑微如尘，却一心向阳，跌跌撞撞，依旧步履不停，才有在杜甫辞世四十余年后，卒先人之志，孙子嗣业扶柩归偃师首阳山祖坟之举。

杜甫的人生传奇，亦足以证明，读书方能改变命运。因为被贫穷捆住了手脚的人们，比任何人都清楚地知道，穷人想要逆天改命，读书是最好走的那条路。无论是过去，还是现在，读书都是与命运较量时最有力的武器。刻进骨子里的智慧和学识，才是行走于无常人世最强大的底气。

杜甫一生热爱生活，富有情趣，坚守人生的底线。且看郭沫若先生在《李白与杜甫》一书中这样写道：

> 诗人和酒，往往要发生密切的联系。李白嗜酒，自称"酒中仙"，是有名的；但杜甫的嗜酒实不亚于李白。我曾经就杜甫现存的诗和文 1400 多首作了一个初步的统计，凡说到饮酒上来的共有 300 首，为 21% 强。作为一个对照，我也把李白现存的诗和文 1500 首作了一个初步的统计，说到饮酒上来的有 170 首，为 16% 强……特别在夔州，有一首诗活画出了杜甫好酒的情况，也活画出了一个真正的杜甫。诗的题名是《醉为马坠，诸公携酒相看》，七言，凡十四韵。（前文已摘录）那时杜甫已经 56 岁了。这位老诗人本来是一位骑马的能手。他也喜欢马，诗集中歌颂骏马或哀怜老马的诗句俯拾皆是："向来皓首惊万人，自倚红颜能骑射""胡马大宛名，锋棱瘦骨成"（《房兵曹胡马》）、"安西都护胡青骢，声价欻然来向东"（《高都护骢马行》）等等。这倒不是虚夸，他曾同李白、高适一道在齐赵、鲁郡骑马打猎，有诗纪其事……

山东大学教授萧涤非在《杜甫研究》（上卷）中曾说：他（杜甫）在贫困之中，始终保持一点诙谐的风趣。这一点诙谐风趣是生成的，不能勉强的。他的祖父杜审言便是一个爱诙谐的人……临死还忍不住要说笑话，便是诙谐的风趣。有了这样风趣的人，贫困与疾病都打不倒他，压不死他。杜甫很像是遗传得他祖父的滑稽风趣，故终身在穷困之中而意兴不衰颓，风味不干瘪。

杜甫在唐朝大名鼎鼎的诗人里头，是少有的没有绯闻的诗人之一。他不但自己洁身自好，和妻子杨氏情深意长白头偕老，偶有别离，即以诗代简，致以慰藉，而且还规劝一个官僚不要胡闹时说："使君自有妇，莫学野鸳鸯。"（《陪李梓州泛江戏为艳曲》）

对于杜甫的文化意义及其对后世的影响，我们在下一章还要作详细的阐释。

在这里我们暂且抛开杜甫其人、其文不说，就他一生主要经历尤其在读书壮游之后，困守长安、经历变乱、漂泊西南之际，他个人以及师友李邕、韦偃的人生经历，梳理出这样一个结论：那就是家有千金，不如一技在身的朴素道理。

先说诗圣杜甫吧。不敢想象，如果没有一点药理知识的积累，没有掌握传统中医望、闻、诊、问的基本技能，没有长安（今西安市）药市、秦州（今天水市）深山采药、潭州（今长沙市）渔市的卖药出售，杜甫能在长安困守十年吗？能在西南贫病交加漂泊十一年吗？能有一家近10口人的一日三餐吗？真是不敢想象。被学界称为"20世纪的杜甫"，美、日等国学者以之为"汉学伟人"的山东大学教授萧涤非在《杜甫研究》（下卷）选注《秦州杂诗二十首》最后一首"唐尧真自圣，野老复何知！晒药能无妇？应门亦有儿……"时曾说：杜甫懂得一些医道，困守长安时曾"卖药都市"以谋生，晚年他自己又多病，所以常常采药和种药，自行医治。

唐朝大臣、书法家李邕（678—747），字泰和，鄂州江夏（今湖北武汉市江夏区）人，官至括州（今浙江丽水）刺史、北海（今山东潍坊、泰安一带）太守，因交好宰相李适之，为中书令李林甫构陷，含冤杖死。传世碑刻有《麓山寺碑》《李思训碑》等。

他虽比杜甫年长34岁，但他非常推崇杜甫的人品和诗作，亲自拜访杜甫，并成为忘年之交。虽仕途多舛，但李邕能诗善文，工书法，尤擅长行书、楷书。当时的中朝衣冠以及很多寺观常以金银财帛作酬谢，请他撰文书写碑颂。他一生为人写了八百篇碑颂，得到的润笔费竟达数万之多。但他却好尚义气，爱惜英才，常用这些家资来拯救孤苦，周济他人。杜甫是否得到他的周济尚无史料佐证，但他的这一技之长却运用得风生水起，达到极致。

最后我们说说唐朝画家韦偃。韦偃是公元8世纪唐朝长安（今陕西西安）人，侨居成都（今属四川），生卒年不详。官至少监。主要作品有《双骑图》《牧放人马图》等，主要成就创造以点簇法画马的绘画方法。韦偃善画鞍马，传自家学，远过乃父，与曹霸、韩干齐名。用点簇法画马始于韦偃，常用跳跃笔法，点簇成马群。

名画家韦偃曾是长安城里画马的高手，但在成都，主顾更喜欢他画松树。杜甫到成都后听说好友韦偃也在成都，赶紧不知道哪里摸出来一匹上好的东绢，扛去韦偃家，请他为自己新建成的草堂画一壁古松。将要离开成都的韦偃还是决定为他在壁上留下两匹骏马。画成，杜甫欣然赋诗题画——

题壁画马歌（韦偃画）

韦侯别我有所适，知我怜君画无敌。

戏拈秃笔扫骅骝，欻见麒麟出东壁。

一匹龁草一匹嘶，坐看千里当霜蹄。

时危安得真致此，与人同生亦同死。

其实，韦偃"人知偃善马，不知松石更佳。"（朱注《名画记》）为此，杜甫特意写过一首七言古诗，歌咏韦偃画松石技艺之出神入化——

戏为双松图歌（韦偃）

天下几人画古松，毕宏已老韦偃少。

绝笔长风起纤末，满堂动色嗟神妙。

两株惨裂苔藓皮，屈铁交错回高枝。

白摧朽骨龙虎死，黑入太阴雷雨垂。

松根胡僧憩寂寞，庞眉皓首无住著。

偏袒右肩露双脚，叶里松子僧前落。

韦侯韦侯数相见，我有一匹好东绢。

重之不减锦绣段，已令拂拭光凌乱。

请公放笔为直干。

第九章　千秋万岁名，寂寞身后事

诗圣辞世，其文千古流传。

盛唐是我国古典诗歌发展史上的鼎盛时期。其间大家云集，杰作纷呈。而此群体中，杜甫又以其浑涵汪茫、沉郁顿挫、律且精深、无体不工的诗章熔铸古今，集其大成的创作成就，被后代推为一位划时代的伟大诗人。

诗歌的鼎盛发展，催生了唐诗选集结集刊行。流传至今的唐人选唐诗（十种），就是唐诗选本的代表性作品。其选集分别是佚名《唐写本唐人选唐诗》、元结《箧中集》、殷璠《河岳英灵集》3 卷、芮挺章《国秀集》3 卷、令狐楚《御览诗》（又名《唐歌集》《选进集》《元和御览》）、高仲武《中兴间气集》2 卷、姚合《极玄集》2 卷、韦庄《又玄集》3 卷、韦縠《才调集》10 卷和佚名《搜玉小集》。

唐朝开元、天宝年间，丹阳殷璠精心选择王维、李白、孟浩然、王昌龄、高适、常建等 24 位盛唐诗人的 234 首诗歌，编成《河岳英灵集》，在众多唐诗选本中独具特色，受到历代唐诗爱好者和研究者的好评。选本作为文学总集的一种，保存了大量诗人诗作，具有重要的文献价值，同时优秀的诗歌选本对诗人诗作的选择，不仅体现了选家个人的眼光，也反映了当时的社会审美风尚，具有文学批评的性质和功能。

《河岳英灵集》之所以在唐人选唐诗中格外引人注目，在于殷璠秉承多样化的选诗宗旨，全面反映了盛唐诗歌的时代特色。《河岳英灵集》未选录杜甫诗歌，有主客观两方面的原因，但对于将盛唐名家名作几乎收罗殆尽的诗选来说，也是一点遗憾。

《箧中集》，唐代中国诗歌总集。元结编选。元结收沈千运、赵微明、孟云卿、张彪、王季友等七人五言古诗 24 首，集前有元结所作的序，集成于乾元三年（760），命名为《箧中集》。他们诗中没有盛唐诗中那种慷慨豪雄情调，而以悲愤写人生疾苦，他们是最先感受到衰败景象到来的一群人，冷眼旁观，走向写实。

元结（719—772），字次山，号漫叟、聱叟、浪士、漫郎，唐代学者。原籍河南（今河南洛阳），后迁鲁山（今河南鲁山县），天宝六载（747）与杜甫等应举落第后，归隐商余山。天宝十二载（753）进士及第。元结为诗，注重反映政治现实和人民疾苦，所作《舂陵行》《贼退示官吏》等诗作，曾受杜甫推崇。

我们的诗人可没有李白、白居易等诗人那么幸运，人家在世的时候都看到了自己的诗集刊行，庆幸的是他的诗集在他去世大约 3 年之后，就编印成集。这与史家皆论定樊晃为杜甫身后第一知己功不可没，密不可分。

李阳冰（生卒年不详），约生于唐玄宗开元年间。唐代文学家、书法家。字少温，谯郡（今安徽亳州）人。李白族叔，为李白作《草堂集序》。

唐代宗宝应元年（762）11 月，李白一病不起。在病榻上将自己的诗文草稿交给李阳冰，请他编辑作序。后来李阳冰将其诗文辑成《草堂集》十卷，并为之作《序》。李阳冰在《序》中说他"临当挂冠，公又疾亟，草稿万卷，手集未修，枕上授简"。这是说李阳冰在"临当挂冠"正要罢职的情况下，还为李白编了集子，写了序言。他在序言中除对李白的家世、生平、思想、性格、交游等情况作了扼要记述外，同时对李白的著述情况和诗文成就作了高度评价。他称李白是"千载独步，唯公一人"，"唯公文章，横被六合，可谓力敌造化欤！"

白居易（772—846），字乐天，号香山居士，又号醉吟先生，祖籍太原，到其曾祖父时迁居下邽（今陕西渭南市下邽镇，素有"三贤故里"之称。即唐朝名将张仁愿、大诗人白居易、宋朝名相寇准故里），生于河南新郑。是唐代伟大的现实主义诗人，唐代三大诗人之一。白居易与元稹共同倡导新乐府运动，世称"元白"，与刘禹锡并称"刘白"。

白居易的诗歌题材广泛，形式多样，语言平易通俗，有"诗魔"和"诗王"之称。官至翰林学士、左赞善大夫。武宗李炎会昌六年（846）8月，白居易在洛阳逝世，享年75岁，葬于洛阳香山。有《白氏长庆集》传世，代表诗作有《长恨歌》《卖炭翁》《琵琶行》等。

当白居易在杭州任上时，元稹亦从宰相转任浙东观察使，浙东、杭州相去并不太远，因而二人之间有许多往还的赠答诗篇。当白居易任满离开杭州时，元稹要求白居易交出全部的作品，编成《白氏长庆集》50卷。

杜甫一生历经玄宗、肃宗、代宗三朝，而他的家世出身、社会关系，对其一生政治态度、思想意识、生活环境、诗歌创作诸方面都产生很大影响，李唐王朝极盛而衰，安史之乱是一分界。他的一生大体可分为读书漫游时期、长安困顿十年、战乱初期、颠沛流离时期、流寓两川时期、寓居夔州时期和漂泊荆湘六个时期。杜甫诗凡1450余首，包罗宏富，千汇万状，深刻生动地反映出整个社会面貌，以及诗人一生经历，因此自唐代以来，被公认为"诗史"。杜诗之艺术就其风格而言"沉郁顿挫"（《进雕赋表》）。虽是杜甫自我评品前期作品，其实这一独特风格贯穿其始终，而元稹所谓"尽得古今之体势，而兼人人之所独专"。杜甫诗歌艺术，所以取得如此辉煌成就，当有多方面因素，除社会及历史条件而外，其先天素质及主观努力则起根本作用。

杜甫之崇高人格及其不朽诗篇，在其身后影响巨大。自中唐起，历代之诗评诗论，鲜有不言及杜甫者；亦自中唐起，历代诗人几乎无不取法借鉴于一部杜诗之中，所不同者：或多，或少，或潜移默化，或生吞活剥而已。

"诗卷长留天地间"（《送孔巢父谢病归游江东兼呈李白》），虽是杜甫生前称颂他人者，实际上子美逝世后，自己却取得同样的历史影响。一部《杜工部集》刊刻流布之广，有关著述之浩繁，研究成果之丰硕，恐为我国任何一位古代作家所不及。自唐迄清末，见诸著录者，不啻七八百种，至今传世者尚二百种之多。于中不仅窥知历代诗家对杜诗的抑扬取舍，历代学人研究杜诗之倾向，亦可推见我国古典诗歌研究之发展规律。

樊晃何许人也？学界如何尊称他为杜甫身后第一知己？

樊晃（约700—约773），唐诗人。其名又误作樊冕、樊光、楚冕。郡望南阳湖阳（今河南唐河西南湖阳镇），句容人。开元二十八年（740）进士及第，又中书判拔萃科。大历间，仕硖石主簿，又曾任祠部、度支员外郎。天宝年间（742—756）任汀州刺史、兵部员外等职，代宗大历五年（770）任润州（今江苏镇江）刺史，约卒于大历八年（773）前后。

从其生平可以看出，樊晃与诗圣虽是同时代人，运气、仕途却要比诗圣好许多。大历五年（770）诗圣辞世，也就在这一年，樊晃新任润州刺史，开始编纂《杜工部小集》。许是天意，许是巧合，但不得不钦佩樊晃的慧眼、见识。倘若诗圣九泉有知，定是欣喜万分、慨叹不已。虽说《全唐诗》仅存樊晃诗一首《南中感怀》——

南路蹉跎客未回，常嗟物候暗相催。
四时不变江头草，十月先开岭上梅。

可见其文采风流，且诗律清奇，文辞丰赡，有诗名于当时。与诗人刘长卿、皇甫冉等均有唱和。殷璠曾收其诗入《丹阳集》。芮挺章《国秀集》亦选入其诗。大历五年润州刺史任上始以编撰《杜工部小集》，而知著于后世。收录杜诗 290 首，并为作《杜工部小集序》，此为杜诗集本之祖：

"工部员外郎杜甫，字子美，膳部员外郎审言之孙。至德初，拜左拾遗。直谏忤旨，左传，薄游陇蜀，殆十年矣。黄门侍郎严武总戎全蜀，君为幕宾，白首为郎，待之客礼。属契阔湮厄，东归江陵，缘湘沅而不返，痛矣夫！文集六十卷，行于江汉之南。常蓄东游之志，竟不就。属时方用武，斯文将坠，故不为东人之所知。江左词人所传诵者，皆君之戏题剧论耳。曾不知君有大雅之作，当今一人而已。今采其遗文，凡二百九十篇，各以志类，分为六卷，且行于江左。君有子宗文、宗武，近知所在，漂寓江陵，冀求其正集，续当论次云。"（上海古籍出版社 1979 年排印本《钱注杜诗》附录；人民文学出版社 2014 年萧涤非主编《杜甫全集校注》第十二卷附录）

前文叙述到唐人选唐诗从佚名《唐写本唐人选唐诗》到佚名

《搜玉小集》共有十种唐诗选集流传至今，而这十种唐诗选集中，仅有韦庄《又玄集》3卷选集中，选录了杜甫的诗作，而且排放在卷首，数量也是最多（7首），其余作者每人2首，我们在钦佩韦庄胸襟和独具慧眼的同时，对韦庄其人与入选杜诗稍作拓展，表达我们对诗圣和编选者敬仰之情。

韦庄（约836—910），字端己，京兆杜陵县（今西安市）人，唐乾宁元年（894）进士，五代时前蜀宰相。他是晚唐著名诗人、词人。苏州刺史韦应物四世孙。与温庭筠同为"花间派"代表作家，并称"温韦"。所著长诗《秦妇吟》与《孔雀东南飞》《木兰诗》并称"乐府三绝"。有《浣花集》10卷，后人又辑《浣花词》。杜甫和韦庄的人生经历有相似之处。韦庄同样生不逢时，处于唐王朝由衰败走向灭亡，并将进入五代十国分裂割据时代。《唐诗纪事》载："韦庄颇读书，数米而炊，称薪而爨，炙少一脔而觉之。一子八岁而卒，妻敛以时服，庄剥取，以故席囊尸，殡讫，擎其席而归。其忆念也，呜咽不能胜。惟悭吝耳。"韦庄的诗作与杜诗在思想感情上是相通的，不仅师承杜诗的思想内容，也学习杜诗现实主义的艺术特色。韦庄的《浣花集》，其书名的来历及其内容与韦庄崇敬、纪念杜甫的言行有关。韦庄之弟韦蔼在《浣花集序》中写道："（韦庄）辛酉（902）春，应聘为西蜀奏记。明年，浣花溪寻得杜工部日址，虽芜没已久，而柱砥犹存。因命芟夷，结茅为一室，盖欲思其人而成其处，非敢广其基构耳。"可知韦庄是第一个为杜甫修建草堂的人。而其《浣花集》以"清词丽句"作为选诗的审美标准。

因继姚合《极玄集》之后，"更采其玄者"，故名《又玄集》。此集选录杜甫等150人300首诗，今本实为142人297首诗。韦庄所选杜诗，除《春望》外，其余诗作《西郊》《禹庙》《山寺》《遣兴》《送韩十四东归觐省》和《南郊》等，均为杜甫寓居成都或在成都附近所作。集中所选，包括五、七律绝句和古体歌行，兼有各种风格，还选了20位女诗人的诗作。《又玄集》在国内久已失传，1958年，古典文学出版社据日本享和三年（1803）江户昌平坂学问所官版本影印出版。

诗圣辞世四十三年后，即唐宪宗元和八年（813），宗武之子嗣业，恭请时任江陵府（今湖北荆州市）士曹参军的唐朝著名诗人、文学家元稹作《唐故检校工部员外郎杜君墓系铭并序》，以追思缅怀祖父。虽简而粗存梗概。叙曰：

予读诗至杜子美，而知小大之有所总萃焉。始尧、舜之时，君臣以赓歌相和。是后诗人继作，历夏、殷、周千余年，仲尼缉拾选拣，取其干预教化之尤者三百，余无所闻。骚人作而怨愤之态繁，然犹去《风》《雅》日近，尚相比拟。秦、汉已还，采诗之官既废，天下妖谣民讴、歌颂讽赋、曲度嬉戏之辞，亦随时间作。至汉武赋《柏梁》而七言之体具。苏子卿、李少卿之徒，尤工为五言。虽句读文律各异，雅郑之音亦杂，而辞意简远，指事言情，自非有为而为，则文不妄作。建安之后，天下之士遭罹兵战，曹氏父子鞍马间为文，往往横槊赋诗，故其道壮抑扬、冤哀悲离之作，尤极于古。晋世风概稍存。宋、齐之间，教失根本，士以简慢翕习舒徐相尚，文章以风容色泽、放旷精清为高，盖吟写性灵、留连光景之文也。意义格力无取焉。陵迟至于梁、陈，淫艳刻饰、佻巧小碎之词剧，又宋、齐之所不取也。唐兴，官学大振，历世能者之文互出。而又沈、宋之流，研练精切，稳顺声势，谓之为律诗。由是之后，文体之变极焉。然而莫不好古者遗近，务华者去实，效齐、梁则不迫于魏、晋，工乐府则力屈于五言，律切则骨格不存，闲暇则纤穠莫备。至于子美，盖所谓上薄《风》《骚》，下该沈、宋，言夺苏、李，气吞曹、刘，掩颜、谢之孤高，杂徐、庾之流丽，尽得古今之体势，而兼人人之所独专矣！使仲尼考锻其旨要，尚不知贵其多乎哉！苟以为能所不能，无可无不可，则诗人已来未有如子美者。是时山东人李白，亦以文奇取称，时人谓之李、杜。予观其壮浪纵恣，摆去拘束，模写物象及乐府歌诗，诚亦差肩于子美矣。至若铺陈终始，排比声韵，大或千言，次犹数百，词气豪迈，而风调清深，属对律切，而脱弃凡近，则李尚不能历其藩翰，况堂奥乎！予尝欲条析其文，体别相附，与来者为之准，特病懒未就尔。

适子美之孙嗣业，启子美之枢，襄祔事于偃师。途次于荆，雅知予爱言其大父为文，拜予为志。辞不能绝，予因系其官阀而铭其卒葬云。

系曰：昔当阳成侯姓杜氏，下十世而生依艺，令于巩。依艺生审言，审言善诗，官至膳部员外郎。审言生闲，闲生甫；闲为奉天令。甫字子美，天宝中献三大礼赋，明皇奇之，命宰相试文，文善，授右卫率府胄曹。属京师乱，步谒行在，拜左拾遗。岁馀，以直言失，出为华州司功，寻迁京兆事。旋又弃去。扁舟下荆、楚间，竟以寓卒，旅殡岳阳，享年五十九。夫人弘农杨氏女，父曰司农少卿怡，四十九年而终。嗣子曰宗武，病不克葬，殁，命其子嗣业。嗣业贫，无以给丧，收拾乞丐，焦劳昼夜，去子美殁后馀四十年，然后卒先人之志，亦足为难矣。

铭曰：维元和之癸巳，粤某月某日之佳辰，合窆我杜子美于首阳之前山。呜呼！千载而下，曰此文先生之古坟。

（中华书局1982年版冀勤点校《元稹集》卷五十六，并参

校各本；人民文学出版社2014年版萧涤非主编《杜甫全集校注》第十二册之附录）

"至于子美，盖所谓上薄风骚，下该沈宋，古傍苏李，气吞曹、刘，掩颜、谢之孤高，杂徐、庾之流丽，尽得古人之体势，而兼今人之所独专矣。使仲尼考锻其旨要，尚不知贵，其多乎哉！苟以为能所不能，无可无不可，则诗人以来，未有如子美者……"

这是同时代人元稹为杜甫创作的一篇墓志铭。此文高度评价了杜甫的现实主义诗风的历史作用。

元稹（779—831），唐代诗人。字微之、威明，河南洛阳（今河南洛阳）人。早年家贫。唐德宗李适贞元九年（793）举明经科，贞元十九年（803）举书判拔萃科，曾任监察御史。因得罪宦官及守旧官僚，遭到贬斥。后转而依附宦官，官至同中书门下平章事。最后以暴疾卒于武昌军节度使任所。与白居易友善，常相唱和，共同倡导新乐府运动，世称"元白"。诗作平浅明快中呈现丽绝华美，色彩浓烈，铺叙曲折，细节刻画真切动人，比兴手法富于情趣。后期之作，伤于浮艳，故有"元轻白俗"之讥。有《元氏长庆集》60卷，补遗6卷，存诗830余首。

据元稹《唐检校工部员外郎杜君墓系铭并序》所载，杜甫墓当在今河南偃师。此外尚有三墓：一在今湖南耒阳，一在今湖南平江，一在今河南巩县。四墓真伪，至今聚讼纷纭，可从长探讨，但都寄托了后人缅怀杜甫的

湖南平江县师生给杜甫墓敬献花篮（BBC纪录片《杜甫：中国最伟大的诗人》剧照）

无限深情，都应受到同样的重视和保护。《访古学诗万里行》一书记述四墓颇详，可参看。

我们通过樊晃的《杜工部小集序》和元稹的《唐检校工部员外郎杜君墓系铭》知道，杜甫之子宗文、宗武在诗圣病卒湘潭之后，"漂寓江陵"，杜宗武子嗣业43年之后，将祖父（杜甫）的灵柩从湖南平江县迁葬于河南偃师。也通过对诗圣诗作和生平的梳理，诗圣对次子、小名骥子的杜宗武十分偏爱，希望他承继门风，光耀祖宗，将"诗是吾家事，人传世上情"（《宗武生日》）发扬光大。那宗武能否如诗圣所愿呢？

回答是肯定的。

后唐冯贽《云仙杂记·卷七》记载：杜甫子宗武以诗示阮兵曹，兵曹答以石斧一具，随使并诗还之。宗武曰："斧，父斤也，使我呈父加斤削也。"俄而阮闻之，曰："误矣！欲子砍断其手，此手若存，则天下诗名又在杜家矣！"宋周紫芝《竹坡诗话》亦云：杜少陵之子宗武，以诗示阮兵曹，兵曹答以斧一具，而告之曰："欲子砍断其手，不然天下诗名，又在杜家矣。"则宗武之能诗为可知矣。可惜他的诗作没有传于后世（惜乎其不可得而见也）。娶何氏，葬衡山。生子嗣业。卒年不详。

杜诗、杜氏世系研究，千年以来绵延不绝，蔚为壮观。

清代学者查慎行《题宋山言学诗图二首　其一》写道：

> 宗武学能传杜老，小坡才可继眉山。
> 添他一卷中州集，知己无如父子间。

前两句大意是，杜甫的儿子宗武和苏轼的儿子苏过，才学可以继承他们的父亲。

不过，杜甫的儿子杜宗武并没有作品传世，然而却有人准备"斫断其手"，开这个玩笑是因为他的诗做得太好。

同是清代学者的田雯，在北宋李昉、徐铉等人编纂，上起萧梁、下迄唐五代选录作家近2200人，文章近2万篇，可谓卷帙浩繁的诗文总集《文苑英华》中，发现唐朝诗人任华《送杜正字暂赴江陵拜觐叔父序》一文，序曰：

吾见骥子龆龀之时，爱其神清，知其才清，今果尔也。顷漂沦荆楚，既孤且贫……及遇我陇西公，获所寄矣。公以故人之子，怜而收之，去沟壑而寄乎南山，罢转蓬而荫于桃李。君子曰：陇西公在，正字不为孤已。今离叔父颇久，暂归阮家之巷，感知己厚恩。寻赴李膺之门，华与临别，抚其背曰：高门积庆，无忘乎聿修厥德，大名难继，宜自强不息。念哉！

通过近代学者的考释，该序提供了以下信息：序言伊始，提出"杜正字"名骥子，这与杜诗称宗武为"骥子"吻合；"高门积庆……"正与杜甫外祖父母出身李唐皇室一致；杜宗武由桂林去江陵省叔父，这与樊晃《杜工部小集序》相合；任华与杜甫确有交往。任华现存诗三首，其中《寄杜拾遗》："杜拾遗，名甫第二才甚奇……"，可见任、杜交往甚为密切，堪称杜公知己。任华所送之"杜正字"即为宗武，这为研究杜甫卒后宗武的行迹提供了最为直接的文献材料，同时也可以平息学界长期以来的某些争论，具有重要的文献意义。

在萧涤非主编的《杜甫全集校注》之附录一"杜甫年谱简编"中，我们看到：天宝五载（746），也就是杜甫初到长安第一年，"约在此年前后，（杜甫）与任华在长安相识"。"广德二年（764）

六月，严武表荐杜甫为节度参谋，时任华隐居绵州涪城来成都，有《上严大夫笺》与杜甫重逢，作《寄杜拾遗》诗。诗曰：'杜拾遗，名甫第二才甚奇。任生与君别，别来已多时，何尝一日不相思。杜拾遗，知不知……''昔在帝城中，盛名君一个。诸人见所作，无不心肠破……''如今避地锦城隅，幕下英僚每日相随提玉壶……'。"那我们不禁要问，任华何许人也，他有着怎样的人生经历？

任华，生卒年不详，排行五。青州乐安（今山东高青）人。玄宗开元中，历仕秘书省校书郎、监察御史。十九年（731）曾参佐桂州刺史张九龄幕府。性耿介狷直，傲岸不羁，敢于指责公卿，故仕途不得意，常自称"野人""逸人"。天宝五载（746）至长安访李白，未遇，因作《寄李白》诗。代宗广德二年（764）知杜甫任检校工部员外郎并参谋军事，为赋《寄杜拾遗》。大历年间，僧怀素以草书名动京师，为作《怀素上人草书歌》。事迹散见《唐摭言》卷一一、《唐诗纪事》卷二二。与高适友善，适有《赠任华》诗作——

> 丈夫结交须结贫，贫者结交交始亲。
>
> 世人不解结交者，唯重黄金不重人。
>
> 黄金虽多有尽时，结交一成无竭期。
>
> 君不见管仲与鲍叔，至今留名名不移。

《全唐诗》存任华诗作 3 首，分别是《寄李白》《寄杜拾遗》《怀素上人草书歌》。（《唐诗大辞典修订本》）

任华对李白、杜甫的诗歌才华十分敬佩，后来曾分别给他们各寄了一首诗表示赞美。杜甫的诗名在当时没有那么显赫，而只有这位名不见经传的任华，在长安时期，就看到了杜甫的高度才华，这位任华可谓是独具慧眼，在诗歌方面，是杜甫真正的知音。而任华"性耿介狷直，傲岸不羁，敢于指责公卿"的性格特征，不由让人想到那位"衙官屈宋"杜甫敬仰的祖父杜审言。到了杜甫这一代，能与任华这位个性鲜明颇有才情仕途不得意的互为尊崇，更能理解古人推崇的物以类聚、人以群分的哲理。

据任华《桂林送前使判官苏侍御归上都序》可知，大历七年（772），桂州刺史、桂管经略使张某辟任华为从事。至八年，李昌巙为桂州刺史、桂管经略使，任华仍为从事，后不知所终。

我们不禁要问，宗武所任"正字"是个什么级别的官职呢？据《旧唐书·职官志》，秘书省正字为正九品下阶，唐代任正字有门荫、制举、中童子科、以进士入仕等九种方式，然杜甫最终官职是检校工部员外郎，为从六品上，按照唐代的门荫制度，只有五品以上官员方可除授其一子官职。但在中晚唐之时，正字除了上述九种入仕途径之外，还有一种地方节度使直接除授的"试正字"，因此宗武所得之正字之职，极有可能是由李昌巙的举荐才得以任命的。

李昌巙，生卒年不详，陇西（今甘肃陇西）人，李唐宗室，唐大历八年至十四年（773—779），他以御史中丞出任桂州（今桂林）刺史兼桂管防御观察使。主政桂州期间，重道爱人、建立州学、重修虞庙，推行德政，深为后人所称颂。大历三年（768）正月，杜甫在夔州作《将赴荆南寄别李剑州》："使君高义驱古今，寥落三年坐剑州，但见文翁能化俗，焉知李广未封侯……"诗中的李剑州，即李昌巙。"此诗当作于大历三年（768）正月在夔州未出峡时，旧注编在广德二年（764）春阆州作，非。之所以致误，盖因未知李剑州是谁也。按：李剑州，指李昌巙。据

《旧唐书·杜鸿渐传》载：永泰元年十月（《旧唐书·代宗纪》
《资治通鉴》均作'闰十月'）剑南西川兵马使崔旰杀节度使郭
英义，据成都，自称留后。邛州牙将柏贞节、泸州牙将杨子琳、
剑州牙将李昌夒等兴兵讨旰，西蜀大乱。"又《资治通鉴·唐代
宗大历元年》载："（八月）以柏茂琳（即柏贞节）、杨子琳、
李昌夒各为本州刺史。"自大历元年至三年首尾为三年，故诗云
"寥落三年坐剑州。"杜甫即将乘船东下荆南，故寄诗向剑州刺
史李昌夒告别。李文炜曰："此公将往荆南，感李剑州之高义，
而惜其治成不迁，故寄诗以别之也。"《元和郡县图志·剑南道
下·剑州》："本汉广汉郡之梓潼县地……隋大业三年，罢始州
为普安郡……先天二年改为剑州，取剑阁之名也。"州治在今四
川省剑阁县。（萧涤非主编《杜甫全集校注》第九册）

　　而杜甫、任华、李昌夒三人过从甚密，且李昌夒曾有过"陇
西县男"之爵号，故李昌夒应即任华所谓"陇西公"。

　　由其下属从事任华报告刺史李昌夒，对于故人之子，焉有不
以体恤举荐之理？这应是杜宗武杜正字来历。

　　通过元稹《唐故工部员外郎杜君墓系铭并序》，元稹清楚地
说明了宗武因病早逝。

　　可惜的是，虽然杜甫这么看好这个儿子，但是宗武竟然没有
一首诗流传到今天。

　　阮兵曹赠斧玩笑一语成谶，杜甫诗名最大，但是他儿子的诗
名湮没在历史长河中了。

　　赠斧的阮兵曹是什么人，颇有些争议。这个故事是不是杜撰
的，也未可知。

　　苏轼的儿子苏过，和杜甫的儿子宗武，都陪同着自己的父亲
走过了人生最后的岁月。二人都在自己父亲身边耳濡目染，但是

苏过有不少佳作传世，被人称为苏小坡。

可惜了杜宗武，只存在于别人的作品与故事中。

据《京兆杜氏宗谱》记载，嗣业娶余氏，生子二：长曰筳，次曰策。杜策，字昌华，官迁南康（今江西星子县）府君，江右（江西）杜氏始祖也。

孟启编著了著名的《本事诗》，记录了许多唐朝诗人的逸事。

孟启，字初中，唐朝人，生卒年、籍贯不详。唐朝平昌安丘人。孟存之孙，一说是孟琯之子（孟琯于元和五年即 810 年登进士第）。僖宗乾符二年（875）进士，凤翔节度使令狐绹辟为推官；其父在文宗时代（836—840）曾在梧州做官，启居于此。僖宗李儇光启（885—888）初为司勋郎中。其妻李琡是李唐宗室。

《本事诗》并收录了相关的一些诗歌。因为这本书，很多优美的诗篇、故事和唐人佚诗才得以流传，因此弥足珍贵。崔护脍炙人口的"人面桃花"一诗即来自此书：去年今日此门中，人面桃花相映红。人面不知何处去，桃花依旧笑春风。该书留世有《古今逸史》《顾氏四十家小说》《津逮秘书》《历代诗话续编》等不同版本。作者仿照《诗经》风、小雅、大雅、颂的"四始"分类法，把自己辑录的这些诗歌故事分为情感、事感、高逸、怨愤、征异、征咎、嘲戏等 7 类，共 41 则故事。除了宋武帝吟谢庄《月赋》、徐德言与乐昌公主破镜重圆的两则发生于六朝时期，其他均为唐代逸事。

《本事诗·高逸第三》记载：……（李白）后以不羁，流落江外（即江南）。又以永王招礼，累谪于夜郎。及放还，卒于宣城。杜（甫）所赠二十韵（即杜甫作《寄李十二白二十韵》，又名《寄李白二十韵》）一诗。备叙其事。读其文，尽得其古迹。杜（甫）逢禄山之难，流离陇蜀，毕陈于诗，推见至隐，殆无遗事，故当时号为"诗史"。

> 昔年有狂客，号尔谪仙人。
> 笔落惊风雨，诗成泣鬼神。
> 声名从此大，汩没一朝伸。
> 文彩承殊渥，流传必绝伦。
> 龙舟移棹晚，兽锦夺袍新。
> 白日来深殿，青云满后尘。
> 乞归优诏许，遇我宿心亲。
> 未负幽栖志，兼全宠辱身。
> 剧谈怜野逸，嗜酒见天真。
> 醉舞梁园夜，行歌泗水春。
> 才高心不展，道屈善无邻。
> 处士祢衡俊，诸生原宪贫。
> 稻粱求未足，薏苡谤何频。
> 五岭炎蒸地，三危放逐臣。
> 几年遭鹏鸟，独泣向麒麟。
> 苏武先还汉，黄公岂事秦。
> 楚筵辞醴日，梁狱上书辰。
> 已用当时法，谁将此义陈。
> 老吟秋月下，病起暮江滨。
> 莫怪恩波隔，乘槎与问津。

《寄李十二白二十韵》（又名《寄李白二十韵》）一诗，中国词学研究会理事、中国传媒大学文学院副院长、副教授董希平先生评析道：

这段文字，算得上是标准的同代人为李白所写的《李白传》了。李白一生的传奇和光荣，在这短短几百字中概括殆尽：因为《蜀道难》，李白得到了同样骄傲的"四明狂客"贺知章的赞许，谓之"谪仙"，并与之金龟换酒。李白声名鹊起，贺知章功不可没。

李白、杜甫被后人誉为唐代诗坛的两大巨星，但是当时两人的实际地位却不可同日而语，李白"饭颗山头"戏杜之作说明了这一点。

李白的长安生活，杜甫在《饮中八仙歌》中曾经说得极为传神："李白斗酒诗百篇，长安市上酒家眠。天子呼来不上船，自称臣是酒中仙。"而这段文字则细致地描述了李白在宫廷中的不拘小节，证明传说中的李白让高力士脱靴也并非空穴来风。

最后，这段文字交代了李白的结局，同时不忘捎带一笔，记载了杜甫作品"诗史"的称号以及原因，这也是唐人能够给予杜甫的最高评价，也是关于杜甫高评最早的记载。

这段述说李白高逸的故事，信息量之大，在唐诗材料中可算是绝无仅有，两大诗人李白、杜甫尤其是李白的一生标志性事件和称号，网罗无遗，这是唐人诗歌材料的奇迹，也是后人评价诗仙、诗圣的起点。

杜甫诗歌植根于盛唐，然而经历天宝乱后种种变局，诗人又以关心现实、同情人民的政治热情，身入下层，目及边郡，大大拓宽了思想境界和诗歌表现范围，深刻而细致地描绘了这一特定历史时期的社会面貌，至晚唐时，已有"诗史"之美誉。

《旧唐书》属于史类文学作品，成书于后晋开运二年（945），王廷政在福州复国号闽，共 200 卷，包括《本纪》20 卷、《志》30 卷、《列传》150 卷。作品原名《唐书》，宋祁、欧阳修等所编著《新唐书》问世后，才改称《旧唐书》。

《旧唐书》的修撰，距离唐朝灭亡时间不远，资料来源比较丰富。署名后晋刘昫等撰，实为后晋赵莹主持编修。被列为"二十四史"之一。

《旧唐书卷一百九十下·列传一百四十下之杜甫传》云：

杜甫，字子美，本襄阳人，后徙河南巩县。曾祖依艺，位终巩令；祖审言，位终膳部员外郎；自有传。父闲，终奉天令。甫天宝初应进士不第。天宝末，献《三大礼赋》，玄宗奇之，召试文章，授京兆府兵曹参军。十五载，禄山陷京师，肃宗征兵灵武，甫自京师宵遁赴河西，谒肃宗于彭原郡，拜右拾遗。房琯布衣时与甫善，时琯为宰相，请自帅师讨贼，帝许之。其年十月，琯兵败于陈涛斜。明年春，琯罢相。甫上疏言：琯有才，不宜罢免。肃宗怒，贬琯为刺史，出甫为华州司功参军。时关畿乱离，谷食踊贵，甫寓居成州同谷县，自负薪采梠，儿女饿殍者数人。久之，召补京兆府功曹。

上元二年冬，黄门侍郎郑国公严武镇成都，奏为节度参谋、检校尚书工部员外郎，赐绯鱼袋。武与甫世旧，待遇甚隆。甫性褊躁，无器度，恃恩放恣，尝凭醉登武之床，瞪视武曰："严挺之乃有此儿！"武虽急暴，不以为忤。甫于成都浣花里种竹植树，结庐枕江，纵酒啸咏，与田畯野老相狎，荡无拘检；严武过之，有时不冠，其傲诞如此！永泰元年夏，武卒，甫无所依。及郭英义代武镇成都，英义武人粗暴，无能刺谒，乃游东蜀，依高适。既至而适卒。是岁，崔宁杀英义，杨子琳攻西川，蜀中大乱。甫以其家避乱荆、楚，扁舟下峡，未维舟而江陵乱，乃溯沿湘流，游衡山，寓居耒阳。甫尝游岳庙，为暴水所阻，旬日不得食。耒阳聂令知之，自棹舟迎甫而还。永泰二年，啖牛肉白酒，一夕而卒于耒阳，时年五十九。

子宗武，流落湖湘而卒。元和中，宗武子嗣业，自耒阳迁甫之枢，归葬于偃师县西北首阳山之前。天宝末诗人，甫与李白齐名，而白自负文格放达，讥甫龌龊，而有饭颗山之嘲诮。元和中，词人元稹论李、杜之优劣曰："予读诗至杜子美，而知小大之有所总萃焉。始尧、舜之时，君臣以赓歌相和。是后诗人继作，历夏、殷、周千余年，仲尼绪拾选拣，取其干预教化之尤者三百，余无所闻。骚人作而怨愤之态繁，然犹去《风》《雅》日近，尚相比拟。秦、汉已还，采诗之官既废，天下妖谣民讴、歌颂讽赋、曲度嬉戏之辞，亦随时间作。至汉武赋《柏梁》而七言之体具。苏子卿、李少卿之徒，尤工为五言。虽句读文律各异，雅郑之音亦杂，而辞意简远，指事言情，自非有为而为，则文不妄作。建安之后，天下之士遭罹兵战，曹氏父子鞍马间为文，往往横槊赋诗，故其道壮抑扬、冤哀悲离之作，尤极于古。晋世风概稍存。宋、齐之间，教失根本，士以简慢翕习舒徐相尚，文章以风容色泽、放旷精清为高，盖吟写性灵、留连光景之文也。意义格力无取焉。陵迟至于梁、陈，淫艳刻饰、佻巧小碎之词剧，又宋、齐之所不取也。唐兴，官学大振，历世能者之文互出。而又沈、宋之流，研练精切，稳顺声势，谓之为律诗。由是之后，文体之变极焉。然而莫不好古者遗近，务华者去实，效齐、梁则不迫于魏、晋，工乐府则力屈于五言，律切则骨格不存，闲暇则纤穠莫备。至于子美，盖所谓上薄《风》《骚》，下该沈、宋，言夺苏、李，气吞曹、刘，掩颜、谢之孤高，杂徐、庾之流丽，尽得古今之体势，而兼人人之所独专矣！使仲尼考锻其旨要，尚不知贵其多乎哉！苟以为能所不能，无可无不可，则诗人已来未有如子美者。

是时山东人李白，亦以文奇取称，时人谓之李、杜。予观其壮浪纵恣，摆去拘束，模写物象及乐府歌诗，诚亦差肩于子美矣。至若铺陈终始，排比声韵，大或千言，次犹数百，词气豪迈，而风调清深，属对律切，而脱弃凡近，则李尚不能历其藩翰，况堂奥乎！予尝欲条析其文，体别相附，与来者为之准，特病懒未就尔。自后属文者，以稹论为是。甫有文集六十卷。

（中华书局点校本《旧唐书》卷一百九十下；萧涤非主编《杜甫全集校注》2014 年版第十二册附录二传记序跋选录之刘昫《杜甫传》）

　　译成白话文就是——

　　杜甫，字子美，本是襄阳人，后来搬迁到河南巩县。曾祖父杜依艺，官位最终到巩县县令。祖父杜审言，官位最终到膳部员外郎，另有传记。父亲杜闲，官位最终到奉天县县令。

　　杜甫天宝初年应考进士没有考中。天宝末年，献上自己写的《三大礼赋》。玄宗认为这赋写得很奇妙，就召唤他来考作文，并授给他京兆府兵曹参军一职。天宝十五载，安禄山攻陷京师，肃宗在灵武征兵。杜甫从京城趁夜逃奔到河西地区，在彭原郡拜见肃宗，被封为右拾遗。房琯平民时和杜甫很友好，当时房琯担任宰相，向肃宗请求亲自率领军队讨伐叛贼，帝准许他。这一年的十月，房琯的军队在陈涛斜被打败。第二年春，房琯被罢去宰相一职。杜甫上奏说房琯还是有才干的，不应该被罢免。肃宗生气，贬房琯当刺史，从京城赶出杜甫去担任华州司功参军。当时京城地区动乱流离，粮食一下子变得很贵，杜甫寄住在成州同谷县，只得自己背柴火采集橡栗，饿死的儿女有几个人。一段时间之后，被召回补任京兆府功曹。

上元二年冬，黄门侍郎、郑国公严武镇守成都，奏明皇上让杜甫担任节度参谋、检校尚书工部员外郎，并赐给他绯鱼袋。严武与杜甫是世交，对杜甫的待遇十分丰厚。但杜甫性格狭窄浮躁，没什么气量，凭着恩情放纵不羁。曾经趁酒醉登上严武的坐榻，瞪着眼睛看着严武说："你父亲严挺之居然有你这样的儿子！"严武虽然也是急躁暴戾，却也不认为他忤逆。杜甫在成都的浣花村种竹子，枕靠着长江建造房屋，尽情喝酒，长啸咏唱，和一些田地里的粗野伧夫一起亲昵地游逛，没什么拘束检点。严武拜访他，他有时也不戴好官帽，他就是这样傲慢胡乱。永泰元年夏，严武去世，杜甫就没有依靠的人了。到了郭英义代替严武镇守成都，英义是武夫，又很粗暴，杜甫不能探望拜见，就游历东蜀去依附高适。到了之后，高适却去世了。根据时任宰相元载《故定襄王郭英义神道碑》记载，永泰元年（765），郭英义拜成都尹、剑南西川节度使、御史大夫，接替病逝的严武，击退吐蕃犯境，当年十二月（766年1月），因部下崔旰谋反，出逃简州，被普州刺史韩澄斩杀于灵池。英义被杀，杨义琳攻陷西川，蜀中很乱。杜甫就带着他的家人到荆、楚地区躲避战乱，乘着扁舟下三峡，但是还没靠岸而江陵就动乱，于是溯流而上沿着湘江漂泊，游历衡山，寄居在耒阳。杜甫曾游览耒阳的岳庙，被洪水阻隔，十多天都得不到食物。耒阳的聂令知道这个消息，就亲自划着船去迎接杜甫回来。永泰二年，杜甫吃牛肉白酒，一个晚上就死在了耒阳，当时年纪只有五十九岁。

杜甫的儿子宗武，流落在湖、湘过世。元和年间，宗武的儿子嗣业，从耒阳迁走杜甫的棺柩，回葬在偃师县西北首阳山前……

《旧唐书》成书于后晋开运二年（945），距离唐朝灭亡仅仅30多年，距离杜甫辞世不到180年，号称如实保存史料，但不知何故，对杜甫和严武的关系、杜甫病逝的死因等记述得相当的牵强附会，与事实不符。

又过了110多年，到了宋仁宗赵祯嘉祐五年（1060）完成《新唐书》编纂，这是北宋时期宋祁、欧阳修、范镇、吕夏卿等合撰的一部记载唐朝历史的纪传体史书，属"二十四史"之一。《新唐书》前后修史历经17年，《新唐书》在体例上第一次写出了《兵志》《选举志》，系统论述唐代府兵等军事制度和科举制度。这是我国正史体裁史书的一大开创，为以后《宋史》等所沿袭。

《新唐书卷二百一·列传第一百二十六文艺传》杜甫传——

甫，字子美，少贫不自振，客吴越、齐赵间。李邕奇其材，先往见之。举进士不中第，困长安。

天宝十三载，玄宗朝献太清宫，飨庙及郊，甫奏赋三篇，帝奇之，使待制集贤院，命宰相试文章。擢河西尉，不拜，改右卫率府胄曹参军。

数上赋颂，因高自称道，且言："先臣恕、预以来，承儒守官十一世。迨审言，以文章显中宗时。臣赖绪业，自七岁属辞，且四十年。然衣不盖体，常寄食于人。窃恐转死沟壑，伏惟天子哀怜之。若令执先臣故事，拔泥涂之久辱，则臣之述作，虽不足鼓吹六经；至沈郁顿挫，随时敏给，扬雄、枚皋，可企及也。有臣如此，陛下其忍弃之！"

会禄山乱，天子入蜀，甫避走三川。肃宗立，自鄜州羸服欲奔行在，为贼所得。至德二年，亡走凤翔，上谒，拜右拾遗。

与房琯为布衣交。琯时败陈涛斜，又以客董庭兰罢宰相。甫上书言："罪细，不宜免大臣。"帝怒，诏三司杂问。宰相张镐曰："甫若抵罪，绝言者路。"帝乃解。甫谢，且称"琯宰相子，少自树立，为醇儒，有大臣体。时论许琯才堪公辅，陛下果委而相之。观其深念主忧，义形于色；然性失于简，酷嗜鼓琴，庭兰托琯门下，贫疾昏老，依倚为非。琯爱惜人情，一至玷污。臣叹气功名未就，志气挫衄，觊陛下弃细录大，所以冒死称述，涉近讦激，违忤圣心。陛下赦臣百死，再赐骸骨，天下之幸，非臣独蒙"。然帝自是不甚省录。时所在寇夺，甫家寓鄜，弥年艰窭，孺弱至饿死，因许甫自往省视。从还京师，出为华州司功参军。关辅饥，辄弃官去。客秦州，负薪采橡栗自给。

流落剑南，结庐成都西郭。召补京兆功曹参军，不至。会严武节度剑南东、西川，往依焉。武再帅剑南，表为参谋，检校工部员外郎。武以世旧，待甫甚善，亲入其家。甫见之，或时不巾，而性褊躁傲诞，尝醉登武床，瞪视曰："严挺之乃有此儿！"武亦暴猛，外若不为忤，中衔之。一日欲杀甫及梓州刺史章彝，集吏于门，武将出，冠钩于帘三。左右白其母，奔救得止，独杀彝。

武卒，崔旰等乱，甫往来梓、夔间。大历中，出瞿塘，下江陵，溯沅、湘以登衡山，因客耒阳。游岳祠，大水遽至，涉旬不得食。县令具舟迎之，乃得还。令尝馈牛炙白酒，大醉，一昔卒，年五十九。

甫旷放不自检，好论天下大事，高而不切。少与李白齐名，时号"李杜"。尝从白及高适过汴州，酒酣登吹台，慷慨怀古，人莫测也。数尝寇乱，挺节无所污。为歌诗，伤时挠弱，情不忘君，人怜其忠云。赞曰：唐兴，诗人承陈、隋风流，浮靡相矜。至宋之问、沈佺期等，研揣声音，浮切不差，而号"律诗"，竞相袭沿。逮开元间，稍裁以雅正。然恃华者质反，好丽者壮违，人得一概，皆自名所长。至甫，浑涵汪茫，千汇万状，兼古今而有之。它人不足，甫乃厌余；残膏剩馥，沾丐后人多矣。故元稹谓："诗人以来，未有如子美者。"甫又善陈时事，律切精深，至千言不少衰，世号"诗史"。昌黎韩愈于文章慎许可，至歌诗独推曰："李杜文章在，光焰万丈长。"诚可信云。

（中华书局点校本《新唐书》卷二百零一，人民文学出版社2014年版；萧涤非主编《杜甫全集校注》第十二册附录二传记序跋选录之宋祁《杜甫传》）

译成白话文就是——

杜甫字子美，少时家贫不能够养活自己，旅居于吴、越、齐、赵之地。李邕对他的才学感到惊奇，先前去见他。参加科举考试落第，困居长安。

天宝十三载，唐玄宗朝拜献祭于太清宫，祭祀天地和祖宗，杜甫进献了三篇赋。皇上对这几篇赋感到惊奇，让他在集贤院等待诏命。命令宰相考试文辞，提拔为河西尉，杜甫没有接受任职，后来改为右卫率府胄曹参军。（杜甫）多次献上赋和颂（两种文体），于是就自己大力赞扬自己，并且说："臣的先祖恕、预以来，继承儒学保有官位十一代，等到（祖父）审言时，凭文章显扬于中宗时。臣依赖继承祖业，从七岁开始写文章，将近四十年，然而衣不蔽体，常常靠人接济生活，私下里担心会死在荒郊外，还希望皇上同情、怜爱我。如果让臣继承先祖的旧业，改变地位低下的长时间的屈辱，那么臣的著述，即使不足以宣扬六经，极为含蕴深刻、感情抑扬，切合时宜、文思敏捷，可以期望赶得上扬雄、枚皋。有这样的臣子，陛下怎能忍心舍弃呢？"

适逢安禄山叛乱，杜甫避乱奔走于泾、渭等三江流域。唐肃宗即位，杜甫疲困衰弱想要从鄜州投奔皇帝的临时驻地。（中途）被寇贼捉住。后来杜甫逃了出来，逃往凤翔拜谒唐肃宗，被授右拾遗的官职。杜甫和房琯是平民之交，房琯因为受他的门客董庭兰（牵累），被罢黜了宰相职务。杜甫上疏说："罪行小，不应该罢免大臣。"唐肃宗大怒，召见三司来质问。宰相张镐说："如果让杜甫抵罪，这是在断绝言路。"唐肃宗（怒气）才缓解。杜甫谢罪说："琯，是宰相的儿子，年轻时就建立有远大理想要成为纯儒，有大臣的体器。时人认为房琯有三公之才。陛下果然委以宰相一职。我看他深切地为陛下担忧，形色中显出大义，可是他的性情有些傲慢。我感叹他功名没成，志气被挫败，非分地希望陛下您弃小错取大德，所以冒着死罪称述，我直言激怒、违背了圣意。陛下赦免了罪当百死的我，又赐我还乡，这是天下的大幸，不仅我独自蒙受圣恩。"这样皇帝从此很少录用人才了。

当时，杜甫所在的地方到处是盗寇抢掠，而杜甫家眷寓居于鄜州，生活终年艰难贫穷，小儿子甚至被饿死。于是杜甫只身前往鄜州探视。从京城回来，出任华州司功参军一职。适逢严武统辖剑南东西二川兵马，杜甫前往归附他。严武再次统领剑南时，表荐杜甫为参谋，检校工部员外郎。严武因为与杜甫是世交老友，对待杜甫非常友好，亲自到杜甫家探望。杜甫见严武，有时竟不穿衣服，而性格褊狭放诞，曾经酒醉登上严武床，瞪着眼说："严挺之竟然有这样的儿子。"严武也是暴躁勇猛的人，表面上看不在意，可是内心恨杜甫。有一天想要杀杜甫和梓州刺史章彝。将出去的时候，帽子被帘子的钩，钩住好几次，左右的人（把这件事）告诉严武的母亲，严武的母亲跑去相救，严武才作罢，只杀了章彝。严武死后，崔旰等作乱，杜甫往来于梓州、夔州之间。于是客居耒阳，当地县令送给他牛肉和白酒，一天大醉后死去，时年五十九。

杜甫为人旷达放荡不能自我约束，喜好谈论天下的大事，高谈而不切合实际。年轻时与李白齐名，当时号称为"李杜"。多次饱尝寇贼作乱的痛苦，坚持自己的气节不被玷污。做诗歌，感伤世事同情弱者，忠诚不忘君主，人们爱他的忠义。

《新唐书·杜甫传》从材料取舍上与《旧唐书》有些补充、完善，但就与严武关系、杜甫病逝死因仍然承袭旧说，以讹传讹，误传千载。

杜甫诗篇传颂千古，影响了后代无数文人墨客。杜甫的作品能大量流传于世，北宋"两王"——王洙、王琪，功不可没。

《旧唐书·杜甫传》称："甫有集六十卷。"《新唐书·艺文志》著录"杜甫六十卷，小集六卷。"小集6卷，即晚唐樊晃所编之本。杜集60卷本今不传。

北宋仁宗赵祯宝元二年（1039），官员王洙开编辑杜甫诗集的风气之先，他是宋代编订杜集的第一人。他全面收集杜甫诗歌，参考了古本二卷、蜀本二十卷、集略十五卷、樊晃序小集六卷、五代孙光宪序二十卷、北宋郑文宝序少陵集二十卷、别题小集二卷、北宋孙仅一卷、杂编三卷等。王洙精心整理，最终编成了20卷的《杜工部集》。除去重复篇目，他收录了杜甫1405首诗歌和29篇文章。这与现今流传的杜甫诗歌总数基本一致。此外，王洙还为杜甫集作注，是最早注杜之人。

王洙（997—1057），字原叔，一作源叔，北宋应天府（今河南商丘）人。少聪颖，博览强记，遍览方技、术数、阴阳、五行、音韵、训诂、书法，几无所不通。北宋大臣、目录学家。天圣二年（1024）进士及第，为庐州舒城县尉。官吏部检讨、知制诰、翰林学士，出知濠（今安徽凤阳）、襄（今湖北襄阳）、徐（今江苏徐州）、亳（今安徽亳州）等州，以文儒进用，博学强记，范仲淹谓其"文词精赡，学术通博，国朝典故，无不练达"。朝廷有大故实，多就以考证。编《杜工部集记》为二十卷，并撰序，以后之杜甫诗集，皆沿其本。

"杜甫，字子美，襄阳人，徙河南巩县。曾祖依艺，巩令；祖审言，膳部员外郎；父闲，奉天令。甫少不羁。天宝十三载，献三赋，召试文章，授河西尉，辞不行，改右卫率府胄曹。天宝末，以家避乱鄜州，独转陷贼中。至德二载，窜归凤翔，谒肃宗，授左拾遗，诏许至鄜迎家。明年收京，扈从还长安。房琯罢相，甫上疏，论琯有才，不宜废免，肃宗怒，贬琯汾州刺史，出甫为华州司功。属官辅饥乱，弃官之秦州，又居成州同谷，自负薪采栌，餔糒不给。遂入蜀，卜居成都浣花里，复适东川。久之，召补京兆府功曹，以道阻不赴，欲如荆楚。上元二年，闻严武镇成都，自阆州挈家往依焉。武归朝廷，甫浮游左蜀诸郡，往来非一。武再镇两川，奏为节度参谋、检校工部员外郎，赐绯。永泰元年夏，武卒，郭英义代武。崔旰杀英义。杨子琳、柏正节举兵攻旰，蜀中大乱，甫逃至梓州。乱定，归成都，无所依，乃泛江，游嘉、戎，次云安，移居夔州。大历三年春，下峡，至荆南，又次公安，入湖南，溯沿湘流，游衡山，寓居耒阳。尝至岳庙，阻暴水，旬日不得食。耒阳聂令知之，自具舟迎还。五年夏，一夕，醉饱卒，年五十九。观甫诗与唐实录，犹概见事迹，比《新书》列传，彼为踳驳。甫集初六十卷，今秘府旧藏，通人家所有称大小集者，皆亡逸之余，人自编撮，非当时第叙矣。蒐裒中外书，凡九十九卷。除其重复，定取千四百有五篇，凡古诗三百九十有九，近体千有六，起太平时，终湖南所作，视居行之次，若岁时为先后，分十八卷；又别录赋笔杂者二十九篇为二卷，合二十卷。意兹未可谓尽，他日有得，尚副益诸。宝元二年十月，王原叔记。"

（景印宋本《杜工部集》；萧涤非主编《杜甫全集校注》附录二传记序跋选录之王洙《杜工部集记》）

王洙的私人藏书甚富，仅其家藏书目著录，就有 43000 卷，而类书之卷帙浩繁者，如《太平广记》之类，还不在其间。他每得一书，必求别本参校无误后，以鄂州蒲圻县生产的绵纸，抄为书册，每册厚度不超过 40 页，此本专门为借人和子弟阅览之用；另抄一本以黄绢裱后，称为"镇库书"。仅镇库书就达 5000 余卷。

嘉祐四年（1059），苏州知州王琪对王洙的《杜工部集》加以重新编订，雕版印刷。这本《杜工部集》共 20 卷，半页 10 行，每行 20 字。从此，该书成为后代杜甫诗集之祖，后世一切集注、补遗、增校、注释、批点、分类等，均直接、间接从此本出。

王琪（生卒年不详），字君玉，华阳（今四川成都）人，徙舒（今安徽庐江）王罕之子、王珪从兄。进士及第，北宋政治家、文学家，曾任江都主簿。天圣三年（1025）上时务十事，得到宋仁宗嘉奖。嘉祐年间为平江府太守，曾任舒州、润州、苏州的知州。以礼部侍郎致仕，享年 72 岁。

嘉祐四年（1059），王琪增订刊刻《杜工部集》于苏州，并撰写了《后记》，对杜甫的"博闻稽古"加以肯定："近世学者，争言杜诗，爱之深者，至剽掠句语，殆所用险字而模画之，沛然自以绝洪流而穷深源矣……子美博闻稽古，其用事非老儒博士罕知其自出，然讹缺久矣。后人妄改而补之者众，莫之遏矣。非原叔（即王洙）多得其真，为害大矣……"《杜工部集》一次印一万部，"每部为直千钱，士人争买之，富室或买十许部"。起初是为了弥补挪用的公款。在姑苏郡守时，为了修建苏州官衙，他挪用了几百万钱的公款，这笔钱后来未得到路转运使的批准。一筹莫展的王琪只好拿出自己珍藏的王洙本《杜工部集》进行官刻出版，以1000钱每部的价格拿到市场销售。恰逢当时杜甫诗集深受宋人青睐，市场上的珍藏本又脱销了，所以王琪的这套书卖得十分红火，获利几百万钱，正好填补了挪用财政的空缺。

王琪的《杜工部集》之所以获利丰厚，除了上述原因，还和当时官刻书价比较高有关。据近代学者叶德辉考证，南宋绍兴十七年（1147），黄州（今湖北黄冈）刊刻北宋诗文革新运动先驱之一王禹偁自编的诗文集《小蓄集》30卷，该书正文448页，成书出售价格为3850文，利润率达415%。

王洙、王琪对杜甫诗文的编纂、刊刻，不管其主观动因为何，客观上都保护、传承了传统文化，大大促进了杜甫作品的流传。

《容斋随笔》是南宋洪迈（1123—1202）编著的史料笔记，被历史学家公认为研究宋代历史的必读之书。分《随笔》《续笔》《三笔》《四笔》和《五笔》，共五集，七十四卷。

《容斋四笔》卷十六"四李杜"条载："汉太尉李固、杜乔，皆以为相守正，为梁冀所杀。故掾杨生上书，乞李、杜二公骸骨，使得归葬。梁冀之诛，权势专归宦官，倾动中外，白马令李云露布上书，有'帝

成县杜甫草堂杜甫雕像

欲不谛'之语。桓帝得奏震怒，逮云下北寺狱。弘农五官掾杜众，伤云以忠谏获罪，上书愿与云同日死，帝愈怒，下廷尉，皆死狱中。其后襄楷上言，亦称为李、杜。灵帝再治钩党，范滂受诛，母就与之诀，曰：'汝今与李、杜齐名，死亦何恨！'谓李膺、杜密也。"李太白、杜子美同时著名，故韩退之诗云："李杜文章在，光焰万丈长。"凡四李、杜云。明代文学家、诗论家胡应麟《诗薮》说："李白、杜甫外，杜审言、李峤结有前朝，李商隐、杜牧之齐名晚季，咸称李杜，是唐有三李杜也。"又杜赠李衔有"李杜齐名真忝窃"之句，衔亦当能诗耶！"该诗（《长沙送李十一衔》）前半叙前次别后情事，后半感李相知之深而惜重逢即别：当年共寓同谷，不期十二年后又在长沙重逢。郎官遥受，终愧未蒙赐履入朝；这里究竟不是我的故土，所以就懒得登楼。你待我情同胶漆，义气过人；可叹我久辱泥涂，穷老莫振。古今"李杜"并称的不一而足，可我真不敢同你齐名；对此朔云寒菊，就越发增添我的别绪离忧。清代学者朱瀚说："云菊离忧，别景别情，一语尽之。"（仇兆鳌《杜诗详注》引）

作为诗人，杜甫有幸有不幸。不幸者，其诗作在本朝并未受到格外的重视，而且散佚过半；有幸者，北宋之后，诗史、诗圣地位确立，光焰万丈，与时俱隆，至于 20 世纪 60 年代还荣获世界文化名人桂冠。北宋之后，注杜诗者即有"千家""百家"名目，且流韵延绵不绝。张忠纲先生等主编的《杜集叙录》收书 1261 种，其大多数系注解之作，有人将众多的易学著作称"周易之河"，以此比附，历代注杜的著作可称为"杜诗之河"……

宋代编年史和人物传记的大量撰修，有利于将编年法运用于人物传记和诗歌的编次中，由此形成年谱与编年本的文集与诗集。杜诗的编年在宋代以黄希、黄鹤父子的《黄氏补注》的成就最大，其突出的特点是诗史互证；而杜诗的编年本却以鲁（訔）本《杜诗注》《杜工部诗年谱》《蒙溪已矣集》为代表黄氏父子在旧本《千家注》的基础上，采用"补注"的形式，将每首杜诗逐一系年，杜甫的生平及杜诗的系年在黄氏父子手里已基本完成，至清人更趋完善。

南宋黄希、黄鹤父子的《黄氏补注杜诗》36卷（又名《黄氏补千家注纪年杜工部诗史》《集千家杜诗补注》），以其编年之详细、考证之精而为后世许多注家所采用。作为集注本，其中还保留了丰富的文学史料，成为研究杜诗乃至其他知识的珍贵资料。

宋黄希原本，而其子鹤续成之者也。黄希，字梦得，宜黄（今江西抚州）人。进士第。官至永新令。尝作春风堂于县治，杨万里为作记，今载《诚斋集》中。鹤字叔似。著有《北窗寓言集》，今已久佚。希以杜诗旧注每多遗舛，尝为随文补缉，未竟而殁。鹤因取椠本集注即遗稿为之正定。又益以所见，积三十余年之力，至嘉定丙子，始刻成编。书首原题《补千家集注杜工部诗史》。所列注家姓氏，实止一百五十一人。注中征引则王洙、赵次公、师尹、鲍彪、杜修可、鲁訔诸家之说为多，其他亦寥寥罕见。而当时所称伪苏注者，乃并见采缀。盖坊行原有千家注本，鹤特因而广之，故以"补注"为名。其郭知达《九家注》、蔡梦弼《草堂诗笺》，视鹤本成书稍前（案知达本成于淳熙辛丑，在鹤本前三十余年。梦弼成于嘉泰甲子，在鹤本前十有二年），而注内无一字引及。殆流传未广，偶未之见也。书中凡原注各称"某曰"，其补注则称"希曰""鹤曰"以别之。大旨在于按年编诗，故冠以《年谱辨疑》，用为纲领。而诗中各以所作岁月注于逐篇之下，使读者得考见其先后出处之大致。其例盖始于黄伯思，后鲁訔等踵加考订，至鹤父子而益推明之。钩稽辨证，亦颇具苦心。其间抵牾不合者，如《赠李白》一首，鹤以为开元二十四年游齐、赵时作。不知甫与白初未相见，至天宝三四载白自供奉被放后，始相遇于东都。观甫《寄白二十韵》诗所云"乞归优诏许，遇我宿心亲"者，是其确证，鹤说殊误。又《郑驸马宅宴洞中》一首，鹤谓与《重题郑氏东亭诗》皆在河南新安县作。不知《长安志》有莲花洞，在神禾原郑驸马之居，即诗所云"洞中"，并不在新安，不可与东亭混而为一。又《高都护骢马行》，鹤以为天宝七载作。考高仙芝平小勃律后，以天宝八载方入朝，诗中有"飘飘远自流沙至"语，则当在八载，而非七载。又《遣兴》诗"赫赫萧京兆"句，鹤以京兆为萧至忠。不知至忠未尝官京兆尹，诗中所指当是萧炅。又《喜雨》一首，鹤谓永泰元年所作。考诗末甫自注"浙右多盗贼"语，正指宝应元年袁晁之乱，诗当作于是年。时甫方在梓、阆间，故有巴人之句，鹤说非是。似此者尚数十条，皆为疏于考核。又题与诗皆无明文，不可考其年月者，亦牵合其一字一句，强为编排，殊伤穿凿。然其考据精核者，后来注杜诸家亦往往援以为证。故无不攻驳其书，而终不能废弃其书焉。

从宋朝以来，杜诗注家之多，是别的诗人所难以比拟的。客观地说，有真知灼见，亦有陈词滥调，或谬论妄说之作。大众认可注家的说法，那就是钱谦益的《杜诗笺注》、杨伦的《杜诗镜铨》、浦起龙的《读杜心解》和仇兆鳌的《杜诗详注》（别名《杜少陵集详注》）等。

清人杨伦笺注的《杜诗镜铨》，是具有代表性的杜甫诗集注本之一。杨氏参考了宋代至清代的各家杜诗注本，颇能裁择各家之长，结合自己的研究心得，纠正、补充旧注中的一些错误和缺漏。该书的注释比较平正通达，简明扼要，不穿凿附会，不做烦琐的征引和考证，杨氏除了着重根据历史背景阐明的写作年代和主旨外，还注意到对诗意的疏解，并精选诸家评笺作为注释的重要补充。由于具有上述特点，本书向来为研究杜诗者所重视。

宋、元、明、清各代都有标准各异、繁简不同的唐诗选本问世。清康熙时彭定求等人编纂的《全唐诗》共 900 卷，包括 2200 多位诗人，收诗 48900 多首。因为卷帙浩繁，不易普及。

清代蘅塘退士选编的《唐诗三百首》，因篇幅适中，200 年来刻刊最多，传播最广，在旧选本中是影响较大的一种。《唐诗三百首》的命名，是沿袭"诗三百"的说法，当有要继承《诗经》传统的含义。"三百首"是取整数，实际上选本选了 77 位唐代诗人的 310 首诗作，刻印时又补入了杜甫的《咏怀古迹》3 首，共分为 8 卷。入选诗篇按诗体分为五古、七古、五律、七律、五绝、七绝 6 类，乐府诗附入各体之后。《唐诗三百首》的编者就脍炙人口的诗来选，入选作品不少具有代表性，并能表现"盛唐气象"。盛唐诗是唐诗的高峰，这个时期的重要作家在选本中几乎无一遗漏，所选诗篇也多为精品。由于所选作品体裁完备，风格各异，富有代表性又通俗易懂，刊行后广为流传。

《唐诗三百首》共入选杜甫诗歌 38 首，约占入选诗作的十分之一多，包括《望岳》《丹青引赠曹将军霸》《兵车行》《丽人行》《春望》《月夜忆舍弟》《蜀相》《八阵图》《江南逢李龟年》等诗作，尽管杜甫反映历史面貌和民间疾苦的辉煌诗篇《北征》《三吏》《三别》，白居易以《秦中吟》《新乐府》为代表的讽喻诗等，都因不够"温柔敦厚"不能入选。但这比盛唐时期盛唐人选盛唐诗寥寥无几，好到哪里去了，诗圣应该是十分欣慰和释然的。

　　《唐诗三百首》成书于乾隆二十九年（1764）。编选者蘅塘退士是清代乾隆十六年（1751）进士，本名孙洙（1711—1778），字临西，芩西，号蘅塘，退士，江苏无锡人。历任大城县、卢龙县、邹平县知县和江宁府学教授等职。晚年归里，著有《蘅塘漫稿》《排闷录》《异闻录》等著作传世。《唐诗三百首》的旧注有多种，以陈婉俊的补注本最为简明，流传较广。

　　《唐诗三百首》原本是为童蒙学习诗歌而编的家塾课本，但因编者汲取了《千家诗》易于成诵的优点，该书问世不久就"风行海内，几至家置一编"，被视为唐诗入门读物的首选，一直影响至今。

　　人们不禁要问，杜甫为何被称为"诗圣""人民诗人"？还有人戏称他是"唐代记者"？他的诗为何被称为"诗史"？

　　简言之，称为"诗圣"，是因为杜甫以诗写史、由己及人、爱国爱民、忠恕仁爱。

　　他的诗为何被称为"诗史"？就是因为杜甫的诗具有非常强的写实性，通过读杜甫的诗歌可以了解当时的历史。此外还在于对一些重大时事，杜甫都会在诗歌里写到自己的感受。

　　"作为一个诗人，在我国文学史上，有没有第二个像杜甫这样得到后代文学家、政治家、哲学家和民族英雄一致的推崇和爱戴的呢？应该说：没有。作为一部诗集，在我国无比丰富的文学遗产中，有没有第二部像杜诗这样受到千百年来一贯的热情的搜集、注解并刻行的呢？应该说：也没有……早在1955年5月10日的《光明日报》就这样报道：成都杜甫草堂，已搜集到关于杜甫的诗集和其他资料共有442部，3770多册；其中各种不同版本的杜诗就有161部，1300多册。还有杜甫的遗踪、祠宇、碑铭、拓片和文物500多件。文物中有元代以来20多种不同的杜甫画像。

当然，这搜集还不是也不可能是完备的。"（萧涤非《杜甫研究》上卷）

杜甫为什么被称为"人民诗人"？因为杜甫诗中所言的，不仅是一己之志一己之情，还经常推己及人，这就是孔子所说的仁爱。杜甫有非常多的诗，是以自己的视角来观察别人的生活。比如"三吏""三别"，写的都是社会下层民众。人物甚至连姓名都没有，但杜甫对这个群体的描写，表达了他对时事的关注，对国家、对民众的仁爱和关心。杜甫通过写安史之乱前后社会上的某一个家庭、某一个人，由一家而写尽天下，由一个人写遍整个社会。通过这样的写作方法，可以看到杜甫对整个社会的关切，对底层民众的关爱，对百姓疾苦的痛心疾首。他不是为自己活着，而是为天下的贫寒之士活着；他不是为自己请命，而是为天下所有贫寒之士请命。

被称为"诗圣"，则是中国古代对杜甫诗歌和人格的评价。杜甫的诗歌里有儒家的忠恕和仁爱之道，有一种悲天悯人、推己及人的情感。他一生不断遭受挫折，始终没有放弃热爱国家、热爱人民，没有放弃为天下寒士请命。"致君尧舜上，再使风俗淳"，是他一生的理想。

杜甫在的时候，在诗坛的名望其实并不是特别高。虽然也有元载、白居易、韩愈等人的高度赞誉，但从当时整个社会接受层面来看，杜甫在唐代诗坛的地位和他在后来人们心目中的地位相比还是有巨大落差的。真正把杜甫推到诗坛数一数二的位置，是宋代的苏轼、黄庭坚、欧阳修等人。

唐代人为什么不太重视杜甫？有一个很重要的原因是唐代人认为诗歌应该写得空灵，应该像李白、王维、孟浩然的诗那样，而杜甫的诗更多的是写实，通过写实来表达他的思想，来表达他

对国家的情感。所以，杜甫的诗歌路数和唐人喜欢的诗歌路数是
有一定的错位的。

但从文学史来说，杜甫确实是一个承前启后的重要诗人。后
来白居易等现实主义诗人倡导的新乐府运动，就是直接受到了杜
甫的影响。

在延安杜公祠，我们有幸诵咏到《历代评杜诗选粹》，不妨
分享给读者诸君——

李杜文章在，光焰万丈长。

不知群儿愚，那用故谤伤。

蚍蜉撼大树，可笑不自量。

伊我生其后，举颈遥相望。

夜梦多见之，昼思反微茫。

——唐（著名诗人、散文家）韩愈《调张籍》

翰林江左日，员外剑南时。

不得高官职，仍逢苦乱离。

暮年逋客恨，浮世谪仙悲。

吟咏流千古，声名动四夷。

文场供秀句，乐府待新词。

天意君须会，人间要好诗。

——唐（著名诗人）白居易《读李杜诗集因题卷后》

风雅久寂寞，吾思见其人。

杜君诗之豪，来者孰比伦。

生为一身穷，死也万世珍。

言苟可垂后，士无羞贱贫。

——北宋（政治家、文学家）欧阳修《子美画像》

君民所谓学至于无学者耳。今观其诗，如元气淋漓，随物赋形；如三江五湖，合而为海，浩浩瀚瀚，无有涯涘；如祥光庆云，千变万化，不可名状。固学者之所以动心而骇目。犹可仿佛其余韵也。

——元（著名诗人）元好问《杜诗学引》

唐兴，律绝之体，李、杜为首称，而杜为尤甚。

——明（大学士）黄维《读杜愚得》后序

杜诗高、大、深俱不可及。吐弃到人所不能吐弃，为高……涵茹到人所不能涵茹，为大……曲折到人所不能曲折，为深……杜诗只"有、无"二字足以评之。有者，但见性情气骨也；无者，

延安杜公祠碑铭

不见语言文字也。

——清（著名评论家）刘熙载《艺概》

......

2012 年，由中共郑州市委宣传部、郑州人民广播电台录制，根据程韬光的小说《诗圣杜甫》改编的八集广播连续剧《杜甫》这样评价杜甫——

杜甫，一个中国人不可不知的伟大诗人；

杜甫，一个世界不可不知的文化名人；

他毕生忧国忧民，用诗文阐述国政，用诗文记述民情，虽贫困潦倒，而不忘为百姓疾苦呼号。其爱国爱民之精神，令后人高山仰止。"诗史""诗圣"是人们送给他的最好赞誉。

谨以此剧纪念杜甫诞生 1300 年！

杜学之河，千年流淌。

1922 年，梁启超先生最早用现代学术观念和人文理论研究与分析杜诗的成果，发表了学术讲演《情圣杜甫》；

1927 年，傅东华先生的《李白与杜甫》出版发行；

1930 年左右，时任武汉大学第一任文学院长的闻一多先生发表了《少陵先生年谱会笺》；

40 年代解放区的延安，对伟大诗人杜甫比较重视，时任毛泽东秘书、中共中央政治局秘书胡乔木曾经有过关于纪念杜甫的指示信，焕南的《案

延安杜公祠碑铭

头杂记》介绍了延安的杜公祠、少陵川，谈到延安纪念杜甫将修葺杜公祠、开纪念会；钱来苏先生发表《关于杜甫》；

西安杜公祠诗圣堂

中华人民共和国成立之后，对杜甫及其诗作的研究达到了一个前所未有的高度——

1952 年，冯至先生在影响力很大的《新观察》杂志连续发表《杜甫传》，随后《杜甫传》由人民文学出版社出版发行，这是中国第一部关于杜甫的传记作品；

1956 年，萧涤非先生在《文史哲》杂志上连载《杜甫研究》，后由山东人民出版社出版发行；夏承焘先生连续发表《杜诗札丛》等；

1962 年，是杜甫诞辰 1250 周年，被世界和平理事会推选为世界文化名人；这一年报刊发表的有关研究杜甫的文章有 300 多篇，其中以郭沫若先生在纪念杜甫大会上开幕词《诗歌史上的双子星座》，对杜甫在中国文学史上的地位给予了极高的评价；1962 年至 1963 年 11 月，中华书局相继出版了《杜甫研究论文集》一、二、三辑，呈现和总结了大半个世纪杜甫研究的实绩；

"文化大革命"以后，出现了研究杜甫的热潮。学界再版了大量明、清名家注杜论杜旧著，如仇兆鳌先生的《杜诗详注》、钱谦益先生的《钱注杜诗》、浦起龙先生的《读杜心解》、杨伦先生的《杜诗镜铨》、王嗣奭先生的《杜臆》、施鸿保先生的《读杜诗说》及金圣叹先生的《杜诗解》等等；出版当代学者研读新著有 1979 年萧涤非先生的《杜甫诗选注》由人民文学出版社出版发行；傅庚生先生的《杜诗析疑》、金启华先生的《杜甫诗论丛》；实地考察研究杜甫行踪，以张忠纲先生《杜甫在山东行迹交游考辨》开启先河，此后林家英先生《评踪辨迹学杜诗》、张忠先生《杜甫陇右纪念遗迹》等等，其中，1982 年山东大学《杜甫全集》校注组编写的、由人民文学出版社出版发行的《访古学诗万里行》，成果最为突出、流传甚广；而且研究范围由杜诗注析、杜集版本研究、杜诗学史拓展到生平研究、思想研究、诗歌艺术研究、艺术渊源和影响、诗歌创作观和审美思想、单篇诗作探讨和杜甫文学研究诸多方面；

1998 年，刘开扬、萧涤非编写的《杜甫及其作品选》，由上海古籍出版社出版发行；

2003 年，陈贻焮的《杜甫评传》由北京大学出版社出版发行；

2010 年，程韬光的《诗圣杜甫》由河南文艺出版社出版发行；

西安杜公祠碑林

同年，康震的《康震评说诗圣杜甫》由中华书局出版发行；

2014 年 1 月，杜甫研究的里程碑著作《杜甫全集校注》，由人民文学出版社出版发行。该书是山东大学承担的"中国古代大作家集"规划项目，1978 年立项，萧涤非教授任主编。该项目随后被确定为全国高校古委会重点项目、新闻出版总署为"十二五"重点项目。全书终审统稿张忠纲，副主编廖仲安、张忠纲、郑庆笃、焦裕银、李华，历经 3 代学人、耗时 36 年努力，近达 700 万字，《杜注》以商务印书馆影印之《续古逸丛书》第四十七种《宋本杜工部集》为底本，校以十四种宋元刻本及明抄本《新定杜工部古诗近体诗先后并解》，又以《太平御览》（商务印书馆影宋本）、《文苑英华》（中华书局影宋本一百四十卷、影明刊本八百六十卷）、《乐府诗集》（文学古籍刊行社影宋本）、《永乐大典》（中华书局影印本）中所征引者参校，该书收集、校勘杜甫诗 20 卷（1450 余首）、文赋 2 卷、疑伪之作辑考 1 卷，每首诗（文）校注分题解、注释、集评、备考、校记五项内容。附录 5 卷（《杜甫年谱简编》《传记序跋选录》《诸家咏杜》《诸家论杜》《重要杜集评注本简介》）和篇目音序索引。全书共 12 册，是一部编录谨严、校勘审慎、注释详明、评论切当的带有集注、集评、集校性质的新校注本。该书把集众说与树己见很好地统一起来，是一部总结一千多年来研究的集大成著作，具有划时代意义。无论是研究的深度和广度，还是规模的宏大和体例的完备，都大大超过了历史上公认最好的注本清代仇兆鳌的《杜诗详注》。

2018 年 12 月，《广西师范大学学报》刊发杜晓勤《二十世纪杜甫研究概述》论文，文中指出：……甘肃省杜诗研究界则对杜甫陇右诗进行了较有成效的研究，先是在 1985 年出版了李济

阻等人的《杜甫陇右诗注析》，
此后地处陇上的甘肃省天水师
专（今天水师范学院）中文系
教师们一直潜心研究杜甫陇右
诗，他们的研究成果大部分收
入了《杜甫陇右诗研究论文集》。
1996 年 9 月 9 日—13 日，中国
杜甫研究会第二次学术讨论会，
在甘肃省天水市召开，来自全
国各地及港、澳、台地区 80 多
位学者出席了大会。大会共收
到论文 60 多篇，集中讨论了杜
甫陇右诗的思想内容、艺术成
就及其在杜诗中的地位……

当代杜学研究成果书影

　　2020 年，诗人商震的长篇
"问史"随笔《蜀道青泥》由
中国旅游出版社出版发行；

　　2021 年 11 月下旬，中央电

天水杜甫研究会会员证

视台纪录频道播出了五集纪录片《跟着唐诗去旅行》：第一集《杜
甫江湖》、第二集《孟浩然故人》、第三集《王维长安》、第四
集《岑参边塞》和第五集《李白仙山》。其中第一集《杜甫江湖》，
就是从杜甫流寓陇右入蜀途中，诗人西川踏上杜甫晚年寻找安身
之所的漂泊旅程，经过陇南徽县木皮岭之后的小地坝村开篇切入
的……

　　我们不妨对北京大学教授陈贻焮的《杜甫评传》、程韬光
的《诗圣杜甫》和央视纪录频道播出的五集纪录片《跟着唐诗去

旅行》，逐一做一简要
的介绍。

《杜甫评传》列入
"北大名家名著文丛"，
其宗旨是：一百年来，
被誉为最高学府的北
京大学与中国的教育
文化事业始终紧密地

成县杜甫草堂碑林

连在一起。北大深厚的文化积淀、严谨的学术传统、宽松的治学
环境，广泛的国际交往，造就了一代又一代蜚声中外的知名学者、
教授。他们坚守学术文化阵地，在各自从事的领域里做出了杰出
的贡献，写下了一部又一部在中国学术史上产生深远影响的著作。
"北大名家名著文丛"精选北大知名学者撰写的人文社科类的学
术著作，旨在反映北大几代学者的学术成就，展现他们的治学风
范。《杜甫评传》（上中下三卷）这部近 130 万字的洋洋巨著，
就是"北大名家名著文丛"学术著作之一。

关于作者，该书这样介绍——陈贻焮（1924—2000），字一新，
湖南省新宁县人。北京大学中国语言文学系教授，中国古代文学
博士生导师。从事魏晋南北朝隋唐五代史的研究和教学工作，相
关研究著作主要有《王维诗选》《唐诗论丛》《孟浩然诗选》《杜
甫评传》《论诗杂著》，参编、主编的著作主要有《魏晋南北朝
文学史参考资料》《中国历代诗歌选》《中国小说史》《历代诗
歌选》《增订注释全唐诗》等。

而《诗圣杜甫》是这样推介的——这是第一部描写杜甫人生
及其诗歌创作历程的长篇历史小说，也是一部关于杜甫的文学传
记。全书以杜甫的出生、漫游、求仕、流亡及创作为线索，以大

唐盛世由盛转衰为时代背景，将杜甫一生的踪迹和时代境遇融为一体，全面展示了杜甫孤独辗转、上下求索的一生，也再现了大唐由盛转衰时期的国恨家难、宫廷纷争、人文趣事、家庭悲欢等时代风情画卷。该书熔历史真实与文学想象于一炉，场面恢宏，情节跌宕，感情炙热，风格独特，气势磅礴。

对于作者，是这样介绍的——程韬光，河南邓州人。毕业于中南财经大学经济法专业，担任大型企业高管多年。河南大学客座教授，河南省文学院签约作家，河南杜甫研究会副主席，郑州市作家协会副主席，郑州市科技拔尖人才。已出版诗集《天堂里的村庄》、小说《太白醉剑》。作品在新浪网、《大河报》等知名媒体连载，广受读者好评。《诗圣杜甫》为中国作家协会重点作品扶持项目。

2021 年 11 月下旬，央视纪录频道首播了五集纪录片《跟着唐诗去旅行》，其推介语这样描述：《跟着唐诗去旅行》首播，感受诗和远方相遇的中国之美。

如果李白、杜甫、王维、孟浩然、岑参是你的"导游"，如果郦波、杨雨、西川、韩松落、鲁大东是你的"伴游"，如果唐诗三百首就是你的中国五日游"攻略"，如果央视的纪录片团队是你的"游拍"，这算不算世间最豪奢的一趟旅行？

2021 年 11 月 23 日，央视纪录频道首播五集纪录片《跟着唐诗去旅行》。该片分别选取杜甫、孟浩然、王维、岑参、

诗人西川在湖南株洲挽洲岛给小学生讲解杜甫诗歌（央视纪录片《跟着唐诗去旅行 1 杜甫江湖》剧照）

李白五位诗人最具代表性的五段旅程，邀请诗人西川、书法家鲁大东、学者郦波、杨雨，作家韩松落，重返唐诗发生的地方，看见变换的山川风景。千年已逝，容颜变化，但山河未改。让我们一起出发，遇见唐诗、遇见风景。

唐诗是中国古代文学的瑰宝，不仅历代中国人喜欢唐诗，喜读李白、杜甫、白居易，就是在国外，在世界范围内，唐诗也罢，李白、杜甫也好，同样被域外不同肤色、不同文化背景的有识之士所敬仰、所推崇。尤其在日本，日本有专门的杜甫研究会，很多学者非常关注对杜甫的研究，而且参与了杜甫诗歌的传播、校注或学术研究。

20 世纪 60 年代，杜甫被联合国教科文组织推选为"世界文化名人"。所以毫不夸张地说，杜甫不仅仅对中国影响巨大，在全世界范围内都是有影响的中国传统文化名人。

著有《唐诗西传史论：以唐诗在英美的传播为中心》专著的华裔女作家、美国圣彼得大学教授江岚博士，在《20 世纪域外杜甫英译专著之文化语境、诠释立场及影响》中介绍说——

在域外唐诗英译的历史进程中，当西方世界开始尝试着从中国古典文学中去了解中华文化精神，他们意识到中国古典诗歌是中国文学之经典，唐诗又是中国古典诗歌之冠冕。"李白和杜甫是唐代最伟大的两位诗人"一类的介绍性文字，在介绍中国文化或中国文学的著述中并不鲜见。能够将李白、杜甫二人并列于同等重要位置上的，以首开唐诗专门译介先河的威廉姆·弗莱彻（W.J.B.Fletcher，1879—1933）为第一人。弗莱彻曾经是英国政府驻华领事馆的职官，任满后留在广州，任中山大学英语教授，后来逝世于广州。他的《英译唐诗选》（Gems of Chinese Verse，1919）和《英译唐诗选续集》（More Gems from Chinese

Poetry, 1925）这两本译著，是迄今所知最早的断代唐诗英译专书。

1929 年，杜甫专门英译文本的出现，打破了域外唐诗英译领域长期重李轻杜的状态。两位文学译家，艾斯珂夫人和昂德伍夫人，为此作出了开创性贡献。

芙洛伦丝·艾斯珂（Florence Wheelock Ayscough，1878—1942），出生于上海，她的父亲是在上海经商的加拿大人，母亲是美国人。1897 年，这个当时在上海洋行圈里有名的美丽才女嫁给了英国商人弗朗西斯·艾斯珂（Francis Ayscough，1859—1933），成为艾斯珂夫人。这就催生了《松花笺：中国诗歌选译》（Fir-Flower Tablets，1921）一书。该书成为英语世界第一部译介杜甫及其作品的专著。此后，艾斯珂夫人还完成了《中国诗人杜甫传》《一位中国诗人的游踪——江湖客杜甫》。

昂德伍夫人原名 Ju Lia Edna Worthley，出生于美国缅因州一个英商的世代书香家庭。她受过很好的教育，语言天赋极高，精通西班牙语、俄语等至少五六种语言。1928 年，昂德伍夫人和朱其璜合译出杜甫的组诗《乾元中寓居同谷县作歌七首》。次年，两人合译的《杜甫：神州月下的行吟诗人》被隆重推出，不仅有普通版，还附带有两个小册子，即杜甫的《同谷七歌》《三大中国名篇》，还有 50 册精装签名的限量收藏版。

1952 年，华裔学者洪业的《杜甫：中国最伟大的诗人》（Tu Fu:China's Greatest Poet）由哈佛大学出版社出版。这本书按杜甫年谱次序编排，译介了杜诗 374 首，体例和艾斯珂夫人的两卷本类似。为了更准确地传达杜甫的思想和精神，译文中带有大量注释。虑及大众读者和学术界读者不同的阅读需要，这些注释被作为姐妹篇单独成书，《中国最伟大的诗人杜甫参校副本》（A Supplementary Volume of Notes for Tu Fu:China's Greatest

Poet），也于同一年由哈佛大学出版社刊行。洪业一生的学术成果大多散逸，这两本书是他仅存的专著。洪业这两本书，不仅系统译介了大量杜甫作品，还对选译过同一首杜诗的其他译者和译本情况做了专门的评点、说明，在英美的杜甫和杜诗研究领域享有很高的声誉，洪业因此成为英语世界一流的杜甫评传作家和评论家。

洪业（1893—1980），名正继，字鹿岑，号煨莲，福建侯官人。著名史学家、教育家。先后就读于卫斯良大学、哥伦比亚大学、纽约协和神学院，获得文学学士、文学硕士、神学学士等学位。1923 年回国，被聘为燕京大学历史系教授，任大学文理科科长，先后兼任历史系主任、大学图书馆馆长、研究院文科主任及导师等。创办《燕京学报》，并以哈佛—燕京学社引得编纂处主任总纂哈佛—燕京学社《引得》64 种。1946 年春赴美讲学，1948 年至 1968 年兼任哈佛大学东亚系研究员。1980 年在美国去世。其学术名篇有《考利玛窦之世界地图》《礼记引得序》《春秋经传引得序》《杜诗引得序》等。主要著述见《洪业论学集》。先生用英文写就的杜甫传记《杜甫：中国最伟大的诗人》，是其平生唯一的专书著述，1952 年由哈佛大学出版社出版。迄今为止此书仍被公认为英语世界中关于杜甫研究的最重要作品。该书由四川大学中文系文学学士，北京大学中文系文学硕士、博士，曾在美国威斯康星大学—麦迪逊分校东亚系作访问学者。著有《杜诗考释》《宋诗史释》等。现为中国人民大学文学院副教授曾祥波译介，2020 年 5 月，由上海古籍出版社出版发行。

洪业曾这样叙述："据说诗人的生活通常由三个'W'组成：酒（Wine）、女人（Women）和文字（Words）。其他诗人可能如此，但杜甫不是。杜甫的三个'W'是忧患（Worry）、酒

（Wine）和文字（Words）。尽管他深深欣赏世间之美，其中也包括女性美，但从无证据表明他和女性的关系超乎社会规范的一般界限。……他为人一贯实诚可敬，无论在个人生活还是在公共生活中都如此。"

1967 年，英国汉学家霍克思（David Hawkes，1923—2009），完成了一个和过去几乎所有的英译汉诗文本都大不一样的杜诗译介专著——《杜诗初阶》，由牛津大学出版社推出包括 1971 年，"TWAYNE 世界作家"系列丛书推出的，澳大利亚汉学家 Albert Richard Davis（1924—1983）的杜甫。该书全面介绍杜甫的生平、经历和作品。算得上是汉学家对杜甫研究的又一力作，但发行量很有限。

1988 年，出版的杜诗专门译本，美国知名的反战主义者，翻译家、出版家兼诗人山姆·哈米尔（Sam Hamill，1943—2018）也非常崇拜杜甫"独立、完善的人格"，推举杜诗的"深刻寓意"，用杜甫的五律《对雪》作为书名，题为《对雪：杜甫的视野》，译出了 101 首杜甫诗歌，还附有原文的书法插图。他后来编译的《午夜之笛：中国爱情诗选》（Midnight Flute:Chinese Poems of Love and Longing）、《禅诗选》（The Poetry of Zen）两本译诗集里也都包括杜甫的作品。同年，新一代汉诗英译的文坛名家大卫·辛顿的《杜甫诗选》，选译了 180 多首杜诗。

1992 年，夏威夷大学出版社推出该校汉学家 David R.McCraw 的译本《杜甫的南方悲歌》，译出杜诗 115 首。

1995 年，美国汉学界出版了一本杜甫研究专著，即华裔学者周杉（Eva Shan Chou）的《重议杜甫：文学泰斗与文化语境》。

2002 年，陶友白出版《杜甫诗选》（The Selected Poems of Du Fu），译出杜甫诗歌 127 首，附有诗中所涉典故、历史背景、神话传说的大量注释，是一个带有大学入门教材或读本性质的译本。

2008年，美国诗人、翻译家大卫·杨出版《杜甫：诗里人生》（Du Fu：A life in Poetry），这是当代美国文坛译介杜甫的又一力作。

世界文坛和汉学界对杜甫的推崇持续到今天，终于抵达美国著名汉学家哈佛大学教授宇文所安，这位被称为"为唐诗而生的美国人"集大成的六卷本《杜甫诗全集》（The Poetry of Du Fu），在杜诗的文本基础上，深入探讨杜诗的美学特征、杜甫的文化形象和文学成就。

2020年4月，单集58分钟的最新纪录片《杜甫：中国最伟大的诗人》（Du Fu，China's Greatest Poet）由英国BBC电视台制作完成并播出，令世界文化界瞩目，也是唐诗向西方传播百年历程中的里程碑式事件。当代知名历史纪录片编剧英国曼彻斯特大学公共历史教授、中英了解协会主席迈克尔·伍德依据洪业《杜甫

BBC纪录片《杜甫：中国最伟大的诗人》剧照

传》的内容，编写出了同名剧本，把杜甫放在历史视野和比较文化的语境中展开讲述，标志着域外唐诗的译介已经由书本、音乐等传统的传播媒介，走向了英语世界的主流大众媒体，迈上了一个进一步扩张受众规模，深化世界文学"汉风"传统的新台阶。

片中邀请美国哈佛大学汉学家宇文所安、中国人民大学教授曾祥波、英国牛津大学博士刘陶陶、中南大学教授杨雨等，带来

多重视角的专业解读。

正如片中所说，中国人的精神深处仍然秉持共同的文化内核，其中就包括一种颇为重要的文化传统，它在中国世代流传，这就是诗歌。中国的诗歌是最古老的文化遗产之一，有3000多年的历史，比《荷马史诗》还要久远。在中国人看来，诗歌总是能忠实地表达出人们的情感，杜甫是中国伟大的诗人，他生活在公元8世纪的唐朝，英国长诗《贝奥武夫》也在这一时期成稿。

杜甫的诗歌有着强大的力量，塑造了民族的价值观，用汉语最精练的词句诠释了中华民族的内蕴。即使在成千上万的中国诗人当中，杜甫也是独一无二的，他是唯一随着时间流逝而声名与日俱增的诗人。正因为杜甫这样表达出我们心声的大诗人，至今仍值得我们学习。

在中国之外，隔海相望的日本，是杜甫研究学术成果最为突出的国家。由于语言障碍，日本学者研究著作大多没有翻译、传播到中国来。日本学者的杜甫研究有近千年的历史，从日本五山时代（相当于中国南宋时期）开始，杜诗便成了日本文人和诗僧的重要书籍。在近千年的流传中，各种翻译、注释、研究之作也层出不穷。早期他们以域外学者角度来看待、研究杜甫，再后来把杜甫当作汉文化的重要内容在日本进行传习，并把杜诗作为日本中学生教材的内容让其学习；而且日本也办有《杜甫研究年报》，专门刊登日本学者研杜文章，从而使杜诗在日本得到了进一步的普及。有学者搜集了近现代120年（1897—2017）在日发表的各种与杜甫有关的著作95种，并按照这些著作出版的顺序，进行了排列、解题。本文不妨摘录一二，窥一斑而知全豹——

近藤元粹选评《杜工部诗醇》（青木嵩山堂1897年出版），选录杜诗657首；黑川洋一著《杜甫》《中国诗文选》（筑摩书房 1973 年出版），入门书；下定雅弘、松原郎编《杜甫全诗译注》《讲谈社学术文库》（讲谈社 2016 年出版）等等。

中国学者夏承焘与日本学者清水茂，因韦庄《又玄集》珍藏版本结缘的故事，传为中日文化交流的佳话。

我们在文中已介绍到，唐人选唐诗结集刊印有十种之多，仅有晚唐诗人韦庄《又玄集》，选录了杜甫诗歌 7 首，并且排在卷首，足见韦庄的眼光、见识。但《又玄集》在中国早已亡佚，明清学人都没有见过，但在日本却有流传。1957 年，日本京都大学清水茂教授读了夏承焘教授的《韦端己年谱》，得知中国已无此书，就将江户（享和三年）昌平坂学问所官版本书彩照一份，转赠夏承焘教授。夏老即交于上海古典文学出版社，该出版社于 1958 年彩印出版，使得韦庄《又玄集》这一中国传统文化瑰宝，在神州大地广为流传。

杜诗确已"文传天下"。不仅早有刻本流传海外，并早有日本、朝鲜多种翻刻本；不只有日、英、德、俄、意大利、匈牙利、越南等语种译本，且有诸多外国汉学家、作家，颇有见解的研究成果。杜甫已被列为世界文化名人。

杜甫，这一中国传统文化精神符号，千百年来，深深影响着他行踪所到之处人们的精神文化生活。在居江湖之远偏远辽阔的西北甘肃内陆，杜甫行走过的陇蜀古道，不仅是交通意义上的自古至今的通道，也是一条文化交流通道，中原文化和陇蜀文化交汇的通道，更是一条文脉绵延兴盛的通道、西北西南诗圣通道、杜甫精神文化通道……

杜甫即使路过，即使匆忙之中没有留下只言半语，也不影响人们世代对他的敬仰与推崇。

2021年11月初，黄叶飘零、山寒水瘦时节，笔者前往革命圣地延安考察学习。忙里偷闲与陇南市委党校副校长、资深学者赵琪伟结伴而行，虔诚前往杜甫当年在延安没有留下一首诗作的杜公祠拜谒，那高大巍峨的殿宇，那栩栩如生的杜甫塑像，每每回想起来，一幕幕如同眼前——

唐肃宗至德元年（756）六月，杜甫避"安史之乱"，徙居鄜州（今陕西富县）羌村。然后抛妻别子，只身取道延州（今陕西延安）经甘泉到延安，走石门，过徐寨，上万花山，欲赴灵武（今宁夏）投奔唐肃宗。时天色已晚，便在延安城南七里铺石崖下露宿一晚。次日凌晨，早早赶路，欲翻越芦子关，转道灵武，不幸途中为叛军俘获，押赴长安。

无心插柳柳成荫。延安七里铺本是杜甫途经路过之地，正是因为杜甫当年从这里走过，因为人们对杜甫和其诗歌的热爱，从宋代已有纪念杜甫之举。

杜公祠位于延安市宝塔区七里铺东，坐东向西，面对大川，祠下便是210国道；杏水从祠前缓缓流过。当年这里曾是一个石湾，传说大文学家、大诗人杜甫来延安时曾在这里枕鞋夜息，后人便依势凿窟建了祠堂，以示纪念。《延绥览胜》记载："川口（杜甫川）有唐诗，

延安杜公祠碑铭

杜拾遗祠，记像石室，登望杜亭，得地高爽，俯瞰河流，祠有石刊墨人骚客多赋凭吊"即此。

清代宫尔铎《延安十邑试馆创立杜公祠碑记》记载："延安之南有川焉，出牡丹山下，逶迤幽邃。相传唐时杜少陵避难于此，此川遂附公相传……北宋康定（1040—1041）年间，陕西经略副使、延州知事范仲淹手书杜甫川三字，鸠工勒石于石壁上。"杜公祠创修于清初，道光二十三年至二十七年（1843—1847），肤施县令陈丙琳重建，依山凿石成洞，洞内石雕杜甫卧姿像，洞门镌刻"忠不忘君，稷契深怀寄诗史；清堪励俗，鄜延旅寓洁臣身"，洞楣刻"北征遗范"，增设望杜亭和券门洞，并书"少陵川"三个大字镌刻于崖石之上。数百年来，杜公祠早已成为一方名胜。清同治间，杜公祠毁于兵乱，光绪五年（1879），方重加修复。1940年6月，贺志春、高士民等又予局部维修，1947年遭胡宗南军队破坏。1959年，延安县政府拨款再次修复，又毁于"文化大革命"。1984年，延安地、县政府拨款重新修复原有建筑，增建小展室一座。2014年，延安市政府扩建杜公祠，增其旧制，殿宇高大巍峨，胜迹焕然一新，以供游人登临凭吊，抒发思古之幽情，感慨盛世之壮举。

往事越千年，换了人间：

倘若诗圣再回陇南，秀美、魅力无限的陇南历经沧海桑田、凤凰涅槃的变化，他定会以为误入风景如画、灵山秀水的桃花源，错把陇南当成心驰神往，渴望"往来种作，怡然自乐"的世外桃源故乡河南巩县瑶湾村了——

歌曲《问君陇南》的旋律随风而至：

大堡山哟

请你告诉我

得陇望蜀是对还是错

青泥岭哟

请你也说说

李白杜甫可曾回来过

连绵群山哟

我们知道了

他们依旧在

在美丽的陇南哟

连绵群山哟

我们知道了

白龙江水从陇南市中流过

五千年一梦
他们睡着了

滔滔江水哟
我们明白了
如今我们是
是魅力陇南哟
滔滔江水哟
我们明白了
五千年一梦
他们惊醒了
他们惊醒了

……如今的陇南白马山寨舞动千年的池哥昼，蕴藏着东亚古老氏族的基因和密码。中国戏剧的"活化石"武都高山戏，成为

陇南国家级非物质文化遗产之文县池哥昼

陇南国家级非物质文化遗产之武都高山戏

陇南群众赞美伟大新时代，讴歌幸福新生活的独特方式。西和乞巧节、西和麻纸制作技艺、文县池哥昼、武都高山戏、两当号子五个国家级非物质文化遗产，构成了挖掘陇南民俗，传承陇南文脉的基石。

红色，是陇南最为骄傲的革命印记。1932年4月，习仲勋等老一辈无产阶级革命家领导的"两当兵变"，打响了甘肃境内陇南武装革命的第一枪。1935年、1936年中国工农红军第一、二、四方面军，先后经过宕昌县哈达铺，毛泽东在这里发现"一张报纸"，做出了"到陕北去"的重大决策，哈达铺成为红军长征的"加油站"。

陇南气候温润，生物多样，物产丰饶，是北纬33度"魔线"的"绿色宝库"，大熊猫、金丝猴等30多种国宝级动物在这里栖息繁衍。官鹅沟、万象洞、阳坝、天池、云屏、鸡峰山等独具魅力的自然景观，令人流连忘返。陇南矿产资源富集，被著名地质学家李四光称为"宝贝的复杂地带"，西成铅锌矿带是我国第二大矿体。良好的生态环境与气候条件，造就了陇南农产品纯天然、原生态、无污染的绿色禀赋，素有"千年药乡""天然药库"之美誉，20世纪70年代，油橄榄从

陇南油橄榄

地中海远涉重洋在陇南"安家"，已建成中国最大的油橄榄种植基地，是中国境内油橄榄最佳适生区之一，橄榄油产品8次获得世界顶级大赛金奖。花椒、核桃、苹果、中药材、食用菌、茶叶等特色产业面积稳定在1000万亩以上，成为农民持续稳定增收的"绿色银行"，深入践行"绿水青山就是金山银山"发展理念，美丽乡村成为魅力陇南的亮丽名片，陇南被确定为"一带一路"

陇南国家级非物质文化遗产之两当号子

美丽乡村国际联盟论坛永久会址。

坚持把数字经济作为高质量发展的新引擎，大力推进数字产业化、产业数字化，积极融入工业互联网，加快农业全过程数字化，推动新兴数字产业提速崛起。

强力推进基础设施建设，连接东西，贯通南北，铁路、高速、民航相配套的立体交通网络日渐形成，交通区位优势全面凸显。

以文化为魂、特色为根，打好生态牌、文化牌、康养牌，推动文旅康养产业提档升级，拉开了"风景这边独好"的全域旅游大幕。

坚持生态陇南，绿色崛起发展方向不动摇，全面推进高质量发展、高标准保障、高水平开放、高效能治理，努力把陇南建设成为甘肃绿色发展的典范城市、甘陕川结合部的魅力城市、一带一路西部陆海新通道的节点城市，努力把陇南打造成为绿色发展高地、文旅康养胜地、交通物流要地、投资创业洼地、美好生活福地，奋力谱写加快建设社会主义现代化幸福美好新陇南的时代篇章。

神奇瑰丽的陇南，铸就梦想的乐土。

人们常说，巍然屹立于戈壁大漠的胡杨树，千年屹立，千年不倒，千年不朽。

灵动、鲜活的陇右山川，千百年以来，在诗圣诗文的熏陶泽润下，生活在这片土地上的人们，正在用自己的双手，传承、接力着我们绵延不绝的文脉，让我们平凡的日子，在润物细无声无处不在无时不有文化的滋润下，更有谦谦君子之风，文气更具丰富的精神内涵，更有市井味、更具烟火气、更能身体力行践行知识就是力量的至理箴言。也在诗圣精神的启迪下，陇原大地上奋发拼搏的各族儿女，腹有诗书气自华，因而视野变得更加开阔，曾是大山阻隔的心胸，也伴随着电掣星驰的时代速度，而不断被打开，平凡的每一天，创造出翰墨飘香有滋有味美好生活……

杜甫其人、其诗文，一如屹立在大漠之上的胡杨树，一如矗立在陇蜀通道上千年不熄的佛灯，屹立千秋，璀璨如初，光芒四射，护佑着华夏儿女，不忘初心，砥砺前行，健步疾行在中华民族伟大复兴坦荡无垠的康庄大道上！

在辽阔的大地上，沿着杜甫曾经走过的漫长旅程，无数地方竞相建起了祠堂，以怀念这位不幸的旅居者，因为他是这个国度最伟大的诗人。

事实上，杜甫谈到李白的一句诗更适合他自己：千秋万岁名，寂寞身后事。

杜甫是孝子，是慈父，是慷慨的兄长，是忠诚的丈夫，是可信的朋友，是守职的官员，是心系家邦的国民。他不但秉性善良，而且心存智慧。他对文学和历史有着深入的研习，得以理解人类本性的力量和脆弱，领会政治的正大光明与肮脏龌龊。他所观察到的 8 世纪大唐帝国的某些情形仍然存在于现代中国；而且，也存在于其他的国度。

陇右不墨千秋画，诗圣泽润文脉长！

让我们摘录纪录片《跟着唐诗去旅行》之《杜甫江湖》的"伴游"、著名诗人西川的诗歌《杜甫》，作为这部书稿的结束语吧——

杜　甫

西　川

你的深仁大爱容纳下了

那么多的太阳和雨水；
那么多的悲苦
被你最终转化为歌吟
无数个秋天指向今夜
我终于爱上了眼前褪色的
街道和松林

在两条大河之间，在你曾经歇息的
乡村客栈，我终于听到了
一种声音：磅礴，结实又沉稳
有如茁壮的牡丹迟开于长安
在一个晦暗的年代
你是唯一的灵魂

美丽的山河必须信赖
你的清瘦，这易于毁灭的文明
必须经过你的触摸然后得以保存
你有近乎愚蠢的勇气
倾听内心倾斜的烛火
你甚至从未听说过济慈和叶芝

秋风，吹亮了山巅的明月
乌鸦，撞开了你的门扉
皇帝的车马隆隆驰过
继之而来的是饥饿和土匪
但伟大的艺术不是刀枪

它出于善，趋向于纯粹

千万间广厦遮住了地平线
是你建造了它们，以便怀念那些，
流浪中途的妇女和男人。
而拯救是徒劳，你比我们更清楚。
所谓未来，不过是往昔，
所谓希望，不过是命运。

后记

书生殒祝诗圣长　黑发鬓堆霜

拙作《跟着杜甫走陇南》书稿终于完成了，欣慰间有一种如释重负的感觉。这一天如同树叶一般繁茂青翠，而又平凡平淡的日子：2022 年 4 月 16 日。

就在前一天，正是陇南姹紫嫣红、万物翠绿的时节，一场春雪飘然而至，悄悄降临……

不是吗，2022 年是农历壬寅年，这一年的年前年后总是与洁白的雪花缠缠绵绵，难舍难分。

记得春节前返回陇南康县老家过年的时候，背着几大纸箱资料和笔记本电脑，原打算把背回去的资料再梳理梳理，能转换成电子版的转换成电子版，等到正式书写的时候用起来方便。白天帮助几近 80 岁的老母亲干些杂七杂八的农活，下雪和晚上歇息的时候，整理资料。

没承想，腊月二十三日小年，祭拜完灶君神位之后，天女散花般的大雪不期而至，而且缠缠绵绵从年前一直下到年后正月初七，也就是人日那一天。据资料说，这是近五十年来下雪时间最长、覆盖范围最广的一场雪……

计划不如变化。大雪纷飞，举目冰天雪地，原本谋划的上山拾柴火、院里锯木头、收拾清理房前屋后杂物诸多想法，都因为雪盖故园而逐一搁浅。与其闭门造车，整理资料，不如开门见山直奔主题，涂抹出习作初稿来。丑媳妇怕见公婆——迟早得见。就这样，在最冷的季节，在浓浓的年味中，习作初稿涂抹工作在键盘的敲打声中徐徐铺开……

每天早上起来，同老母亲用毛竹扫帚、用自制的木推板扫雪、推雪，妻子张罗早饭。饭后就坐在火炉边的桌子旁，与久远的历史对话，与相距千载的诗圣杜甫穿越时空"促膝长谈"。直到夜里11点多，关闭了电脑，上床歇息。每天晚上，细心的老母亲总是叮嘱，临睡前记着捂好煤炉子，早上冷得结冰，坐不住的。每天清晨5点左右，在房前屋后、左邻右舍雄鸡的一声声鸣叫中，在老屋前树冠鸟巢鸟雀呢喃细语中，从温暖的被窝中爬起，掀开炉膛，填入煤块，打开电脑，开始了新的一天的敲打、书写……

1300多年前，滴水成冰、寒风凛冽的腊月初一，杜甫一大家人，拖家带口愁肠百结，从我们老家隔壁成县东边的栗亭出发，踏上了入蜀漂泊西南的艰难旅途。陇南的山水，陇南的风土人情，让诗圣一家万般不舍，但陇南虽好，毕竟不是久留之地，一大家子人的吃喝拉撒、衣食住行，在陇南落不到实处啊。

不思量自难忘！

诗圣挥毫写下了"首路栗亭西，尚想凤凰村"（《木皮岭》），遥别凤凰村父老乡亲，拉拽着一大家子人，跟在不堪重负的马车后面，向高入云端、冰雪覆盖的木皮岭蹒跚而去，憧憬着天府之国大都会成都府，一步步走近、靠拢……

往事如烟！

头一次接触诗圣的诗歌，还是吊着鼻涕穿着开裆裤的童年时期。依稀记得那首诗歌是《春夜喜雨》——

好雨知时节，当春乃发生。

随风潜入夜，润物细无声。

野径云俱黑，江船火独明。

晓看红湿处，花重锦官城。

老师津津有味讲述，自个儿那是一脸懵懂、茫然，囫囵吞枣，似懂非懂……

大约在 20 世纪 70 年代初期，最多 10 来岁，当了回拖油瓶，与父亲和他的同事高大和蔼的王继尧叔叔一起，第一次坐火车出了趟远门，下了一回四川成都，也去了一趟杜甫草堂，对诗圣才有了一个朦胧的了解。当时父亲所在的学校，响应上级号召，在学校试办沼气，要求派两个老师到沼气已成气候的四川绵阳参观学习。

至今记得那个小鸟依人说着一口川普话的美女导游，对成都杜甫草堂的解说——

各位游客，现在你们看到的就是杜甫草堂的正门。其实，严格来说，这南、北两个大门，原本都不是杜甫草堂的门——南大门是原来草堂寺的山门，北大门则是梅园的进口……杜甫草堂真正的入口——正门，在原草堂寺山门就是现在南大门的西南侧……

曲里拐弯说了半天，也没有弄明白草堂的正门到底在何处。

跟着导游，走到了大廨——大廨是草堂中轴线上的第二重建筑。所谓"廨"，就是官署，古代官吏办公之所，为何名之为"廨"呢？杜甫一生胸怀大志，抱负不凡，但却始终得不到统治者的重用。虽做过肃宗的左拾遗，但不久便辞去官职……

听了半天，乱七八糟什么也没听懂。

现在回想起来，不禁哑然失笑。无知呀，真是无知和无畏如影随形，这就是没文化、没知识，山村野夫愚顽之人的真实表现。

但这一趟成都草堂之行，促成我对于杜甫这位诗圣有了一个朦胧、浅薄的了解。随后上了中学，再听语文老师声情并茂讲述杜甫的诗作《闻官军收河南河北》，就有了一种亲近感、真实感。甚至课后饭余，喋喋不休反复自夸、显摆成都如何繁华，草堂如何壮观，这让同学羡慕、崇拜、神往……

后来经过刻苦学习，也与家父严厉苛刻教育，甚至棍棒教育密不可分，有幸考入了成县师范学校。

1941年4月28日，老父亲出生于一个世代靠耕种薄地放养牛羊的贫苦农家。1958年在人民公社的热潮中，老父亲背着麻布晒单和狗皮褥子，离开家乡，去远离家乡200多里外的成县师范求学了。那时没有公路，甭说交通工具了。出门靠走，通讯靠吼，点灯靠油，耕地靠牛。老父亲只好步行，翻手把崖，越毛垭山，走四十里漫长的关沟，渡浊浪翻滚的犀牛江，翻越高耸入云的陇右名山鸡峰山。翻山越岭跨涧过河，步行三天三夜，才到了他心中神往已久，闻所未闻、见所未见的成县师范读书。1961年炎热的夏天，他被分配到了距家乡很远的徽县榆树小学任教……

老父亲是庄前村后有名的"铁匠"。记得小时候，老父亲的同事闲谈常说的那句话，天不怕地不怕，就怕老家半夜来电话。半夜三更来电话不是要事就是急事，那是最可怕的。可我们那时就把那句话篡改为"天不怕地不怕，就怕老爸周六回来过问学习啊。"当时，一周上六天课，一过星期四我们兄妹仨就开始发愁了，又快到星期六了，老爸一回来就要过问学习，看作业本、看试卷、背课文，诸如唐诗"床前明月光"、"好雨知时节"、七七四十九的乘法口诀、白兔子穿个黑裤子，黑兔子穿个白裤子的绕口令等等，过不了关、交不了差，就有好果子吃了，不是跪玉米粒，就是挨戒尺掌掌心。为此，老父亲不知和老母亲吵过多少次架，可老父亲就是认死理，棍棒出孝子，棍棒出学子。老父亲教导我们要有板凳精神：无依无靠，自立自强，顶天立地；白刃胸前不变色，泰山崩顶不眨眼；自立自强，当公家的人，吃公家的饭，受公家的管；把事当事，害人的不做，毒人的不吃。挂在嘴边那句话，做人不能像糖颗，经不起日晒；不能像纸老虎，经不住风吹；更不能像软泥做的，经不住雨淋。

得益于老父亲耳提面命，我们兄妹也不负家父厚望，步家父后尘，在家父1958年考入成县师范后的第23年，我有幸子承父业，接过陪伴老父亲三年的狗皮褥子，再次跨入师范大门；31年后妹妹又向老父亲跑步看齐，成为成县师范89届四年制的一名新生……

论血缘、论亲情，他老人家是我们的父辈；论学业，我们是校友，他是学兄，我们是学弟、是良师益友……

20世纪80年代初期，在成县师范求学的三年时间里，每逢节假日，距成县县城东南方向不足5公里的飞龙峡杜甫草堂，成为我们游玩、背诵课文、预习功课的首选之地。因此，心中不由喜爱上了杜甫和他的诗作。

但读过李白、杜甫、白居易、苏东坡等先贤诗文后，从内心来说还是喜欢李白、苏东坡他们浪漫豪放的作品。正如著名诗人西川所说，我一开始热爱的诗人是李白，我还有一个同学，我们俩都喜欢李白。谁要是喜欢杜甫，我们俩就跟那喜欢杜甫的人打一架。但是随着年龄的增长，阅历的丰富，你就会越来越喜欢杜甫。

常言说，遇过的人，读过的书，走过的路，就是你的人生格局。杜甫如此，滚滚红尘中你我，何尝又不是如此呢？

2012 年雨水缠绵的秋天，我从康县调动到陇南市委党史研究室（市地方志办公室）工作，有机会接触到陇南九县区新中国成立以来首部志书，也陆续读到各市州、各县区整理点校历代旧志，乃至读到省地方史志办公室整理出版的不同朝代、不同版本的旧志，尤其省级旧志和天水、陇南及杜甫当年流寓市县的旧志，在大事记、流寓、艺文志中，无不涉及诗圣的尊姓大名和诗文。

忽一日梦醒，突发奇想，能否以诗圣天水、陇南行踪为线索，以诗圣家世、求学、漫游、求仕、从政、弃官、婚姻、家庭、朋友圈、漂泊西南、后世影响壮阔的一生为背景，结合大陇南行踪，嵌入行踪之地的前世今生，编写一本通俗的小册子来？思考数日，自我放弃了。你是谁？你有那个能力吗？真是蚍蜉撼大树，自不量力，只好作罢。

虽如此，还是没有丢弃收集诗圣作品的"恶习"。这些年来，断断续续从网上淘购、从新华书店选购的有关诗圣、有关唐代的各类文学著作，足有半人多高了。

2019 年，省地方史志办公室发出征集论文选题的通知，在所列 100 多个选题中，其中就有"杜甫甘肃行迹考。"不由暗暗窃喜，匆忙翻检资料，挑灯夜战，在截稿期限内报送了习作。意外惊喜的是，这篇小稿不仅入选，而且评为优秀论文 30 篇中的其中一篇。2020 年 12 月，这部由甘肃省地方史志办公室、甘肃省地方史志学会编写，书名为《甘肃历史学术研究论丛》的论文集，由甘肃人民出版社出版发行。

这无疑给我注入了一针强心剂，探究诗圣在陇右行踪的信心更足了。

2020 年初秋，陇南遭遇几十年不遇洪涝灾害，康县老家的百年老屋成为危房，年近 80 岁的老母亲竟然没有安全住房立足，这让我这个不成器的长子，不得不考虑重建老母亲的落脚之地……

转眼就是一年。2021 年秋天，老家新房主体尚未竣工，连日阴雨，大雨滂沱，河水暴涨，风雨兼程从武都赶回老家，老母亲正在风中、雨中，在漏雨像断线的珠子般嘀嗒落下的地板上，置放盛水的水桶、塑料盆、灰桶，在风雨中与泥水抢夺眼看被冲走的砂石、建筑材料……就在这一刹那，我想起了诗圣的《茅屋为秋风所破歌》，想起了诗圣的仁爱胸怀，想起了诗圣的千古名言……

就在这一瞬间，我决定自不量力，知难而上，把通俗普及读物《跟着杜甫走陇南》的小册子整理出来。让更多的父老乡亲、莘莘学子缅怀诗圣的崇高与伟大，触摸他那滚烫的仁爱之心，坚定我们芸芸众生珍惜生命、战胜新冠疫情、热爱生活、奋发向上、砥砺前行的生活信念。献给诗圣诞辰 1310 周年，这亦是陇南土生土长一个小知识分子余生最大的心愿！

说起来容易，落实起来真是千难万难。

历史学家钱穆在《国史大纲》中曾说过这样一段广为流传的名言："当信任何一国之国民，尤其是自称知识在水平线以上的国民，对其本国以往的历史，应该略有所知。否则最多只算一有知识的人，不能算一有知识的国民。所谓对其本国以往历史略有所知者，尤必附随一种对其本国已往历史之温情与敬意。"

所以这本小册子，对历史决不能写成再现历史、戏说历史、趣说历史。要尊重历史事实，做到大事不虚，小事、小情想象合理，符合历史真实，符合各种人物的身份、语境，印证陇南大地千年以来的山川形胜、风土人情、前世今生。但也不能刻板地涂抹成年谱那种模式，语语求其有根据，处处求其合史实……

　　这就有了去年 9 月以来，分三个时段走完诗圣陇右行踪的探寻之旅，就有了大半年晚上挑灯夜战、凌晨四五点晨曦未露准时起床伏案煎熬，白天正常上班处理手头工作的日日夜夜，就有了双休日办公室加班加点，史海遨游的酸甜苦辣……

　　朋友圈里广为传诵这样一段话：千万不能混日子，不小心就让日子把自己混了。不是你选择了工作，而是工作收留了你，包容了你的平庸和普通，给了你尊严和价值。所以，别嫌弃工作的苦，更别嫌弃生活的累。

　　让我诚挚感谢所有帮助过我的师友、同人、同事。感谢我的文朋诗友兼兄长—陇南市委党史研究室（市地方志办公室）原主任、二级巡视员，恢复高考康县第一个考入兰州大学历史系的高才生罗卫东先生。是他抬爱有加，慧眼识人，接纳我到市委党史研究室工作，使我有了学习地方史志工作的平台，在工作中严格要求，在业务上精心指导，搀扶呵护我步入史志工作行列；他不辞辛劳，捉刀作序，为小册子增光添彩；西北师范大学教授、古籍研究所所长、硕士研究生导师漆子扬先生，欣然作序勉励；衷心感谢省地方史志办公室主任张军利、副主任郝宗维、省地方史志学会副会长孙占鳌、省地方史志办公室年鉴处处长牛建文、宣传信息处处长滕辉等领导、同人，对拙作关心、呵护、指导；中国作家协会会员、陇南市委宣传部常务副部长毛树林先生，多年的文朋诗友，为这本小册子精心谋划，不厌其烦叮嘱诸多细节、注意事项；天水师范学院教授刘雁翔先生，在笔者去年 9 月天水追寻诗圣踪迹期间，有幸相识，欣然赠送大作《杜甫秦州诗别解》，为我这本小册子的写作，提供了可资借鉴、学习的"杜诗秘籍"，使我有了终南捷径可穿行；陇南市委党史研究室（市地方志办公室）张军平主任，我们的"班长"，为我写作这本小册子从工作安排、经费张罗、出版发行诸多方面，给予了无微不至的关心、关照、关爱；感谢市委常委、市政府常务副市长漆文忠先生，对这一预算外项目的关照、支持；感谢市财政局局长刘景原先生，在出版印刷经费上的关心厚爱；感谢市文广旅局局长魏朝晖先生关心厚爱，审读初稿，提出修改完善意见；感谢甘肃省作家协会会员、陇南市商务局局长崔珍康仔细阅读书稿，分析历史与现实交融契合点，归纳梳理诗圣陇右诗歌对陇南经济社会文化发展的现实意义；感谢西和县志办原主任袁智慧先生，这位多年的文朋诗友，主动请缨帮助我校对书稿，甄别正误、查漏补缺，厘清学术认知，吸纳学界普遍认可的观点；市文联主席张红霞女士、市委党史研究室副主任马琳、市文联副主席刘满园、市委党校副校长赵琪伟、康县陇南根据地纪念馆馆长苟长途、市委宣传部文化产业经营管理中心主任沈文辉、市文艺评论家协会副主席李如国、市文广旅局创作研究室主任武诚、市委党史研究室综合科长董云飞、两当县党史办主任曹建国、成县县志办副主任张弛、陇南师专附属小学教师邱怀玺、武都区实验中学教师尹万青等诸多文友在审读完拙作初稿后，提出了许多操作性很强的修改意见；陇南市文广旅局一级调研员茹涛先生欣然题写了书名，对多年相识的老朋友给予了极大的鼓励；感谢天水市委常委、宣传部长康县乡亲王文东先生，协助联系天水杜甫研究会对接相关事宜；感谢千里之外、素昧平生的河南省郑州市委宣传部文艺处林学东老师，冒着酷暑高温，辗转联系到郑州广播电视台及 2012 年录制播出的 8 集广播剧《杜甫》编剧之一的高级编辑刘悦老师，给我寄来了授权书；陇南市、县（区）史志系统的同人给予了大力协助、支持；尤其甘肃省摄影家协会会员、成县县志办副主任张弛，跟随我开上私家车，带上摄影、摄像器材，分三次全程走完了诗圣陇右所履之地，拍摄了大量精美图片，给这本小册子起到了图文并茂、画龙点睛的效果；感谢文友周建军、李旭春等，提供了诸多画面精美、独具特色的摄影佳作，丰富了"读图时代"的视觉盛宴；还有诸多的文朋诗友的关心关爱，恕我不恭，不再一一列举姓氏名姓，大恩大德，一一铭记于心，请接受我诚挚的谢忱。

拙作最终决定由中国文史出版社出版，得益于兰州银声印务公司王宏潭总经理多方沟通、精心比对，功不可没。也满足一位地方史志工作者对这家国家级出版社专业对口，业绩有口皆碑的敬仰和崇拜之情，亦让我满心欢喜与荣光。责任编辑戴小璇女士至今未曾谋面，但是她们编辑团队认认真真的工作精神，精益求精的职业操守，让我肃然起敬；兰州银声印务公司石生智老师，从封面设计、插图遴选到文稿排版、修改、打样，不厌其烦，反复打磨，甚至新型冠状病毒肺炎疫情肆虐期间，居家办公，校对修订书稿，让我真诚致谢。

毕竟是第一次用通俗历史的手法，再现1200多年前大陇南历史上曾发生过的一桩往事，况且是一个世界级历史文化名人，不敢贸然以"权威""正史""真正发生"作为吸引读者的"卖点"，但是我尽己所能还原久远历史的真实，再现历史上曾有过的场景，描绘诗圣深深挚爱的陇南情缘……

十月怀胎，一朝分娩。当4月16日初稿涂出，在打印部打印出若干份，呈送有关部门领导审示、微信电脑版发送诸多文朋诗友征求修改完善意见时，特意留出一份初稿纸张版，送给小读者—我的小外甥武都区江北小学六年级学生文泽斌小朋友，请这位小读者通读书稿，并要求写一篇400字左右的读后感，以此来求证是否达到通俗易懂，只要有小学文化程度的读者就能看懂这本小册子的初衷。一周后，这位小读者发来了情真意切的读后感，尽管文字十分稚嫩，反复修改的痕迹清晰醒目，但他读懂了、看明白了，这让我倍受鼓舞，欣喜万分。不妨将这篇稚嫩、清新的读后感，晒放在这里——

《跟着杜甫走陇南》读后感

陇南市武都区江北小学六年级　文泽斌

在中国古代的唐朝，有一个伟大的诗人，他的名字叫杜甫。

杜甫，字子美，号少陵野老，京兆万年人，出生在一个仕宦之家，杜甫就小就爱学习，长大之后更是学富五车，可是他没有被赏识。他的妻子虽然出身高贵，但不嫌弃他，还要和他结婚，他还有四个孩子，小儿子不幸被饿死。后来，诗人杜甫也被饿死，享年59岁。

本书里令我印象最深刻的是：李白与杜甫的第一次见面，他们俩无话不谈，称兄道弟，当时李白比杜甫大了11岁。是忘年之交，虽然他们关系好，但志向不同，李白洒脱放浪，想遍游天下求仙访道；而杜甫却不同，他想为国家出力，报国为民。自从天宝四载（745）秋末，他们二人在鲁郡东石门作别后，便没有再见面，但两人都很想念。

杜甫有济世扬名、渴望建功立业的雄心，胸怀大志，他热爱生活，热爱家人，热爱国家，热爱人民，疾恶如仇，他身上的故事，感动了我。他一生的运气很差，但是对生活总是充满了信心。杜甫是中国文化上的一个宝石，为我们的诗史做出了巨大贡献，他为我们留下了1457首诗歌和32篇文章，当时已有人称他的诗为"诗史"。

读了《跟着杜甫走陇南》，我明白了受到再大的挫折，我们都要有乐观的心态，不能被困难打倒，要积极面对困难，解决困难，成为祖国的栋梁之材。在今后的日子里，我也要这样做，好好学习，天天向上。

能让小学六年级小朋友看懂、弄明白杜甫是何许人也，一生有哪些作为，对后世有着怎样的影响，这让我十分欣慰。浅显明白，通俗易懂，弘扬真善美，传递正能量，青春励志读物，这就是我苦苦追寻所期望、所努力的，也是一个史志工作者职责所系，发挥好资政、存史、育人作用，普及读志用志，教化润心田，教化续文脉，哪怕为伊消得人憔悴，衣带渐宽终不悔，也是无比荣光赏心悦目的惬意之事，岂不乐哉快哉！

习作正文之后，附录了三方面的相关资料，作为正文的补充和完善。附录一以 1985 年，李济阻等天水师范学院教授编著出版的《杜甫陇右诗注析》为底本，参照萧涤非主编 2014 年出版发行的《杜甫全集校注》陇右诗最新研究成果，相互订正、比对，辑录了杜甫 117 首陇右诗，触摸诗圣在甘肃的创作心路历程，为杜学爱好者、研究者，提供一个可资查阅检索的诗圣陇右诗完整版本；附录二将作者刊发的《杜甫甘肃行迹考》论文辑录，可视作该习作"导读"资料，便于读者在宝贵时间里，浏览、感知诗圣在甘肃的行迹、交游与诗作，对其有一个"全景式"的了解；附录三以表格样式，呈现自清代以来，诗圣陇右诗入选集注、志书情况，方便杜学爱好者、研究者学习、研究，引导广大读者养成读志、用志的兴趣和爱好。

初衷虽好，也想避免出现不应有的错误和纰漏，但因学力所限，功力不足，理论素养、知识水平以及表达能力各方面的限制，这心愿，只能是一种"可笑不自量"的痴心，错误和遗憾难免，敬请读者、方家批评指正。

　　只祈愿我们在陪伴儿女吟诵唐诗宋词的时候，相夫教子、含饴弄孙之时，能告诉儿女这位千年前大名鼎鼎的世界级文化名人杜爷爷来过我们的家乡，从我们的家门口走过，写下了许多壮美、宏丽的诗篇；千年之后，盛世里，一位姓袁的叔叔或者爷爷，写过一本小册子，详细讲述过当年杜爷爷走过甘肃的路线，写过的诗篇，传承过诗圣的文脉，把诗圣和他的陇右诗歌，向广大读者细致入微地介绍，让千千万万个读者也懂得诗圣和他的诗歌，萌生热爱家园山河、迸发忧国忧民的情怀，胸怀仁爱悲悯之心，珍惜当下美好的生活，尚能如我所愿，此生足矣！

　　掩卷深思，感触良多。信笔涂鸦，草成诗词一阕，姑且算是对这一时期、这本小册子的阶段性小结：

诉衷情·拙作《跟着杜甫走陇南》完稿抒怀

　　　　书生觞祝诗圣长，

　　　　黑发鬓堆霜。

　　　　乾元陇右山川，

　　　　处处刻华章。

　　　　千百载，

　　　　代传扬，

　　　　众小康。

　　　　仁仁励志，

　　　　文脉昌隆，

　　　　千古流芳。

作　者

2022年4月16日于陇南白龙江畔

附录一

杜甫陇右诗辑录

1　秦州杂诗二十首

2　遣兴三首

3　遣兴二首

4　遣兴三首

5　遣兴五首

6　遣兴五首

7　留花门

8　秋日阮隐居致薤三十束

9　贻阮隐居昉

10　佳人

11　示侄佐

12　佐还山后寄三首

13　梦李白二首

14　天末怀李白

15　月夜忆舍弟

16　有怀台州郑十八司户

17　所思

18　宿赞公房

19　西枝村寻置草堂地夜宿赞公土室二首

20　寄赞上人

21　赤谷西崦人家

秦州杂诗二十首

其一

满目悲生事，因人作远游。

迟回度陇怯，浩荡及关愁。

水落鱼龙夜，山空鸟鼠秋。

西征问烽火，心折此淹留。

其二

秦州城北寺，胜迹隗嚣宫。

苔藓山门古，丹青野殿空。

月明垂叶露，云逐渡溪风。

清渭无情极，愁时独向东。

其三

州图领同谷，驿道出流沙。

降虏兼千帐，居人有万家。

马骄珠汗落，胡舞白题斜。

年少临洮子，西来亦自夸。

其四

鼓角缘边郡，川原欲夜时。

秋听殷地发，风散入云悲。

抱叶寒蝉静，归山独鸟迟。

万方声一概，吾道竟何之。

其五

南使宜天马，由来万匹强。

浮云连阵没，秋草遍山长。

闻说真龙种，仍残老骕骦。

哀鸣思战斗，迥立向苍苍。

其六

城上胡笳奏，山边汉节归。

防河赴沧海，奉诏发金微。

士苦形骸黑，林疏鸟兽稀。

那堪往来戍，恨解邺城围。

其七

莽莽万重山，孤城山谷间。

无风云出塞，不夜月临关。

属国归何晚？楼兰斩未还。

烟尘独长望，衰飒正摧颜。

其八

闻道寻源使，从天此路回。

牵牛去几许？宛马至今来。

一望幽燕隔，何时郡国开？

东征健儿尽，羌笛暮吹哀。

其九

今日明人眼，临池好驿亭。

丛篁低地碧，高柳半天青。

稠叠多幽事，喧呼阅使星。

老夫如有此，不异在郊坰。

其十

云气接昆仑，浟浟塞雨繁。

羌童看渭水，使客向河源。

烟火军中幕，牛羊岭上村。

所居秋草净，正闭小蓬门。

其十一

萧萧古塞冷，漠漠秋云低。

黄鹄翅垂雨，苍鹰饥啄泥。

蓟门谁自北？汉将独征西！

不意书生耳，临衰厌鼓鼙。

其十二

山头南郭寺，水号北流泉。

老树空庭得，清渠一邑传。

秋花危石底，晚景卧钟边。

俯仰悲身世，溪风为飒然。

其十三

传道东柯谷，深藏数十家。

对门藤盖瓦，映竹水穿沙。

瘦地翻宜粟，阳坡可种瓜。

船人近相报，但恐失桃花。

其十四

万古仇池穴，潜通小有天。

神鱼人不见，福地语真传。

近接西南境，长怀十九泉。

何时一茅屋，送老白云边。

其十五

未暇泛沧海，悠悠兵马间。

塞门风落木，客舍雨连山。

阮籍行多兴，庞公隐不还。

东柯遂疏懒，休镊鬓毛班。

其十六

东柯好崖谷，不与众峰群。

落日邀双鸟，晴天卷片云。

野人矜险绝，水竹会平分。

采药吾将老，童儿未遣闻。

其十七

边秋阴易夕，不复辨晨光。

檐雨乱淋幔，山云低度墙。

鸬鹚窥浅井，蚯蚓上深堂。

车马何萧索，门前百草长。

其十八

地僻秋将尽，山高客未归。

塞云多断续，边日少光辉。

警急烽常报，传闻檄屡飞。

西戎外甥国，何得迕天威！

其十九

凤林戈未息，鱼海路常难。

候火云烽峻，悬军幕并乾。

风连西极动，月过北庭寒。

故老思飞将，何时议筑坛？

其二十

唐尧真自圣，野老复何知！
晒药能无妇？应门幸有儿。
藏书闻禹穴，读记忆仇池。
为报鸳行旧，鹔鹴在一枝。

遣兴三首
其一

下马古战场，四顾但茫然。
风悲浮云去，黄叶坠我前。
朽骨穴蝼蚁，又为蔓草缠。
故老行叹息，今人尚开边。
汉虏互胜负，封疆不常全。
安得廉颇将，三军同晏眠。

其二

高秋登塞山，南望马邑州。
降虏东击胡，壮健尽不留。
穹庐莽牢落，上有行云愁。
老弱哭道路，愿闻甲兵休。
邺中事反复，死人积如丘。
诸将已茅土，载驱谁与谋？

其三

丰年孰云迟？甘泽不在早。
耕田秋雨足，禾黍已映道。
春苗九月交，颜色同日老。

劝汝衡门士，忽悲尚枯槁。
时来展材力，先后无丑好。
但讶鹿皮翁，忘机对芝草。

遣兴二首
其一
天用莫如龙，有时系扶桑。
顿辔海徒涌，神人身更长。
性命苟不存，英雄徒自强。
吞声勿复道，真宰意茫茫。

其二
地用莫如马，无良复谁记？
此日千里鸣，追风可君意。
君看渥洼种，态与驽骀异。
不杂蹄啮间，逍遥有能事。

遣兴三首
其一
我今日夜忧，诸弟各异方。
不知死与生，何况道路长。
避寇一分散，饥寒永相望。
岂无柴门归？欲出畏虎狼。
仰看云中雁，禽鸟亦有行。

其二

蓬生非无根，漂荡随高风。

天寒落万里，不复归本丛。

客子念故宅，三年门巷空。

怅望但烽火，戎车满关东。

生涯能几何，常在羁旅中！

其三

昔在洛阳时，亲友相追攀。

送客东郊道，遨游宿南山。

烟尘阻长河，树羽成皋间。

回首载酒地，岂无一日还？

丈夫贵壮健，惨戚非朱颜。

遣兴五首

其一

蛰龙三冬卧，老鹤万里心。

昔时贤俊人，未遇犹视今。

嵇康不得死，孔明有知音。

又如陇坻松，用舍在所寻。

大哉霜雪干，岁久为枯林。

其二

昔者庞德公，未曾入州府。

襄阳耆旧间，处士节独苦。

岂无济时策？终竟畏罗罟。

林茂鸟有归，水深鱼知聚。

举家隐鹿门，刘表焉得取？

其三

陶潜避俗翁，未必能达道。

观其著诗集，颇亦恨枯槁。

达生岂是足，默识盖不早。

有子贤与愚，何其挂怀抱？

其四

贺公雅吴语，在位常清狂。

上疏乞骸骨，黄冠归故乡。

爽气不可致，斯人今则亡。

山阴一茅宇，江海日清凉。

其五

吾怜孟浩然，裋褐即长夜。

赋诗何必多，往往凌鲍谢。

清江空旧鱼，春雨余甘蔗。

每望东南云，令人几悲咤。

遣兴五首

其一

朔风飘胡雁，惨澹带砂砾。

长林何萧萧，秋草萋更碧。

北里富熏天，高楼夜吹笛。

焉知南邻客，九月犹絺绤。

其二

长陵锐头儿，出猎待明发。

骍弓金爪镝，白马蹴微雪。

未知所驰逐，但见暮光灭。

归来悬两狼，门户有旌节。

其三

漆有用而割，膏以明自煎。

兰摧白露下，桂折秋风前。

府中罗旧尹，沙道尚依然。

赫赫萧京兆，今为时所怜。

其四

猛虎凭其威，往往遭急缚。

雷吼徒咆哮，枝撑已在脚。

忽看皮寝处，无复睛闪烁。

人有甚于斯，足以劝元恶。

其五

朝逢富家葬，前后皆辉光。

共指亲戚大，缌麻百夫行。

送者各有死，不须羡其强。

君看束缚去，亦得归山冈。

留花门

花门天骄子，饱肉气勇决。

高秋马肥健，挟矢射汉月。

自古以为患，诗人厌薄伐。

修德使其来，羁縻固不绝。

胡为倾国至，出入暗金阙。

中原有驱除，隐忍用此物。
公主歌黄鹄，君王指白日。
连云屯左辅，百里见积雪。
长戟鸟休飞，哀笳晓幽咽。
田家最恐惧，麦倒桑枝折。
沙苑临清渭，泉香草丰洁。
渡河不用船，千骑常撇捩。
胡尘逾太行，杂种抵京室。
花门既须留，原野转萧瑟。

秋日阮隐居致薤三十束

隐者柴门内，畦蔬绕舍秋。
盈筐承露薤，不待致书求。
束比青刍色，圆齐玉箸头。
衰年关鬲冷，味暖并无忧。

贻阮隐居昉

陈留风俗衰，人物世不数。
塞上得阮生，迥继先父祖。
贫知静者性，自益毛发古。
车马入邻家，蓬蒿翳环堵。
清诗近道要，识子用心苦。
寻我草径微，褰裳踏寒雨。
更议居远村，避喧甘猛虎。

足明箕颍客，荣贵如粪土。

佳人

绝代有佳人，幽居在空谷。
自云良家子，零落依草木。
关中昔丧败，兄弟遭杀戮。
官高何足论，不得收骨肉。
世情恶衰歇，万事随转烛。
夫婿轻薄儿，新人美如玉。
合昏尚知时，鸳鸯不独宿。
但见新人笑，那闻旧人哭。
在山泉水清，出山泉水浊。
侍婢卖珠回，牵萝补茅屋。
摘花不插发，采柏动盈掬。
天寒翠袖薄，日暮倚修竹。

示侄佐

多病秋风落，君来慰眼前。
自闻茅屋趣，只想竹林眠。
满谷山云起，侵篱涧水悬。
嗣宗诸子侄，早觉仲容贤。

佐还山后寄三首

其一

山晚浮云合，归时恐路迷。

涧寒人欲到，村黑鸟应栖。

野客茅茨小，田家树木低。

旧谙疏懒叔，须汝故相携。

其二

白露黄粱熟，分张素有期。

已应春得细，颇觉寄来迟。

味岂同金菊？香宜配绿葵。

老人他日爱，正想滑流匙。

其三

几道泉浇圃，交横落慢坡。

葳蕤秋叶少，隐映野云多。

隔沼连香芰，通林带女萝。

甚闻霜薤白，重惠意如何？

梦李白二首

其一

死别已吞声，生别常恻恻。

江南瘴疠地，逐客无消息。

故人入我梦，明我长相忆。

恐非平生魂，路远不可测。

魂来枫林青，魂返关塞黑。

今君在罗网，何以有羽翼？

落月满屋梁，犹疑照颜色。

水深波浪阔，无使蛟龙得。

其二

浮云终日行，游子久不至。

三夜频梦君，情亲见君意。

告归常局促，苦道来不易。

江湖多风波，舟楫恐失坠。

出门搔白首，若负平生志。

冠盖满京华，斯人独憔悴。

孰云网恢恢，将老身反累。

千秋万岁名，寂寞身后事。

天末怀李白

凉风起天末，君子意如何？

鸿雁几时到？江湖秋水多。

文章憎命达，魑魅喜人过。

应共冤魂语，投诗赠汨罗。

月夜忆舍弟

戍鼓断人行，边秋一雁声。

露从今夜白，月是故乡明。

有弟皆分散，无家问死生。

寄书长不达，况乃未休兵。

有怀台州郑十八司户

天台隔三江，风浪无晨暮。
郑公纵得归，老病不识路。
昔如水上鸥，今如罝中兔。
性命由他人，悲辛但狂顾。
山鬼独一脚，蝮蛇长如树。
呼号旁孤城，岁月谁与度？
从来御魑魅，多为才名误。
夫子嵇阮流，更被时俗恶。
海隅微小吏，眼暗发垂素。
黄帽映青袍，非供折腰具。
平生一杯酒，见我故人遇。
相望无所成，乾坤莽回互。

所思

郑老身仍窜，台州信所传。
为农山涧曲，卧病海云边。
世已疏儒素，人犹乞酒钱。
徒劳望牛斗，无计斸龙泉。

宿赞公房

杖锡何来此？秋风已飒然。
雨荒深院菊，霜倒半池莲。
放逐宁违性？虚空不离禅。

相逢成夜宿，陇月向人圆。

西枝村寻置草堂地夜宿赞公土室二首

其一

出郭眺细岑，披榛得微路。

溪行一流水，曲折方屡渡。

赞公汤休徒，好静心迹素。

昨枉霞上作，盛论岩中趣。

怡然共携手，恣意同远步。

扪萝涩先登，陟巘眩反顾。

要求阳冈暖，苦陟阴岭泹。

惆怅老大藤，沈吟屈蟠树。

卜居意未展，杖策回且暮。

曾巅余落日，早蔓已多露。

其二

天寒鸟已归，月出山更静。

土室延白光，松门耿疏影。

跻攀倦日短，语乐寄夜永。

明燃林中薪，暗汲石底井。

大师京国旧，德业天机秉。

从来支许游，兴趣江湖迥。

数奇谪关塞，道广存箕颍。

何知戎马间，复接尘事屏。

幽寻岂一路？远色有诸岭。

晨光稍曈昽，更越西南顶。

寄赞上人

一昨陪锡杖，卜邻南山幽。
年侵腰脚衰，未便阴崖秋。
重冈北面起，竟日阳光留。
茅屋买兼土，斯焉心所求。
近闻西枝西，有谷杉漆稠。
亭午颇和暖，石田又足收。
当期塞雨乾，宿昔齿疾瘳。
徘徊虎穴上，面势龙泓头。
柴荆具茶茗，迳路通林丘。
与子成二老，来往亦风流。

赤谷西崦人家

跻险不自喧，出郊已清目。
溪回日气暖，径转山田熟。
鸟雀依茅茨，藩篱带松菊。
如行武陵暮，欲问桃花宿。

太平寺泉眼

招提凭高冈，疏散连草莽。
出泉枯柳根，汲引岁月古。
石间见海眼，天畔萦水府。
广深尺丈间，宴息敢轻侮？
青白二小蛇，幽姿可时睹。

如丝气或上，灿漫为云雨。
山头到山下，凿井不尽土。
取供十方僧，香美胜牛乳。
北风起寒文，弱藻舒翠缕。
明涵客衣净，细荡林影趣。
何当宅下流，余润通药圃。
三春湿黄精，一食生毛羽。

东楼

万里流沙道，西征过此门。
但添新战骨，不返旧征魂。
楼角凌风迥，城阴带水昏。
传声看驿使，送节向河源。

雨晴

天际秋云薄，从西万里风。
今朝好晴景，久雨不妨农。
塞柳行疏翠，山梨结小红。
胡笳楼上发，一雁入高空。

寓目

一县葡萄熟，秋山苜蓿多。
关云常带雨，塞水不成河。

羌女轻烽燧，胡儿掣骆驼。
自伤迟暮眼，丧乱饱经过。

山寺

野寺残僧少，山园细路高。
麝香眠石竹，鹦鹉啄金桃。
乱石通人过，悬崖置屋牢。
上方重阁晚，百里见秋毫。

即事

闻道花门破，和亲事却非。
人怜汉公主，生得渡河归。
秋思抛云髻，腰肢胜宝衣。
群凶犹索战，回首意多违。

遣怀

愁眼看霜露，寒城菊自花。
天风随断柳，客泪堕清笳。
水净楼阴直，山昏塞日斜。
夜来归鸟尽，啼杀后栖鸦。

天河

常时任显晦，秋至辄分明。

纵被微云掩，终能永夜清。

含星动双阙，伴月照边城。

牛女年年渡，何曾风浪生。

初月

光细弦欲上，影斜轮未安。

微升古塞外，已隐暮云端。

河汉不改色，关山空自寒。

庭前有白露，暗满菊花团。

捣衣

亦知戍不返，秋至拭清砧。

已近苦寒月，况经长别心。

宁辞捣熨倦，一寄塞垣深？

用尽闺中力，君听空外音！

归燕

不独避霜雪，其如俦侣稀。

四时无失序，八月自知归。

春色岂相访，众雏还识机。

故巢傥未毁，会傍主人飞。

促织

促织甚微细，哀音何动人！
草根吟不稳，床下夜相亲。
久客得无泪，故妻难及晨。
悲丝与急管，感激异天真。

萤火

幸因腐草出，敢近太阳飞！
未足临书卷，时能点客衣。
随风隔幔小，带雨傍林微。
十月清霜重，飘零何处归？

蒹葭

摧折不自守，秋风吹若何！
暂时花戴雪，几处叶沉波。
体弱春风早，丛长夜露多。
江湖后摇落，亦恐岁蹉跎。

苦竹

青冥亦自守，软弱强扶持。
味苦夏虫避，丛卑春鸟疑。
轩墀曾不重，翦伐欲无辞。
幸近幽人屋，霜根结在兹。

除架

束薪已零落，孤叶转萧疏。
幸结白花了，宁辞青蔓除！
秋虫声不去，暮雀意何如？
寒事今牢落，人生亦有初。

废畦

秋蔬拥霜露，岂敢惜凋残？
暮景数枝叶，天风吹汝寒。
绿沾泥滓尽，香与岁时阑。
生意春如昨，悲君白玉盘。

夕烽

夕烽来不近，每日报平安。
塞上传光小，云边落点残。
照秦通警急，过陇自艰难。
闻道蓬莱殿，千门立马看。

秋笛

清商欲尽奏，奏苦血沾衣。
他日伤心极，征人白骨归。
相逢恐恨过，故作发声微。
不见秋云动，悲风稍稍飞！

日暮

日落风亦起，城头乌尾讹。
黄云高未动，白水已扬波。
羌妇语还笑，胡儿行且歌。
将军别换马，夜出拥雕戈。

野望

清秋望不极，迢递起曾阴。
远水兼天净，孤城隐雾深。
叶稀风更落，山迥日初沉。
独鹤归何晚，昏鸦已满林。

空囊

翠柏苦犹食，晨霞高可餐。
世人共卤莽，吾道属艰难。
不爨井晨冻，无衣床夜寒。
囊空恐羞涩，留得一钱看。

病马

乘尔亦已久，天寒关塞深。
尘中老尽力，岁晚病伤心。
毛骨岂殊众？驯良犹至今。
物微意不浅，感动一沉吟。

蕃剑

致此自僻远，又非珠玉装。
如何有奇怪，每夜吐光芒？
虎气必腾踔，龙身宁久藏！
风尘苦未息，持汝奉明王。

铜瓶

乱后碧井废，时清瑶殿深。
铜瓶未失水，百丈有哀音。
侧想美人意，应悲寒甃沉。
蛟龙半缺落，犹得折黄金。

送远

带甲满天地，胡为君远行？
亲朋尽一哭，鞍马去孤城。
草木岁月晚，关河霜雪清。
别离已昨日，因见古人情。

送人从军

弱水应无地，阳关已近天。
今君度沙碛，累月断人烟。
好武宁论命？封侯不计年！
马寒防失道，雪没锦鞍鞯。

从人觅小胡孙许寄

人说南州路，山猿树树悬。

举家闻若骇，为寄小如拳。

预哂愁胡面，初调见马鞭。

许求聪慧者，童稚捧应癫。

秦州见敕目，薛三璩授司议郎，毕四曜除监察，与二子有故，远喜迁官，兼述索居，凡三十韵

大雅何寥阔，斯人尚典刑。

交期余潦倒，材力尔精灵。

二子升同日，诸生困一经。

文章开窔奥，迁擢润朝廷。

旧好何由展，新诗更忆听。

别来头并白，相见眼终青。

伊昔贫皆甚，同忧岁不宁。

栖遑分半菽，浩荡逐流萍。

俗态犹猜忌，妖氛忽杳冥。

独惭投汉阁，俱议哭秦庭。

远蜀祗无补，囚梁亦固扃。

华夷相混合，宇宙一膻腥。

帝力收三统，天威总四溟。

旧都俄望幸，清庙肃惟馨。

杂种虽高垒，长驱甚建瓴。

焚香淑景殿，涨水望云亭。

法驾初还日，群公若会星。

宫臣仍点染，柱史正零丁。

官忝趋栖凤，朝回叹聚萤。

唤人看腰褭，不嫁惜娉婷。

掘剑知埋狱，提刀见发硎。

侏儒应共饱，渔父忌偏醒。

旅泊穷清渭，长吟望浊泾。

羽书还似急，烽火未全停。

师老资残寇，戎生及近坰，

忠臣辞愤激，烈士涕飘零。

上将盈边鄙，元勋溢鼎铭。

仰思调玉烛，谁定握青萍。

陇俗轻鹦鹉，原情类鹡鸰，

秋风动关塞，高卧想仪形。

寄彭州高三十五使君适、虢州岑二十七长史参三十韵

故人何寂寞，今我独凄凉。

老去才难尽，秋来兴甚长。

物情尤可见，词客未能忘。

海内知名士，云端各异方。

高岑殊缓步，沈鲍得同行。

意惬关飞动，篇终接混茫。

举天悲富骆，近代惜卢王。

似尔官仍贵，前贤命可伤。

诸侯非弃掷，半刺已翱翔。

诗好几时见，书成无信将。

男儿行处是，客子斗身强。

羁旅推贤圣，沉绵抵咎殃。

三年犹疟疾，一鬼不销亡。

隔日搜脂髓，增寒抱雪霜。

徒然潜隙地，有靦屡鲜妆。

何太龙钟极，于今出处妨。

无钱居帝里，尽室在边疆。

刘表虽遗恨，庞公至死藏。

心微傍鱼鸟，肉瘦怯豺狼。

陇草萧萧白，洮云片片黄。

彭门剑阁外，虢略鼎湖旁。

荆玉簪头冷，巴笺染翰光。

乌麻蒸续晒，丹橘露应尝。

岂异神仙宅，俱兼山水乡。

竹斋烧药灶，花屿读书床。

更得清新否，遥知对属忙。

旧官宁改汉，淳俗本归唐。

济世宜公等，安贫亦士常。

蚩尤终戮辱，胡羯漫猖狂。

会待妖氛静，论文暂裹粮。

寄岳州贾司马六丈、巴州严八使君两阁老五十韵

衡岳啼猿里，巴州鸟道边。

故人俱不利，谪宦两悠然。

开辟乾坤正，荣枯雨露偏。

长沙才子远，钓濑客星悬。
忆昨趋行殿，殷忧捧御筵。
讨胡愁李广，奉使待张骞。
无复云台仗，虚修水战船。
苍茫城七十，流落剑三千。
画角吹秦晋，旄头俯涧瀍。
小儒轻董卓，有识笑苻坚。
浪作禽填海，那将血射天。
万方思助顺，一鼓气无前。
阴散陈仓北，晴熏太白巅。
乱麻尸积卫，破竹势临燕。
法驾还双阙，王师下八川。
此时沾奉引，佳气拂周旋。
貔虎开金甲，麒麟受玉鞭。
侍臣谙入仗，厩马解登仙。
花动朱楼雪，城凝碧树烟。
衣冠心惨怆，故老泪潺湲。
哭庙悲风急，朝正霁景鲜。
月分梁汉米，春得水衡钱。
内蕊繁于缬，宫莎软胜绵。
恩荣同拜手，出入最随肩。
晚著华堂醉，寒重绣被眠。
䌷齐兼秉烛，书柱满怀笺。
每觉升元辅，深期列大贤。
秉钧方咫尺，铩翮再联翩。
禁掖朋从改，微班性命全。

青蒲甘受戮，白发竟谁怜？
弟子贫原宪，诸生老伏虔。
师资谦未达，乡党敬何先？
旧好肠堪断，新愁眼欲穿。
翠乾危栈竹，红腻小湖莲。
贾笔论孤愤，严诗赋几篇。
定知深意苦，莫使众人传。
贝锦无停织，朱丝有断弦。
浦鸥防碎首，霜鹘不空拳。
地僻昏炎瘴，山稠隘石泉。
且将棋度日，应用酒为年。
典郡终微眇，治中实弃捐。
安排求傲吏，比兴展归田。
去去才难得，苍苍理又玄。
古人称逝矣，吾道卜终焉。
陇外翻投迹，渔阳复控弦。
笑为妻子累，甘与岁时迁。
亲故行稀少，兵戈动接联。
他乡饶梦寐，失侣自屯邅。
多病加淹泊，长吟阻静便。
如公尽雄俊，志在必腾骞。

寄张十二山人彪三十韵
独卧嵩阳客，三违颍水春。
艰难随老母，惨澹向时人。

谢氏寻山屐，陶公漉酒巾。
群凶弥宇宙，此物在风尘。
历下辞姜被，关西得孟邻。
早通交契密，晚接道流新。
静者心多妙，先生艺绝伦。
草书何太苦，诗兴不无神。
曹植休前辈，张芝更后身。
数篇吟可老，一字买堪贫。
将恐曾防寇，深潜托所亲。
宁闻倚门夕，尽力洁餐晨。
疏懒为名误，驱驰丧我真。
索居犹寂寞，相遇益愁辛。
流转依边徼，逢迎念席珍。
时来故旧少，乱后别离频。
世祖修高庙，文公赏从臣。
商山犹入楚，渭水不离秦。
存想青龙秘，骑行白鹿驯。
耕岩非谷口，结草即河滨。
肘后符应验，囊中药未陈。
旅怀殊不惬，良觌渺无因。
自古皆悲恨，浮生有屈伸。
此邦今尚武，何处且依仁。
鼓角凌天籁，关山信月轮。
官场罗镇碛，贼火近洮岷。
萧索论兵地，苍茫斗将辰。
大军多处所，余孽尚纷纶。

高兴知笼鸟，斯文起获麟。
穷秋正摇落，回首望松筠。

寄李十二白二十韵

昔年有狂客，号尔谪仙人。
笔落惊风雨，诗成泣鬼神。
声名从此大，汩没一朝伸。
文彩承殊渥，流传必绝伦。
龙舟移棹晚，兽锦夺袍新。
白日来深殿，青云满后尘。
乞归优诏许，遇我宿心亲。
未负幽栖志，兼全宠辱身。
剧谈怜野逸，嗜酒见天真。
醉舞梁园夜，行歌泗水春。
才高心不展，道屈善无邻。
处士祢衡俊，诸生原宪贫。
稻粱求未足，薏苡谤何频。
五岭炎蒸地，三危放逐臣。
几年遭鵩鸟，独泣向麒麟。
苏武先还汉，黄公岂事秦。
楚筵辞醴日，梁狱上书辰。
已用当时法，谁将此义陈？
老吟秋月下，病起暮江滨。
莫怪恩波隔，乘槎与问津。

昔游

昔谒华盖君，深求洞宫脚。

玉棺已上天，白日亦寂寞。

暮升艮岑顶，巾几犹未却。

弟子四五人，入来泪俱落。

余时游名山，发轫在远壑。

良觌违夙愿，含凄向寥廓。

林昏罢幽磬，竟夜伏石阁。

王乔下天坛，微月映皓鹤。

晨溪向虚驶，归径行已昨。

岂辞青鞋胝，怅望金匕药。

东蒙赴旧隐，尚忆同志乐。

伏事董先生，于今独萧索。

胡为客关塞，道意久衰薄。

妻子亦何人，丹砂负前诺。

虽悲发鬐变，未忧筋力弱。

扶藜望清秋，有兴入庐霍。

别赞上人

百川日东流，客去亦不息。

我生苦漂荡，何时有终极。

赞公释门老，放逐来上国。

还为世尘婴，颇带憔悴色。

杨枝晨在手，豆子两已熟。

是身如浮云，安可限南北。

异县逢旧友，初欣写胸臆。
天长关塞寒，岁暮饥冻逼。
野风吹征衣，欲别向曛黑。
马嘶思故枥，归鸟尽敛翼。
古来聚散地，宿昔长荆棘。
相看俱衰年，出处各努力。

发秦州

我衰更懒拙，生事不自谋。
无食问乐土，无衣思南州。
汉源十月交，天气凉如秋。
草木未黄落，况闻山水幽。
栗亭名更嘉，下有良田畴。
充肠多薯蓣，崖蜜亦易求。
密竹复冬笋，清池可方舟。
虽伤旅寓远，庶遂平生游。
此邦俯要冲，实恐人事稠。
应接非本性，登临未销忧。
溪谷无异石，塞田始微收。
岂复慰老夫，惘然难久留。
日色隐孤戍，乌啼满城头。
中宵驱车去，饮马寒塘流。
磊落星月高，苍茫云雾浮。
大哉乾坤内，吾道长悠悠。

赤谷

天寒霜雪繁，游子有所之。
岂但岁月暮，重来未有期。
晨发赤谷亭，险艰方自兹。
乱石无改辙，我车已载脂。
山深苦多风，落日童稚饥。
悄然村墟迥，烟火何由追。
贫病转零落，故乡不可思。
常恐死道路，永为高人嗤。

铁堂峡

山风吹游子，缥缈乘险绝。
峡形藏堂隍，壁色立积铁。
径摩穹苍蟠，石与厚地裂。
修纤无垠竹，嵌空太始雪。
威迟哀壑底，徒旅惨不悦。
水寒长冰横，我马骨正折。
生涯抵弧矢，盗贼殊未灭。
飘蓬逾三年，回首肝肺热。

盐井

卤中草木白，青者官盐烟。
官作既有程，煮盐烟在川。
汲井岁搰搰，出车日连连。

自公斗三百，转致斛六千。
君子慎止足，小人苦喧阗。
我何良叹嗟，物理固自然。

寒峡

行迈日悄悄，山谷势多端。
云门转绝岸，积阻霾天寒。
寒峡不可度，我实衣裳单。
况当仲冬交，溯沿增波澜。
野人寻烟语，行子傍水餐。
此生免荷殳，未敢辞路难。

法镜寺

身危适他州，勉强终劳苦。
神伤山行深，愁破崖寺古。
婵娟碧鲜净，萧摵寒箨聚。
回回山根水，冉冉松上雨。
泄云蒙清晨，初日翳复吐。
朱甍半光炯，户牖粲可数。
挂策忘前期，出萝已亭午。
冥冥子规叫，微径不复取。

青阳峡

塞外苦厌山，南行道弥恶。

冈峦相经亘，云水气参错。

林迥硖角来，天窄壁面削。

溪西五里石，奋怒向我落。

仰看日车侧，俯恐坤轴弱。

魑魅啸有风，霜霰浩漠漠。

忆昨逾陇坂，高秋视吴岳。

东笑莲华卑，北知崆峒薄。

超然侔壮观，已谓殷寥廓。

突兀犹趁人，及兹叹冥寞。

龙门镇

细泉兼轻冰，沮洳栈道湿。

不辞辛苦行，迫此短景急。

石门雪云隘，古镇峰峦集。

旌竿暮惨澹，风水白刃涩。

胡马屯成皋，防虞此何及。

嗟尔远戍人，山寒夜中泣。

石龛

熊罴咆我东，虎豹号我西。

我后鬼长啸，我前狨又啼。

天寒昏无日，山远道路迷。

驱车石龛下，仲冬见虹霓。
伐竹者谁子？悲歌上云梯。
为官采美箭，五岁供梁齐。
苦云直箖尽，无以充提携。
奈何渔阳骑，飒飒惊蒸黎。

积草岭

连峰积长阴，白日递隐见。
飕飕林响交，惨惨石状变。
山分积草岭，路异明水县。
旅泊吾道穷，衰年岁时倦。
卜居尚百里，休驾投诸彦。
邑有佳主人，情如已会面。
来书语绝妙，远客惊深眷。
食蕨不愿余，茅茨眼中见。

泥功山

朝行青泥上，暮在青泥中。
泥泞非一时，版筑劳人功。
不畏道途永，乃将汩没同。
白马为铁骊，小儿成老翁。
哀猿透却坠，死鹿力所穷。
寄语北来人，后来莫匆匆。

凤凰台

亭亭凤凰台，北对西康州。

西伯今寂寞，凤声亦悠悠。

山峻路绝踪，石林气高浮。

安得万丈梯，为君上上头。

恐有无母雏，饥寒日啾啾。

我能剖心出，饮啄慰孤愁。

心以当竹实，炯然无外求。

血以当醴泉，岂徒比清流。

所重王者瑞，敢辞微命休。

坐看彩翮长，举意八极周。

自天衔瑞图，飞下十二楼。

图以奉至尊，凤以垂鸿猷。

再光中兴业，一洗苍生忧。

深衷正为此，群盗何淹留。

乾元中寓居同谷县作歌七首

其一

有客有客字子美，白头乱发垂过耳。

岁拾橡栗随狙公，天寒日暮山谷里。

中原无书归不得，手脚冻皴皮肉死。

呜呼一歌兮歌已哀，悲风为我从天来。

其二

长镵长镵白木柄，我生托子以为命。

黄精无苗山雪盛，短衣数挽不掩胫。

此时与子空归来，男呻女吟四壁静。

呜呼二歌兮歌始放，邻里为我色惆怅。

其三

有弟有弟在远方，三人各瘦何人强。

生别展转不相见，胡尘暗天道路长。

东飞驾鹅后鹙鸧，安得送我置汝旁。

呜呼三歌兮歌三发，汝归何处收兄骨。

其四

有妹有妹在钟离，良人早殁诸孤痴。

长淮浪高蛟龙怒，十年不见来何时。

扁舟欲往箭满眼，杳杳南国多旌旗。

呜呼四歌兮歌四奏，林猿为我啼清昼。

其五

四山多风溪水急，寒雨飒飒枯树湿。

黄蒿古城云不开，白狐跳梁黄狐立。

我生胡为在穷谷，中夜起坐万感集。

呜呼五歌兮歌正长，魂招不来归故乡。

其六

南有龙兮在山湫，古木巃嵸枝相樛。

木叶黄落龙正蛰，蝮蛇东来水上游。

我行怪此安敢出，拔剑欲斩且复休。

呜呼六歌兮歌思迟，溪壑为我回春姿。

其七

男儿生不成名身已老，三年饥走荒山道。

长安卿相多少年，富贵应须致身早。

山中儒生旧相识，但话宿昔伤怀抱。

呜呼七歌兮悄终曲，仰视皇天白日速。

万丈潭

青溪合冥寞，神物有显晦。
龙依积水蟠，窟压万丈内。
跼步凌垠堮，侧身下烟霭。
前临洪涛宽，却立苍石大。
山危一径尽，崖绝两壁对。
削成根虚无，倒影垂澹瀩。
黑知湾澴底，清见光炯碎。
孤云到来深，飞鸟不在外。
高萝成帷幄，寒木垒旌旆。
远川曲通流，嵌窦潜泄濑。
造幽无人境，发兴自我辈。
告归遗恨多，将老斯游最。
闭藏修鳞蛰，出入巨石碍。
何事炎天过，快意风雨会。

发同谷县

贤有不黔突，圣有不暖席。
况我饥愚人，焉能尚安宅。
始来兹山中，休驾喜地僻。
奈何迫物累，一岁四行役。
忡忡去绝境，杳杳更远适。

停骖龙潭云，回首白崖石。

临岐别数子，握手泪再滴。

交情无旧深，穷老多惨戚。

平生懒拙意，偶值栖遁迹。

去住与愿违，仰惭林间翮。

木皮岭

首路栗亭西，尚想凤凰村。

季冬携童稚，辛苦赴蜀门。

南登木皮岭，艰险不易论。

汗流被我体，祁寒为之暄。

远岫争辅佐，千岩自崩奔。

始知五岳外，别有他山尊。

仰干塞大明，俯入裂厚坤。

再闻虎豹斗，屡蹱风水昏。

高有废阁道，摧折如短辕。

下有冬青林，石上走长根。

西崖特秀发，焕若灵芝繁。

润聚金碧气，清无沙土痕。

忆观昆仑图，目击玄圃存。

对此欲何适，默伤垂老魂。

白沙渡

畏途随长江，渡口下绝岸。
差池上舟楫，杳窕入云汉。
天寒荒野外，日暮中流半。
我马向北嘶，山猿饮相唤。
水清石礧礧，沙白滩漫漫。
迥然洗愁辛，多病一疏散。
高壁抵嶔崟，洪涛越凌乱。
临风独回首，揽辔复三叹。

水会渡

山行有常程，中夜尚未安。
微月没已久，崖倾路何难。
大江动我前，汹若溟渤宽。
篙师暗理楫，歌啸轻波澜。
霜浓木石滑，风急手足寒。
入舟已千忧，陟巘仍万盘。
迥眺积水外，始知众星乾。
远游令人瘦，衰疾惭加餐。

两当县吴十侍御江上宅

寒城朝烟澹，山谷落叶赤。
阴风千里来，吹汝江上宅。
鹍鸡号枉渚，日色傍阡陌。

借问持斧翁，几年长沙客？

哀哀失木狄，矫矫避弓翮。

亦知故乡乐，未敢思宿昔。

昔在凤翔都，共通金闺籍。

天子犹蒙尘，东郊暗长戟。

兵家忌间谍，此辈常接迹。

台中领举劾，君必慎剖析。

不忍杀无辜，所以分白黑。

上官权许与，失意见迁斥。

仲尼甘旅人，向子识损益。

朝廷非不知，闭口休叹息。

余时忝诤臣，丹陛实咫尺。

相看受狼狈，至死难塞责。

行迈心多违，出门无与适。

于公负明义，惆怅头更白。

（采自李济阻、王德全、刘秉臣著《杜甫陇右诗注析》，甘肃人民出版社 1985 年 3 月第一版；萧涤非主编《杜甫全集校注》人民文学出版社 2014 年 1 月第一版之第三、第四册）

附录二

杜甫甘肃行迹考

袁兴荣

【摘要】唐肃宗乾元二年（759）七月，杜甫自华州（今陕西渭南市华州区）弃官携家来到秦州（今甘肃天水市），在秦州居住了三个多月；十月间，发秦州至凤凰台（今甘肃成县），在此寓居月余后，于 12 月 1 日自同谷县凤凰村启程前往蜀地，同年底抵达成都。其行程起点清楚，终点明了，且有二十四首纪行诗佐证其行迹。本文综合史料和方志文献，对杜甫甘肃行迹及诗歌创作进行粗浅大致的梳理，恳请方家赐教。

【关键词】杜甫　甘肃行迹考

唐肃宗乾元二年（759）七月，48 岁的杜甫自华州（今陕西渭南市华州区）弃官携家来到秦州（今甘肃天水市），在秦州居住了三个多月；十月间，发秦州至凤凰台（今甘肃成县），在此寓居不久后便往蜀地艰难跋涉，同年底平安抵达四川成都。这一路行程分为两段：一段是从秦州出发，沿着今十天（湖北十堰市至甘肃天水市）高速公路走向，经今天水、礼县、西和县到成县，即过赤谷（今天水西南暖和湾一带）、铁堂峡、盐井、寒峡、法镜寺、青阳峡、龙门镇、石龛、积草岭、泥功山等，最后到达同谷县（今甘肃成县）东南飞龙峡口的凤凰村，有《发秦州》至《凤凰台》十二首，"自秦州赴同谷县纪行"之作；在同谷大约住了一个月，便又启程入蜀，这一段从成县出发，经徽县、陕西略阳县、四川剑阁县到成都，即过同谷城、凤凰村、栗亭、青泥岭（今徽县东南）、木皮岭、白沙渡、水会渡、龙门阁、石柜阁、桔柏渡、剑门关到成都，有《发同谷县》至《成都府》十二首，是"自陇右赴成都纪行"之作，共计二十四首。通过诗作将行进的总路线勾勒得清楚明了。"这两组诗以行程先后为次，且篇数相同，可见是杜甫按计划写成留作纪念的。"

一、华州弃官

杜甫（712—770），杜陵人，字子美，自号少陵野老，别称杜少陵、杜工部、杜拾遗、杜草堂、老杜、诗圣，唐代伟大的现实主义诗人。原籍湖北襄阳，后徙河南巩县。为了与另外两位诗人李商隐与杜牧即"小李杜"区别，杜甫与李白又合称"大李杜"，杜甫也常被称为"老杜"。

"杜甫，审言孙。少贫不自振，客吴越齐赵间。李邕奇其材，先往见之，举进士，不中第，困长安。天宝十三载献赋，授右卫率府胄曹参军，禄山乱，走凤翔，谒肃宗，拜左拾遗，出为华州司功参军，关辅饥，弃官。客秦州，寓居东柯谷，结草堂。草堂之中有泉焉，人称为子美泉。负薪、拾橡栗自给，其后往来栗亭、同谷间。今栗亭、同谷俱有草堂遗迹。后流落剑南，节度使严武表为参谋、检校工部员外郎。"（《乾隆·甘肃通志》）

乾元元年（758）六月，宰相房琯及其一派代表人物如严武等，因结党营私的罪名被唐肃宗贬为外任。时任门下省左拾遗的杜甫冒死上疏救房琯，险遭重刑，被贬为华州司功参军。《旧唐书·杜甫传》明确记载："房琯罢相。甫上疏言琯有才，不宜罢免。肃宗怒，贬琯为刺史，出甫为华州司功参军。"

乾元二年（759）夏天，安史之乱还在继续，关辅大旱，灾荒严重。杜甫备受朝中当权者的排挤，他对自己的政治前途已不抱什么希望，所以便决然放弃了华州（今陕西省渭南市华州区）司功参军这个职务……"满目悲生事，因人作远游"（《秦州杂诗二十首·其一》），他挈家背井离乡，到秦州（今甘肃省天水市）去投奔侄子杜佐，迈开了他一生的最后一个时期——漂泊西南的第一步。

二、度陇客秦州

秦州有着怎样的前世今生呢？"古成纪地，周封非子于秦亭，因名秦。秦为陇西郡地，汉曰上邽县，属陇西郡，后隗嚣据其地……"在唐代秦州具体情况又是怎样？"（秦州）天宝领县五（上邽、成纪、伏羌、陇城、清水），户二万四千八百二十七，口十万九千七百。在京师西七百八十里，至东都一千六百五里。"（《旧唐书·志·卷二十地理三》）

秦州城位于六盘山支脉陇山的西边，陇右道东部的一个大州。陇山高约 2928 米，山势曲折陡峻，南北走向，为陕北黄土高原和陇西黄土高原的界山，亦是渭河与泾河的分水岭。古人戍边行役，视度陇山为畏途。

那么，我们不禁要问，杜甫在秦州的行止大致是怎样的一个情况呢？"杜甫从乾元二年（759）七月，自华州携家来此，直至九月寓居在城中，也曾在侄杜佐东柯谷寓居，多往城内城外远近各处游览。杜佐草堂在城南六十里的东柯谷，闻之彼处甚佳，决计卜居东柯。欲卜居，则须买地置屋，虽心极向往又有（委托）杜佐就近代求，但短时间内要想在此'深藏数十家'的山村找到个合适的去处也非易事。杜佐居彼境况颇佳，如卜居之事未妥，杜甫当不会举家投奔赖以终老。又在此重逢京中大云寺主谪此安置的旧识赞上人，曾邀赞上人东柯谷西枝村寻置草堂地不得……可能当时同谷县宰相招：'邑有佳主人，情如已会面。来书语绝妙，远客惊深眷'《积草岭》，他便打消了在东柯、西枝等处卜居的念头，携家往同谷去了"。

东柯、西枝等处，如此让杜甫心向往之，推测也不会相距甚远，是否确有其地呢？回答是肯定的。光绪重纂《秦州直隶州新志》记述："由马跑泉（在天水市东南方向三十余里，现为东泉公社）东南二十里为甘泉寺镇，有甘泉寺，泉在寺中厦下，一名春晓泉。南五里为西枝村，村后有赞公土室，龟凤山在其西北，山环抱如凤翼，中有峰，形如龟，山下有泉，名香泉。由跑马泉东行十里为东柯谷，有唐杜甫草堂遗址，泉名子美泉。入谷东行二十里为街子镇。麦积、仙人、石门三山皆与其地相近"。由此可知，麦积山距东柯谷、西枝村都不太远，这三地处在一个三角形的位置上。（《访古学诗万里行》）

既然杜甫携家度陇右投奔族侄杜佐，我们不妨对杜佐其人考量一二。

杜佐，据钱注《世袭表》："佐出襄阳杜氏，殿中侍御史炜之子。"仇注《旧唐书》："杜佐终大理正。"正史上有关他的记载仅此而已。杜甫寓居秦州期间，曾写《示侄佐》《佐还山后寄三首》等。

杜甫的《秦州杂诗二十首》，是他到秦州后所作的大型组诗。这组诗或叙游踪，或抒感触，或发议论，大多写得很成功，有很高的艺术价值，也是研究诗人当时的生活情况和思想感情的重要资料。

乾元二年（759），此为唐王朝多事之秋的一年。在这样的时局下，杜甫弃官度陇，来到秦州这座塞上重镇。中原地区虽是狼烟四起，秦州却还保持着相对的稳定。安史之乱暂时没有涉及这里，西域游牧民族还慑于盛唐的余威而不敢骚扰。但耳闻目睹的多是胡笳戍鼓、烽火燧烟、使臣过往、军旅往还等这样一些戎马倥偬景象，自然触动杜甫萦怀军国大事而忧虑不安了。相隔不远的陇西边情紧急，心中当然忧虑。所以在《秦州杂诗二十首》其十九首中及其《留花门》等诗篇中抒发了忧乱而思良将之情。

"天水的诗歌创作源自《诗经·秦风》。《秦风》收有诗歌 10 首，虽然无法判断哪一首作于今天水境内，但作为秦人的发祥地，天水的自然及人文对秦风的影响是显而易见……唐代，秦州为陇右大都会，很是繁荣，诗人往返于西域与长安之间，在秦州时有逗留，著名诗人卢照邻、高适、岑参都留有诗作，岑参的《初过陇山》诗最为有名……

唐肃宗乾元二年（759），诗圣杜甫流寓秦州，在秦州寓居三月，然后南下成都。其间，饱含激情写下了 90 多首歌颂河山、咏物怀人、记录行程的壮美诗篇。杜甫的秦州之行是杜诗创作的转折点，达到其创作的高峰，至此，'老杜诗名惟李配'，整个全唐诗只有李白与之比肩了……"（《天水市志》）

在其 90 多首诗歌中，除了《秦州杂诗二十首》外，亦有四组《遣兴》诗以自遣，亦有极目抒情《太平寺泉眼》《山寺》《赤谷西崦人家》等诗作。

仔细品读杜甫在秦州的近百首诗篇，倒觉得《访古学诗万里行》老师们的见解颇有道理："……我们来到（天水街子公社）柳家河村，这就是杜甫初到秦州，落脚的侄子杜佐处的东柯谷。杜甫在这里住的时间不长，就搬到秦州城里去了，他对这里的印象是非常好的。"至于到了秦州之后，寓居何处，目前尚没有确切的史料可以佐证，只能假以时日了。

杜甫携家在秦州住了三个多月，多处求田问舍不得，无心寄寓，其时适同谷县宰寄书相招，喜出望外，就在这年十月离开秦州往同谷去了。

三、入蜀"图经"

乾元二年（759）十月，杜甫在秦州生活无着，只得另寻出路，携家离秦州到同谷去了，有诗为证——

发秦州

我衰更懒拙，生事不自谋。

无食问乐土，无衣思南州。

汉源十月交，天气凉如秋。

草木未黄落，况闻山水幽。

……

之后不久的一个夜晚，杜甫携家启程了。其景凄凉无比、其心寒苦无依：中宵驱车去，饮马寒塘流。磊落星月高，苍茫云雾浮……

先说杜甫携家由秦州到同谷这一段行程。那天的半夜，杜甫一家从秦州启程，途经赤谷、铁堂峡、盐井、寒峡、法镜寺、青阳峡、龙门镇、石龛、积草岭、泥功山、栗亭，最后到达同谷县东南飞龙峡口的凤凰村。推测先在栗亭小住一段时间，随后在同谷的凤凰村寓居多日。说是多日，充其量也就在一月之内。

那栗亭早已让杜甫心仪，又是怎样一种情况呢？"栗亭，古县，得名于栗亭河与栗亭川。河源于甘肃徽县麻沿河糜岭老白山（俗名老爷山）东麓，出游龙栗斗峪，西南汇入浊水（今白水），蜿蜒曲折百余里。两岸平川珠连，良田美畦；峰峦清奇，橡栗蔽野，风光无限，故水名栗河，坝名栗川。栗亭来源，或因与王莽新朝改县为亭有关。伏家镇，位于栗亭川中部，距徽县城30里，古为栗亭县治所之地，今为徽县第一大镇。"（《徽县史话》）栗亭物产丰饶，风光迤逦，岂能不让陷入困顿的杜甫大喜过望，心驰神往呢？

《太平寰宇记》载：同谷县有栗亭镇（今属徽县）。唐懿宗咸通十四年（873）成州刺史赵鸿曾亲去栗亭凭吊杜甫，并写有《杜工部同谷茅茨》《栗亭》《兑山》《木皮岭》等诗篇，还刻石于同谷。杜甫到同谷是乾元二年（759），赵鸿去凭吊是咸通十四年（873），中间相隔114年，他在咏颂栗亭的诗中发出了"悠悠二甲子，题记今何有"的感叹。他在《杜工部同谷茅茨》诗中又说："工部栖迟后，邻家大半无。"知道杜甫的那"一小半"村民，肯定还见过杜甫题写在石壁上的诗句。但杜甫在栗亭住了不多时日，终为生活所迫而南下去了成都。

栗亭原本是杜甫发秦州前的理想卜居之所，诸多原因，杜甫却在同谷结茅以居。北宋元祐八年（1093），栗亭令赵洋取杜甫"栗亭名更嘉"句建"名嘉亭"，约请词人、承议郎贺铸作诗以志，此为栗亭杜少陵祠雏形。明正德初，御史潘仿创建杜少陵祠。《徽县志》载："栗亭川拾遗祠者，明御史潘公创建。"明万历中，徽州知州左之贞"慕其（指杜甫）芳踪，又为之重修。"康熙丁酉（1718）冬，陕西按察使兼陇右督理童华祖，莅临栗亭，见"古迹堕废，低徊而不能去"，即召集当地士绅张思敬等人，多方筹集，捐资修复杜公祠，于康熙五十八年（1719）底完工。乾隆六年（1741）徽县知县牛运震"按部之暇，控骖栗亭，穆然子美之高风"，又一次维修扩建杜公祠，将祠址由山寨坡迁到杜公祠。嘉庆十一年（1806），徽县知县张伯魁，再次修复扩建杜公祠，将杜公祠用地扩大到二十亩，扩建正祠堂为三间，增修左右厢房两间。同时，于祠堂正南六十米处建设木石结构两层戏楼一座。民国二十九年（1940）本县官员及当地士绅又一次集资，对杜公祠进行了较大规模的修葺，直到 21 世纪 50 年代初，杜公祠才彻底毁废，变成了农人瓦舍。

今栗亭南五里元观峡有"少陵钓台"等遗迹，以及祠宇故址遗存三通碑刻，是栗亭杜少陵祠兴衰的历史见证。

同谷县乃今成县。"成县上古为雍州之域，周孝王封赢非子于秦地，养马汧渭，属秦地，春秋时为白马氏国。前 221 年，秦始皇统一中国，封天下为三十六郡，成县属陇西郡，称下辨道……唐高祖武德元年（618），以同谷县置西康州。太宗贞观元年（627），废西康州复置成州，以县属成州，隶陇右道……"

"杜甫来同谷后曾在县东南七里（一说五里许）飞龙峡口作草堂以居，飞龙峡在凤凰台下，万丈潭边。携家寓此，负薪、采栗自给，《同谷七歌》及《凤凰台》诸多诗篇皆作于此，即其草堂遗址立杜少陵祠，春秋二祭，祀典颇隆。"（《成县志》）

《同谷七歌》是一组独具特色的作品，表现似写实而实浪漫，语言似粗放而实精美，通过夸饰的眼光，呈现了诗人寓居同谷的生活情况和精神状态之一斑，有一定现实意义，且有近乎悲剧效果的审美价值。这组诗歌对后世颇有影响，宋元诗人多仿作此体，唯文天祥所作《六歌》为佳。

那么，杜甫在秦州曾不胜感激地提到的那位好心函邀他前来"卜居"的"佳主人"某县令，为何迟迟深藏不露避匿不见呢？或是县令移官他处，或是县令无非叶公好龙之辈，慕公之名寄书相邀，以尽世情。岂料杜公也是穷途末路，求生心切，轻信妄语，贸然赴约，竟是戏言。杜公默然无语，故同谷诗无一篇及之，不说也罢。

贫病交加、衣食无着的杜甫，在同谷委实将就不下去了，就决计携家离此入蜀。"一岁四行役"，春天从东都回华州，夏天从华州客秦州，冬天从秦州赴同谷，现今又从同谷入蜀，蜀道之难难于上青天！山重水复，蜗牛般爬行，怎一个愁字了得。从启程到抵达，杜甫又写了十二首纪行诗，为后世研究他的踪迹留下了颇为生动具体的珍贵资料。他的《发同谷县》题下原注说："乾元二年十二月一日，自陇右赴成都纪行。"杜甫一行离秦州当在十月底（《发秦州》"汉源十月交"），途经石龛时已入十一月（《石龛》"仲冬见虹霓"），到同谷当在十一月初。由此可见，他家在同谷凤凰村、栗亭等处停留的时间，不超过一个月。

十二月一日，杜甫离开同谷，取道东南，历当房村，经木皮岭。《方舆胜览》记载："木皮岭在同谷县东二十里，河池县（今徽县）西四十里。"杜甫发同谷，取路栗亭，南入郡界，历当房村，度木皮岭，则木皮岭在栗亭以远，渡白水峡。（《徽县史话》载："白水峡位于徽县南40余里的大河店乡境内，东接青泥岭，南通嘉陵江，西接木皮岭，北望徽县城。"《徽县志》载："横川、栗亭两水会合，是为白水上游，旧志称浊水，取白而浑浊之意。"）……当年杜甫来到白沙渡，只见江涛怒吼，激流澎湃，咏出了'水清石礧礧，沙白滩漫漫'的渡口特色，描写了'畏途随长江，渡口下绝岸'的山水之险，抒发了'临风独回首，揽辔复三叹'的感叹"（《白沙渡》），又开始了前往西蜀重镇成都府的艰苦跋涉。

这一段行程，当是杜甫离开同谷县城东南不远寓居的凤凰村，东行过栗亭，攀越了木皮岭，道经庙山瓦房村（杜诗里的当房村）、白沙渡、青泥岭，于夜半时分在水会渡口处（今徽县虞关乡老虞关渡）横渡嘉陵江，进入八渡沟，沿陕西略阳九股树、金池院路离开了陇右地界。随后跋涉在川陕境内悠长而险峻的栈道上，写下了《飞仙阁》《石柜阁》《龙门阁》等诗篇，不久来到桔柏渡、剑门关，年底杜甫一家人终于平安抵达成都。

杜甫的甘肃行迹，经过泥功山有两处，有草堂遗迹三处，我们不妨逐一梳理甄别。

先说两处泥功山。《泥功山》诗曰：朝行青泥上，暮在青泥中。泥泞非一时，版筑劳人功。不畏道途永，乃将泪没同。白马为铁骊，小儿成老翁。哀猿透却坠，死鹿力所穷。寄语北来人，后来莫匆匆。

那我们看看方志文献中对泥功山的介绍吧。

"泥功山，又名尼姑山，俗称牛心山。位于成县西北 50 里的崇山之中，北临海薤山，南与自然风景区鸡峰山遥遥相对。其主峰三面如削，高可柱天，海拔 2016 米，年平均气温 15℃，素有'避暑胜地'之称。南宋著名史学家郑樵在绍兴三十一年（1161）纂成的《通志》载：'泥功山在县西，上有旧城基，县境名山也。唐贞元初权置行成州于此山，今址有泥功庙，其神像天成，古怪殊甚。'据今存古碑记载，泥功山'崔嵬卓立之势诚有奇而无有偶，周围数百里之遥神应故妙，巩、秦、阶、西、礼之属，人皆钦仰，山顶有唐贞元间所建寺院三十二处。'（清赵增寅撰《重修泥功山云梯岩全寺全观略序》）清嘉庆十三年（1808）编纂的《武阶备志》载：'泥功山在县西北……俗讹尼姑山，高出群峰，唐宋以前为天水仇池孔道。'传说西魏大统年间，文帝文皇后乙弗氏，因帝宠悼后，逊居别宫，出家为尼。乙弗氏徙居秦州麦积山时，曾慕名来到泥功山，并赐金银在山顶再建佛阁，重兴寺宇。因乙弗氏临幸的缘故，泥功山又有了尼姑山的雅称。自此，泥功山佛事不断，香火鼎盛，僧尼最多时达五百余人。唐、宋时，由于成州经济发达，文化繁荣，佛教盛隆……不少文人学士幸游此山，为之高吟轻唱，留下了翰墨华章。唐乾元二年（759），诗人杜甫从秦州南奔赴同谷的途中，曾登临此山，写下了脍炙人口的著名诗篇《泥功山》。唐咸通十四年（873），诗人赵鸿出任成州刺史，曾沿着杜甫的行踪，寻幽探胜，写下了'立石泥功状，天然诡怪形。未尝私祸福，终不费丹青'的诗句。如今，新修葺的泥功山寺颇有气势，所有寺宇因景随形，巧构妙筑，错落有致，布局合理，不失为陇右著名佛教胜地……"

青泥岭，位于徽县县城东南 40 里处，是秦岭山脉西延向南的支脉，古为河池（今徽县）与兴州（今陕西略阳县）的界山。《辞海》载："青泥岭，又名泥功山，在甘肃徽县南，为陕甘入蜀要道。以岭高多云雨，泥泞路滑而得名。"主峰铁山海拔 1746 米，其山峰峦突兀，四山仰承，如尊元首。其岭西接木皮岭、龙洞山诸山。历史上，青泥岭既是陈仓古道（及故道）入蜀的屏障，又是连接陈仓古道及阴平古道的枢纽，可谓秦雍入蜀之咽喉，南北交汇之要冲，为历代兵家必争之地，史称'蜀门'，名闻四海。因其山势陡峭，道路险绝，唐代诗人李白《蜀道难》诗中有'青泥何盘盘！百步九折萦岩峦'的感叹。唐玄宗时，因吐蕃连年东侵，即在岭前设青泥驿，并驻军守卫。今青泥岭山顶有铁山寺、玉皇殿等古建筑……山上古木参天，云雾缭绕，松涛阵阵，曲径通幽，登顶更是有一览众山小之感，自古为县内游览胜地。青泥古道很早以前就已开通，是陇右通往蜀川的三条古道（陈仓、青泥、阴平）之一。《甘肃公路交通史》载："'陇南故道在上邽（今天水市）以南，是甘入陕、入川的重要道路。''陇南山区的河池（今徽县）和武阶（今文县碧口镇），是故道上的枢纽。'而青泥古道则是陇南故道中的一条重要交通要道。它从县城出发，向南经深沟至青泥河甸子（青泥河甸子上的街道痕迹犹在，有'远通吴楚碑'尚存），再经李家山，过太和庵，经青泥岭主峰铁山侧南下至虞关，于虞关渡嘉陵江进百八渡沟至陕西略阳县九股树，再南行接古蜀道，这也是汉唐以来入蜀的官道。宋仁宗赵祯至和二年（1055），白水路开通后，青泥古道青泥岭段才被废弃。至此，秦陇道入蜀由河池大河店沿白水至白水江镇，再沿江而上虞关，进百八渡沟至略阳县九股树，南接古蜀道。"

杜甫入蜀"图经"中，他从秦州出发由西而东，经赤谷、铁堂峡、龙门镇等，又从龙门镇东北方向来到石龛，继续北上经过积草岭、泥功山，最后到达凤凰村。由此可见，杜甫是经过成县西北五十里的泥功山的。而徽县的青泥岭，又名泥功山，其逶迤在青泥岭山麓嘉陵江畔青泥古道，则是汉唐以来入蜀的官道，杜甫入蜀，必经青泥古道。究竟《泥功山》诗篇，是具体描写成县或徽县的泥功山，还是合二为一，泛指这两座曾经逾越的山岭，还须更多的史料再确认厘清。

草堂遗迹三处分别是天水南郭寺内的杜公祠，成县杜公祠，徽县栗亭杜少陵遗迹。

"（天水）南郭寺是一座中等规模的佛院，寺内有杜公祠，在东禅院，祠殿面西而立，门前廊檐下有《改建南郭寺东禅院为杜公祠记》碑，是光绪三十年（1904）天水人李荣撰写的。碑文记载着'秦州东柯谷旧有杜工部草堂，同治间毁于兵'，并说前人欲修未果，后来就将南郭寺的东禅院改为杜公祠。走进祠门，拉开迎门的一幅垂地布帘，露出一座神龛。身穿官服的杜甫泥塑像居其中，大小与常人差不多，身旁各立一手持书卷的小童，发髻服饰各不相同，看样子或许是杜公二子宗文、宗武。"（《访古学诗万里行》）

"（成县）杜公祠为成州八景之一。其始建于北宋宣和三年

（1121），时间仅晚于成都浣花溪少陵草堂，是秦、陇、蜀、荆、楚、豫等地修建最早的杜甫草堂之一，亦称杜工部祠堂、同谷草堂、子美草堂、诗圣祠。宋代成州知州晁说之在《成州同谷县杜工部祠堂记》中说：'同谷秀才赵惟恭捐地五亩，县令涑水郭慥始立祠，而属余为之记，使来者美其山川，而礼其像，忠其文。'其址正好位于今成县东南凤凰山下，飞龙峡口。这里水带山环，霞飞雾落，峡水奔腾，风景宜人。当年杜甫流寓陇右途中，曾于此'结茅而居，后人感其高风，即其址立祠祀之'（《广舆记》）。草堂建成后，从南宋到元代，连年战乱，兵刃相继，祠宇年久失修，濒于倾圮。直到明万历四十六年（1618）春，知县赵相宇奉命尹成邑，特前往谒祠，并登堂拜像，见栋宇倾圮，风景依然，乃捐俸命教谕管应律修葺。清光绪十一年（1885），成县知县李焌再次修葺。1942年，成县县长陶自强发起扩建，草堂墙瓦户牖焕然一新，虽不能与浣花溪媲美，仍不失为陇右旅游胜地。每年春秋二季祭祀不绝。自古以来，文人墨客、高人隐士多来拜谒吟咏，听风涛水吼，为赏心乐事……"（《成县史话》）

"徽县城西40里的栗川乡杜公行政村山根自然村一带，与唐代大诗人杜甫有关的杜公村、杜公小学、杜公祠碑、杜工祠堂、杜公井、杜甫钓台等文化遗迹。杜甫于唐肃宗乾元二年（759）十二月，曾在栗亭山根村一带寓居过，唐宋以来，文人雅士在栗亭留下了许多缅怀杜甫的诗文、题记、碑刻。早在北宋中期，木皮岭下的山寨坡已筑有杜公祠堂（距元观峡一里余，即木皮寨杜公草堂），后来毁于宋金战火，明、清以来的地方官对杜公祠进行过多次修葺……"（《徽县史话》）

也就在杜甫由同谷入蜀途中，寓居同谷时前往两当县，拜访吴郁宅舍，目睹人去屋空，想起因上书谏诤被贬至长沙的陇右道两当人士吴十侍御史吴郁，这位曾与杜甫在凤翔行在同列至交，不由声泪俱下，悲从中来……内疚之中，写下了《两当县吴十侍御江上宅》：寒城朝烟澹，山谷落叶赤。阴风千里来，吹汝江上宅……

乾元二年（759）年底，杜甫一家平安抵达成都；十一年后，也就是唐代宗李豫大历五年（770）冬天，59岁的杜甫赍志而殁于潭岳（潭州开往岳阳）舟中。

四十三年后，即唐宪宗元和八年（813），杜甫次子宗武之子嗣业，扶祖父杜甫的灵柩，由湖南平江县迁葬归河南偃师首阳山祖坟，途径江陵（今湖北荆州市）时，恭请时任江陵府士曹参军的唐朝著名诗人、文学家元稹作《唐检校工部员外郎杜君墓系铭并序》，以追思缅怀祖父杜甫……

（采自甘肃省地方史志办公室甘肃省地方史志学会编，郝宗维主编《甘肃历史学术研究论丛》，甘肃人民出版社2021年2月第一版）

附录三

清代杜甫陇右诗入选集注、志书一览表

书　目	入选陇右诗篇目	占陇右诗117首比例	备注
《杜诗镜铨》 （唐）杜甫著 （清）杨伦笺注 上海古籍出版社 1962年出版	秦州杂诗二十首、宿赞公房、西枝村寻置草堂二首、太平寺泉眼、雨晴、山寺、遣怀、初月、归燕、萤火、苦竹、废畦、秋笛、野望、病马、铜瓶、送人从军、月夜忆舍弟、寄赞上人、赤谷西崦人家、东楼、寓目、即事、天河、捣衣、促织、蒹葭、除架、夕烽、日暮、空囊、蕃剑、送远、示侄佐、佐还山后寄三首、秋日阮隐居致薤三十束、寄高使君岑长史、寄张十二山人彪、别赞上人、发秦州、铁堂峡、寒峡、青阳峡、石龛、泥功山、乾元中寓居同谷县作歌七首、发同谷县、从人觅小胡孙许寄、喜薛璩毕曜迁官、寄贾司马严使君、寄李十二白、两当县吴十侍御江上宅、赤谷、盐井、法镜寺、龙门镇、积草岭、凤凰台、万丈潭、木皮岭、白沙渡、水会渡。计90首。	76%	卷之六

续表

书　目	入选陇右诗篇目	占陇右诗117首比例	备注
《乾隆·甘肃通志》（清）许容监修李迪、张能第等撰刘光华点校兰州大学出版社2018年出版	高都护骢马行、送韦书记赴安西、投赠哥舒开府翰二十韵、寄高三十五书记、送蔡希曾都尉还陇右因寄高三十五书记、赠田九判官梁邱、赤谷西崦人家、秦州杂诗二十首、西枝村寻置草堂地，夜宿赞公土室二首、送人从军、发秦州、赤谷、铁堂峡、盐井、积草岭、泥功山、凤凰台、万丈潭、发同谷县、木皮岭。计40首。	34%	秦州诗（包括秦州诗91首，陇南诗26首）计117首。
《乾隆·直隶秦州新志》费廷珍纂修据清代乾隆二十九年（1764）副本影印甘肃府县志辑凤凰出版社上海书店巴蜀书社	送蔡希曾都尉还陇右因寄高三十五书记、赤谷西崦人家、秦州杂诗二十首、野望、东楼、山寺、宿赞公房、西枝村寻置草堂地夜宿赞公土室二首、示侄佐、夕烽、发秦州、赤谷、铁堂峡、盐井、寒峡、法镜寺、青阳峡、龙门镇、石龛、积草岭、泥功山、木皮岭、太平寺泉眼、两当县吴十侍御江上宅。计44首。	38%	直隶秦州包括秦州、秦安县、清水县、礼县、徽县、两当县6县。
《光绪·阶州直隶州续志》（清）叶恩沛修吕震南等纂《阶州志集笺注》曾礼校注甘肃人民出版社2013年出版	寒峡、法镜寺、青阳峡、送韦十六评事充同谷郡防御判官、西枝村寻置草堂地夜宿赞公土室二首、寄赞上人、别赞上人、宿赞公房、大云寺赞公房四首、铁堂峡、龙门镇、盐井、石龛、积草岭、泥功山、凤凰台、乾元中寓居同谷县作歌七首、万丈潭、发同谷县、木皮岭。计30首。	25%	阶州直隶州包括阶州、文县、成县3县。

新中国成立以来八种杜诗选本秦州诗入选一览表

书　目	入选秦州诗篇目	所选杜诗占选本比例	占秦州诗117首比例
《杜甫诗选》冯至编选作家出版社1956年出版	留花门、佳人、梦李白二首、有怀台州郑十八司户、遣兴五首、秦州杂诗二十首（选八）、月夜忆舍弟、天末怀李白、发秦州、赤谷、铁堂峡、盐井、石龛、积草岭、泥功山、凤凰台、乾元中寓居同谷县作歌七首、发同谷县、木皮岭、白沙渡、水会渡。计39首。	占所选264首的14%	23%
《杜甫诗选注》萧涤非选注山东人民出版社1957年出版	秦州杂诗二十首（录四）、留花门、月夜忆舍弟、梦李白二首、天末怀李白、即事、捣衣、空囊、病马、送远、遣兴三首（录一）、佳人、发秦州、寒峡、龙门镇、石龛、凤凰台、乾元中寓居同谷县作歌七首。计28首。	占所选264首的10%	23%
《杜甫诗选》中国古典文学读本丛书杜甫诗选山东大学中文系古典文学教研室选注人民文学出版社1980年出版	遣兴五首（选一）、秦州杂诗二十首（选三）、梦李白二首、天末怀李白、月夜忆舍弟、捣衣、空囊、发秦州、龙门镇、石龛、乾元中寓居同谷县作歌七首、发同谷县、水会渡。计22首。	占所选196首的11%	20%
《杜甫诗选析》陈美林、金启华编析江苏人民出版社1981年出版	梦李白二首、秦州杂诗二十首（选二）、佳人、法镜寺、石龛、乾元中寓居同谷县作歌七首、水会渡。计15首。	占所选106首的14%	13%

续表

书　目	入选秦州诗篇目	所选杜诗占选本比例	占秦州诗117首比例
《杜甫选集》 邓魁英、聂石樵 选注 上海古籍出版社 1983年出版	秦州杂诗二十首（选四）、月夜忆舍弟、遣兴三首（选一）、即事、梦李白二首、天末怀李白、佳人、捣衣、空囊、病马、送远、发秦州、铁堂峡、盐井、寒峡、龙门镇、石龛、凤凰台、乾元中寓居同谷县作歌七首、水会渡。计30首。	占所选303首的10%	25%
《杜甫诗集导读》 刘开扬、刘新生著 巴蜀书社 1988年出版	佳人、秦州杂诗二十首（选四）、梦李白二首、寄李十二白二十韵。计8首。	占所选138首的6%	7%
《杜甫诗选评》 葛晓音著 中国古代文史经典读本 上海古籍出版社 2002年出版	佳人、梦李白二首（选一）、月夜忆舍弟、凤凰台。计4首。	占所选80首的6%	4%
《杜甫诗选》 张忠纲选注 中华经典指掌文库 中华书局 2005年出版	秦州杂诗二十首（其一）、佳人、梦李白二首、月夜忆舍弟、天末怀李白、捣衣、空囊、凤凰台、乾元中寓居同谷县作歌七首。计16首。	占所选193首的8%	13%

（采自刘雁翔著《杜甫秦州诗别解》，甘肃教育出版社2012年9月第一版）

《杜甫全集校注》陇右诗入选一览表

书 目	入选秦州诗篇目	所选杜诗占陇右诗比例	备注
《杜甫全集校注》（全十二册）萧涤非主编人民文学出版社2014年出版	遣兴三首、佳人、梦李白二首、有怀台州郑十八司户、所思、遣兴五首、遣兴二首、遣兴五首、秦州杂诗二十首、秋日阮隐士致薤三十束、贻阮隐居、佐还山后寄三首、天末怀李白、月夜忆舍弟、宿赞公房、西枝村寻置草堂地，夜宿赞公土室二首、寄赞上人、赤谷西崦人家、太平寺泉眼、东楼、雨晴、寓目、山寺、即事、遣怀、天河、初月、捣衣、归燕、促织、萤火、蒹葭、苦竹、除架、废畦、夕烽、日暮、野望、空囊、病马、蕃剑、铜瓶、送远、送人从军、示侄佐、从人觅小胡孙许寄、秦州见敕目薛三璩授司议郎毕四曜除监察与二子有故远喜迁官兼述索居凡三十韵、寄彭州高三十五使君适虢州岑二十七长史参三十韵、寄岳州贾司马六丈、巴州严八使君两阁老五十韵、寄张十二山人彪三十韵、寄李十二白二十韵、别赞上人、发秦州、赤谷、秋笛、铁堂峡、盐井、寒峡、法镜寺、青阳峡、龙门镇、石龛、积草岭、泥功山、凤凰台、两当县吴十侍御江上宅、乾元中寓居同谷县作歌七首、万丈潭、发同谷县、木皮岭、白沙渡、水会渡。计112首。	96%	天水市现辖秦城区、北道区、武山、甘谷、秦安、清水、张家川共七县（区）。陇南市现辖武都区、宕昌县、文县、康县、成县、徽县、西和县、礼县、两当县共九县（区）。

《天水市志》《陇南市志》杜甫陇右诗入选一览表

书　目	入选秦州诗篇目	占秦州诗117首比例	备　注
《天水市志》（远古—2000年）总编：王洪宾分卷主编：刘雁翔方志出版社2004年出版	秦州杂诗二十首、秋日阮隐居致薤三十束、贻阮隐居昉、示侄佐、佐还山后寄三首、天末怀李白、月夜忆舍弟、宿赞公房、寄赞上人、赤谷西崦人家、太平寺泉眼、东楼、雨晴、寓目、山寺、遣怀、初月、蒹葭、除架、废畦、夕烽、日暮、野望、空囊、送远、发秦州、赤谷、秋笛、铁堂峡。计50首。	42%	现辖秦城区、北道区、武山、甘谷、秦安、清水、张家川共七县（区）。
《陇南市志》（远古—2012年）总编：罗卫东方志出版社2019年出版	送韦十六评事充同谷郡防御判官、发秦州、盐井、寒峡、法镜寺、青阳峡、龙门镇、石龛、积草岭、凤凰台、两当县吴十侍御江上宅、乾元中寓居同谷县作歌七首、万丈潭、木皮岭、白沙渡、水会渡。计22首。	20%	现辖武都区、宕昌县、文县、康县、成县、徽县、西和县、礼县、两当县共九县（区）。

（采自王洪宾总编、刘玛莉主编《天水市志》，方志出版社2004年第一版；罗卫东主编《陇南市志》，方志出版社2019年第一版）

参考文献

[1]（后晋）刘昫等撰 . 旧唐书 [M]. 北京：中华书局，1975.

[2]（宋）欧阳修 . 宋祁撰 . 新唐书 [M]. 北京：中华书局，1975.

[3]（五代）王仁裕 .（唐）姚汝能撰，曾贻芬点校 . 开元天宝遗事；安禄山事迹 [M]. 北京：中华书局，2006.

[4]（唐）杜甫著 .（清）杨伦笺注 . 杜诗镜铨 [M]. 上海：上海古籍出版社，1981.

[5]（唐）孟启撰，董希平等评注 . 本事诗 [M]. 北京：中华书局，2014.

[6]（唐）元稹著 . 元稹集 [M]. 北京：中华书局，2010.

[7] 王克让 . 河岳英灵集注 [M]. 成都：巴蜀书社，2006.

[8]［日］圆仁著 .［日］小野胜年校注，白化文等修订校注，周一良审阅 . 入唐求法巡礼行记 [M]. 石家庄：华山文艺出版社，2007.

[9]［美］洪业著，曾祥波译 . 杜甫：中国最伟大的诗人 [M]. 上海：上海古籍出版社，2020.

[10] 谢俊美，田玉洪著 . 中国古代官制 [M]. 北京：中国国际广播出版社，2010.

[11] 闻一多著 . 唐诗杂论 [M]. 长沙：岳麓书社，2010.

[12] 刘孟伉主编，四川省文史研究馆编 . 杜甫年谱 [M]. 成都：四川人民出版社，1958.

[13] 黄正建著 . 走进日常——唐代衣食住行 [M]. 上海：中西书局，2019.

[14] 周勋初著 . 唐诗纵横谈 [M]. 北京：北京出版社，2016.

[15] 严耕望撰 . 河陇碛西区 [M]. ∥唐代交通图考：第 2 卷 . 上海：上海古籍出版社，2007.

[16] 严耕望撰 . 秦领仇池区 [M]. ∥唐代交通图考：第 3 卷 . 上海：上海古籍出版社，2007.

[17] 北溟鱼著 . 长安客 [M]. 天津：天津人民出版社，2020.

[18]（清）许容监修，李迪等撰，刘光华等点校 . 甘肃通志 [M] 兰州：兰州大学出版社，2020.

[19]（清）费廷珍纂修 . 甘肃府县志辑（中国地方志集成）：乾隆·直隶秦州新志 [M]. 上海：上海书店，凤凰出版社，巴蜀书社，2008.

[20]（清）叶恩沛等修，吕震南等纂，曾礼校注 . 阶州志集校笺注 [M]. 兰州：甘肃人民出版社，2013.

[21] 王洪宾总编，刘玛莉主编 . 天水市志 [M]. 北京：方志出版社，2004.

[22] 罗卫东总编 . 陇南市志 [M]. 北京：方志出版社，2019.

[23] 罗卫东主编 . 陇南史话 [M]. 兰州：甘肃文化出版社，2019.

[24] 罗卫东主编 . 陇南古代人物，陇南古代诗词，陇南古代碑铭 [M]. 兰州：甘肃文化出版社，2019.

[25] 胡祥庆主编 . 成县志 [M]. 西安：西北大学出版社，1994.

[26] 张忠编著 . 成县史话 [M]. 兰州：甘肃文化出版社，2012.

[27] 西和县志办公室校点 . 西和县志（康熙志，乾隆志，民国志）（内部资料），2006.

[28] 西川著 . 唐诗的读法 [M]. 北京：北京出版社，2017.

[29] 杜万鼎主编 . 西和县志 [M]. 西安：陕西人民出版社，

1997.

[30] 梁晓明主编．徽县志 [M]．西安：陕西人民出版社，2003.

[31] 政协礼县委员会编著．光绪重纂《礼县新志》校注，（内部资料）2021.

[32] 陈贻焮著．杜甫评传（上中下）[M]．北京：北京大学出版社，2003.

[33] 韩昇著．盛唐的背影 [M]．北京：北京出版社；福州：海峡书局，2013.

[34] 康震著．康震评说诗圣杜甫 [M]．北京：中华书局，2010.

[35] 聂大受主编．诗圣陇右行吟 [M]．香港：华夏文化艺术出版社，2010.

[36] 刘雁翔著．杜甫秦州诗别解 [M]．兰州：甘肃教育出版社，2010.

[37] 刘雁翔，杨新国著．陇月向人圆：杜甫秦州诗图景 [M]．西安：三秦出版社，2015.

[38] 刘雁翔著．杜甫陇上萍踪 [M]．兰州：甘肃教育出版社，2014.

[39]《西和县志》编纂委员会编．西和县志 1996—2013[M]．兰州：甘肃文化出版社，2014.

[40] 李济阻，王德全，刘秉臣著．杜甫陇右诗注析 [M]．兰州：甘肃人民出版社，1985.

[41] 商震著．蜀道青泥 [M]．北京：中国旅游出版社，2020.

[42] 冯至著．杜甫传 [M]．北京：人民文学出版社，1952.

[43] 山东大学《杜甫全集》校注组．访古学诗万里行 [M]．北京：人民文学出版社，1982.

[44] 高天佑编著．杜甫陇蜀纪行诗注析 [M]．兰州：甘肃民族

出版社，2002.

[45] 文丕谟著. 陇南名胜 [M]. 兰州：敦煌文艺出版社，2000.

[46] 刘伯杰主编. 徽县史话 [M]. 兰州：甘肃文化出版社，2011.

[47] 袁智慧主编. 西和史话 [M]. 北京：中国文史出版社，2016.

[48] 卜进善著. 杜甫在陇右 [M]. 兰州：敦煌文艺出版社，2010.

[49] 萧涤非著. 杜甫研究（上下卷）[M]. 济南：山东人民出版社，1957.

[50]（清）蘅塘退士编，陈婉俊补注. 唐诗三百首 [M]. 北京：中华书局，1984.

[51] 韩博文，陈启生著. 陇南风物志 [M]. 兰州：兰州大学出版社，2004.

[52] 郭沫若著. 李白与杜甫 [M]. 上海：人民文学出版社，1971.

[53] 梁晓明等点校. 清代徽县志集校 [M]. 北京：中国文化出版社，2013.

[54]（晋）常璩撰. 华阳国志 [M]. 济南：齐鲁书社，2010.

[55] 胡怀琛著. 中国八大诗人 [M]. 北京：中华书局，2010.

[56] 赵锐著. 仇池古国——西和 [M]. 北京：中国文联出版社，2007.

[57] 孟宪实著. 唐高宗的真相 [M]. 北京：北京大学出版社，2008.

[58] 程韬光著. 诗圣杜甫 [M]. 郑州：河南文艺出版社，2010.

[59] 何德未主编. 礼县志 [M]. 西安：陕西人民出版社，1999.

[60] 田孟礼主编 . 略阳县志 [M]. 西安：陕西人民出版社，1992.

[61] 刘瑞，杨永红主编 . 两当县志 [M]. 兰州：甘肃文化出版社，2005.

[62] 蒲向明主编 . 唐代文学与陇南文化研究 [M]. 北京：学苑出版社，2013.

[63] 曹建国主编，两当县地方志编纂委员会办公室点校 . 清代两当县志校注 [M]. 兰州：甘肃文化出版社，2019.

[64] 天水杜甫研究会编 . 杜甫流寓陇右 1250 周年纪念专刊，内部铅印本，2009.

[65] 萧涤非主编 . 杜甫全集校注（全十二册）[M]. 北京：人民文学出版社，2014.

[66] 张忠纲等编著 . 杜集叙录 [M]. 济南：齐鲁书社，2008.

[67] 江岚 .20 世纪域外杜甫英语专著之文化语境、诠释立场及影响 [J]. 燕山大学学报（哲学社会版），2021（6）.

[68] 赵逵夫主编 . 陇南金石校录（全四册）[M]. 北京：社会科学文献出版社，2018.

[69] 喻守真编注 . 唐诗三百首详析 [M]. 北京：中华书局，1957.

[70] 王培中，王惠著 . 杜甫同谷诗注考辨 [M]. 兰州：敦煌文艺出版社，2010.

[71] 陈启生编著 . 陇南地方史概论 [M]. 兰州：兰州大学出版社，1992.

[72] 张忠纲 . 杜甫在山东行迹及交游考辨 [J]. 东岳论丛：文学研究，2003（24）：4.

[73] 张小琴 .《又玄集》选录杜诗情况浅析 [J]. 华北电力大学

学报（社会科学版），2012（8）：4.

[74] 小苗.BBC 推出纪录片 中国"诗圣"走向世界 [J]. 人民日报海外版，2020.4.24.

[75] 王润.BBC 最新纪录片向西方推介杜甫 [J]. 北京日报，2020.4.17.

[76] 李锦.杜甫秦州诗对文人咏身世之悲典型意义——以宋琬对杜甫秦州诗的受容为例 [J]. 青年文学家，2018：11.

[77] 蔡福全，宋涛.栗亭杜少陵祠考述 [J]. 兰州文理学院学报（社会科学版），2016（32）：4.

[78] 赵琪伟.闻名陇上的盐官盐井 [J]. 甘肃日报，2018（11）：21.

[79] 王英.百年歌自苦始见有知音—汀州首任刺史樊晃与《杜工部小集》[J]. 福建史志，2014（2）.

[80] 万国鼎编，万斯年 陈梦家补订.中国历史纪年表 [M] 北京：中华书局，2018.

[81] 赵琪伟著.陇南非物质文化遗产 [M] 兰州：甘肃人民出版社，2012.

[82] 韩养民，郭兴文著.中国古代节日风俗 [M] 西安：陕西人民出版社，2002.

[83] 张承荣，高天佑，蒲向明，苏海洋主编.陇蜀古道——青泥道研究论文集 [M]. 成都：四川大学出版社，2016.

[84] 孙薇.杜甫之子杜宗武事迹新考——以任华《送杜正字暂赴江陵拜觐叔父序》为中心的考察 [J] 中国文学研究，2010（1）..